KB264611

러브크래프트 코드 3
문 앞의 방문객
H.P. 러브크래프트/정광섭 옮김

옮긴이 정광섭(鄭光燮)
경남 거창 출생. 대구에서 태어남. 경북대학교 문리대 철학과 서양철학 전공. 《청색
시대 시인을 위하여》외 4편으로 「자유문학」 신인문학상 시부문 수상. 지은책 시집
《빛의 우울과 고독》 옮긴책 애거서 크리스티 《검찰측 증인》 등이 있다.

러브크래프트 코드 3
문 앞의 방문객
H.P. 러브크래프트/정광섭 옮김
초판 발행/2005년 8월 8일
발행인 고정일/발행처 동서문화사
창업 1956. 12. 12. 등록 16-345(윤)
서울강남구신사동540-22 ☎ 546-0331~6 (FAX) 545-0331
www.epascal.co.kr

*

이 책의 출판권은 동서문화사(동판)가 소유합니다.
의장권 제호권 편집권은 저작권 법에 의해 보호를 받는 출판물이므로
무단전재와 무단복제를 금합니다.

편찬·필름·제작 일체 「동판」 자본으로 이루어짐에 따라
출판권 소유권자 「동판」에서 제조출판판매 세무일체를 전담합니다.
사업자등록번호 211-90-02201
ISBN 89-497-0329-7 04840
ISBN 89-497-0324-6 (전5권)

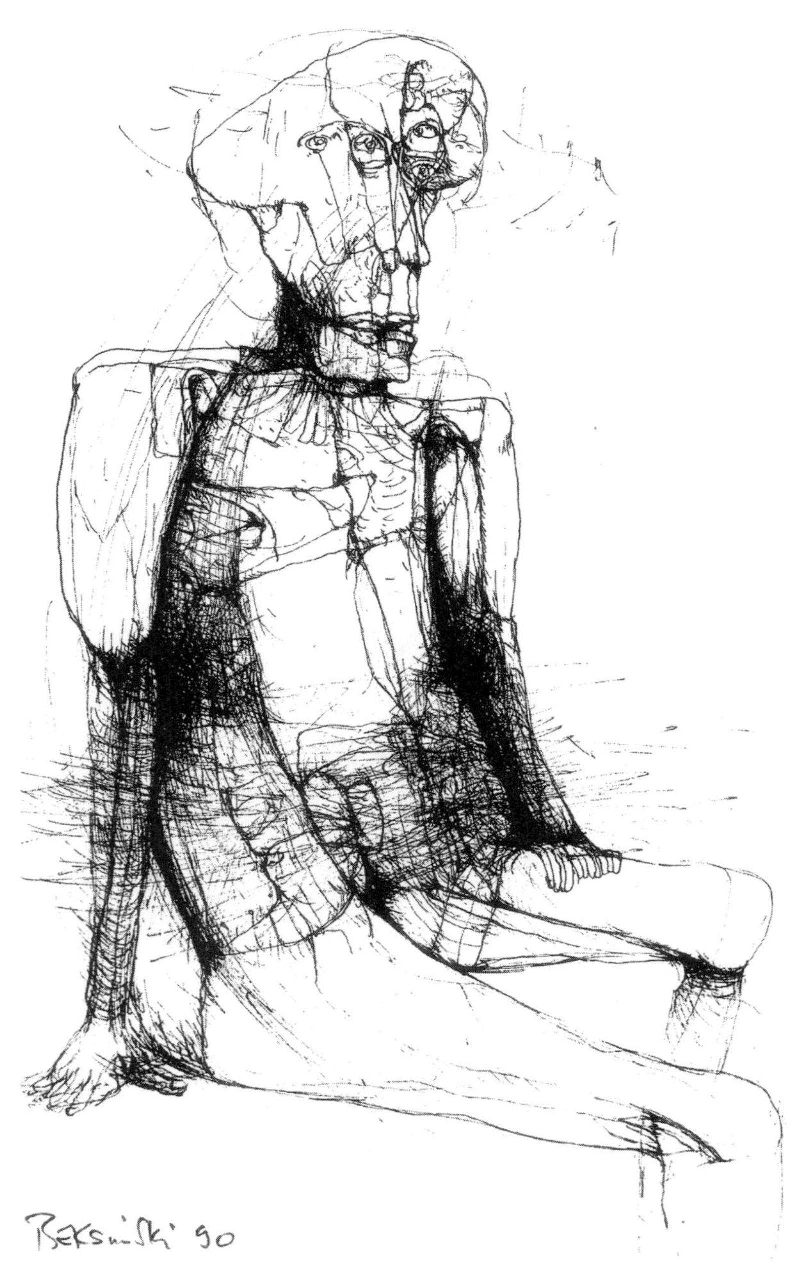

Beksiński '90

문 앞의 방문객

1

분명히 나는 친구의 머리에 여섯 발의 총알을 쏘았다. 그러나 이 진술을 통해 친구를 죽인 것이 내가 아니라는 사실을 얘기하고 싶다. 처음에는 나도 미치광이라고 불릴지도 모른다. 내가 저격했던 아컴 요양소의 정신병자보다 더 하다고. 하지만 이 글을 읽고 나면 몇 사람쯤은 진술의 각 부분을 비교 고찰하고 이미 알고 있는 사실과 대조하여, 그 명백한 공포——문 앞의 방문객——에 직면했을 때 과연 내가 어떤 생각을 할 수 있을지 헤아려줄 수 있을 것이다.

나 또한 그 즈음에는 자신이 관련되어 있던 엄청난 사건에서 광기 외에는 아무 것도 깨닫지 못했다. 지금도 내가 속은 것은 아닌지 과연 온전한 정신인지 수도 없이 자문하고 있는 형편이니 말이다. 잘 모르겠다. 그러나 에드워드 더비와 아세나스 더비에 대해 기괴한 말들을 하는 자들이 있고, 무신경한 경관들조차 그 무서운 마지막 방문을 해석하는 데 고심하고 있다. 경관들은 해고된 하인들이 꾸민 악의적인 해코지나 경고라는 설득력 없는 설을 주장하고 싶어 했지만, 그들도 속으로는 진상이 지극히 꺼림칙하고 믿을 수 없는 것임을 알고 있다.

그래서 나는 에드워드 더비를 죽인 것은 내가 아니라고 말하려고 한다. 오히려 나는 에드워드의 원수를 갚았고, 그렇게 함으로써 살려두면 전 인류에게 말할 수 없는 공포를 풀어놓을 수도 있는 무서운 괴기를 지상에서 말살한 것이다. 우리가 늘 오가는 길 바로 옆에 어두운 그림자가 모여드는 암흑지대가 존재하며, 이따금 사악한 영(靈)이 침입해 들어온다. 그렇다면 사실을 아는 자는 결과를 생각하기 전에 공격에 나서지 않으면 안 된다.

나는 에드워드 피크맨 더비의 생애에 대해 잘 알고 있다. 나보다 8살 아래지만 지극히 조숙하여 에드워드가 8살, 내가 16살 때부터 우리에게는 많은 공통점이 있었다. 신동이라는 말이 딱 어울리는 에드워드는, 7살 때 거의 병적이라고 할 수 있는 음침하고 현실과 동떨어진 시를 써서 가정교사들을 놀라게 했다. 이렇게 재능이 일찍 꽃피게 된 데에는 아마 개인교습을 받았다는 것과, 밖에 나가지도 못하며 집안에서 애지중지 자란 것과 관련이 있을지도 모른다. 외아들인데다 태어나면서부터 몸이 허약하여, 아들을 맹목적으로 사랑하는 부모는 항상 곁에 두고 잠시도 떼놓으려 하지 않았다. 더비는 유모와 함께가 아니면 외출도 허락되지 않았기 때문에 다른 아이들과 자유롭게 놀 수 있는 기회가 거의 없었다. 분명 이러한 모든 상황이, 상상만이 유일하게 자유를 느낄 수 있는 수단인 소년에게 특이하고 은밀한 내적 생활의 발달을 재촉한 것이리라.

아무튼 소년 에드워드의 학식은 비정상적일 만큼 천재적이어서, 그런 시를 술술 쓰는 것이 나이가 훨씬 많은 내 마음을 사로잡았다. 바로 그 무렵, 나는 약간 기괴한 분위기가 있는 유화에 마음을 빼앗기고 있었는데 이 연하의 소년한테서 드물게 비슷한 기질을 발견한 것이다. 우리는 그림자와 경이 같은 것에 대해 둘 다 애정을 가지고 있었는데, 그 배후에 있었던 것은 틀림없이 우리가 살고 있던 낡고 썩어가는 것만 같아서 왠지 무서운 그 거리였을 것이다. 은밀하게 속삭이는 미스카트닉 강에서 몇 세기 동안 다닥다닥 붙어 있어서 휘어질 것 같은 박공지붕과 무너져가는 조지아 풍의 난간을 쑥 내밀고 있는, 마녀의 저주와 전설이 깃든 거리, 바로 아컴이었다.

세월이 흐른 뒤 나는 건축에 흥미를 느껴 에드워드의 악마적인 시를 모은 책의 삽화를 담당한다는 계획은 포기했지만, 그 일로 해서 우리의 우정에 금이 가는 일은 없었다. 젊은 에드워드 더비의 기이한 재능은 세상 사람들의 주목을 끌 정도로 꽃피었는데, 18살이 되던 해 그 악몽 같은 서정시가 〈아자트호스와 그 밖의 공포〉라는 제목으로 간행되었을 때는 굉장한 선풍을 불러일으켰다. 에드워드는 악명 높은 보들레르풍의 시인 저스틴 조프리와 서신을 주고받고 있었다. 조프리는 〈묘비명〉을 발표하고 헝가리의 사악하고 혐오스러운 마을을 방문한 뒤, 1926년 정신병원에서 비명을 지르며 죽었다.

에드워드 더비는 부모의 맹목적인 사랑 때문에 자립심과 처세면에서는 성장이 크게 저해되어 있었다. 건강상태는 좋아졌지만 부모의 과잉보호에 의해 모든 것을 남에게 의지하는 어린아이 같은 태도가 몸에 배어버려 혼자서는 여행도 하지 못하고, 무언가를 스스로 결정하거나 책임감도 없었다. 실업계나 전문직 분야에서 남과 대등하게 경쟁할 수 없을 것은 진작부터 알고 있었지만, 그의 부모는 그것이 비극으로 이어지지 않게 할 수 있는 충분한 재산을 가지고 있었다. 에드워드는 성인이 되어서도 사람을 착각하게 만드는 어린아이 같은 외모를 유지하고 있었다. 금발에 푸른 눈, 어린아이 같은 너무나도 싱그러운 안색, 몇 번이나 콧수염을 기르려 했지만 자세히 보아야 겨우 알아차릴 정도로밖에 자라지 않았다. 목소리는 부드럽고 명료했으며, 운동을 거의 하지 않아서 중년의 비만까지는 아니더라도 귀엽고 통통한 타이프였다. 키가 크고 이목구비도 단정해서,

혼자 틀어박혀 책만 읽는 내성적인 면만 아니면 제법 멋쟁이로 이름을 날렸을 것이다.

부모는 해마다 여름이면 에드워드를 외국에 데리고 갔는데, 에드워드는 유럽인의 사고와 표현식에 이내 빠져들었다. 포와 닮은 재능은 점점 데카당스 쪽으로 기울면서 다른 예술적 감성과 열망은 그리 눈뜨지 못했다. 당시 우리는 자주 격한 논쟁을 벌였다. 나는 하버드를 졸업한 뒤 보스턴의 건축사무소에서 실무를 배우고, 결혼을 하여, 마침내 자립을 하기 위해 아컴으로 돌아와 있었다. 아버지가 건강 때문에 플로리다로 이사했기 때문에 나는 솔튼스톨 거리에 있는 아버지의 집에서 살고 있었다. 에드워드는 해마다 나를 찾아왔고, 덕택에 나는 어느새 에드워드를 가족의 한 사람으로 생각하기에 이르렀다. 에드워드는 초인종과 문고리를 독특한 방법으로 울렸는데, 그 방법이 우리에게는 좋은 신호가 되었다. 나는 저녁 식사 뒤에는 늘 귀에 익숙한 신호——기세 좋게 세 번 울리고 조금 사이를 둔 뒤 다시 두 번 울리는——가 들리지 않을까 귀를 기울이곤 했다. 내가 더비의 집에 가는 일은 그리 많지 않았지만 갈 때마다 착실하게 늘어가는 장서와, 세상에 잘 알려지지 않은 책이 있는 것을 알고 부러워했다.

부모가 하숙생활을 허락하지 않았기 때문에 에드워드 더비는 아컴의 미스카트닉 대학에서 학점을 취득했다. 16살에 입학하여 영불문학을 전공했고, 수학과 과학 외에는 모두 우수한 성적으로 전 과정을 3년 만에 끝냈다. 다른 학생과는 거의 사귀지 않았지만 전위적인 학생과 보헤미안 모임에는 선망의 눈길을 보내며, 겉멋이 든 말투와 의미 없는 냉소적인 태도를 흉내 내거나 속된 행동을 과감하게 배우려고 시도하기도 했다.

에드워드가 지향한 것은, 당시에나 지금이나 미스카트닉 대학 부속도서관의 이름을 유명하게 만들고 있으면서도 세상의 그늘에 숨어 있는 마술적인 전승의 거의 열광적인 애호가가 되는 것이었다. 지금까지는 죽 환상과 괴기의 겉모습만 훑어왔으나 이제부터는 후세 사람을 끌어들이거나 헤매게 하기 위해 아득한 옛날부터 전해오는 실재하는 수수께끼와 신비에 깊이 발을 들여놓게 되었다. 무서운 〈에이번의 서(書)〉, 폰 윤츠트의 〈무명제사서(無名祭祀書)〉, 미치광이 아랍인 압둘 알하자드의 금단의 책 〈네크로노미콘〉 같은 것을 읽었지만 부모에게도 말하지 않았다. 나에게 아들이 태어났을 때 에드워드는 스무 살이었다. 내가 그의 이름을 따서 에드워드 더비 애프턴이라고 이름을 짓자 무척 기뻐하는 모습이었다.

25살이 될 무렵에 에드워드 더비는 이미 뛰어난 학자가 되어 있었고 시인과 환상소설 작가로도 꽤 이름을 날렸지만, 사교성과 책임감의 결여가 작품을 파생적이고 현학적인 것으로 만들어 문학적 성장의 걸림돌이 되었다. 아마 내가 가장 친한 친구였을 것이다. 내가 에드워드한테서 생명이론에 관한 끝없는 화제의 보고를 찾아내는 한편, 에드워드는 부모에게 얘기하고 싶지 않은 문제에 대해 내 조언을 구했다. 여전히 홀몸이었는데 독신주의라기보다는 내성적이고 타성적인 성향, 그리고 부모의 보호를 받고 있다는 사정에 의한 것이었으리라. 사교계에도 그저 체면치레로 가끔 얼굴을 내밀 뿐이었다. 전쟁이 발발하자 그는 건강과 뿌리 깊은 두려움 때문에 집안에 칩거했다. 나는 장교 임명사령을 받고 플래츠버그에 갔지만 외지에 나가는 일은 없었다.

이러한 상태에서 세월이 흘러 에드워드가 35살 때 어머니가 사망하자, 그는 몇 달 동안 기이한 신경증에 빠져 아무것도 하지 못하고 있었다. 그러다가 아버지를 따라 유럽에 갔는데, 어떤 효과가 있었는지는 모르겠지만 어쨌든 다시 일어섰다. 그 뒤부터는 뭔가 눈에 보이지 않는 속박으로부터 얼마간 벗어난 것처럼, 이상하기까지 한 일종의 고양감을 느끼고 있는 것 같았다. 이미 중년에 달해 있었음에도 대학의 '진보파'와 교류하면서 지극히 방탕한 행동에도 끼어들게 되었다. 한번은 어떤 모임에 참석한 것을 아버지가 모르게 하기 위해 상당한 돈을 갈취당한 일이 있었다. 그 돈은 내가 대신 갚아주었다. 미스카트닉 대학의 무법자들에 대해 귓속말로 오가고 있는 소문 중에는 몹시 이상한 것도 있었다. 도저히 믿을 수 없는 사건과 흑마술에 대한 얘기까지 나돌고 있었던 것이다.

2

아세나스 웨이트를 만났을 때 에드워드는 38살이었다. 내가 보기에 당시 아세나스는 23살 정도였는데, 미스카트닉 대학에서 중세의 형이상학에 대한 특별강의를 듣고 있었다. 내 친구의 딸이 전에 킹스포드의 홀 여학교에서 아세나스를 만난 적이 있지만 무척 묘한 평판이 나돌고 있어서 가까이 하는 건 피한다고 했다. 아세나스는 머리가 검고 체격이 자그마하며, 약간 튀어나온 듯한 눈을 제외하면 얼굴 생김새도 단정했지만 표정에 예민한 사람이라면 가까이 다가가고 싶지 않은 무언가가 있었다. 그러나 보통 사람이 아세나스를 꺼리는 것은 다만 아세나스의 출생과 그녀가 하는 말 때문이었다. 아세나스는 인스마우스의 웨이트 집안의 딸로, 반쯤 퇴락하여 쇠퇴 일로를 걷고 있는 인스마우스와 그곳 주민들에게는 몇 세기에 걸쳐 어두운 전설이 전해 내려오고 있었다. 1850년 무렵에 무서운 거래가 있었다느니, 황폐한 항구의 유서 깊은 가문에 '결코 인간의 것일 수 없는' 기괴한 요소가 들어 있다느니 하는, 오래 전부터 뉴잉글랜드에서 살아온 노인들이 지어내어 그에 상응하는 두려움과 함께 되풀이되어온 이야기가 있었다.

아세나스의 입장은 에프레임 웨이트의 딸이라는 사실에 의해 더욱 악화되어 있었다. 에프레임이 노년에 들어선 뒤, 늘 베일에 싸여 있어서 아무도 얼굴을 본 사람이 없는 아내한테서 얻은 아이가 바로 그녀였다. 에프레임은 인스마우스의 워싱턴 가에 있는 반쯤 무너져가는 집에서 살고 있었다. 그 집을 본 사람은(아컴의 주민들은 인스마우스에 가는 것을 가능하면 피하고 있다) 다락방의 창문이 늘 판자로 막혀 있으며, 땅거미가 질 무렵 그곳에서 이상한 소리가 들려오는 일이 있다고 주장했다. 그 노인은 젊은 시절에 경이로운 마술의 사도(使徒)로 알려졌는데, 전설에 의하면 마음대로 바다에 폭풍을 일으키거나 반대로 폭풍을 잠재울 수도 있었다고 한다. 대학 도서관에서 금단의 책을 열람하기 위해 아컴을 찾아오는 에프레임을 나도 젊었을 때 몇 번 본 일이 있지만, 늑대를 연상시키는 덥수룩한 턱수염으로 뒤덮인 음울한 얼굴은 참으로 혐오스러웠다. 에프레임이 약간 기묘한 상황에서 미쳐 죽은 것은 딸 아세나스가 홀 여학교에 입학하기 직전의 일이었는데(아버지의 유언에 따라 아세나스 후견인이 되었다), 아세나스는 그때까지 병적일 정도로 탐욕스럽게 아버지의 가르침을 받고 있어서 때로는 섬뜩할 정도로 아버지와 닮아 보였다.

아세나스 웨이트와 같은 여학교에 딸을 보낸 내 친구는, 에드워드가 아세나스와 사귀고 있다는 소문이 퍼지기 시작할 무렵 나에게 그녀에 대한 기묘한 소문을 많이 얘기해 주었다. 그 소문에 따르면 아세나스는 학교에서 마술사처럼 굴었던 모양인데 굉장히 경이로운 어떤 마술을 할 수 있는 듯이 보였고 뇌우를 일으킬 수도 있다는 것이었는데 실제로 뇌우가 일어나자, 학생들은 날씨를 예언하는 이상한 재능으로 받아들였다. 모든 동물이 눈에 띄게 아세나스를 싫어했고, 아세나스가 오른손으로 무슨 손짓을 하면 어떤 개라도 멀리서 짖었다고 한다. 젊은 처녀로서는 매우 이상하고 충격적인 지식과 말을 단편적으로 과시하는 일도 있었다. 그런 때는 뭐라 표현하기 힘든 이상한 추파와 윙크로 급우를 섬뜩하게 하거나, 그때그때의 상황에 따라 음란한 농담을 끌어대기도 했던 모양이다.

　그러나 가장 이상한 것은 타인에게 영향이 미치는, 충분한 근거를 갖춘 사례였다. 아세나스는 틀림없는 진짜 최면술사였다. 급우를 특별한 눈빛으로 응시함으로써, 그 급우에게 인격이 교환된 것 같은 이상한 느낌이 들게 하는 일이 자주 있었다. 마치 최면을 당하는 사람이 일시적으로 최면을 거는 사람의 몸속에 들어가 자기 육체를 마주보는 것 같은 느낌으로, 그때 피술자의 눈은 분명히 다른 사람의 눈빛으로 형형하게 빛나며 약간 튀어나온 것 같았다고 한다. 아세나스는 의식의 본질과, 의식이 육체라는 조직에서 독립해 있다——적어도 육체 조직의 생명작용으로부터 독립해 있다는 것——는 당치도 않은 주장을 했다. 그리고 자신이 남자가 아니라는 사실에 더할 수 없는 분노를 품고 있었다. 그것은 남자의 뇌만이 광범위하게 미치는 멋진 우주적인 힘을 가질 수 있다고 믿었기 때문이다. 남자의 뇌가 주어지면, 모든 미지의 힘을 지배하는 데 아버지와 어깨를 나란히 할 수 있을 뿐만 아니라, 오히려 능가할 수도 있다고 큰소리쳤다.

　에드워드가 학생회관에서 열린 ‘인텔리’ 집회에서 아세나스를 만난 다음날 나를 만나러 왔을 때, 그는 아세나스에 대한 것 말고는 아무 얘기도 하지 않았다. 아세나스한테서 넘치는 호기심과 학식을 발견하고 완전히 매료되었을 뿐만 아니라, 아세나스의 용모까지 무척 마음에 들어했다. 아세나스를 만난 적이 없었던 나는 남한테서 들은 얘기로 어렴풋이 상상해볼 뿐이었지만, 어떤 여자인지는 잘 알고 있었다. 그래서 에드워드 더비가 아세나스에게 빠져 있는 것이 오히려 걱정되었지만, 여자에 대한 열정은 말리면 말릴수록 더욱 뜨거워지는 것이 보통이므로 나로서도 찬물을 끼얹는 말은 한마디도 할 수 없었다. 에드워드는 아세나스에 대해서는 아버지한테도 얘기하지 않았다고 했다.

　이어지는 몇 주일 동안 에드워드 더비는 입만 벌리면 아세나스 이야기뿐이었다. 중년을 넘긴 에드워드의 염문이 어느새 나돌기 시작했지만, 남의 험담을 좋아하는 사람도 에드워드가 실제 나이만큼 보이지는 않으며, 이색적인 천사를 에스코트하기에 전혀 어울리지 않는 것도 아니라는 점에서는 의견이 일치했다. 게으르고 방종한 생활을 계속했음에도 에드워드는 배가 약간 나왔을 뿐 얼굴에는 주름살 하나 없었다. 한편 아세나스는 강인한 의지의 작용인 듯 이미 눈꼬리에 주름이 잡히고 있었다.

에드워드가 아세나스를 데리고 우리 집에 온 것은 이 무렵이었는데, 언뜻 보기에도 에드워드의 열정이 결코 일방적이 아니라는 건 쉽게 알 수 있었다. 아세나스가 훔치기라도 해서 내 것으로 만들고야 말겠다는 듯한 눈길로 에드워드를 지긋이 응시하고 있었으니, 두 사람 사이는 이미 떼어놓을 수 없는 데까지 진전해 있다는 것을 한눈에 알 수 있었다. 그 뒤 얼마 안 있어 내가 평소에 존경심으로 우러러보고 있던 더비 씨의 방문을 받았다. 아들의 새로운 교우관계에 대한 소문을 듣고, ‘귀여운 아가’한테서 모든 사실을 확인했던 것이다. 에드워드는 진심으로 아세나스와 결혼할 생각으로 교외에 신혼집을 물색하고 있었다. 아들에 대한 내 영향력을 알고 있는 아버지는 평판이 나쁜 이 교제를 즉각 중지시키기 위해 도움을 청했으나, 나는 유감이지만 무리일 거라고 말했다. 이제는 에드워드의 박약한 의지의 문제가 아니라, 아세나스의 강인한 의지의 문제가 되어 있던 것이다. 영원한 어린아이는 자기가 믿고 의지하는 대상을 아버지에서 새롭고 강렬한 이미지로 옮겨버렸으니 사실 어떻게 할 방법이 없었다.

결혼식은 한 달 뒤 신부의 요구대로 치안판사에 의해 거행되었다. 더비 씨는 내 충고를 받아들여 반대하지 않았고, 그와 내 가족들만 간소한 식에 참석했다. 다른 참석자는 대학에서 온 방종한 젊은이들뿐이었다. 아세나스는 살 집으로 하이스트리트 외곽에 있는 오래된 크라우닌시르드를 사 두었기에, 두 사람은 인스마우스로 짧은 여행을 한 뒤 아세나스의 집에서 책과 가재도구와 함께 세 명의 하인을 데려와 그곳으로 옮길 계획이었다. 아세나스가 집으로 돌아가는 대신 아컴에 정착하기로 한 것은, 아무리 봐도 에드워드와 그 부친이 대학과 부속도서관, 그리고 '교양 있는' 사람들 가까이 있고 싶어 하는 개인적 소망 때문이 아님은 분명했다.

신혼여행을 마치고 인사하러 왔을 때, 나는 에드워드가 조금 변했다고 느꼈다. 아세나스가 시키는 대로 조금밖에 자라지 않은 콧수염을 깨끗하게 밀어버리기도 했지만 그 이상의 변화가 있었다. 전보다 깊은 생각에 잠기고 침착해진 듯한 느낌에, 어린아이 같은 반항심이 드러나는 볼멘 표정 대신 비통함과도 닮은 표정으로 변해 있었다. 나는 이 변화를 반겨야 할지 슬퍼해야할지 판단할 수가 없었다. 전에 없이 꽤 그럴 듯한 어른처럼 보이는 것은 분명했다. 결혼한 덕택일 것이다. 의지하는 상대가 바뀌기는 했지만 그것이 사실상의 '중립화'를 향한 첫 출발점이 되어 최종적으로는 스스로 책임질 수 있는 자립에 이를 수 있을지는 모르지만.

아세나스가 워낙 바빠서 에드워드는 늘 혼자 찾아왔다. 아세나스는 인스마우스(에드워드는 그 이름을 입에 올릴 때 몸을 떨었다)에서 방대한 양의 책과 비품을 옮겨와, 크라우닌시르드의 토지와 건물의 보수작업을 마무리하고 있는 중이었다. 인스마우스에 있는 아세나스의 친정은 진저리쳐지는 곳이기는 했지만, 그 안에 있던 어떤 특별한 것을 통해 에드워드는 놀라운 사실을 알았다고 했다. 이제 에드워드는 아세나스라는 길잡이를 얻어, 비밀 종교의 지식을 놀라울 속도로 흡수하고 있었다. 아세나스가 제안한 몇몇 실험은 매우 대담하고 혁신적인 것이었다. 에드워드는 그 내용을 함부로 얘기해서는 안 된다고 생각하면서도, 아세나스의 능력과 목적에는 전폭적인 신뢰를 보냈다. 세 사람의 하인은 정말이지 특이한 자들이었다. 아세나스의 아버지 에프레임을 섬겼으며, 가끔 기묘한 방법으로 에프레임과 아세나스의 죽은 어머니 얘기를 꺼내는, 믿을 수 없을 정도로 나이가 많은 노부부와, 늘 생선비린내가 풍기는 듯한 이상한 얼굴에 거무스름한 피부의 처녀, 이 세 사람이었다.

3

이어지는 2년 동안 내가 에드워드 더비를 만나는 횟수는 점차 줄어들었다. 이따금 그 귀에 익숙한, 세 번 그리고 두 번 울리는 초인종 소리를 듣지 못한 채 2주일이 지나는 일도 있었다. 또 에드워드가 찾아오거나 기다리다 못해 내 쪽에서 만나러 갔을 때도, 그는 생명의 문제에 관한 화제에는 마음이 내켜하지 않았다. 그때까지 자세히 얘기해 주었던 은밀한 학문에 대해서도 자꾸만 숨기려 했고, 아내에 대해 얘기하는 것도 좋아하지 않았다. 결혼한 뒤 갑자기 늙어버린 아세나스는 기묘하게도 에드워드보다 나이가 많아 보일 지경이었다. 내가 지금까지 보지 못한 한 곳만 바라보는 단호한 결의가 노골적으로 드러나는 얼굴에, 막연한 혐오감까지 느끼게 하는 무언가가 온몸에 가득 차 있는 것 같았다. 나의 아내와 아들도 같은 걸 느꼈는지 우리는 점차 아세나스를 만나는 것을 피하게 되었다. 그것을 아세나스가 기뻐하고 있는 게 틀림없다고, 에드워드는 그 어린아이 같은 무분별함으로 불쑥 말한 적이 있다. 더비 부부는 이따금 긴 여행을 하는 일이 있었다. 남들한테는 유럽여행이라 했지만 에드워드는 종종 으슥한 목적지를 암시했다.

에드워드 더비의 변화에 대해 사람들이 수군거리기 시작한 것은 결혼한 지 1년이 지나서였다. 순수한 심리상의 변화였기 때문에 대단한 소문은 아니지만 흥미로운 점도 몇 가지 있었다. 이따금 에드워드가 그의 무기력한 성격과는 완전히 모순되는 표정을 짓거나 행동을 한다는 것이었다. 이를테면 전에는 자동차를 운전하지 않았는데, 지금은 이따금 아세나스의 마력이 센 패커드를 몰고 크라우닌시르드의 사도(私道)를 맹렬한 스피드로 드나들거나, 그의 성격으로 는 도저히 생각할 수 없는 결단력으로 핸들을 거칠게 다루며 느릿느 릿 달리는 차를 잇달아 추월한다고 한다. 그런 모습이 눈에 띄는 것은, 반드시 먼 곳으로 여행하고 돌아온 직후나 여행하기 직전으로 정해져 있는 것 같았다. 그 목적지가 어디인지는 아무도 몰랐지만 에드워드는 인스마우스의 도로를 유난히 마음에 들어했다.

그러나 기묘하게도 변화가 반드시 좋은 것만은 아니었다. 그런 때의 에드워드는 아내 아세나스, 아니 오히려 늙은 에프레임과 매우 닮아 보인다는 것이다. 그런 때는 좀처럼 드문 만큼 더욱 부자연스 럽게 보였을 것이다. 이따금 그런 식으로 출발한 지 몇 시간 뒤에, 에드워드는 운전수를 고용하거나 정비공에게 돈을 주어 차를 운전 하게 하고 자신은 뒷좌석에 축 늘어져서 돌아오는 일도 있었다. 나 를 포함한 다른 사람들과 접촉할 기회가 줄어든 동안은 옛날의 우유 부단한 면이 우세를 보였고, 책임감이 완전히 결여된 어린아이 같은 점은 전보다 더욱 심해지기까지 했다. 아세나스의 얼굴이 늙어가는 반면 에드워드의 얼굴은——그 예외적인 경우는 제외하고——전에 없는 비통한 표정과 깨달음의 표정이 희미하게 떠오를 때 말고는, 말 그대로 헤벌레 풀어져서 유치함을 더욱 과장한 것처럼 보였다. 그것은 정말 사람을 당혹하게 만드는 일이었다. 그러는 사이 더비 부부는 발랄한 대학서클에서 발을 빼게 되었다. 내가 들은 바로는 그들 쪽에서 흥미를 잃은 것이 아니라, 부부가 연구하고 있는 것과 관련된 무언가가 퇴폐적인 이 무리들 중에서도 가장 무신경한 사람 까지 깜짝 놀라게 했기 때문이라고 한다.

에드워드가 일종의 공포와 불만을 나에게 정면으로 내비치기 시 작한 것은 결혼한 지 3년째부터였다. 에드워드는 무언가를 '지나치 게 하고 있다'는 말을 하거나, 어두운 표정으로 '주체성을 가질' 필 요가 있다는 말을 하기도 했다. 처음에는 흘려들었지만, 결국 넌지시 물어보게 되었다. 아세나스가 학교에서 급우에게 미친 최면술 같은 영향력——급우가 아세나스의 몸속에 들어가서 자기 육체를 마주보는 듯했다는 사례——에 대해, 친구의 딸이 한 말이 생각났기 때문이다. 내가 질문을 하면 에드워드는 놀라움과 기쁨이 뒤섞인 혼란스러운 얼굴을 했고, 한번은 나중에 모든 걸 애기하겠다고 중얼거리기도 했다.

바로 이 무렵 더비 씨가 사망했다. 나는 나중에 이 일을 신께 감사했다. 에드워드는 몹시 당황했지만 이성을 잃을 정도는 아니었다. 결혼한 뒤로 에드워드에게는 사활이 걸린 가족의 유대라는 관념을 아세나스가 자기 쪽으로 돌리게 했기 때문에, 에드워드는 놀랍게도 아주 가끔밖에 아버지를 만나지 않았다. 특히 거친 태도로 차를 운전하는 일이 늘어난 뒤로는 에드워드가 아버지의 죽음에 대해 너무 냉담하다고 말하는 사람조차 있었다. 에드워드는 아버지의 죽음을 기화로 집으로 돌아가고 싶어 했지만, 아세나스는 그동안 정든 크라우닌시르드를 떠나고 싶지 않다고 우겼다.

얼마 뒤 내 아내는 친구——아직 더비 부부와 교제하고 있던 몇 사람 중 하나——한테서 기묘한 애기를 들었다. 그 친구는 부부를 만나기 위해 하이스트리트 외곽으로 갔다가 맹렬한 속도로 사도에서 달려나오는 한 대의 자동차를 보았는데, 차를 운전하고 있었던 것은 기묘하리만큼 자신만만한, 어쩐지 코웃음이라도 치는 듯한 에드워드였다고 한다. 초인종을 누르자 저절로 소름이 끼치는 젊은 하녀가 나와서 아세나스도 외출했다고 말했다. 그러나 돌아서려 하다가 문득 다시 한 번 집을 쳐다보니, 에드워드의 서재 창문에서 얼른 숨는 얼굴이 힐끗 보였다. 그 얼굴은 말할 수 없이 가슴을 울리는 고통과 패배, 도저히 어찌할 수 없는 안타까움이 담긴 표정을 하고 있었다. 그것은 평소의 거만함으로 봐서는 도저히 믿어지지 않는 아세나스였다. 그러나 그 방문객은, 그 순간 아세나스의 얼굴에서 창밖을 응시하고 있었던 것을 슬픈 에드워드의 텅 빈 눈이었다고 단언했다.

에드워드의 방문이 약간 잦아지면서 암시도 점차 구체적으로 바뀌었다. 에드워드가 얘기한 것은 온갖 전설이 깃든 고색창연한 아컴에서조차 믿을 수 없는 것이었지만, 에드워드는 정신상태를 의심하게 되는 열성과 확신으로 그 암담한 지식에 대해 말하는 것이었다. 외딴 장소에서 열리는 무서운 집회에 대해, 어둠의 비밀을 품은 심연으로 통하는 메인 주의 깊은 숲 속에 위치한 허물어진 거대한 석조건물의 넓은 지하 계단에 대해, 보이지 않는 벽을 통해 다른 시공으로 연결되는 복잡한 각도에 대해, 먼 곳에 있는 금단의 땅이나 다른 세계, 다른 연속된 시공을 탐험하는 것이 가능해지는 모골이 송연한 인격교환에 대해.

이따금 에드워드는 일종의 헛소리 같은 암시에 설득력을 불어넣기 위해 나를 당황하게 만드는 무언가를 보여주는 일이 있었다. 그것은 지구상에는 존재할 것 같지 않은 종잡을 수 없는 색깔과 사람을 당혹하게 만드는 결을 가진 물체로, 뭐라 표현할 수 없는 그 곡선과 표면은 우리가 알고 있는 기하학의 법칙에도 맞지 않을 뿐만 아니라 무슨 목적에 사용하는지 짐작도 가지 않는 것이었다. 에드워드는 '바깥에서' 손에 넣은 것이라고 말했다. 그의 아내가 손에 넣는 방법을 알고 있다는 것이다. 에드워드는 이따금——그럴 때면 겁먹은 듯, 알아듣기 힘든 작은 목소리로——전에 대학 도서관에서 우연히 보았던 에프레임에 대한 얘기를 빙 둘러서 말하곤 했다. 그런 얘기는 결코 구체적인 것은 아니었지만, 늙은 마술사가 육체적인 것과 마찬가지로 영적인 의미에서도 정말로 죽었는가 하는 지극히 무서운 의혹을 제기하고 있는 것 같았다.

가끔 에드워드 더비는 대화 도중에 갑자기 말을 중단할 때가 있었다. 그럴 때면, 어쩌면 아세나스가 멀리서 더비가 하는 말을 알고 뭔가 미지의 정신감응에 의한 힘——학교에서 보여준 최면술 같은 것——으로 에드워드의 입을 막을 수 있는 게 아닐까 하는 생각이 들었다. 날이 갈수록 아세나스가 더할 수 없이 불가해한 힘을 가진 눈빛과 말로 에드워드가 우리 집을 방문하는 것을 막으려 한 것을 보면, 아무래도 에드워드가 나에게 여러 가지 애기를 하고 있다고 의심했던 것 같다. 에드워드는 나를 만나러 오기가 점차 힘들어졌다. 다른 곳으로 가는 척하고 집을 나오지만 눈에 보이지 않는 어떤 힘이 항상 에드워드의 움직임을 방해하거나 한동안 목적지를 잊어버리게 하는 것이었다. 에드워드는 늘 아세나스가 외출하고 없는 사이에 찾아왔다. 언젠가 에드워드가 한 기묘한 표현대로라면 아세나스가 '제 몸으로 외출한 사이'에. 하인들이 에드워드의 출입을 감시하고 있기에 에드워드가 나를 만나러 가는 것을 나중에 알았지만, 아무래도 강압적인 조치를 취하는 것은 좋은 방법이 아니라고 생각했던 것 같다.

4

내가 메인 주에서 발신된 그 전보를 받은 것은, 에드워드 더비가 결혼한 지 3년이 지난 8월의 일이었다. 에드워드와는 두 달 동안 만나지 못했는데, '일' 때문에 여행하고 있다는 애기는 듣고 있었다. 아세나스도 동행한 것이 분명한데도, 흘려들을 수 없는 소문에 의하면 이중으로 커튼이 쳐진 이층 방에 누군가가 있다는 것이었다. 하인이 쇼핑을 하는 것도 목격되었다. 그 무렵 체산쿠크의 경찰관한테서 나에게 전보가 왔다. 흥분한 상태에서 종잡을 수 없는 말을 중얼거리며 숲에서 비척거리며 나온 지저분한 행색의 정신병자를 보호하고 있는데, 그 정신병자가 나의 보호를 요구하고 있다는 것이다. 에드워드였다. 간신히 자기 이름과 주소를 생각해낸 것이었다.

체산쿠크는 사람의 발길이 거의 닿은 적이 없는 메인 주의 황량하고 깊숙한 삼림지대에 가까운 마을로, 자동차로 그곳까지 가려면 꼬박 하루를 심하게 흔들리면서 처연하고 특이한 풍경 속을 나아가지 않으면 안 되었다. 에드워드 더비는 마을 진료소의 한 방에 있었는데 흥분과 감정둔화가 교대로 반복되고 있었다. 곧 나를 알아보고 나를 향해 아무런 의미도 없는 잠꼬대 같은 말을 단숨에 쏟아놓기 시작했다.

"단! 제발 소원이야! 쇼고스의 굴이라네! 6천 계단 밑에……. 혐오스러운 것 중에서도 가장 혐오스러운 것이……. 그녀를 따라 갈 마음은 없었는데 정신을 차리고 보니 내가 그곳에 있었어. 이아! 슈브 니글라스! 제단에서 끔찍한 것들이 일어섰어. 짖는 소리를 내는 놈들이 5백 마리나 되었어. 후드를 뒤집어 쓴 '것들'이 카모그! 카모그! 하고 울부짖었어. 마녀의 집회에서 부르는 에프레임의 비밀이름. 난 그곳에 있었어. 그녀가 데리고 가지 않겠다고 약속한 장소에. 방금 전까지 나는 서재에 갇혀 있었는데, 그녀가 내 몸을 하고 간 곳으로 가고 말았어. 완전한 모독의 장소, 암흑의 세상이 시작되고 감시자가 문을 지키고 있는 불경하기 짝이 없는 장소에. 난 쇼고스를 보았어. 모습을 바꾸고 있었지. 견딜 수가 없어. 나를 다시 그곳으로 보낸다면 난 그녀를 죽일 거야, 그 존재를 죽이고 말 거야. 그녀를, 그를, 놈을 기필코 죽일 거야! 내 손으로 죽이고 말겠어!"

에드워드를 진정시키는 데는 꼬박 한 시간이 걸렸다. 이튿날 나는 마을에서 깨끗한 옷을 사 입히고 에드워드를 차에 태워 아컴으로 돌아왔다. 에드워드는 격렬한 흥분이 진정되자 말수가 줄어들었지만, 자동차가 오거스타 마을을 달릴 때 그 마을에서 불쾌한 기억이 되살아났는지 어두운 표정으로 혼잣말을 중얼거리기 시작했다. 아무래도 집으로 돌아가고 싶지 않은 것 같았다. 나는 에드워드가 아내에 대해 품고 있는 말도 안 되는 환상, 아무래도 최면술 같은 것에 의해 겪은 괴로운 체험에서 생긴 듯한 환상을 고려하여 집에는 돌아가지 않는 것이 좋겠다고 생각했다. 아세나스가 아무리 싫은 얼굴을 해도 한동안은 우리 집에 있게 하기로 결심했다. 그 뒤 이혼하는 걸 도와줄 생각이었다. 에드워드에게는 이 결혼을 자멸적인 것으로 만드는 정신적인 요소가 있었기 때문이다. 차가 다시 널찍한 곳에 들어서자, 에드워드는 중얼거리는 걸 그만두었고 나는 옆자리에서 그가 눈을 붙일 수 있게 해주었다.

해질녘에 포틀랜드를 달리는 동안 다시 중얼거림이 시작되었는데, 이번에는 전보다 똑똑하게 들려서 귀를 기울여보니 아세나스에 대한 완전히 비상식적인 헛소리를 해대고 있는 것이었다. 아세나스에 대해 일종의 망상을 품고 있는 것을 보니, 그녀가 에드워드의 신경을 해치고 있는 것이 분명했다. 에드워드는 지금의 곤경이 일련의 기나긴 고뇌의 하나에 지나지 않는다고 목소리를 죽여 속삭였다. 아세나스는 에드워드를 완전히 자기의 것으로 만들려 하고 있고, 에드워드는 언젠가는 달아날 수 없게 되리라는 것을 알고 있었다. 지금도 아세나스는 아마 한 번에 오랫동안 버틸 수가 없기 때문에 하는 수 없이 에드워드를 이따금 자유롭게 해주고 있을 뿐이었다. 아세나스는 끊임없이 에드워드의 몸을 뺏은 뒤, 에드워드를 자신의 몸에 넣어 이층에 가두고 비밀스러운 의식을 위해 이름도 없는 곳으로 가고 있다. 그러나 이따금 더 이상 버틸 수 없게 되고, 그런 때 에드워드는 어딘가 멀고 무서운 곳에서 갑자기 자기 자신의 몸으로 돌아가 있는 것을 안다. 아세나스가 다시 에드워드의 몸을 빼앗는 일도 있지만 그것이 불가능할 때도 있다. 이따금 내가 눈으로 본 것처럼, 에드워드는 낯선 곳에서 어찌할 바를 모르고 있을 때가 있다. 그런 때에는 그 먼 곳에서 가까스로 집으로 돌아가는 길을 찾아내어, 사람을 고용하여 차를 운전하게 한다.

더욱 나쁜 것은, 아세나스가 에드워드의 몸을 빼앗는 시간이 점차 길어지고 있다는 것이다. 아세나스는 남자, 즉, 완전한 인간이 되고 싶어 했다. 바로 그것 때문에 에드워드의 몸을 빼앗는 것이다. 아세나스는 에드워드가 우수한 두뇌와 약한 의지의 소유자라는 것을 알고 있었다. 언젠가 아세나스는 에드워드를 그의 몸에서 완전히 쫓아내고 에드워드의 몸을 빼앗아 자취를 감출 것이다. 거의 인간이라고 할 수 없는 여자의 껍데기 속에 에드워드를 남겨놓고 아버지 같은 대마술사가 되기 위해 자취를 감출 것이다. 에드워드도 이제는 인스마우스의 혈통에 대해 충분히 알고 있었다. 바다에서 온 것과 관계를 맺었던 것이다——피마저 얼어붙는 듯 무서운 그것과 ……. 그리고 에프레임은 그 비밀을 알았고, 노령에는 오래 살기 위해 무서운 짓을 했다. 에프레임은 영원한 생명을 꿈꾸었던 것이다. 이제 그 의지를 아세나스가 실현해줄 것이다. 이미 계획의 하나는 순조롭게 끝나 있었다.

에드워드 더비가 그런 말을 중얼거리는 동안 나는 찬찬히 그의 안색을 살펴 보았다. 그리고 체산쿠크에서 느꼈던, 변화하고 있다는 인상을 확신하기에 이르렀다. 이치에 닿지 않는 말이지만 에드워드는 전에 없이 몸 상태가 좋아진 것 같았다. 정상적인 발육을 보였으며 건장했고, 방탕한 생활에 의한 병적일 정도로 늘어졌던 피부가 흔적도 없이 말끔해져 있었다. 마치 어머니의 치마폭에서만 놀던 인생에서 처음으로 진정하게 활동하며 그에 상응하는 운동을 하고 있는 것 같았는데, 나는 아세나스가 활발함과 민첩함이라는 낯선 길로 에드워드를 이끈 것이 틀림없다고 판단했다. 그러나 지금 에드워드의 정신은 참으로 가련한 상태에 있었다. 아내에 대해, 마술사에 대해, 에프레임에 대해, 그리고 어떤 사실에 대해 말도 안 되는 소리를 계속 중얼거리고 있었다. 어떤 사실의 고백에 대해서는 나도 모르게 믿어버릴 정도였다. 에드워드는 내가 옛날에 어쩌다 금단의 책을 읽고 기억하고 있던 이름을 몇 번이나 되풀이하면서 종잡을 수 없는 이야기에 일관된——정말이라고 고개를 끄덕일 만큼 조리가 선——신화를 끌어내어 나를 두려움에 떨게 하기도 했다. 중간에 몇 번이나 말을 끊고는 입을 다물었다. 흡사 무언가 최종적인 섬뜩한 사실을 폭로하기 위해 용기를 짜내려 하는 것처럼.

"단, 자네는 그 남자를 기억하고 있나? 절대로 하얗게 세지 않는 수염을 덥수룩하게 기르고, 무서운 눈을 하고 있던 남자. 한번은 그 자가 나를 노려본 적이 있는데, 잊으려 해도 도저히 잊혀지지 않는 눈이었어. 그런데 지금은 그녀가 똑같은 눈으로 나를 노려보고 있다네. 나는 그 이유를 알고 있어! 놈은 '네크로노미콘' 속에서 발견했지, 그 처방을 말이야. 그것이 몇 페이지에 있는지는 아직 자네한테 말할 용기가 없지만, 만약 내가 말하게 된다면 자네도 읽고 이해할 수 있을 거야. 그렇게 하면 내가 무엇에 휘말리고 말았는지 자네도 알게 될 거야. 끝없이 몸에서 몸으로 옮겨가는 거지. 절대로 죽는 법이 없어. 생명의 광채, 놈은 관계를 끊는 방법을 알고 있어……생명의 광채는 육체가 죽어도 한동안은 반짝이니까. 막연하게 밖에 말할 수 없지만 아마 이만하면 짐작이 갈 거야. 단, 잘 듣고 생각해봐. 내 아내가 언제나 힘들게, 그 우스꽝스럽게 왼쪽으로 비뚤어진 글씨를 쓰는 이유를 알아? 자네는 에프레임이 쓴 글씨를 본 적이 있는가? 아세나스가 무심코 갈겨 쓴 글씨를 보고 내가 몸을 떨었던 이유를 알고 싶지 않아?

아세나스도 역시……. 어떻게 그런 인간이 있을까? 어째서 에프레임의 위 속에 독물이 남아 있다는 소문이 났을까? 어째서 기르만 집안 사람들은, 에브레임이 발광하여 아세나스가 덧문이 달린 다락방에 가두었을 때 겁에 질린 어린아이처럼 그가 비명을 지른 것에 대해 목소리를 죽이고 수군거리는 것일까? 다락방에는 다른 사람이 있었던 거야. 과연 갇힌 것은 에프레임 영감의 영혼이었을까? 누가 누구 속에 갇혔던 것일까? 어째서 놈은 몇 달

동안 더할 나위 없는 정신에 박약하기 짝이 없는 의지를 가진 자를 찾아 돌아다녔던 것일까? 어째서 놈은 아세나스가 아들이 아닌 것을 저주했던 것일까? 말해 봐, 다니엘 애프턴! 그 모독적인 괴물이 순종적이고 의지가 약한 어린아이를 뜻대로 조종하고 있었던 공포의 집에서는, 도대체 어떤 악마 같은 교환이 이루어지고 있었을까? 놈은 그것을 영구적인 것으로 만든 것이 아니었을까? 그녀가 최종적으로는 나를 이용하려는 것처럼 말이지. 말해 주게나, 스스로를 아세나스라 부르는 자는 어째서 글씨를 쓸 때 다른 필적으로 쓰려고 조심하지 않으면 안 되는 거지? 마치 원래의 필적을 들키면……."

바로 그때였다. 헛소리를 하는 내내 가늘고 새된 비명소리 같았던 에드워드 더비의 목소리가 갑자기 스위치가 꺼진 것처럼 뚝 끊어져 버린 것은. 에드워드가 우리 집에서 얘기할 때 갑자기 자아를 잃어버리는 일이 자주 있었던 것을 나는 떠올렸다. 그런 때면 나는, 아세나스의 정신력이 뭔가 불가해한 정신감응의 파장이 되어 에드워드의 입을 다물게 하는 것이 아닐까 어렴풋이 상상했다. 그러나 이번은 완전히 달랐다. 내가 상상하고 있던 것보다 훨씬 무서웠다. 내 옆에 있는 얼굴은 한 순간 거의 에드워드라고 할 수 없을 정도로 일그러졌는데 온몸을 덜덜 떨고 있었다. 마치 뼈와 장기, 근육, 신경, 세포조직이 모두 지금까지와는 완전히 다른 자세와 긴장한 몸매, 인격에 맞도록 다시 조정되고 있는 것 같았다. 그와 함께 지독한 공포가 얼굴을 내밀고 있었다. 나는 그 정체를 평생 확인할 길이 없으리라. 나는 그때 조수처럼 밀려오는 구토와 혐오에 사로잡혀 온몸이 얼어붙고 마비되어 버리는 듯한 완전한 이질감과 공포를 생생하게 의식하였고, 핸들을 잡은 손에서 힘이 빠져나가 운전이 제대로 되지 않았다. 내 옆에 있는 남자는 평생의 친구라기보다 바깥 세계——엿볼 수도 없는 악의로 가득 찬 우주의 모든 힘이 무서울 정도로 저주스러운 초점을 맺는 곳——에서 이 세계에 침입한 괴물처럼 생각되었다.

내가 한순간 주춤하자 사이를 두지 않고 옆의 남자가 강제로 핸들을 빼앗았다. 석양이 짙어지고, 포틀랜드의 등불도 뒤로 멀어져 있어서 얼굴은 거의 보이지 않았다. 그러나 눈빛이 이상하게 이글거렸고, 많은 사람의 주의를 끌었던 평소의 에드워드와는 전혀 다른 묘하게 정력이 넘치는 상태가 되어 있다는 것을 알았다. 남 앞에 잘 나서지 않고, 자동차 운전연습을 했을 리도 없는 무기력한 에드워드 더비가 나를 턱으로 명령하며 내 차의 핸들을 잡고 있다는 것은 참으로 기묘하고 믿을 수 없는 일이지만, 실제로 그런 일이 일어난 것이다. 에드워드는 한동안 한 마디도 하지 않았다. 나는 말할 수 없는 공포를 느끼면서, 에드워드가 입을 다물고 있는 것이 그나마 다행으로 생각되었다.

베드퍼드와 사코를 지나갈 때 마을의 불빛을 통해 에드워드가 입을 굳게 다물고 있는 모습이 보였는데, 번뜩이는 그 눈을 보고 나는 다시 오한에 사로잡혔다. 소문은 사실이었다. 이런 상태에 있는 에드워드는 기분 나쁠 정도로 아세나스와, 또 에프레임과 닮아 있었다. 이런 에드워드가 사람들로부터 경원당하는 것도 무리가 아니었다. 거기에는 확실히 부자연스러운 무언가가 있었다. 더구나 말도 안 되는 헛소리를 들은 뒤라 특히 불길한 요소를 느끼고 있었다. 이 남자는 내가 에드워드 피크맨 더비에 대해 알고 있는 모든 것에 비추어 완전히 다른 사람이었다. 암흑의 심연에서 찾아 온 어떤 침입자였다.

일직선 도로가 검게 뻗어 있는 것이 보일 때까지 더비는 한 마디도 하지 않았다. 간신히 입을 열었을 때, 그의 목소리는 완전히 귀에 설었다. 내가 잘 알고 있는 목소리보다 굵고, 단호하며, 자신감에 넘치고 있었다. 악센트와 발음도 완전히 달랐지만 정체를 알 수 없는 무언가를 희미하게, 마음이 동요되리만큼 떠올리게 하는 데가 있었다. 그 음색에서는 마음 깊은 곳에 뿌리내리고 있는 냉소가 느껴졌다. 에드워드가 늘 영향을 받고 있었던 순진한 지식인이 겉으로 드러내며 과시하고 싶어 하는 의미 없는 냉소가 아니라, 보다 근본적으로 음울하고 모든 것에 깊이 스며드는 사악한 것이었다. 겁에 질려 그토록 헛소리를 해대다가 이렇게 빨리 냉정해진 것이 너무나 이상했다.

"조금 전의 발작은 잊어주겠나, 애프턴?" 에드워드가 말했다.

"내가 신경이 과민한 것은 자네도 잘 알고 있을 테니까 틀림없이 용서해주겠지? 물론 차로 데리러 와준 것은 무척 고맙게 생각하고 있어. 그리고 아내와 다른 일에 대해 입에 올렸을지도 모르는 잠꼬대도 잊어주게. 그런 것을 너무 깊이 연구한 탓이야. 내가 참여하고 있는 학문은 이상한 개념으로 가득 차 있는데다 정신이 피곤하면 상상과 현실을 혼동하기 쉬운 법이니까. 난 이제부터 요양을 좀 해야겠어. 한동안 자네를 만나지 못하더라도 그 일로 아세나스를 비난하지는 말아주게.

이번 여행은 좀 묘한 데가 있었지만 사실은 무척 단순한 것이었다네. 북쪽 삼림지대에 어떤 인디언의 유적이 있는데, 민간전승에서 큰 의미를 갖는 선돌같은 것이 있어서 나는 아세나스와 상세하게 조사하던 중이었지. 너무 힘든 조사여서 아마 신경이 견디지 못한 모양이야. 집에 돌아가면 사람을 시켜서 차를 가져오게 해야 되겠지. 뭐, 한 달만 쉬면 전처럼 건강해질 거야."

나는 에드워드의 불가해한 변모에 의식이 사로잡혀 있었기 때문에 내가 무슨 말을 했는지 정확하게는 기억할 수가 없다. 시시각각 높아가는, 뭐라 표현할 수 없는 우주적 공포를 오싹오싹 느끼면서 나도 모르게 이 드라이브가 일 초라도 빨리 끝나기만을 오로지 바라고 있었다. 에드워드 더비는 핸들에서 손을 놓으려 하지 않았고, 나로서도 포츠머스와 뉴베리포트를 눈 깜짝할 사이에 빠져나가는 속도가 오히려 고맙게 생각되었다.

간선도로가 인스마우스를 피해 내륙부로 향하는 교차점에 가까워졌을 때, 나는 에드워드가 그 꺼림칙한 곳으로 통하는 한적한 해안도로로 차를 모는 것이 아닌가 약간 불안해졌다. 그러나 에드워드는 다행히 아컴을 향해 롤리와 입스위치를 맹렬한 속도로 질주했다. 자정이 가까워서 아컴에 도착했을 때, 오래된 크라우닌시르드에는 아직도 불이 켜져 있었다. 에드워드 더비는 황망하게 고맙다는 말을 몇 번이나 하고 차에서 내렸고, 나는 묘한 안도감을 느끼며 집을 향해 혼자 차를 달렸다. 공포의 드라이브였다. 이유를 전혀 알 수 없는 만큼 그 무서움은 비할 데가 없었다. 나는 에드워드 더비가 한동안 못 만날 거라고 말한 것에 대해 유감스럽게 생각하지는 않았다.

그 뒤 두 달은 소문이 무성하게 나돌았다. 흥분상태에 있는 에드워드 더비가 전보다 더욱 빈번하게 목격되는 한편, 아세나스는 방문객에게도 거의 모습을 보여주지 않는다고 했다. 에드워드가 아세나스의 차——메인 주 어딘가에 세워둔 것을 찾아온 차——를 타고 나를 만나러 온 적이 딱 한 번 있었다. 나에게 빌려준 책을 돌려받기 위한 매우 짧은 방문이었다. 에드워드는 아직도 그런 상태에 있었고, 해도 그만 안 해도 그만인 이야기만 하고 돌아가버렸다. 그런 상태에 있을 때는 틀림없이 나와는 아무 말도 하고 싶지 않은 모양이었다. 나는 에드워드가 평소처럼 초인종을 울리는 시간조차 아까워한다는 것을 알았다. 그날 밤의 드라이브 때처럼 설명하기 어려운 바닥모를 공포가 희미하게 느껴졌기 때문에 에드워드가 금방 돌아가 주어서 나도 모르게 안도했을 정도였다.

9월 중순에 에드워드 더비가 1주일 동안 집을 비운 것에 대해 퇴폐적인 대학생들 중에 뭔가 알고 있다는 듯이 말하는 자가 있었는데, 최근 영국에서 추방되어 뉴욕에 본거지를 두고 있는 악명 높은 신흥종교 지도자와의 회견을 암시했다. 나는 메인 주에서의 기괴한 드라이브를 도저히 머리에서 쫓아버리지 못하고 있었다. 옆자리에서 목격한 돌연한 변모에 심한 충격을 받아, 그 일과 그것에 의해 초래된 더할 수 없는 공포에 대해 수긍이 가는 설명을 해보려고 무척 애쓰던 중이었다.

그러나 가장 기묘한 것은 크라우닌시르드에서 흐느껴 우는 소리가 들려온다는 소문이었다. 아무래도 여자가 울고 있는 듯한데, 젊은이들 중에는 아세나스라고 생각하는 자들이 있었다. 흐느끼는 소리가 거의 끊이지 않고 계속되다가, 강제로 제지당한 것처럼 느닷없이 뚝 끊기는 일이 있다고 했다. 그 일에 대해 조사해봐야 한다는 얘기도 나왔지만, 어느 날 아세나스가 거리에 나타나 밝은 얼굴로 사람들과 얘기를 나누며 최근에 얼굴을 보이지 않았던 것을 사과하는 동시에 보스턴에서 온 손님의 노이로제와 히스테리에 대해 얘기한 뒤 다시 사라져 버렸다. 그 손님을 본 사람은 아무도 없었지만, 아세나스가 실제 거리에 모습을 나타낸 이상 더는 아무 말도 할 수 없었다. 그러나 그 뒤 흐느끼는 소리가 남자의 목소리였던 적이 몇 번 있었다고 비밀스럽게 얘기하는 자가 있어서 문제를 더욱 복잡하게 만들었다.

10월 중순의 어느 저녁 무렵, 나는 귀에 익숙한 세 번, 그리고 두 번 울리는 초인종 소리를 들었다. 현관에 나가보니 에드워드가 문 앞에 서 있었다. 나는 곧 에드워드의 상태가 예전의 것, 체산쿠크에서의 무서운 드라이브 도중에 헛소리를 했던 그날 이래 한 번도 보지 못했던 예전의 상태로 돌아가 있는 것을 알았다. 에드워드의 얼굴은 공포와 승리감이 서로 다투고 있는 것처럼 보이는 묘한 감정이 뒤섞인 긴장된 표정으로, 내가 문을 닫았을 때 어깨너머로 가만히 뒤를 돌아보았다.

위태로운 걸음으로 내 뒤를 따라 서재에 들어서자, 신경을 진정시키기 위해 위스키를 마시고 싶다고 했다. 나는 질문을 자제하며 에드워드가 얘기하고 싶은 기분이 될 때까지 기다리기로 했다. 이윽고 에드워드는 갈라진 목소리로 안간힘을 다하듯이 얘기하기 시작했다.

"단, 아세나스는 떠났다네! 간밤에 하인들이 외출한 사이에 오랫동안 얘기를 나눈 결과, 나를 제물로 삼는 짓을 그만두겠다는 아세나스의 약속을 받아냈어. 자네한테는 아무 말도 하지 않았지만, 나 역시도 그런……그런 종류의 마술적인 호신술을 몸에 익히고 있네. 아세나스는 내가 시키는 대로 하지 않을 수 없어서 굉장히 화를 내며 짐을 꾸려 뉴욕으로 떠나버렸어. 보스턴행 8시 20분발 열차를 타기 위해 종종걸음으로 가버렸어. 또 무슨 소문이 나겠지만 그래도 하는 수 없지. 누가 물어도 무슨 일이 있었는지 말할 필요는 없어. 긴 조사여행을 떠난 거라고 말해주지 않겠나?

아마 아세나스는 그 무서운 신자의 집에서 신세를 질 생각이겠지. 아세나스가 죽어버려서 완전히 인연이 끊어지면 좋겠지만, 어쨌든 날 혼자 내버려두겠다고 약속했으니까. 정말 무서웠어, 단! 아세나스는 내 몸을 빼앗아, 나를 몸에서 밀어내고는 포로로 삼고 있었어. 나는 줄곧 기회를 엿보며 아세나스가 시키는 대로 하는 척했지만 잠시도 방심하지 않고 경계를 게을리 하지 않았지. 조심하기만 하면 충분히 대항할 방법은 있었어. 아무리 아세나스라 해도 내 마음을 완전히 읽을 수는 없을 테니까. 아세나스가 나한테서 읽은 것은 일종의 반항심뿐이었어. 나를 늘 무력하다고만 생각하고 있었지. 내가 아세나스를 최대한으로 이용할 수 있다는 건 꿈에도 생각하지 않았어……하지만 난 효과가 있는 마술을 약간 알고 있었으니까."

에드워드 더비는 다시 고개를 돌려 뒤를 보며 위스키를 들이켰다.

"그 혐오스러운 하인들이 오늘 아침 돌아왔을 때 급료를 지불하고 해고해 버렸어. 주절주절 따졌지만 결국은 나가지 않을 수 없었지.

놈들은 아세나스와 같은 인스마우스의 주민으로, 아세나스와 한패야. 놈들은 나한테 상관하지 말고 조용히 있었더라면 좋았을 걸. 나갈 때 묘한 웃음을 흘리더군. 되도록 아버지가 데리고 있었던 하인들을 다시 많이 고용해야겠어. 이제 집으로 돌아갈 생각이야.

날 미쳤다고 생각하는 건 아닌가, 단? 하지만 아컴의 역사를 조사해 보면, 내가 얘기한 것과 이제부터 얘기하는 것에 대해 증거가 될 만한 것을 찾을 수 있을 거야. 자네도 어떤 변화를 보지 않았나? 메인 주에서 돌아오던 날, 내가 아세나스에 대한 얘기를 한 뒤 차 안에서 목격하지 않았어? 그게 아세나스가 나를 빼앗은 거라구. 나를 내 몸에서 쫓아냈던 거야. 내가 기억하고 있는 마지막 말은 그 악마의 정체를 자네한테 폭로하는 말이었어. 그러자 아세나스가 나를 덮쳤고, 나는 어느새 집에 돌아가 있었어. 그 혐오스러운 하인들이 나를 가둔 서재 안……인간이라고 할 수 없는 그 저주받은 악귀의 몸속에……. 자네도 알고 있겠지? 자네 차를 타고 집으로 돌아간 건 바로 아세나스야! 내 몸을 빼앗은 그 늑대였다구. 자네도 다르다는 걸 느꼈을 테지?"

에드워드 더비가 입을 다물었을 때 나는 오한에 사로잡혀 있었다. 내가 차이를 눈치채고 있었던 건 사실이었다. 그러나 이런 정신병자 같은 말을 어떻게 인정한단 말인가? 하지만 마음이 불안정한 방문객은 갈수록 당치도 않은 말을 하고 있었다.

"나는 내 스스로를 구원하지 않으면 안 되었어. 그렇게 하지 않을 수가 없었어, 단! 아세나스는 11월 1일, '할로마스(성스러운 모든 신도의 날)에 나를 완전히 빼앗을 생각이었지. 그날 체산쿠크에서 악마의 집회가 열리고 산 제물이 바쳐지면 모든 것이 끝나고 말아. 아세나스는 무슨 짓을 해서라도 나를 빼앗을 속셈이었어. 아세나스가 내가 되고 내가 아세나스가 되도록. 그것도 영원히 말이야. 그렇게 되면 다시는 돌이킬 수 없는 거야. 내 몸은 영원히 아세나스의 것이 되어버리는 거지. 아세나스는 그토록 원하던 남자, 즉 완전한 인간이 되는 거고, 그렇게 되면 아마 나를 처치했을 거야. 원래 자기의 몸을 나와 함께 죽일 생각이었어. 전에 한 것처럼 말이야. 그녀가, 아니 그 놈이, 예전에 했던 것처럼……."

에드워드는 무섭도록 일그러진 얼굴을 불쾌할 정도로 내 얼굴에 가까이 가져와서, 목소리를 낮춰 얘기하기 시작했다.

"내가 차 안에서 한 얘기 기억하고 있겠지? 그건 아세나스가 아니었어. 사실은 에프레임이었어. 1년 반 전부터 어렴풋이 그런 게 아닌가 하고 짐작하고 있었지만 지금은 똑똑히 알고 있어. 아세나스가 깜박 잊고 글씨를 쓴 것을 보면 한눈에 알 수 있지. 아세나스는 한 점 한 획에 이르기까지 아버지와 조금도 다르지 않은 필적으로 갈겨쓰는 때가 있어. 에프레임 같은 노인밖에 사용하지 않는 말을 하기도 하고. 에프레임이 죽음이 가까워진 것을 알고 아세나스와 몸을 교환한 게 틀림없어. 아세나스는 에프레임이 유일하게 찾아낼 수 있는 가장 걸맞은 두뇌와 약한 의지를 가진 인간이었어. 그리고 에프레임은 아세나스의 몸을 완전히 자신의 것으로 빼앗았어. 바로 아세나스가 나에게 하려고 했던 것처럼 말이야. 그 뒤 자신의 몸에 갇힌 아세나스를 독살한 거야. 그 악마의 눈에서 에프레임의 영혼이 비치고 있는 걸 느낀 적 없나? 아세나스가 내 몸을 지배하고 있을 때의 내 눈길에서는?"

그 속삭임은 숨을 쉬기 위해 몇 번이나 헐떡이면서 중단되었다. 나는 아무 말도 하지 않았다. 다시 얘기를 시작했을 때 에드워드의 목소리는 평소에 가까워져 있었다. 나는 정신병원에 가야 할 증세라고 생각했지만 내 손으로 에드워드를 정신병원에 집어넣고 싶지는 않았다. 아세나스한테서 자유로워졌으니 시간이 지나면 온전한 정신을 되찾을 거라고 생각했다. 그 꺼림칙하고 비밀스런 신비학에 두 번 다시 발을 들여놓을 생각이 없는 것은 분명했다.

"나중에 다시 자세히 얘기해 주겠네. 지금은 우선 몸부터 추슬러야겠어. 아세나스가 나를 끌어들인 금단의 공포——극소수의 사악한 사제들에 의해 되살아나 지금도 변경에서 도사리고 있는 태고로부터의 공포에 대해서도 나중에 얘기해 주지. 인간이 알아서는 안 되는 우주의 비밀을 알아내고, 인간이 해서는 안 되는 행위를 하는 자들이 있어. 나도 그런 것에 목까지 푹 잠겨 있었지만 이제 다 끝장이 난 셈이야. 만약 내가 미스카트닉 대학도서관 직원이라면 그 저주받은 《네크로노미콘》과 악마의 서적을 한 권도 남기지 않고 당장 불살라버리고 싶어.

아세나스는 이제 나를 자신의 것으로 할 수는 없어. 나는 가능한 한 빨리 그 저주받은 집에서 나와 아버지의 집으로 돌아가야 해. 필요할 때는 나에게 힘을 빌려 주겠지, 단? 그 악마 같은 하인들이 찾아오거나, 만일 아세나스에 대한 일로 사람들이 꼬치꼬치 캐물을 때 말이야. 이해해주겠지? 난 아세나스가 어디에 있는지 말할 수 없어. …… 게다가 아세나스의 행방을 찾는 자들은 자네도 알고 있는 그 종파의 신자들인데 아세나스와 내가 헤어진 것에 대해 오해할지도 몰라……그런 자들은 몹시 이상한 생각을 하거나 상상도 못할 행동으로 나올 수가 있어. 무슨 일이 있어도 틀림없이 내 편이 되어주겠다고 약속해 주겠나? 내가 아무리 놀라운 얘기를 하더라도……."

나는 그날 밤 에드워드를 손님용 침실에 재웠다. 아침이 되자 그는 꽤 안정을 되찾은 것 같았다. 우리는 에드워드가 더비 집안으로 돌아가는 데 필요한 준비에 대해 얘기를 나눴다. 나는 에드워드가 시간을 허비하지 말고 당장 이사하기를 원했다. 에드워드는 그날 저녁에는 찾아오지 않았지만 그로부터 몇 주일 동안은 자주 나를 만나러 왔다. 우리는 기괴하고 불쾌한 것에 대해서는 가능한 한 얘기하지 않도록 하면서 더비 집안 저택의 보수와, 에드워드가 이번 여름에 나와 내 아들과 함께 가기로 한 여행에 대해 많은 얘기를 나눴다.

우리는 둘 다 아세나스에 대한 얘기는 거의 하지 않았다. 에드워드의 마음을 어지럽히는 화제라는 것을 나도 알고 있었기 때문이다. 물론 이상한 소문이 무성하게 나돌았지만 원래 이색적인 크라우닌시르드의 주인이었던 만큼 이상할 것도 없었다. 내가 가장 꺼림칙했던 것은 더비 집안의 거래 은행가가 미스카트닉 클럽에서 상당히 노골적으로 내비친 말이었다. 에드워드의 수표가 정기적으로 인스마우스에 사는 모제스와 아비게일이라는 하인 부부와 유니스 밥슨에게 보내지고 있다는 것이다. 마치 그 사악한 얼굴의 하인들에게 에드워드가 무언가의 공물을 바치고 있기라도 한 것처럼. 그러나 에드워드는 그 일에 대해 나에게 아무 말도 하지 않았다.

나는 여름이 오고 아들이 하버드에서 돌아와 에드워드와 함께 유럽으로 갈 수 있는 날을 손꼽아 기다리고 있었다. 하지만 에드워드가 내가 기대하고 있는 만큼 빠른 쾌유를 보이고 있지 않은 것이 곧 밝혀졌다. 이따금 기분이 이상하게 고조될 때는 있었지만, 약간 신경질적이 되거나 아직도 무서워하며 실의에 빠지는 일이 자주 있었다. 더비 집안의 저택은 12월에는 이미 보수도 끝나 있었는데, 에드워드는 자꾸만 이사하는 것을 망설이며 연기하고 있었다. 그는 크라우닌시르드로 불리는 그 집을 싫어하고 무서워하는 것 같으면서도 묘하게 사로잡혀 있기도 했다. 가구를 처리하는 작업도 시작하지 못하고 있는 것 같았고, 자꾸만 이사를 연기할 구실을 끌어대고 있었다. 내가 그 점을 지적하자, 에드워드는 이상할 정도로 겁먹은 얼굴을 했다. 아버지가 데리고 있던 집사——다시 고용된 다른 하인들과 함께 크라우닌시르드에 있었다——가 어느 날 나에게 얘기해 준 것이 있었다. 에드워드가 집안에서 자주, 그것도 특히 지하실을 몰래 서성거리는 일이 있는데 아무래도 기묘해서 기분이 섬뜩하다는 것이었다. 아세나스가 에드워드의 마음을 어지럽히는 편지를 보낸 것이 아닌가 하는 생각이 들었지만, 집사는 아세나스한테서 온 편지는 한 통도 없었다고 했다.

에드워드 더비가 어느 날 밤 내 집에서 울음을 터뜨린 것은 크리스마스 무렵의 일이었다. 내가 내년 여름의 여행에 대한 얘기를 꺼내려고 했을 때 에드워드는 갑자기 비명을 지르며 의자에서 벌떡 일어났다. 얼굴에는 소름끼치는, 억제할 수 없는 끔찍한 공포——악몽을 잉태한 지옥의 심연만이 건전한 정신에 가져다줄 수 있는 우주적인 당혹과 혐오——가 떠올라 있었다.

"나의 뇌가! 나의 뇌가! 단! 그것이 끌어당기며 다가오고 있어……아득히 먼 곳에서……나를 집어삼키고……잡아가려 하고 있어……그 여자, 그 악마가……지금도……에프레임이야……카모그! 카모그라구! ……쇼고스의 굴……이아! 슈브 니글라스! ……천 마리의 새끼를 잉태한 산양!"

"불꽃이……불꽃이……육체를 넘어 생명을 넘어……대지 속에서……아아!"

나는 에드워드를 의자에 앉히고 와인을 마시게 했다. 극도의 흥분이 가라앉자 이번에는 방심상태에 빠졌다. 억지로 와인을 마시게 해도 거부하지 않고, 혼잣말을 중얼거리는 것처럼 계속 입술을 달싹거렸다. 이윽고 나에게 말을 하려는 것을 알고, 나는 에드워드의 입가에 귀를 가져가 그 가느다란 말소리를 들었다.

"……몇 번이나 몇 번이나……그녀가 도전해 와……나도 알고 있었지만……그 힘을 막을 수는 없어……아무리 먼 곳에 있어도, 어떤 마술을 사용해도, 죽음으로도 막을 수 있는 것이 아니야……그것이 찾아와……대개 밤에……나는 달아날 수가 없어……무서워서 죽을 것 같아……아! 단! 이 공포를 이해해줄 수만 있다면……."

에드워드가 혼수상태에 빠지자 나는 베개를 받쳐주고 정상적인 수면에 들 수 있도록 해주었다. 정신상태에 대해서 그가 어떤 말을 듣고 있는지 알고 있는 나로서는 자연스럽게 회복되기를 기다리고 싶었기 때문에 의사는 부르지 않았다. 에드워드가 한밤중에 눈을 뜨자 나는 이층 침실에 데려다 주었는데, 아침에 보니 사라지고 없었다. 우리 집에서 몰래 나가버린 것이다. 전화를 하자 집사가 받아서 에드워드가 서재 안에서 서성거리고 있다고 알려주었다.

그 뒤 에드워드는 급속하게 무너져 갔다. 다시는 우리 집에 찾아오지 않아서 내가 매일 그를 만나러 갔다. 항상 서재에 앉아서 멍하니 허공을 응시하거나, 무언가에 귀를 기울이고 있는 듯한 표정이었다. 이성적으로 얘기할 때도 있지만, 극히 사소한 얘기를 할 때뿐이었다. 고뇌의 원인이나 장래의 계획과 아세나스에 대해 조금이라도 입에 올릴라치면 극심한 흥분상태에 빠져버리는 것이었다. 집사의 얘기로는 밤에 심한 발작을 일으키는데 몸을 해치지 않을까 하고 걱정될 정도라고 한다.

나는 더비 집안과 인연이 있는 의사, 은행가, 변호사와 오랫동안 얘기를 나눈 뒤, 두 명의 전문의를 데리고 에드워드를 만나러 갔다. 최초의 면담에서 일어난 그 끔찍한 발작은 차마 눈뜨고는 볼 수 없었다. 그날 저녁 버둥거리는 에드워드를 태운 차가 아컴 요양소를 향했다. 나는 에드워드의 보호자가 되어 매주 두 번씩 면회하러 갔다. 에드워드의 끔찍한 비명과 무서운 속삭임, 불길한 넋두리는 듣고 있기만 해도 눈물이 나올 지경이었다. 에드워드의 그런 증상은 자주 되풀이되었다. "그렇게 하지 않을 수 없었어……그렇게 하는 수밖에 없었어……난 끌려가고 말거야……그곳으로……어둠 속으로……엄마! 엄마! 단! 도와줘! 살려줘!"

회복될 전망은 어느 정도인지 아무도 예상할 수 없었지만 나는 어떻게든 희망을 가지려고 노력하였다. 퇴원하면 집에 돌아가야 하기 때문에 우선 하인들부터 더비 집안의 저택으로 옮기게 했다. 에드워드도 정신이 돌아오면 크라우닌시르드가 아니라 아버지의 집으로 돌아가고 싶어할 거라고 생각했기 때문이다. 복잡한 설비와 불가해한 수집품들이 있는 크라우닌시르드 저택을 어떻게 처분할지는 아무래도 결정하기가 어려워 당분간 그대로 두기로 했다. 더비 집안의 가정부에게 1주일에 한 번씩 중요한 방을 청소하라고 얘기하고, 그날은 보일러 관리인에게 불을 피우도록 지시했다.

그 마지막 악몽은 성촉절(聖燭節) 전에 찾아왔다. 잔혹한 냉소가 담긴 거짓 희망의 빛이 먼저 반짝였다. 1월 하순의 어느 날 아침, 요양소에서 전화가 와서 에드워드가 빠르게 이성을 되찾았다는 소식을 전해주었다. 기억은 심하게 손상되어 있으나 제정신을 되찾은 것은 확실하다고 했다. 물론 한동안은 관찰할 필요가 있지만 퇴원할 수 있을 거라는 데는 이제 아무도 의심하지 않는다. 모든 게 잘 되면 1주일 안에 퇴원할 수 있을 것 같다는 말이었다.

나는 기쁨에 가슴을 두근거리면서 서둘러 요양소로 달려갔다. 그러나 간호사의 안내로 에드워드의 병실에 들어섰을 때, 당혹한 나머지 나는 그 자리에 우뚝 서고 말았다. 환자는 일어나서 나에게 인사를 하며 기품 있는 미소와 함께 한손을 내밀었다. 나는 에드워드가 원래의 기질과는 전혀 다른, 이상할 정도로 정력이 왕성해 보이는 것을 한눈에 알아보았다. 내가 어렴풋이 공포를 느꼈던 그 성격, 에드워드가 제 입으로 아내의 영혼이 침입한 것이라고 단언했던 바로 그 성격이었다. 그때와 같은, 아세나스와 에프레임을 꼭 닮은 형형하게 빛나는 눈과 굳게 다문 입술. 말하는 목소리에는 그때처럼 모든 것에 침투하는 듯한 기분 나쁜 냉소——사악을 암시하는 듯한 뿌리 깊은 냉소가 담겨 있었다. 그것은 5개월 전 밤에 내 차에서 운전대를 빼앗았던 남자였다. 초인종을 누르는 습관도 잊어버려 나에게 막연한 공포를 느끼게 했던 그 짧은 방문 이래 한 번도 만난 적이 없던 남자였다. 나는 그 남자 앞에서 모독적인 이질감과 말할 수 없는 우주적인 혐오감을 희미하게 느낄 뿐이었다.

남자는 퇴원수속에 대해 붙임성 있게 얘기했다. 최근의 기억이 몹시 손상되어 있기는 했지만 나는 동의하는 수밖에 없었다. 그러나 분명하게는 알 수 없으나, 뭔가 이상하리만큼 잘못되어 있다는 무서운 느낌이 들어 견딜 수가 없었다. 나로서는 헤아릴 수도 없는 공포가 그곳에 있었다. 내 앞에 있는 것은 제정신이 돌아온 남자였다. 하지만 정말로 내가 알고 있는 그 에드워드 더비일까? 만약 그렇지 않다면 도대체 그는 누구인가? 에드워드는 어디에 있는가? 퇴원시켜야 할까, 아니면 계속 감금해야 할까? 아니, 지상에서 뿌리째 근절해야 하는 건 아닐까? 이 남자가 말하는 모든 것에는 바닥을 알 수 없는 냉소의 그림자가 있다. 엄중한 감금이라는 특별한 조치가 취해진 덕택에 일찍 퇴원할 수 있게 되었다고 말할 때, 아세나스와 닮은 눈은 특별하고 불가해한 어떤 조소를 띠고 있었다. 나는 몹시 거북한 태도를 보이고 있었지만 다행히 달아나고 싶은 충동은 간신히 억제할 수 있었다.

그날부터 이튿날까지 나는 내내 머리를 싸매고 생각에 잠겨 있었다. 도대체 무슨 일이 일어난 것일까? 에드워드의 그 이상한 눈 속에서 이쪽을 내다보고 있는 것은 도대체 어떤 영혼일까? 나는 이 알 수 없는 소름 끼치는 수수께끼 외에 아무것도 생각할 수 없었고, 도통 일이 손에 잡히지 않았다. 이튿날 아침, 요양소에서 전화가 와서 회복한 환자의 용태에 아무런 변화도 없다고 전했다. 저녁때 나는 거의 신경쇠약에 걸릴 지경이었다. 나는 스스로도 이러한 정신상태를 인정하는데, 바로 이런 정신상태가 그 뒤의 사건을 촉발했다는 말을 듣게 될지도 모른다. 그렇지만 그 모든 증거를 나의 광기로만 설명할 수 없다는 것 말고는 더 이상 아무 말도 할 수 없다.

피마저 얼어붙는 것 같은 진정한 공포가 나를 엄습하여 뿌리칠 수 없는 처연한 암흑의 발톱으로 내 마음을 불안에 떨게 한 것은 이튿날 밤의 일이었다. 그것은 한밤중이 다되어 걸려온 전화에서 비롯되었다. 잠이 깬 것은 나뿐이었기 때문에 졸리는 눈을 비비며 서재의 수화기를 집어 들었다. 그러나 아무 소리도 들리지 않아 수화기를 내려놓고 침대로 돌아가려 했을 때, 무슨 소리 같은 것이 희미하게 들려왔다. 누군가가 몹시 힘들게 말하고 있는 것일까? 그런 생각을 하면서 귀를 기울이고 있으니 물 같은 것이 거품을 내고 있는 소리가 들리는 듯했다. 보글보글……보글보글……보글보글……. 그 소리에는 불명료하고 이해할 수 없는 말과 음절을 묘하게 암시하는 것이 있었다. 나는 누구냐고 물었지만 그 대답 역시 보글보글 하는 소리뿐이었다. 나에게는 기계가 내는 소리로밖에 들리지 않았으나 상대방의 전화가 고장이 나서 목소리가 들리지 않는 건지도 모른다 생각하고 말했다.

"아무 소리도 들리지 않습니다. 전화를 끊고 전화국에 신고하시는 것이 좋겠군요."

곧 전화가 끊어지는 소리가 났다.

그것은 거의 자정이 다된 무렵의 일이었다. 그 뒤 어디서 걸려온 전화인지 알아보았더니 크라우닌시르드에서 걸려온 것임이 밝혀졌는데, 가정부가 그곳에 있었던 것은 3, 4일 전의 일이었다. 그 집에서 발견된 것을 순서 없이 적어보면 다음과 같다. 집에서 떨어진 지하 저장고 속의 혼란, 발자국, 오물, 안에 있던 것을 급히 꺼낸 것 같은 옷장, 전화기에 남아 있는 정체를 알 수 없는 자국, 아무렇게나 사용된 편지지, 그리고 모든 것에 달라붙어 있던 악취. 경찰은 어리석게도 독선적인 추리를 하여, 아직도 해고된 비열한 하인들을 찾고 있다. 하인들은 소동이 한창인 때 행방을 감추고 말았다. 경관들의 얘기로는, 하인들이 해고당한 데 대해 앙심을 품고 잔인한 복수를 계획했으며 에드워드의 친구이자 조언자인 나도 그 복수의 대상이 된다는 것이다.

바보 같은! 그 우둔하고 무지한 자들이 그 필적을 흉내 낼 수 있다고 생각한단 말인가? 나중에 나타난 것을 그들이 옮겨왔다고 생각한단 말인가? 에드워드의 몸에 일어난 변화도 눈치채지 못할 만큼 눈이 어둡단 말인가? 나로 말하면, 에드워드 더비가 전에 얘기했던 모든 것을 지금은 완전히 믿고 있다. 생명권의 피안에는 인간의 지혜가 미치지 않는 공포가 존재하고 있으며, 이따금 인간의 사악함에서 나오는 호기심어린 부름이 그런 공포를 손이 닿는 범위 안으로 불러들이고 마는 것이다. 에프레임, 아세나스, 그 악마가 그런 공포를 불러들여 지금 나를 삼키려 하고 있는 것처럼 에드워드를 삼켜버린 것이다.

내가 안전하다고 장담할 수 있을까? 그런 종류의 힘은 육체에서 생명의 불이 꺼져도 계속 살아남을 수 있다. 이튿날 오후 신경쇠약에서 간신히 벗어나 평소처럼 걷고 말할 수 있게 되자, 나는 정신병원에 가서 에드워드를 위해, 그리고 세계를 위해 방아쇠를 당겼다. 그러나 시체가 화장될 때까지 안심할 수 없는 일이었다. 그런데도 온갖 의사에 의한 어리석기 짝이 없는 검시해부를 위해 시체가 보관되고 있다. 즉시 화장해야 하는데. 내가 발포했을 때 이미 에드워드 더비가 아니었던 그 남자는 반드시 화장해야만 한다. 화장이 되지 않는다면 나는 미치고 말 것이다. 다음은 내 차례가 될지도 모르기 때문에. 그러나 나는 의지가 약한 인간이 아니다. 주위에 들끓고 있는 공포에 힘없이 쓰러지지는 않는다. 하나의 생명은 지금 누가——에프라임, 아세나스, 그리고 에드워드——되어 있을까? 나는 내 몸에서 쫓겨나거나 하지는 않을 것이다……정신병원에서 총에 맞은 그 시체와 영혼을 교환할 수는 없다.

　그러나 그 마지막 공포에 대해 어떻게든 논리정연하게 기록해보려 하니 읽어주기 바란다. 경찰이 끝까지 무시한 것에 대해서는 아무 말도 하지 않을 생각이다. 새벽 2시가 가까워질 무렵, 하이스트리트에서 적어도 세 명의 통행인에게 목격된 그 그로테스크하게 쪼그라들어 악취를 내뿜던 것과, 특정한 장소에서 발견된 개개의 발자국에 대해서는 아무 것도 쓰지 않겠다. 2시 직전에 내가 초인종과 노크 소리에 눈을 뜬 것만은 기록해 두자. 초인종과 노크는 연약한 무언가가 죽을 힘을 다해 울리고 있는 것처럼 여러 번 들릴 듯 말듯 울렸는데 모두 에드워드의 습관인 세 번, 그리고 두 번 울리는 방법을 쓰려고 애쓰고 있는 것 같았다.

　깊은 잠에서 깬 나는 마음이 심하게 동요되었다. 에드워드 더비가 문 앞에 있고, 더구나 그 그리운 신호를 들었으므로. 새로운 성격을 가진 남자는 그 신호를 잊고 있었다……에드워드는 갑자기 원래의 상태로 되돌아간 것일까? 어째서 이렇게도 절박하게 찾아온 것일까? 예정보다 일찍 퇴원한 것일까, 아니면 도망쳐온 것일까? 나는 가운을 걸치고 급히 아래층으로 내려가면서, 어쩌면 원래의 자신으로 돌아옴으로써 몹시 혼란에 빠져버려, 퇴원허가를 기다리지 못하고 어둠 속에서 자유를 찾고 있는 것일지도 모른다고 생각했다. 무슨 일이 있었든 예전의 그 에드워드로 돌아온 것이니 도와주지 않으면 안 되었다.

　느릅나무가 호를 그리고 있는 어둠 속에 문을 열자 거의 숨이 막히는 듯한 견딜 수 없는 악취를 품은 바람이 불어왔다. 나는 구토를 느낀 나머지 목이 막혔지만, 그 순간, 몹시 성장이 저해되어 등까지 굽은 사람의 모습이 문 앞에 간신히 서 있는 게 보였다. 그 노크 방법은 에드워드만의 독특한 것이었는데, 이 발육부전의 불결한 기형은 도대체 누구란 말인가? 에드워드는 그 짧은 사이에 어디로 가버린 것일까? 내가 문을 여는 한순간 전까지 초인종이 울리고 있었는데.

문 앞에 있는 자는 에드워드의 외투를 입고 있었다. 옷자락은 거의 땅에 닿고, 소매를 걷어 올렸지만 그래도 손등을 덮고 있었다. 머리에는 펠트모가 눈을 깊숙이 가리고 있고 검은 실크 머플러로 얼굴을 감싸고 있었다. 내가 비틀거리는 다리로 한발 앞으로 나서자, 그 난쟁이는 전화에서 들려왔던 것과 같은, 액체가 끓는 듯한 보글보글 하는 소리를 내며 연필 끝으로 눌러 쓴 글자가 빼곡하게 적혀 있는 커다란 종이를 나에게 내밀었다. 나는 말할 수 없이 고약한 악취 때문에 아직도 눈이 핑글 돌 것 같은 상태였지만, 종이를 쥐고 문에서 새나오는 빛 속에서 읽으려고 했다.

틀림없는 에드워드의 필적이었다. 그러나 초인종을 울릴 만큼 가까이 왔으면서도 도대체 무슨 이유로 이렇게 써가지고 온 것일까? 기록된 글씨가 어색하고 난잡하며 흔들리고 있는 것은 어째서일까? 흐릿한 불빛 아래서는 읽을 수가 없어서 나는 홀로 들어갔고, 난쟁이는 여전히 문 앞에 선 채 기계장치 인형처럼 발을 구르고 있었다. 이 기묘한 심부름꾼의 악취는 참으로 끔찍한 것이어서 나는 아내가 잠이 깨어 방에서 나오지 않기만을 바랐다(다행히 그 바람은 이루어졌다).

이윽고 나는 그것을 읽는 사이에 무릎에서 힘이 빠지고 눈앞이 깜깜해지는 걸 느꼈다. 정신이 들고 보니 나는 바닥에 쓰러져 있었고, 그 저주스러운 종이를 공포에 질린 나머지 경직된 손으로 여전히 움켜쥐고 있었다. 거기에는 이렇게 적혀 있었다.

단! 정신병원에 가서 그것을 죽여주게. 뿌리를 뽑아버려야 해. 그것은 에드워드가 아니야. 그것이——아세나스가——나를 빼앗아 가버렸어. 그 아세나스는 석 달 반 전에 죽었네. 집에서 나갔다고 했지만 그건 거짓말이었어. 내가 죽인 거야. 죽이지 않을 수가 없었어. 갑작스러운 일이었지만, 그때 집에 있었던 것은 나와 아세나스

둘뿐이었고, 나는 내 몸속에 있었지. 나는 촛대가 눈에 들어오자 그것을 움켜잡고 아세나스의 머리를 내려쳤네. 아세나스는 '모든 성인의 날'에는 무슨 일이 있어도 내 몸을 자신의 것으로 만들 계획이었지.

나는 아세나스를 집에서 떨어진 지하 저장고에 묻고, 그 위에 낡은 상자를 여러 개 놓아 증거가 되는 것을 완전히 지웠네. 이튿날 아침 집으로 돌아온 하인들은 이상하게 생각했지만 놈들에게도 비밀이 있어서 경찰에 신고할 수 없었네. 나는 그들을 해고했는데 놈들과 다른 신자들이 무슨 짓을 할지는 아무도 모른다네.

나는 한동안 이것으로 걱정이 사라졌다고 생각했지만 그러다가 나의 뇌가 팽팽하게 끌려가는 듯한 느낌이 들기 시작했네. 그것이 무엇을 의미하는지는 알고 있었어. 그걸 기억하고 있어야 했는데. 아세나스의, 아니 에프레임의 영혼은 반쯤 분리되어 있어서 죽은 뒤에도 몸이 존재하는 한 계속 살아있다는 걸. 아세나스는 나를 빼앗으려 했지. 자신의 몸과 내 몸을 교환하려고 했어. 내 몸을 빼앗아, 나를 지하실에 묻힌 아세나스의 몸속에 넣으려고 한 거네.

나는 어떻게 될지 알고 있었네. 그래서 정신이 더 이상 버티지 못하게 되어 입원하지 않을 수 없게 되었지. 이윽고 두려워하던 일이 일어나고 말았네. 정신이 들고 보니, 나는 어둠 속에서 숨이 막혀 있었어. 내가 상자로 가려두었던 지하실에 있는 아세나스의 썩은 시체 속에 들어 있었던 거야. 그리고 아세나스가 요양소의 내 몸 속에 있다는 걸 알았네. 이제 '모든 성인의 날'이 지났으니까 내 몸은 완전히 아세나스의 것이 되고 말았어. 산 제물은 아세나스가 그 자리에 없어도 효과를 발휘하네. 그리고 놈은 정신이 돌아온 것으로 진단되어 퇴원하려 하고 있어. 세계에 대한 위협인 그 놈이 말일세. 나는 필사적으로 흙을 긁으며 바깥으로 기어나왔네.

나는 이제 말을 할 수도 없네. 전화하는 것도 무리였지. 그러나 아직 쓸 수는 있어. 나는 어떻게든 이 마지막 말과 경고를 전할 생각이네. 만약 자네가 세계의 평화를 중히 여긴다면 그 악마를 죽여 주게. 그리고 반드시 화장해야 해. 그렇게 하지 않으면 그것은 몸에서 몸으로 옮겨다니며 영원히 살게 될 걸세. 그것이 무슨 짓을 할지 내 입으로는 도저히 말할 수 없네. 단! 흑마술을 일소해 주게. 흑마술은 악마의 짓이야. 잘 있게, 친구. 자네는 멋진 친구였어. 경찰에는 납득할 수 있는 말을 적당히 둘러대 주게. 자네에게 이런 역할을 강요해서 무척 미안하게 생각하네. 이제 난 편히 쉴 수 있을 거야. 이 몸은 이제 오래 가지 못해. 자네가 이것을 읽어주기를 간절히 기도하고 있네. 부디 그 놈을 죽여주게. 무슨 일이 있더라도.

나는 반쯤 읽고 의식을 잃었기 때문에 후반부를 읽은 것은 의식을 되찾은 뒤였다. 그러나 문 앞에 무너져 있는 물체를 목격하고, 따뜻한 바람에 실려오는 그 냄새를 맡았을 때 나는 다시 정신을 잃고 말았다. 물체는 미동도 하지 않았고 이미 의식도 없었다.

나보다 신경이 굵은 집사는 아침이 되어 문 앞에 있는 것을 보았을 때도 정신을 잃지 않았다. 그리고 경찰에 전화를 걸었다. 경관이 왔을 때 나는 이층 침대에 들어가 있었지만, 그 덩어리는 밤에 무너진 그대로였다. 경관은 손수건으로 코를 틀어막았다.

에드워드의 묘하게 조화를 이룬 옷 안에서 보인 것은 거의 썩은 물에 가까운 무서운 물체였다. 뼈도 있었고 부서진 두개골도 있었다. 치아로 보아 그 두개골은 아세나스의 것임이 밝혀졌다.

어둠 속을 헤매는 것
로버트 블럭에게 바침

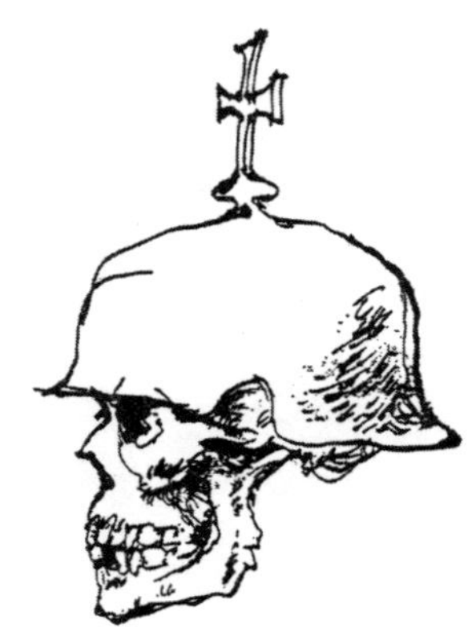

나는 암흑의 우주가 입을 열고 있는 것을 보았다
그곳에서는 검은 행성이 정처도 없이 돌고 있다
뒤돌아볼 수 없는 두려움에 사로잡혀
아무도 모르는 어둠 속에서

네메시스

　로버트 블레이크의 죽음을 벼락 때문이라느니 방전으로 신경에 강한 충격을 받았기 때문이라느니 하는 세상 사람들의 주장에 대해, 조심성이 많은 조사자라면 함부로 의심스런 내색은 하지 않을 것이다. 블레이크 앞에 있던 창문 유리는 분명히 깨지지 않았건만, 자연은 참으로 여러 가지 묘한 재주를 부리지 않는가! 블레이크의 죽은 얼굴만 해도 그렇다. 사실 블레이크가 본 것과는 아무 관련이 없는 원인불명의 근육의 경련 때문일지도 모르고, 일기의 내용도 블레이크가 스스로 파헤친 옛 전설과 지방의 미신에 자극을 받아 분방한 상상력을 맘껏 펼친 결과라고도 할 수 있을 것이다. 페더럴 힐에 있는 퇴락한 교회의 이상한 상태에 대해서는, 깐깐한 분석가들이라면 알고 모르고를 떠나 주저 없이 어떻든 블레이크가 연루된 일종의 사기극이라는 견해를 취하리라.

그것은 결국 피해자가 신화와 꿈, 공포, 미신의 분야에 한 몸을 바친, 유령이 나올 것 같은 기괴한 장면과 효과의 추구에 몰입해 있던 작가이자 화가였기 때문이다. 지난날 블레이크는 자기처럼 비밀의 신비학과 금단의 전승에 깊이 빠져 있는 이색적인 노인을 방문하기 위해 마을에 나타났고, 그 방문은 죽음과 불꽃의 한복판에서 끝났다. 블레이크를 밀워키의 집에서 떠나게 한 것은 아마 그다지 확실하지 않은 직감 같은 것의 작용 때문일 것이다. 비록 일기에는 반대의 내용이 기록되어 있기는 하지만 블레이크가 많은 옛 이야기를 알고 있었을지도 모를뿐더러, 도깨비탈을 놀리는 못된 장난이 문학적으로는 비난받아 마땅한 것처럼 그의 죽음도 아직 싹으로 있을 때 일치감치 도려내버린 건지도 모른다.

그러나 모든 증거를 조사하여 상관관계를 알아낸 사람들 중에는 합리적이라고도 평범하다고도 할 수 없는 억측에 집착하는 자들이 몇몇 남아 있었다. 그런 자들은 자칫 블레이크의 일기 내용을 액면 그대로 받아들여 의미심장하게 지적하는 경향이 있다. 이를테면 오래된 교회 기록의 신빙성, 기피당하는 사악한 종교 '별의 지혜'파가 1877년 이전으로 거슬러 올라가도 존재했다는 이미 증명이 끝난 사실, 또한 1893년 에드윈 M. 릴리브리지라는 호기심 강한 기자가 실종된 사건에 대한 기록과 함께 특히 젊은 작가의 죽은 얼굴에 떠올라 있던 무섭도록 일그러진 공포의 표정. 블레이크의 일기에는 오래된 교회의 탑 안에 있었다고 적혀 있지만, 그곳이 아니라 창문이 없는 검은 뾰족지붕에서 발견되었다느니, 기이한 장식의 금속상자와 기묘하게 각진 돌을 극단적인 맹신에 사로잡힌 채 바다에 던져버린 것도 사실 그런 자들이었다. 그 남자——기묘한 전승에 흥미를 가진 평판이 좋은 의사——는 공사를 불문하고 맹렬한 비난을 받았지만, 내버려 두면 지극히 위험한 것을 지상에서 제거한 것뿐이라고 당당하게 주장했다.

이렇게 두 파로 갈라진 견해 속에서 독자는 스스로 판단을 내리지 않으면 안 된다. 자료는 회의적인 각도에서 구체적인 진실을 알려줄 것이고, 아울러 로버트 블레이크가 보았거나, 또는 보았다고 생각했거나, 아니면 본 척 가장한 정경도 소묘의 형태로 남아 있다. 그럼 그의 일기를 자세히, 사심 없이, 그리고 신중하게 조사함으로써 일련의 수수께끼 같은 사건을 그 중심인물이 얘기하는 관점에서 요약해 보겠다.

젊은 블레이크는 1934년과 35년 사이의 겨울에 프로비던스로 돌아가, 칼리지 스트리트 외곽의 풀밭에 있는 낡은 주택의 이층을 빌렸다. 그곳은 동쪽으로 뻗어 있는 큰 언덕의 꼭대기로 브라운 대학 캠퍼스와 가까운 곳에 있었다. 뒤에는 대리석으로 지은 대학 부속의 존 헤이 도서관이 자리잡고 있다. 사람을 잘 따르는 큰 고양이들이 가까운 헛간 지붕에서 햇볕을 쬐고 있는 목가적이고 고풍스러운 작은 휴식의 뜰, 그 안에 있는 아담하고 살기 좋은 매력적인 집이었다. 조지아 왕조 양식의 상자형 주택은, 통풍을 위해 약간 띄워서 낸 작은 지붕이나 창문에 작은 유리가 부채꼴로 끼워져 있는 고전적인 현관을 보더라도 알 수 있듯이 틀림없는 19세기 초기의 세공들로만 갖춰져 있었다. 내부에는 6장의 거울판이 끼워져 있는 문, 폭 넓은 마룻바닥, 식민지 시대풍의 곡선을 그리고 있는 계단, 그리고 아람(Aram. 고대 시리아를 가리키는 히브리어) 양식의 하얀 벽난로 선반이 있고, 안쪽에 있는 방은 3단 정도 바닥이 높이가 낮았다.

남서쪽에 위치한 블레이크의 넓은 서재는 한쪽에서 현관 앞의 뜰을 조망하고 있고, 서쪽으로 면한 창문——그중 한 창문 앞에는 책상이 놓여 있다——의 언덕 한 귀퉁이로 얼굴을 돌리면 저지대로 뻗어가는 마을의 지붕들과 그 너머로 활활 타오르는 석양의 신비로운 훌륭한 경관이 마치 내 것인 양 눈에 들어온다. 아득히 먼 곳에는 널찍한 교외의 보랏빛이 감도는 비탈면이 지평선을 이루고 있다. 그 비탈면을 배경으로 약 2마일 앞에는 페더럴 힐의 유령이 도사리고 있는 것 같은 원추형 언덕이 솟아 있고 지붕과 첨탑들도 복잡하게 모여 있는데, 멀리서 바라보는 그 윤곽은 소용돌이를 그리며 올라가는 마을의 연기에 싸인 채 신비롭게 흔들리며 기이한 형태를 보여주고 있었다. 블레이크는 실제로 찾아가서 발을 들여놓으려 하면 꿈이 되어 사라져 버릴지도 모를, 어떤 미지의 영묘한 세계를 들여다보고 있는 듯한 기묘한 느낌을 받았다.

블레이크는 대부분의 장서를 집에서 옮겨온 뒤 숙소에 어울리는 고풍스러운 가구를 몇 가지 들여놓고, 소설의 집필과 회화 제작에 착수했다. 혼자 생활하며 간단한 집안일은 스스로 해결할 작정이었다. 북쪽 다락방에 마련한 아틀리에에는 바람이 통하도록 지붕에 설치된 몇 개의 창문을 통해 빛이 충분히 들어오고 있었다. 블레이크는 그해 첫 겨울 동안 자신의 작품 중에 가장 잘 알려진 5편의 단편소설——〈지하에 숨어사는 것〉〈굴로 통하는 계단〉〈샤가이〉〈나스의 골짜기〉〈향연에 참석한 외계인〉——을 쓰고, 7장의 그림을 완성했다. 그림은 완전히 비인간적인, 이름도 없는 괴물과 이 세상이 아닌 심오한 외계의 풍경을 그린 습작이었다.

해질녘이 되면, 블레이크는 자주 책상 앞에 앉아서 서쪽에 펼쳐진 경치를 넋을 잃고 바라보곤 했다. 바로 눈 아래에 있는 기념회관의 검은 탑, 조지아 왕조 양식의 재판소의 종루, 저지대에 솟아 있는 작은 첨탑들, 그 중에서도 가장 높이 솟아 있는 뾰족지붕이 마치 흔들리는 것처럼 보이는 멀리 떨어진 원추형 언덕을. 페더럴 힐의 원추형 언덕에 있는 아직 가보지 못한 길과 미로처럼 이어져 있는 박공지붕들은 블레이크의 상상력을 더할 수 없이 부추겼다. 이 고장에서 알고 지내는 몇몇에게 물어본 결과, 멀리 구릉이 광범위하게 펼쳐진 곳은 이탈리아인 지구이기는 하지만 그곳에 있는 대부분의 집은 이탈리아인보다 먼저 영국인과 아일랜드인이 이주했던 시대의 자취라는 것을 알 수 있었다. 블레이크는 이따금 소용돌이를 그리는 연기 저편에 있는, 손길이 미치지 않는 불확실한 세계에 쌍안경을 대고 지붕과 굴뚝, 첨탑을 자세히 보거나, 그런 것에 숨겨져 있을지도 모르는 현묘하고 기이한 수수께끼에 대해 생각에 빠지곤 했다. 쌍안경과 같은 광학의 도움을 빌리는데도 페더럴 힐은 어딘가 이질적이고 거의 전설상의 땅 같은 분위기를 가지고 있어, 블레이크의 소설과 그림의 소재처럼 실체가 없는 비현실적인 경이와 관련이 있을 것처럼 보였다. 가로등의 불빛이 아로새겨진 짙은 보랏빛 황혼 속에 언덕이 점차 사라지고 재판소의 스포트라이트와 인더스트리얼 트러스트사(社)의 붉은 불빛이 밤을 기괴하게 장식한 뒤에도 그런 느낌은 오래오래 마음에 남았다.

멀리 페더럴 힐에서 가장 블레이크의 마음을 사로잡은 것은 검고 거대한 교회였다. 특정한 낮 시간에는 더욱 두드러지게 또렷이 보이기도 했지만 해질녘에는 석양에 불타는 하늘을 배경으로 커다란 탑과 끝이 뾰족한 지붕이 검게 모습을 드러내는데, 그것은 특별히 높은 지대에 서 있기 때문인 것 같았다. 지저분하고 거무스름한 정면과 뾰족한 커다란 창 위에 경사가 급한 지붕이 비스듬하게 보이는 북쪽 면이, 주위에 옹기종기 모여 있는 마룻대 재목과 굴뚝의 통풍관 사이로 불쑥 올라와 있는 것이다. 특히 음산하고 위압적인 모습을 한 교회는 아무래도 석조건물 같았는데, 백년이 넘는 세월 동안 비바람과 연기에 시달려 풍화한 동시에 몹시 더러워져 있었다. 쌍안경으로 본 바로는, 건축양식은 장려한 업존기(期)보다 앞선 고딕 부흥기 초기의 실험적인 형태로 조지왕조 시대의 외관과 규모를 다소나마 능가하고 있었다. 1810년 내지 15년 무렵에 지어진 것으로 짐작되었다.

블레이크는 시간이 흐를수록 묘하게 호기심이 커지는 걸 느끼면서 먼 곳의 위태로운 건물을 계속 바라보았다. 어느 창문에도 불이 켜지는 일이 없는 걸 보면 사람이 살지 않는 것이 분명했다. 바라보면 바라볼수록 상상력이 활발해져서 마침내 기묘한 공상을 하게 되었다. 황폐를 나타내는 이상한 분위기가 희미하게 감돌고 있어서, 비둘기와 제비조차 연기에 싸인 처마에 가까이 다가가려 하지 않는 거라고 블레이크는 생각했다. 쌍안경으로 보면 다른 탑과 종루 주위에는 많은 새들이 보이는데 교회 처마에서 날개를 쉬는 모습은 전혀 보이지 않았다. 적어도 블레이크는 그렇게 생각하고 일기에도 그렇게 기록했다. 몇 명의 친구에게 교회에 대해 얘기해보았지만, 페더럴 힐에 간 적이 있거나 교회의 현재 또는 과거의 상태에 대해 조금이라도 알고 있는 사람은 아무도 없었다.

봄이 되자 블레이크는 몹시 안정을 잃고 있었다. 꽤 오래전부터 계획하고 있던 메인 주에 마녀신앙이 남아 있다는 가설을 토대로 한 장편소설에 착수하려 했지만 묘하게도 붓이 나가지 않는 것이었다. 서쪽으로 나 있는 창문 앞에 앉아서, 먼 언덕과 새들이 꺼리고 있는 듯한 위압적인 검은 첨탑을 바라보는 시간이 갈수록 길어지고 있었다. 뜰의 나무들이 섬세한 잎을 피우고 세상이 새로운 아름다움으로 가득 차는 가운데 블레이크의 불안은 점점 높아져갈 뿐이었다. 마을을 가로질러 환상과도 같은 그 언덕에 올라가 연기에 싸인 꿈의 세계로 한번 들어가 보자, 처음으로 이런 생각이 블레이크의 마음에 떠오른 것도 그 무렵이었다.

4월 하순, 영겁의 어둠이 모이는 발푸르기스의 밤(4월 30일 밤. 이날 밤 마녀들이 모여 마음껏 환락을 누린다고 한다. —옮긴이) 전날, 블레이크는 미지의 영역으로 향하는 최초의 여행을 시작했다. 끝없이 이어져 있는 것 같은 서민들의 거리를 터벅터벅 걷다가 다시 음울하고 황폐한 지구를 지나, 블레이크는 마침내 오랜 세월에 마모된 돌계단과 휘어진 도리스식 현관, 흐릿한 유리가 끼워진 둥근 지붕이 있는 그 언덕길에 당도했다. 이 길이야말로 예전부터 그려보던 안개 너머 닿을 수 없는 세계로 통하는 것임에 틀림없었다. 블레이크에게는 그런 느낌이 들었다. 무엇을 의미하는 건지 알 수 없는 파란 색과 흰색의 그을린 이정표를 여러 개 지난 뒤에야 블레이크는 길을 오가는 사람들의 얼굴이 묘하게 검다는 걸 깨달았고, 비바람에 시달린 건물에 들어 있는 이색적인 가게의 이국풍 간판에도 주의가 끌렸다. 그러나 멀리서 보았던 것은 어디에도 보이지 않았다. 블레이크는 다시 상상력을 펼치기 시작했다. 멀리서 보는 페더럴 힐은 살아 있는 인간은 절대로 발을 들여놓을 수 없는 꿈의 세계가 아닐까 하고.

이따금 황폐한 교회의 정면과 무너져가는 뾰족탑이 눈에 들어왔지만 그가 찾고 있는 검은 건물은 아니었다. 한 가게 주인에게 커다란 석조교회에 대해 물어봤지만, 주인은 영어를 유창하게 할 줄 알면서도 말없이 고개만 저을 뿐이었다. 언덕길을 올라갈수록 끝없이 펼쳐진 남쪽 오솔길이 갈색 병풍에 둘러싸인 미로 같은 모습을 드러내자 뭐가 뭔지 더욱 알 수 없는 기분이었다. 블레이크는 두세 번 넓은 도로를 가로질렀는데 얼핏 낯익은 탑을 본 것 같은 느낌을 한 번 받았다. 다시 한 상인에게 장대한 석조교회에 대해 물어 보았다. 이번에는 일부로 모르는 척한다는 것을 확실히 알 수 있었다. 상인의 검은 얼굴에는 숨길래야 숨길 수 없는 공포의 표정이 서려 있었고, 오른손으로 이상한 손짓을 하는 것도 보였다.

이윽고 복잡하게 뒤엉킨 남쪽 오솔길에 늘어선 갈색 지붕 뒤로 홀연히 왼쪽의 흐린 하늘을 배경으로 검은 뾰족탑이 선명하게 나타났다. 블레이크는 이내 그것이 무언인지 알고, 큰길에서 뻗어나온 포장도 되지 않은 지저분하고 좁은 언덕길을 올라갔다. 두 번이나 길을 잃었지만 집 앞에 앉아 있는 노인과 주부, 그리고 어두컴컴한 언덕길의 진흙 위에서 소리를 지르며 놀고 있는 아이들에게조차 왠지 길을 묻고 싶은 마음은 들지 않았다.

마침내 블레이크는 서남쪽 하늘을 배경으로 서 있는 탑을 똑똑히 볼 수 있었다. 거대한 석탑이 좁은 언덕길 끝에 거무스름하게 솟아 있었던 것이다. 잠시 뒤 블레이크는 옥석이 교묘하게 깔려 있고, 안쪽에 축대가 보이는 노천광장에 발을 들여놓았다. 탐구여행은 이제 끝났다. 잡초가 무성하고 폭넓은 철책이 설치되어 있는 축대——주위보다 넉넉히 6피트는 높게 격리된 작은 세계——에는, 멀리서 바라보았을 때와는 모습이 다르지만 그 정체에 대해서는 의문의 여지가 없는 위압적이고 거대한 건물이 우뚝 서 있었다.

인적이 없는 교회는 극도로 퇴락해 있었다. 높은 버팀벽은 일부가 허물어져 있고, 제멋대로 자란 잡초 사이로 떨어져 내린 섬세한 용마루널 장식이 여러 개 얼굴을 내밀고 있다. 그을린 고딕양식의 창문은 중간틀 역할을 하는 석재가 대부분 사라지고 없었지만 유리 자체는 심하게 깨어져 있지 않았다. 블레이크는 어린 소년이라면 거의 누구나 가지고 있는 습성을 떠올리며, 그을린 유리가 어째서 깨지지도 않고 남아 있는지 이상하게 여겼다. 정면의 묵직한 문은 아무런 손상도 입지 않은 채 닫혀 있었다. 축대 주위에는 전체를 에워싸는 녹슨 철책이 있고, 광장과 축대를 연결하는 계단이 철책과 만나는 문에는 맹꽁이자물쇠가 채워져 있었다. 문에서 교회로 통하는 오솔길은 온통 잡초로 뒤덮여 있었다. 황폐와 노후가 어두운 장막처럼 덮여 있고, 새가 찾지 않는 처마와 덩굴이 기어가지 않는 검은 벽에서는 어쩐지 꺼림칙한 불길한 느낌이 희미하게 감돌았다.

블레이크는 인기척이 거의 없는 광장의 북쪽 구석에 한 경관이 있는 걸 보고 교회에 대해 물어보려고 다가갔다. 무척이나 건강해 보이는 아일랜드인 경관이 가슴에 성호를 그은 뒤 목소리를 낮춰 그 건물에 대해 얘기하는 사람은 아무도 없다는 말밖에 하지 않는 것이 아무리 생각해도 기이했다. 블레이크가 계속 집요하게 묻자, 경관은 굉장히 빠른 말로 이탈리아인 사제가 저 교회에는 가까이 가지 않도록 경고했다고 말했다. 끔찍하고 사악한 존재가 옛날에 살고 있었으며, 지금도 그 흔적이 남아 있다는 것이다. 경관도, 어릴 때 들은 어떤 소리와 소문을 기억하고 있는 아버지한테서 공공연하게 말할 수 없는 수수께끼 같은 이야기를 들었다고 했다.

그 교회는 옛날 사악한 종파의 소굴이었다. 알려지지 않은 암흑의 심연에서 뭔가 무서운 것을 불러온 부정하고 불법적인 이단종파였다. 불러온 그 무서운 것을 쫓아버리기 위해 덕망 높은 신부를 괴롭히게 되었는데, 빛만 비추면 물러가게 할 수 있다는 사람도 있었던 모양이다. 만약 그 오말리 신부가 살아 있다면 많은 얘기를 해주겠지만, 지금으로서는 교회에 손을 대지 않고 그냥 두는 수밖에 없다. 이제는 사람들이 해를 입는 일도 없고, 거기서 살고 있던 신도들도 쥐처럼 사방으로 흩어져버리고 없다. 언젠가 시가 나서서 상속인이 없다는 것을 이유로 몰수하겠지만, 누가 손을 대든 어떤 이익도 얻을 것이 없다. 암흑의 심연에서 잠자고 있는 것이 깨지 않도록, 이 교회는 무너지든 말든 그냥 내버려 두는 것이 좋다.

경관이 그런 말을 하고 간 뒤 블레이크는 그 자리에 서서 검은 첨탑이 서 있는 교회를 물끄러미 바라보았다. 블레이크는 그 건물을 불길하게 생각하고 있는 것이 자기 혼자가 아니라는 사실을 알고 가슴을 두근거리며, 경관이 귀띔해준 옛이야기에는 어떤 진실이 숨어 있을까 생각해 보았다. 어쩌면 건물의 흉흉한 겉모습 때문에 생긴 단순한 전설에 지나지 않을지도 모르지만, 그렇다 해도 블레이크에게는 자기가 쓴 소설 하나가 현실화한 것 같은 참으로 이상한 느낌이 들었다.

구름 사이로 오후의 태양이 얼굴을 내밀었지만, 축대 위에 솟아 있는 오래된 교회의 그을린 벽까지 밝게 비추지는 못하였다. 철책으로 에워싸인 뜰의 메마른 갈색 수풀 속에서 봄의 신록이 보이지 않는 것은 아무래도 묘하다고밖에 할 수 없었다. 블레이크는 어느새 축대에 다가가 입구를 찾아 사면과 녹슨 철책을 살펴보았다. 검은 교회에서 견딜 수 없이 무서운 매력이 느껴졌다. 계단 부근의 철책에는 안으로 들어갈 만한 곳이 없었지만, 북쪽에는 살이 여러 개 사라져 있었다. 계단을 올라가 철책 바깥쪽의 좁은 갓돌을 따라가면 그 틈새에 닿을 수 있을 것 같았다. 사람들이 이 장소를 그토록 무서워한다면 방해를 받을 일도 없을 것이다.

블레이크가 고대에 올라가 누가 보기 전에 울타리 안으로 들어가려다가 문득 광장을 내려다보니, 두세 명의 사람들이 뒷걸음질치며 오른손으로 상인이 보여준 것과 같은 손짓을 하고 있었다. 몇 개의 창문이 소리를 내며 닫히는가 싶더니 한 뚱뚱한 여자가 길로 달려나가 어린아이들의 손을 잡고 페인트가 벗겨지고 당장이라도 무너질 것 같은 집 안으로 끌고 들어갔다. 철책 틈새는 간단하게 빠져나갈 수가 있어, 블레이크는 곧 퇴락한 뜰의 시든 풀을 밟으며 걷고 있었다. 여기저기 보이는 마모된 묘석이 옛날 이 장소에 유해가 매장되었음을 말해주고 있었다. 하지만 꽤 오래전의 일이리라. 가까이 다가간 것만으로도 교회의 크기 자체에서 위협을 느낄 정도였지만, 블레이크는 위압감을 털어버리고 정면에 있는 세 개의 커다란 문에 다가가서 열리는지 시험해 보았다. 문은 모두 단단히 잠겨 있었다. 블레이크는 들어갈 수 있는 작은 구멍이라도 없나 하고 거대한 건물 주위를 돌기 시작했다. 그는 이 황폐와 어둠이 서려 있는 소굴에 정말 들어가고 싶은 건지 스스로도 확신은 없었지만, 미지의 것이 풍기고 있는 매력에 이끌려 무의식적으로 걸음을 옮기고 있었다.

교회 뒤쪽에서 입을 벌리고 있는 지하실 창문이 딱 좋은 출입구가 되어주었다. 들여다보니 서쪽으로 기울어진 태양이 비쳐들어 거미줄과 먼지로 뒤덮인 지하의 심연을 희미하게 비추고 있었다. 모래와 자갈, 낡은 통, 부서진 상자, 여러 가지 가구가 눈에 들어왔는데, 그 모든 것에 먼지가 덮여 있어서 윤곽을 부드럽게 만들고 있었다. 난방용 화덕의 녹슨 잔해가, 이 건물이 빅토리아 시대 중기에 사용되었으며 당시의 모습을 아직도 간직하고 있음을 말해주고 있었다.

블레이크는 자신이 지금 무엇을 하고 있는지 거의 의식하지 못한 채 창문으로 기어들어가, 먼지가 쌓이고 쓰레기가 널려 있는 콘크리트 바닥에 내려섰다. 아치형 천장의 지하실은 칸막이도 없이 그저 넓기만 하고, 오른쪽 구석의 어두운 그림자 속에 위층으로 올라가는 듯한 검은 아치형 통로가 있었다. 블레이크는 유령이 나올 것 같은 거대한 건물 속에 실제로 서 있음으로써 어떤 독특한 압박감을 느끼고 있었지만, 그 느낌을 억제하면서 조심스럽게 걸어 다녔다. 먼지 속에 아직도 멀쩡한 통을 발견하자, 밖으로 나갈 때 발판으로 사용하기 위해 창문 밑으로 굴려서 옮겨놓았다. 그 뒤 마음을 가다듬고 뒤엉킨 거미줄을 헤치고 아치 통로로 갔다. 두껍게 쌓인 먼지 때문에 반쯤 숨이 막히는 가운데 유령 같은 거미줄을 헤치면서 아치 통로를 더듬어간 뒤, 어둠 속으로 이어지고 있는 몹시 닳은 돌계단을 올라가기 시작했다. 불을 가지고 있지 않았기 때문에 주의 깊게 두 손으로 더듬으면서 올라갔다. 심하게 구부러진 곳을 돌아가니 앞쪽에 닫혀 있는 문이 느껴져서 손으로 더듬어보니 오래된 빗장이 손에 닿았다. 문은 안으로 열렸고, 벽에 벌레가 먹은 복도가 눈에 들어왔다.

블레이크는 1층에 올라가 곧바로 조사를 시작했다. 내부의 문은 모두 열려 있어서 방에서 방으로 마음대로 돌아다닐 수 있었다. 거대한 본당은 등받이가 높은 상자모양으로 나누어진 좌석, 제단, 모래시계가 놓인 설교단, 반향판 등, 모든 것에 먼지가 두껍게 쌓여 있는데다, 커다란 거미줄이 복층 구조의 2층 좌석에 장식된 뾰족한 아치에 쳐져 있거나 고딕식 기둥에 뒤엉켜 있어 음산하기 짝이 없는 장소였다. 이 황량한 정적에 싸인 장소에 서쪽 하늘로 기울어가는 오후의 햇살이 제단 뒤에 있는 커다란 창문의 그을린 유리너머로 비쳐들어 소름 끼치는 납색으로 흔들리고 있었다.

유리창에 그려진 그림 역시 그을음으로 덮여 있어서 무엇을 표현한 것인지 거의 알아볼 수 없었지만, 그나마 간신히 볼 수 있었던 것도 도저히 마음에 들지 않는 것이었다. 도안은 대개 전통적인 것이었는데, 애매모호한 상징 표현에 정통한 블레이크는 고대의 도안에 상당한 지식이 있었다. 아주 드물게 보이는 그림 속의 성인들은 분명 비난의 대상이 될 만한 표정을 하고 있었고, 한 창문에는 기묘한 광채를 띤 나선이 여러 개 새겨진 암흑의 공간만이 그려져 있기도 했다. 창문에서 시선을 돌린 블레이크는, 제단 위에서 거미줄에 뒤엉켜 있는 십자가가 더할 나위 없이 심상치 않은 물건이며, 이집트의 원시적인 생명의 상징인 앙크, 즉 위에 고리가 붙은 T형 십자와 어렴풋이 닮은 것을 깨달았다.

제단 옆에 있는 부속실에는 썩어가는 책상과 천장까지 닿는 책장이 있었는데, 곰팡이가 슬어 있는 책장에는 손만 대면 주저앉을 것 같은 책들이 진열되어 있었다. 블레이크는 이 방에서 처음으로 뼛속 깊이 사무치는 생생한 공포를 느꼈다. 책장에 진열된 책의 표제가 너무나도 많은 것을 얘기해 주고 있었다. 보통 사람은 들은 적도 없을, 또 들었다 해도 온몸을 떨며 속삭이는 내밀한 귓속말로 들었을 것이 틀림없는 불길한 금단의 책이 있었다. 인류가 탄생한 지 얼마 안 되었을 무렵, 또는 인류가 탄생하기 이전의 확실치 않은 전설인 시대부터 시간의 흐름에서 떨어져 나온 꺼림칙한 비밀과 태고의 주문이 수록된 금제된 무서운 책이었다. 그 대부분은 블레이크도 이미 본 것이었다. 저주받은 《네크로노미콘》의 라틴어판, 사악하기 짝이 없는 《에이번의 서》, 댈릿 백작의 악명 높은 《시식교 전례(屍食敎典禮)》, 폰 윤츠트의 《무명제사서(無名祭祀書)》, 루드빅 프린의 지옥 같은 《벌레들의 비밀》. 그러나 소문으로 알고 있었을 뿐인 책과 완전히 처음 보는 책도 있었다. 《나코트 사본》《드지안의 서》와 함께 묘연하고 알 수 없는 문자로 기록되어 있지만 비밀스런 신비학을 연구하는 자라면 몸을 떨면서 읽어낼 수 있는 기호와 도형이 배합된 걸레처럼 너덜너덜한 책도 한 권 있었다. 아무래도 사람들 사이에 끊임없이 속삭여져 온 이 땅의 소문은 전혀 근거 없는 것만은 아닌 것 같았다. 이 교회는 인류보다 더 오래된 옛날에, 인간이 아는 우주를 초월하는 더할 수 없이 사악한 학문의 전당이었던 것이다.

썩어가는 책상 서랍에는 알 수 없는 암호로 가득찬 가죽 장정의 작은 기록장이 있었다. 옛날에는 연금술과 점성술을 비롯하여 수상쩍은 학문에 사용되었고, 지금은 천문학에서 사용되고 있는 흔해빠진 전통적인 기호——태양, 달, 행성, 별자리, 황도12궁을 나타낸 것——가 견고한 종이에 빽빽하게 적혀 있었는데, 구획과 단락이 지어져 있으며 기호는 저마다 알파벳에 대응하고 있는 것 같았다.

블레이크는 나중에 해독하기 위해 그 작은 책을 윗도리 호주머니에 집어넣었다. 책장에 즐비한 큰 책의 대부분에 말할 수 없이 마음이 끌려, 언젠가 다시 와서 가져가고 싶은 유혹에 사로잡혔을 정도였다. 이 책들이 긴 세월동안 고스란히 남을 수 있었던 이유를 헤아려 보던 블레이크는, 약 60년 동안 이 교회에 사람이 들어오는 것을 줄곧 방해해 왔던 주위에 충만한 압도적인 공포를 극복한 사람은 혹시 자기가 처음이 아닐까 하는 생각도 했다.

1층을 샅샅이 조사한 뒤, 블레이크는 다시 한번 음산한 본당을 힘겹게 지나가 현관 대기실로 갔다. 멀리서 바라보다가 완전히 눈에 익은 그 검은 탑과 뾰족지붕으로 통하는 듯한 문과 계단이 거기에 있는 것을 보았기 때문이다. 먼지가 두껍게 쌓여 있는데다 이 좁은 장소에 거미가 갖은 악행을 저질러 놓고 있었기 때문에, 계단을 올라가는 것은 숨이 막히는 고행이었다. 발판이 가파르고 좁은 나선형 계단을 올라가는 동안, 눈이 아득해지는 듯한 마을 모습이 내려다보이는 그을린 창문 옆을 몇 번이나 지나갔다. 밑에서는 밧줄 하나 발견되지 않았지만, 쌍안경으로 잘 관찰해 두었던 미늘살이 있는 좁고 뾰족한 창이 붙어 있는 이 탑에는, 적어도 하나 또는 한 쌍의 종이 있을 거라고 블레이크는 생각하고 있었다. 그러나 추측은 실망으로 끝났다. 계단을 올라가 보니 종은 하나도 없었고, 아무래도 탑 위의 방은 완전히 다른 목적에 이용된 것 같았다.

넓이가 약 4m²쯤 되는 방은 유리 바깥쪽에 미늘살을 붙인 뾰족한 창이 각 면에 하나씩 설치되어 있는데, 미늘살이 거의 삭아서 희미하게 비쳐질 정도였다. 옛날에는 더욱 올이 촘촘하고 불투명한 가리개가 쳐져 있었던 모양이지만, 그것도 지금은 대부분 썩어 있었다. 먼지가 쌓인 바닥 중앙에는 높이 120cm, 평균 지름 60cm쯤의 묘하게 각이 많은 돌기둥이 서 있는데, 어느 면이나 조잡하게 새겨진 불가해한 상형문자로 뒤덮여 있었다. 돌기둥 위에는 형태가 일정하지 않은 독특한 금속상자가 놓여 있었다. 경첩으로 여닫는 뚜껑이 열려 있고, 그 안에는 두껍게 쌓인 먼지를 통해 계란 모양 또는 불규칙한 구형으로 보이는 물체가 하나 들어 있었다. 돌기둥 주위에는 아직 거의 손상되지 않은 등받이가 높은 고딕양식 의자 7개가 거의 원을 그리듯이 놓여 있었고, 모든 의자 뒤에는 신비로운 이스터 섬의 수수께끼 같은 거석상과 꼭 닮은 부서져가는 커다랗고 검은 석고상이 검은 벽의 거울판을 따라 하나씩 서 있었다. 거미줄이 뒤엉켜 있는 방 한쪽에는 천정에 붙어 있는 창문 하나 없는 뾰족지붕의 출구인 미닫이로 통하는 사다리가 벽에 붙어 있었다.

희미한 빛에 눈이 익숙해지자, 노르스름한 금속으로 만든 이색적인 상자에 새겨진 기묘한 부조가 눈에 들어왔다. 가까이 다가가서 손과 손수건으로 먼지를 털어보니, 부조로 새겨져 있는 무늬가 당혹스럽게도 완전히 외계적인 것임을 알 수 있었다. 아무래도 살아 있는 생물 같지만, 이 행성에서 진화한 어떤 생명체와도 닮지 않은 존재가 그려져 있었기 때문이었다. 지름 10cm쯤 되는 이 공 모양의 물체는, 일정하지 않은 수많은 단면에 붉은 줄이 들어가 있고 거의 검은 색에 가까운 다면체였다. 경이로운 어떤 결정체이거나 광물을 깎아서 다듬은 인공적인 것 같았다. 그 다면체는 상자 바닥에 닿지 않고, 중심을 에워싸는 금속띠와 상자 윗부분에서 안으로 곧장 뻗은 기묘한 7개의 지주에 매달려 있었다. 블레이크는 이 다면체의 돌에 깊이 매료되고 말았다. 잠시도 눈을 떼지 못하고 빛나는 표면을 뚫어지게 바라보고 있으니, 점차 투명해지면서 내부에 경이의 세계가 수없이 만들어 지고 있는 듯한 느낌마저 들었다. 거대한 돌탑이 우뚝 솟아 있는 외계의 별들, 대산맥을 거느리고 있으면서도 생명의 기척조차 없는 별들, 그리고 몽롱한 암흑 속에서의 흔들림만이 의식과 의지의 존재를 고할 뿐인 더욱 먼 곳의 공간이 블레이크의 마음 속에 떠올랐다.

간신히 눈을 돌렸을 때, 블레이크는 뾰족 지붕으로 통하는 사다리 부근의 한구석에서 어딘지 모르게 묘한 먼지의 산이 있는 것을 보았다. 어째서 주의가 끌렸는지는 모르지만, 윤곽에서 느껴지는 무언가가 블레이크의 심층의식에 속삭이는 것이 있었다. 늘어진 거미줄을 헤치며 가까이 다가갈수록 불길한 느낌이 들기 시작했다. 블레이크의 손과 손수건에 의해 이내 진상이 드러났다. 블레이크는 온갖 감정들이 혼연히 치밀어 오르며 숨이 멎는 듯한 느낌이 들었다. 사람의 뼈였다. 꽤 오랫동안 그 자리에 있었던 것 같았다. 옷은 거의 삭아 있었는데, 단추와 남은 조각을 통해 남자용 회색 슈트라는 것을 알 수 있었다. 그밖에도 약간의 증거품이 있었다. 구두, 버클, 크고 둥근 커프스단추, 고풍스러운 넥타이핀, 프로비던스 텔러그램이라는 회사이름이 들어 있는 기자 배지, 그리고 너덜너덜해진 가죽 표지의 수첩. 조심스레 수첩을 살펴보았다. 지금은 발행이 중지된 옛 지폐

몇 장과 1893년도의 광고가 들어가 있는 셀룰로이드제 달력, 에드윈 M. 릴리브리지라는 이름이 인쇄된 명함, 연필로 메모가 빼곡하게 적혀 있는 종이 한 장이 나왔다.

그는 종이를 들고 고개를 갸우뚱하면서 희미한 빛이 비쳐드는 서쪽 창문으로 가서 주의 깊게 읽어보았다. 다음과 같은 글들이 토막토막 적혀 있었다.

에녹 보언 교수 1844년 5월 이집트에서 귀국——7월에 자유의 지파 교회 매수——교수의 고고학에 관한 저작 및 신비학 연구는 유명함.

1844년 12월 29일, 제4 밥티스트 교회의 드라운 박사, 설교할 때 '별의 지혜'파를 가까이하지 말도록 경고함.

45년 말까지 종파의 신도 97명을 가르침.

1846년——3명 실종——빛나는 트라페조헤드론이 비로소 사람들 입에 오르내림.

1848년, 7명 실종——피비린내 나는 산 제물의 이야기가 대두.

1853년의 조사는 성과 없음——소리에 대한 어떤 소문.

오말리 신부, 이집트의 폐허에서 발견된 상자를 이용한 악마숭배에 대해 얘기하다. 빛 속에서는 존재할 수 없는 것이 소환된 이유. 그 약한 빛에서 달아나려면 강한 빛을 이용하면 된다고 함. 그 경우 다시 소환하지 않으면 안 됨. 어쩌면 오말리 신부는 49년에 '별의 지혜'파에 입신한 프랜시스 X. 피니의 임종고백에서 이것을 얻은 듯. '별의 지혜'파에 입문한 자들의 말로는 빛나는 트라페조헤드론이 천국과 다른 세계를 보여주고, 어둠을 헤매는 것은 어떤 방법으로든 비밀을 얘기해줄 거라고.

1857년, 오린 B 에디의 보고. 결정체를 응시함으로써 별의 지성들의 소환을 행함. 독자적인 언어를 가지고 있음.

1863년, 출정중인 자를 제외하고, 신도수 2백 명 이상에 달함.

1869년 패트릭 리건이 실종된 뒤 아일랜드인들이 교회에 물밀듯이 몰려듬.

1872년 3월 14일, J지에 막연한 기사 게재되었으나 여기에 대해 시민들은 아무 말도 하지 않음.

1876년, 6명 실종──비밀위원회의 도일 시장(市長) 방문.

1877년 2월, 4월에 교회를 폐쇄하기로 결정. 5월, 페더럴 힐의 주민들, 박사와 교구위원을 협박.

1877년 말까지 181명이 마을을 떠남. 이름은 발표되지 않음.

1880년 무렵 유령 이야기가 나돌기 시작──1877년 이래, 교회에 들어가는 자가 없다는 보고의 진의를 확인해야.

1851년에 촬영된 사진을 제공하도록 래니건에게 요구할 것…….

블레이크는 그 종이를 수첩에 도로 집어넣고, 수첩을 윗도리 호주머니 속에 넣은 뒤, 먼지 속의 해골을 바라보았다. 그 기록이 의미하고 있는 것은 명백했다. 이 남자가 아무도 손댈 용기가 없었던 특종을 찾아 42년 전에 아무도 없는 이 건물에 찾아온 것은 의심할 여지가 없었다. 아마 이 남자의 계획을 알고 있었던 자는 아무도 없었을 것이다. 확실하게 장담할 수는 없지만. 그러나 남자는 신문사로 돌아가지 못했다. 용감하게 억제하고 있던 공포가 폭발하여 갑작스런 심장발작이라도 일으켰던 것일까? 둔하게 빛나고 있는 인골 앞에 쭈그리고 앉은 블레이크는 그것이 기묘한 상태에 있음을 알아보았다. 몇 개의 뼈는 심하게 부러져 있고, 기묘하다고밖에 할 수 없는 일이지만 끝이 녹아 있는 것처럼 보이는 뼈도 두세 개 있었다. 그 밖의 뼈는 이상하게 노랗게 변색되어 마치 불에 그을린 것 같았다. 그런 흔적은 옷 조각에서도 볼 수 있었다. 두개골의 상태도 지극히 비정상적이었다. 노랗게 변해 있고, 정수리에는 뭔가 강력한 산이 단단한 뼈를 부식시킨 것처럼 검게 탄 구멍이 뚫려 있었다. 40년에 걸친 침묵의 매장 속에서 이 해골에 대체 무슨 일이 일어난 건지 블레이크는 짐작도 가지 않았다.

블레이크는 스스로도 의식하지 못한 채 어느새 다시 다면체의 돌을 응시하고 있었고, 그 기묘한 영향력이 자신의 마음에 희미한 환영을 불러일으키는 대로 그냥 내맡기고 있었다. 블레이크는 보았다. 긴 옷을 입고 두건을 쓴, 인간이라고 할 수 없는 윤곽을 가진 것들의 행렬을. 하늘에 닿을 듯이, 깎이고 절단된 비석이 늘어선 끝없는 사막을. 어둠에 싸인 깊은 바다 속의 탑과 외벽을. 맑은 보랏빛 아지랑이처럼 아련한 빛 앞에서 검은 안개가 흔들리고 있는 공간의 소용돌이를. 그리고 그 모든 것 너머로 바닥 모를 암흑의 심연을 보았다. 고체이든 유동체이든 바람 같은 흔들림을 통해서만 존재를 알 수 있는 이 심연에서는, 구름처럼 움직이는 '힘(force)'이 혼돈에 질서를 부여하면서 우리가 아는 세계의 비밀과 모순을 풀 열쇠를 보여 주고 있는 것 같았다.

그러는 사이 마음을 잠식해가는 막연한 불안이 고조되자 갑자기 주술의 끈이 끊어져 버렸다. 블레이크는 무서운 집념으로 자신을 응시하고 있는 정체를 알 수 없는 외계의 존재를 가까이에 의식하고, 숨이 막히는 걸 느끼면서 다면체에서 시선을 돌렸다. 무언가에 휘감겨 있는 듯한 느낌이 들었다. 다면체의 돌 속에 숨어 있는 것이 아니라, 돌을 통해 블레이크를 응시하고 있는 무엇인가로부터였다. 그것은 시각이 아닌 인식력으로 영원히 블레이크를 쫓아올 것 같았다. 아무래도 그곳의 분위기가 블레이크의 신경을 항진시키고 있는 것 같았다. 무서운 것을 발견한 뒤였으니 무리도 아니었다. 빛도 약해지고 있었고 불빛이 될 만한 것은 아무것도 가지고 있지 않았기 때문에, 곧 이곳에서 나가지 않으면 안 된다는 것을 알았다.

　그때였다. 블레이크는 깊어가는 황혼 속에서 비정상적인 각도를 가진 다면체의 돌에서 희미한 빛을 본 것 같은 생각이 들었다. 눈길을 돌리려 했지만 왠지 강제적인 힘이 블레이크의 눈길을 다시 돌 쪽으로 끌어당겼다. 돌에는 방사성의 미묘한 인광이 있는 것일까? 죽은 기자의 메모에서 '빛나는 트라페조헤드론'에 대해 언급한 대목은 무엇을 의미하고 있는 것일까? 그 기자가 조사를 마치지 못한 우주적인 사악의 본거지란 도대체 무엇을 가리키는가? 옛날 여기서 어떤 일이 일어났던 것일까? 새조차 피해가는 어둠 속에 아직도 숨어 있을지 모르는 그것은 도대체 무엇일까? 블레이크가 그런 생각을 하고 있는 동안 가까이에서 희미한 악취가 풍겨오는 것 같았지만 어디서인지는 알 수 없었다. 블레이크는 오랫동안 열어두었던 상자 뚜껑을 잡고 힘차게 닫았다. 이색적인 경첩에 의해 간단하게 개폐되는 뚜껑은 의심할 여지없이 빛나고 있는 돌 위에서 완전히 닫혔다.

　뚜껑이 닫히는 날카로운 소리가 났을 때 머리 위의 미닫이 너머, 어둠에 싸인 뾰족 지붕에서 희미한 술렁거림이 들려오는 것 같았다. 물론 쥐가 틀림없을 것이다. 블레이크가 발을 들여놓은 이래, 이 저주받은 건물에서 존재를 나타낸 유일한 생물은 쥐가 틀림없었다. 하지만 뾰족 지붕에서 들려오는 술렁거림을 들은 블레이크는 완전히 공포에 빠져 반광란 상태로 나선형 계단을 내려가 음산한 본당을 빠져나갔다. 이어서 둥근 천장의 지하실로 들어가 어둠이 모여드는 아무도 없는 광장으로 뛰쳐나간 뒤, 건강한 대학지구의 거리와 고향을 연상시키는 벽돌 보도를 향해 페더럴 힐의 공포가 따라붙는 어수선한 오솔길과 거리를 마구 달려내려 갔다.

　그로부터 며칠 동안, 블레이크는 그 먼 언덕에 갔다 온 사실을 누구한테도 말하지 않았다. 그 대신 특정한 책을 꼼꼼하게 읽고, 시내에 나가 오래 전의 신문파일을 조사하면서 거미줄이 뒤엉킨 교회 부속실에서 가지고 온 가죽 장정의 책을 앞에 놓고 열에 들뜬 사람처럼 암호해독에 착수했다. 암호가 단순하지 않다는 것은 곧 밝혀졌다. 오랫동안 밤낮없이 노력한 끝에 원래의 언어가 영어, 라틴어, 그리스어, 프랑스어, 스페인어, 독일어 중 그 어느 것도 아니라는 것을 확신할 수 있었다. 블레이크는 어쩐지 범상치 않은 지식의 깊은 근원에까지 눈을 돌리지 않으면 안 될 것 같았다.

날마다 저녁이면 서쪽을 바라보고 싶은 그 충동이 되살아나, 블레이크는 옛날처럼 반쯤 환상 같은 먼 세계에 다닥다닥 붙어 있는 지붕들 한복판에 솟아 있는 뾰족한 검은 지붕을 바라보았다. 그러나 지금의 블레이크에게 그 지붕은 새로운 공포의 느낌을 띠고 있었다. 블레이크는 교회가 사악한 학문이라는 유산을 숨기고 있다는 것을 알았고, 그러자 눈에 비치는 경치가 기묘하고 새로운 모습으로 보이기 시작했다. 봄의 철새들이 돌아와 있었지만, 저녁 무렵이면 새들도 음울하고 불길한 지붕을 피하고 있는 것처럼 느껴졌다. 전에는 그런 생각은 하지 않았다. 새들은 지붕에 다가가려다가 겁먹은 듯이 선회하거나 흩어졌다. 거리가 멀어서 귀에 들리지는 않았지만 새들이 틀림없이 맹렬하게 지저귀고 있을 거라고 블레이크는 생각했다.

블레이크가 암호해독에 성공했음을 일기에 기록한 것은 6월이 되어서였다. 원래의 언어는 태고 때부터 존재했던 사교종파(邪教宗派)가 사용한 일반인에게는 알려지지 않은 아크로어로, 블레이크는 예전에 했던 어떤 조사를 통해 그 언어를 약간은 알고 있었다. 일기에는 해독된 내용에 대해서는 이상할 정도로 적혀 있지 않은데, 아마도 블레이크가 해독 결과에 두려움을 느끼고 마음의 갈피를 잡지 못했기 때문일 것이다. 일기에는 빛나는 트라페조헤드론을 들여다봄으로써 깨닫게 된 어둠 속을 헤매는 것에 대한 언급과, 그것이 존재하고 있는 혼돈의 검은 심연에 대한 보통 상식을 벗어난 억측을 볼 수 있다. 어둠 속을 헤매는 것이라고 불리는 존재는 모든 지식을 가지고 있으며 끔찍하게도 산 제물을 요구하는 것 같았다. 블레이크는 어둠 속을 헤매는 것이 소환되었다고 생각한 모양으로 그것이 지상을 활보하지 않을까 하는 불안을 일기에 쓰고 있다. 하지만 가로등이 그 방벽이 될 수 있다고도 덧붙이고는 있다.

빛나는 트라페조헤드론에 대해 블레이크는 여러 번 기록했고, 그것을 시간과 공간의 모든 것에 통하는 창문이라 불렀으며, '옛 것'이 지구에 가져다주기 전에 암흑의 별 유고스에서 만들어졌을 때부터의 역사를 밝히고 있다. 거기에 따르면 빛나는 트라페조헤드론은 남극 대륙의 갯나리류 생물에 의해 비장되어 기묘한 상자에 안치되어 있었는데 발루시아의 뱀인간이 갯나리류 생물의 폐허에서 그것을 건져 올렸으며, 아득한 세월 뒤에 레무리아 대륙에서 처음으로 인간의 눈에 띄었다고 한다. 그 뒤 기묘한 토지와 기괴한 해저도시를 전전하다가 아틀란티스 대륙과 함께 바다 속에 잠긴 뒤, 미노아의 어부가 그물로 건져 올렸고, 암흑의 켐에서 온 검은 피부의 상인에게 팔렸다. 이집트왕 네프렌 카는 빛나는 트라페조헤드론 주위에 창문이 하나도 없는 지하 예배실을 갖춘 신전을 건립하고, 자신의 이름이 모든 기록에서 말소되기에 이르는 행위에 힘썼다. 그 뒤 승려와 새로운 이집트왕이 사악한 신전을 파괴하면서 빛나는 트라페조헤드론도 그 폐허 안에 잠들었지만 누군가가 꽂은 가래에 의해 또다시 지상으로 올라와 인류에게 저주가 내리게 된 것이었다.

블레이크의 이 일기의 기록은 7월 초순에 발행된 신문에 의해 기묘하게도 보충되었다. 기사 자체는 간결하고 가벼운 어조여서 블레이크의 일기에 언급되어 있지 않았더라면 사람들의 주의를 끄는 일은 없었을 것이다. 그 기사에 의하면, 외부인이 무서운 교회에 들어간 이래 새로운 공포가 페더럴 힐에서 고조되기 시작했다고 보도했다. 페더럴 힐에 사는 이탈리아인들은 창문이 없는 검은 뾰족 지붕 내부에서 지금까지 한 번도 들은 적이 없는 술렁거림과 두드리고 긁는 소리가 나는 것에 대해 서로 귓속말을 하며, 수면을 방해하는 것을 물리쳐 달라고 목사에게 호소하기도 했다. 뭔가가 끊임없이 문을 쳐다보며 뛰쳐나가도 될 만큼 어두워졌는지 살피고 있다는 것이다. 신문기사는 옛날부터 전해오는 지역의 미신에 대해 언급하고는 있지만 그 공포의 원인이 무엇인지 해명의 빛을 던지는 데에는 실패하고 있다. 현대의 젊은 기자들이 옛 것을 좋아하지 않는 것은 자명한 일이다. 블레이크는 이런 내용을 일기에 적으면서 묘한 자책감을 드러내며 빛나는 트라페조헤드론을 묻어버리거나 공포의 뾰족한 검은 지붕에 햇빛이 비쳐들게 하여, 자신이 불러내고 만 것을 쫓아내야 한다고 끊임없이 적고 있다. 그러나 한편으로는 자신이 위험에 빠질 정도로 매료되었음을 밝히고, 저주받은 탑으로 가서 우주의 비밀을 품은 빛나는 돌을 다시 한번 들여다보고 싶다는 꿈속에까지 따라다니는 병적인 욕구를 인정하기도 했다.

그리고 7월 17일자 〈저널〉지 조간에 게재된 기사를 본 블레이크는 온몸의 피가 빠져나가는 듯한 소름끼치는 두려움에 사로잡혔다. 페더럴 힐의 불온한 분위기에 대해 언급한 농담 비슷한 기사에 지나지 않았지만, 어찌된 셈인지 블레이크에게는 참으로 무섭게 느껴졌다. 한밤중에 벼락이 떨어져 한 시간 동안 마을의 송전설비가 기능을 잃는 바람에 암흑이 찾아왔는데, 그동안 이탈리아인들이 공포에 질려 반광란 상태가 되었다. 혐오스러운 교회 근처에 사는 사람들의 주장에 의하면, 뾰족 지붕에 숨어 있던 존재가 가로등이 꺼진 틈을 타 본당에 내려와 말할 수 없이 꺼림칙한 끈적거리는 소리를 내면서 우글거렸던 모양이다. 결국 탑에까지 굉장한 소리가 울리면서 유리가 깨지는 소리가 났다. 놈은 암흑 속이라면 어디라도 갈 수 있지만 빛이 있으면 달아나버린다.

전기가 다시 들어왔을 때 탑 안에서는 끔찍한 소란이 일어났다. 놈은 미늘살이 달린 검은 창문으로 들어오는 가느다란 빛도 감당할 수 없었던 것이다. 놈은 빛이 더 들어오기 전에 이곳저곳에 부딪치고 줄줄 미끄러지면서 어두컴컴한 뾰족 지붕 속으로 들어갔다. 빛을 좀더 쬐었더라면 미친 이방인이 불러내기 전에 도사리고 있었던 심연으로 돌려보내졌을 것을. 어둠이 지배하고 있던 한 시간 동안, 기도를 올리는 군중이 비속을 뚫고 교회 주위에 모여들었다. 손에는 촛불과 램프를 들고, 둥그렇게 만 종이와 우산으로 비를 가리고 있었다. 어둠 속을 헤매는 악몽으로부터 마을을 지키는 빛의 방어벽이었다. 교회에 가장 가까운 사람들은 문이 겹나게 한 번 흔들린 적이 있다고 주장했다.

그러나 그것도 최악의 사건은 아니었다. 그날 저녁 블레이크는 〈불러틴〉지에서 기자가 발견한 것에 대해 언급한 기사를 읽었다. 파란의 여지가 많은 소동에 자극을 받아 그제야 보도가치가 있다고 생각한 두 명의 기자가 열에 들뜬 것 같은 이탈리아인들은 아랑곳하지 않고, 문을 열어보려다가 실패하고 지하실 창문을 통해 교회 내부로 들어간 것이다. 두 사람은 먼지로 뒤덮인 부속실과, 기묘한 느낌으로 먼지가 제거되어 있고 일층 좌석의 썩은 쿠션과 공단 안감이 기묘하게 흩어져 있는 유령이 나올 것 같은 본당을 둘러보았다. 곳곳에서 악취가 풍기고 있고, 여기저기 불에 그을린 것처럼 보이는 이상한 조각과 노란 얼룩이 있었다. 탑으로 통하는 문을 연 순간 머리 위에서 무언가를 긁는 소리가 들린 것 같아 얼어붙은 듯 멈춰선 뒤, 두 사람은 아무렇게나 먼지가 제거되어 있던 나선형 계단을 찾아냈다.

탑 안쪽도 역시 먼지가 대충 제거되어 있었다. 두 기자는 7각형의 돌기둥과 쓰러져 있는 고딕 양식의 의자, 음침한 석고상에 대해 보고했지만 이상하게도 금속 상자와 부러져 있는 오래된 유골에 대해서는 한 마디도 언급하지 않았다. 블레이크의 마음을 가장 불안하게 만든 것은——얼룩과 그을림과 악취가 암시하고 있는 것은 넘어가

더라도——유리창이 깨져 있다는 기사의 마지막 부분이었다. 탑의 뾰족한 창문은 유리가 모조리 깨져 있고, 그 중 두 개는 기울어진 미늘살 사이에 공단 안감과 쿠션의 말털이 어수선하게 채워져 빛을 차단하고 어둠을 유지하고 있었다. 최근에 먼지가 제거된 바닥 위에는 공단 조각과 말털 뭉치가 흩어져 있었다. 마치 탑 내부를 커튼이 쳐져 있던 당시의 완전한 암흑으로 되돌리기 위해 모든 창문의 틈새를 막고 있는 도중에 훼방꾼이 들어온 것 같았다.

노란 얼룩과 그을린 흔적은 창문 하나 없는 뾰족 지붕으로 올라가는 사다리에서도 발견되었는데, 기자 한 사람이 사다리로 올라가 수평으로 열리는 문을 열고 이상할 정도로 악취가 나는 어둠에 희미한 손전등을 비춰보았지만 거기에는 어둠 말고는 아무것도 없었고, 입구 근처에는 원래의 형태를 알아볼 수 없는 잡다한 조각들이 흩어져 있을 뿐이었다. 최종적 판단은, 물론 사람들을 한바탕 속아 넘기려는 사기극이라는 것이었다. 누군가가 미신이 강한 언덕의 주민들을 골탕 먹이기 위해 못된 장난을 쳤거나, 광신자가 주술에 사로잡혀 주민들에게 공포 분위기를 조장하기 위해 꾸민 일이라는 것이다. 어쩌면 괴팍하고 짓궂은 젊은이들이 세상을 놀리기 위해 세심하게 꾸민 장난일지도 모른다. 기자의 보고가 사실인지 확인하기 위해 경찰관이 파견되었을 때 우스꽝스러운 뒷얘기가 있었다. 세 명의 경관이 잇따라 구실을 대어 교묘하게 그 임무를 피한 뒤 네 번째 경관이 마지못해 맡았지만, 두 명의 기자가 보고한 것 외에 아무런 사실도 덧붙이지 못하고 눈 깜박할 사이에 돌아와 버린 것이다.

그 뒤 블레이크의 일기는 조금씩 고조되어 가는 공포와 정신적 불안을 보여주고 있다. 블레이크는 아무것도 하지 않는 자신을 책망하며 정전이 일어났을 때의 결과에 대해 분방한 억측을 하고 있었다. 벼락을 동반한 폭풍이 발생한 동안 블레이크가 세 번에 걸쳐 흥분한 목소리로 전력회사에 전화를 걸어, 절대로 정전이 일어나지 않도록 조치를 취해 달라고 요청한 것이 확인되어 있다. 일기의 내용은 이 따금, 두 기자가 그림자가 모이는 탑 내부에 들어갔을 때 금속상자 와 다면체의 돌, 묘하게 손상된 사람뼈를 발견하지 못한 것에 대해 불안을 나타내고 있었다. 블레이크는 그것들이 누군가에 의해 옮겨 졌다고 생각했다. 누가, 또는 무엇이 어디로 옮겨갔는지는 추측하는 수밖에 도리가 없었다. 그러나 가장 두려워하고 있었던 것은 자기와 관련된 일이었다. 블레이크는 자신의 마음과 멀리 있는 뾰족 지붕에 숨어 있는 무서운 존재——자신이 경솔하게도 궁극의 암흑 공간에 서 불러내고 만 밤의 마물——사이에 무슨 부정한 관계가 성립된 것처럼 생각하고 있었다. 자신의 의지가 끊임없이 끌려가고 있는 것 으로 느꼈던 모양이다. 그 무렵 블레이크를 방문한 사람들은, 멍하 니 책상 앞에 앉아 서쪽 창문으로 소용돌이를 그리는 마을의 연기 저편에 뾰족 지붕이 우뚝 솟아 있는 먼 언덕을 꼼짝 않고 바라보고 있는 블레이크의 모습을 잘 기억하고 있었다. 일기에는 어떤 무서운 꿈에 대한 내용과, 부정한 관계가 잠자는 사이에 강화된다는 것이 한결같은 어조로 적혀 있었다. 어느 날 밤 문득 잠에서 깨어나 보니 자신이 옷을 입은 채 집 밖에 있었고, 무의식 속에서 서쪽을 향해 칼리지 힐을 내려가고 있는 것을 깨달았다는 내용도 있다. 블레이크 는 뾰족 지붕에 숨어 있는 존재가 자신이 있는 곳을 알고 있다고 되 풀이하여 일기에 적고 있다.

7월 30일부터 1주일은 블레이크의 정신에 일부 이상이 일어났던 시기로 사람들의 기억에 남아 있다. 블레이크는 옷을 입지 않고 식 사는 모두 전화로 주문했다. 방문객이 침대 옆에 있는 끈에 대해 묻 자, 그는 몽유병자 같은 행동을 막기 위해 끈을 푸는 사이에 잠에서 깨어날 수 있도록 단단하게 매듭을 지어 매일 밤 발목을 묶어두지 않으면 안 된다고 했다.

일기에는 또 허탈상태를 부른 무서운 경험에 대한 것이 적혀 있었다. 30일 밤 잠자리에 들었던 블레이크는 거의 암흑에 가까운 어둠 속에서 자신이 손을 더듬으며 나아가고 있는 것을 갑자기 깨달았다. 보이는 것은 짧게 수평으로 뻗은 푸르스름한 한 줄기 희미한 빛뿐이었지만, 강렬한 악취와 함께 천정 위에서 조심조심 무언가가 움직이는 듯한 기묘한 소리가 들렸다. 블레이크가 계속 무언가에 부딪쳐서 소리를 낼 때마다, 위에서는 마치 응답하는 듯한 소리——나무와 나무를 천천히 비빌 때 나는 마찰음이 섞인 어렴풋한 음향——가 들려오고 있었다.

더듬더듬하는 두 손이 꼭대기에 아무것도 없는 돌기둥에 닿았는가 싶더니 블레이크는 어느새 벽에 설치되어 있는 사다리를 움켜잡고, 화상을 입을지도 모를 뜨거운 돌풍이 불어오는 더욱 강렬한 악취를 향하여 휘청거리는 걸음을 옮겼다. 눈앞에는 만화경에서 보는 것 같은 비현실적인 온갖 환영이 떠올랐다가 간격을 두고 일제히 녹아들더니, 빙글빙글 도는 태양과 바닥 모를 암흑이 존재하는 한량없이 광대하고 어두운 심연이 나타났다. 블레이크의 머릿속에 궁극의 혼돈에 대한 태고의 전설이 떠올랐다. 마음도 없고 모습도 없는 어지러운 무용수들이 앞발로 연주하는 형용하기 어려운 마술피리의 가늘고 단조로운 음색에 둘러싸여, 만물의 왕이자 장님이며 백치인 아자트호스신이 궁극의 혼돈 한가운데 사지를 길게 뻗고 누워 있다고 한다.

바로 그때, 외부세계에서 나는 날카로운 소리에 의해 의식의 혼탁에서 깨어난 블레이크는, 말할 수 없는 공포의 한복판에 있는 것을 알았다. 그게 무슨 소리였는지는 모른다. 아마 주민들이 다양한 수호성인과 태어난 고향 이탈리아 마을의 성인에게 호소하여 페더럴힐에서 여름 내내 쏘아올리는 불꽃을, 그럴 시기도 아닌데 쏘아올린 것이리라. 아무튼 블레이크는 비명을 지르며 반광란 상태에서 사다리를 내려가, 자신을 에워싸는 거의 암흑에 가까운 방을 다리를 방해하는 장애물에 이리저리 부딪치면서 정신없이 달려 나갔다.

이내 자신이 어디에 있는지 알게 된 그는, 무모하게도 좁은 나선형 계단을 달려 내려가다가 몸이 부딪치고 살갗이 벗겨지기도 했다. 음산한 아치가 노려보고 있는 그림자의 영역으로 뻗으며 앞길을 가로막는 거미줄을 헤치면서 드넓은 본당을 악몽에서처럼 달려 나갔다. 잡동사니가 흩어져 있는 지하실의 어둠 속을 비틀거리면서 나아가 대기와 가로등 불빛에 감싸인 바깥 세상으로 기어나가자, 검은 탑이 우뚝 솟아 있는 쥐 죽은 듯이 고요한 음울한 마을 속, 박공지붕들이 뭔가 말하고 싶은 듯이 늘어서 있는 소름 끼치는 언덕으로 미친 듯이 달려내려 갔다. 그리고 자기 방을 향해 가파른 동쪽 언덕길을 필사적으로 올라갔다.

아침이 되어 의식을 되찾은 블레이크는 자신이 옷을 입은 채 서재 바닥에 누워 있는 것을 알았다. 온몸에 먼지와 거미줄이 묻어 있고, 뼈마디가 쑤시는 듯한 통증을 느꼈다. 거울에 얼굴을 비춰보니 머리가 심하게 그을려 있었다. 또 이상한 악취가 옷에 배어 있는 것 같았다. 팽팽하게 긴장된 신경이 '툭' 하고 끊어져 버린 것은 바로 이때였다. 그 뒤 블레이크는 실내복으로 갈아입고 지친 듯이 축 늘어져서 서쪽 창을 꼼짝 않고 응시하거나, 천둥소리에 몸을 떨며 일기에 당치도 않은 헛소리를 적는 일 말고는 거의 아무것도 하지 않게 되었다.

8월 8일 자정 가까이, 무시무시한 폭풍이 맹렬하게 몰아쳤다. 그날 밤 마을 곳곳에 쉴새없이 천둥이 치고 굉장한 벼락이 2번이나 떨어졌다고 보고되었다. 비는 밤새 폭포처럼 쏟아졌고 끝없이 이어지는 천둥소리가 수천 시민들의 잠을 빼앗았다. 블레이크는 배전설비가 걱정된 나머지 완전히 흥분하여 새벽 1시 무렵 전력회사에 전화를 걸려고 했지만, 그 무렵에는 이미 안전을 생각하여 송전이 일시적으로 정지된 상태였다. 일기에는 모든 것이 기록되어 있었다. 중간중간 판독할 수 없는 크고 힘찬 필체는 광란과 절망이 고조되어가는 과정과, 내내 어둠 속에서 쓴 것임을 말해주고 있었다.

블레이크는 창문에서 밖을 내다볼 때마다 집안을 어둡게 하지 않으면 안 되었는데, 아무래도 거의 내내 책상 앞에 앉아 비에 젖어 반짝이고 있는 지붕들이 몇 마일이나 이어진 시내 저편에서 페더럴 힐임을 나타내는 먼 곳의 불빛들을 두려움 속에 꼼짝 않고 응시하고 있었던 것 같다. 가끔은 어둠 속에서 불안하게 일기에 적어 넣었을 것이다. '불을 꺼서는 안 된다' '놈은 내가 어디에 있는지 알고 있다' '내가 파괴하지 않으면 안 된다' '놈이 부르고 있지만 이번에는 당하지 않을 것이다'라는 식으로 쓴 단편적인 문장을 2페이지에 걸쳐서 볼 수 있다.

이윽고 마을에서 불빛이 사라졌다. 전력회사의 기록에 의하면 새벽 2시 12분이었는데 블레이크의 일기에는 시간이 적혀 있지 않았다. 단순히 "빛이 사라졌다. 하느님, 구원해 주소서"라고 기록되어 있을 뿐이다. 페더럴 힐에서도 블레이크와 마찬가지로 두려운 듯이 지켜보고 있는 사람들이 있었다. 비를 흠뻑 맞으면서도 우산으로 가린 촛불, 손전등, 십자가, 남이탈리아에서 흔히 볼 수 있는, 정체 모를 갖가지 부적을 들고, 불길한 교회 부근의 오솔길과 광장을 행진하는 행렬이 있었다. 번개가 달릴 때마다 성호를 그으며 기뻐했지만 폭풍이 갈수록 거세지면서 번개 치는 횟수가 점점 줄어들다가 마침내 끊어져버리자, 오른손으로 공포를 나타내는 수수께끼 같은 동작을 했다. 점점 거세게 불던 바람이 촛불을 대부분 꺼버렸고, 위협하는 듯한 어둠만 더욱 짙어졌다. 누군가가 성령교회의 메를루조 신부를 깨우자, 그는 효과가 있을 만한 기도를 올리기 위해 음울한 광장으로 달려갔다. 검은 탑 속에서 소란스럽고 기묘한 소리가 나고 있는 것에 대해서는 이미 의심의 여지가 없었다.

2시 35분에 일어난 일에 대해서는 교양 있고 지적이며 젊은 신부의 증언 외에, 주민들의 상황을 살피기 위해 현장으로 급히 달려간 매우 신뢰할 수 있는 중앙경찰서의 윌리엄 J. 모노핸 순경도 증언을 했고, 교회가 서 있는 언덕 주위, 특히 교회 정면의 동쪽이 보이는 장소에 모여 있었던 78명의 주민들도 대부분 증언을 했다. 물론 자연계의 이치를 일탈했음을 입증하는 것은 아무것도 없었다. 그런 현상이 일어날 수 있는 원인은 여러 가지가 있다. 잡다한 것이 들어 있는데다 오랫동안 방치되어 있던 거대하고 고풍스러우며 소문이 나쁜 교회에서 일어난 불가해한 화학작용에 대해 확신을 가지고 단언할 수 있는 사람은 아무도 없었다. 유독성 증기, 자연적으로 발생한 화재, 장기간에 걸친 부패에서 발생한 가스의 압력, 이처럼 쉽게 생각해낼 수 있는 어떤 가능성 가운데 하나가 원인인지도 모른다. 게다가 고의적인 사기극이라는 요소도 물론 완전히 배제할 수는 없다. 사실 사건 자체는 참으로 단순했고 지속된 시간도 겨우 3분에 지나지 않았다. 치밀한 메를루조 신부가 몇 번이나 손목시계를 들여다보았던 것이다.

검은 탑 안에서 이따금 들려오던 희미한 소리가 뚜렷하게 높아진 것이 사건의 시작이었다. 교회에서는 묘한 악취가 희미하게 감돌고 있었는데, 그것이 점점 강렬해지면서 거의 불쾌감을 느낄 지경이었다. 이어서 나무가 갈라지는 소리가 나더니, 위압감을 주던 교회의 동쪽 정문 앞에 커다랗고 무거운 물체가 떨어졌다. 촛불이 꺼져서 교회의 모습은 보이지 않았지만, 물체가 지면에 충돌하기 직전에 교회를 지켜보던 사람들은 그것이 탑의 동쪽 창에 있던 그을음으로 덮인 미늘살이라는 것을 알았다.

이어서 견딜 수 없는 악취가 보이지 않는 높이에서 끓어올랐고, 몸을 떨면서 지켜보던 사람들은 숨이 막히고 속이 메스꺼워졌다. 광장에 있던 군중은 두려운 나머지 땅바닥에 몸을 엎드리는 사람까지 있었다. 동시에 날개가 펄럭이는 것처럼 대기가 떨더니, 갑작스레 지금까지 불었던 어떤 바람보다 강렬한 돌풍이 불어와 사람들의 모자를 날려 보내고 우산을 낚아챘다. 촛불도 없는 어둠 속에서 확실하게 보인 것은 아무것도 없었지만, 하늘을 올려다보고 있던 몇몇 사람은 먹을 쏟아 부은 듯한 하늘에서 얼핏 하늘보다 더욱 검게 번져가는 커다란 얼룩을 한순간 본 것 같았다. 형태가 없는 연기 덩어리 같은 것이 유성 같은 속도로 동쪽으로 날아가는 모습을.

그뿐이었다. 사람들은 공포와 전율과 불안 때문에 망연자실 서서 무엇을 해야 할지, 아니 무언가를 해야 하는 건지조차 알 수가 없었다. 무슨 일이 일어났는지 알 수 없어서 감시를 늦출 수도 없었다. 조금 뒤, 소리를 죽이고 있던 번개가 귀를 찢는 듯한 무시무시한 굉음과 함께 빗줄기가 쏟아지는 하늘을 갈랐을 때 사람들은 일제히 소리높이 기도를 했다. 30분 뒤에 비가 그치고, 그 뒤 15분 만에 가로등이 다시 켜지자, 지칠 대로 지친데다 비에 흠뻑 젖은 사람들은 안심하고 집으로 돌아갔다.

이튿날 아침 신문은 폭풍에 대한 전반적인 보고에 지면을 할애하고, 그런 일들을 크게 다루지는 않았다. 페더럴 힐에서의 사건에 이어서 발생한, 큰 번개와 귀를 찢는 굉음은, 마찬가지로 이상한 악취가 났던 동쪽에서는 더욱 크게 들렸던 것 같다. 그 현상이 가장 심했던 것은 칼리지 힐 상공인데, 잠자고 있던 주민 전원이 굉음에 잠이 깨어, 당혹한 나머지 대체 무슨 일인가 하며 서로의 얼굴을 마주보았다. 그전부터 깨어 있던 사람들 중에 극소수만이 언덕 꼭대기 근처에서 이상한 빛을 보았고, 나뭇잎을 모조리 훑고 뜰의 식물을 뿌리째 뽑아버릴 수도 있는 불가해한 공기의 급상승을 느끼기도 했다. 갑자기 발생한 한 줄기의 벼락이 어딘가 가까운 곳에 떨어진 것이 틀림없다는 점에서는 주민들의 의견이 일치했지만, 나중에 조사한 결과 낙뢰의 흔적은 어디에서도 발견되지 않았다. 오메가 탑 안의 우애(友愛)회관에 있었던 한 청년이 섬광이 번쩍이기 직전에 하늘에서 기괴하고 무서운 연기 덩어리를 본 것 같다고 말했지만 이 증언을 확증할 뒷받침은 없었다. 그러나 몇몇 사람들은 낙뢰에 앞서서 견딜 수 없는 악취가 밀려온 것과, 동쪽에서 맹렬한 돌풍이 불어닥친 것에 대해 의견을 같이하고 있었다. 한편, 낙뢰 뒤에 한순간 타는 냄새가 난 것에 대해서는 여러 주민들이 증언했다.

이러한 일에 대해서 혹시 로버트 블레이크의 죽음과 관련이 있는 것이 아닌가 하는 매우 신중한 논의가 있었다. 사이델타 회관에 있었던 학생들은 2층의 뒤쪽 창문을 통해 블레이크의 서재를 들여다볼 수 있었는데, 9일 아침에 서쪽으로 난 창문에서 멍하고 창백한 그의 얼굴을 보고 어딘지 이상하다고 생각했다. 저녁에도 똑같은 자세로 있는 같은 얼굴을 보자 학생들은 불안을 느끼며 블레이크의 방에 불이 켜지기를 기다렸다. 그 뒤 학생들은 어둠에 싸인 그 집의 초인종을 눌렀고, 결국 경찰을 불러 문을 부수고 안으로 들어갔다.

블레이크의 몸은 창문을 향한 책상 앞에 앉은 채 굳어 있었다. 그 서재에 들어간 사람들은 흐릿하게 튀어나온 눈과, 굳어진 얼굴에 생생하게 남아 있는 극심한 공포의 흔적을 본 순간 당황스럽고 가슴이 메슥거려 얼굴을 돌려야 했다. 이내 검시관을 따라 온 의사가 시체를 살펴보고, 유리창이 한 장도 깨져 있지 않았음에도 사인이 감전에 의한 쇼크나 방전에 의한 신경의 긴장이라고 보고했다. 그 무시무시한 형상은 완전히 무시했으며, 절대 비정상적으로 상상력이 풍부하고 정서가 불안정한 사람이 경험한 바닥을 알 수 없는 충격의 희귀한 결과로는 보지 않았다. 의사는 블레이크의 그러한 특성을 서재에서 발견된 책과 그림과 원고, 그리고 책상에 있었던 일기에 휘갈겨 쓴 내용에서 추리한 것이다. 블레이크는 마지막까지 열에 들뜬 것처럼 적고 있었던 듯, 끝이 부러진 연필이 경련으로 근육이 굳어버린 오른손에 쥐어져 있었다.

송전이 중지된 뒤의 기록은 참으로 지리멸렬한데다 그나마 부분적으로밖에 읽을 수가 없었다. 알아볼 수 있는 내용을 토대로 어떤 조사가들은 즉물적인 공식 견해와는 크게 다른 몇 가지 결론을 이끌어냈지만, 그러한 추측은 온건한 사람들한테서 신뢰를 얻을 가능성은 거의 없는 것이었다. 더구나 상상력이 풍부한 이런 이론가들의 주장은, 미신을 강하게 믿고 있는 의사 덱스터 씨의 행위에 의해 더욱 큰 타격을 입게 되었다. 덱스터 씨는 기묘한 상자와 모난 돌——창문이 없는 검은 뾰족 지붕 속에서 발견된 희미하게 빛나는 물체——을 나라간셋 만의 가장 깊은 바닷속에 던져 넣고 만 것이다. 놀라운 자취를 찾아냄으로써 점점 깊어갔던 태고의 사교에 대한 지식 때문에 블레이크의 도를 넘은 상상력과 정신의 불안정이 악화되었다는 것이, 일기의 마지막에서 볼 수 있는 흥분하여 휘갈겨 쓴 필적에 대한 가장 유력한 해석이다. 그 갈겨쓴 필적이라기보다, 알아볼 수 있는 모든 글씨는 다음과 같다.

전기가 아직 들어오지 않는다. 벌써 5분이나 지났는데. 오로지 번개만이 희망이다. 야디스여, 번개를 보내다오 ! ……번개를 통해 무언가의 감응력이 작용하고 있는 것 같다……비, 천둥, 바람이 미친 듯이 날뛰고 있다……놈이 내 마음을 사로잡고 있다……

기억이 혼란스럽다. 전에는 몰랐던 것이 보인다. 다른 세계가, 다른 은하가…… 어둡다……번개가 어둠처럼, 어둠이 빛처럼……

완전한 어둠 속에 보이는 것이 정말로 언덕과 교회일 리가 없다. 섬광 때문에 망막에 비치는 잔상에 불과하다. 하늘이여, 번개가 그치면 이탈리아인들이 촛불을 들고 집밖으로 나가게 하소서 !

무엇을 두려워하고 있는 거지 ? 그림자가 모이는 태고의 켐에서 인간의 모습을 제거해버린 냐를라트호텝의 화신이 아닐까?
기억이 되살아난다. 나는 기억하고 있다. 유고스에 대한 것, 그리
고 먼 샤가이에 대한 것, 그리고 궁극적인 허공의 암흑 행성을……
　날개로 허공을 가로지르는 기나긴 비행……빛이 있는 우주는
건널 수 없다……빛나는 트라페조헤드론 안에 갇힌 사고에 의해
재현되어……찬연하게 빛나는 무서운 심연 너머로 추방된다……
　내 이름은 블레이크——위스콘신 주 밀워키, 이스트냅 거리
620번지에 집을 가진 로버트 해리슨 블레이크다……나는 이 행성
에 있다……
　아자트호스여, 부디 자비를 베푸소서! 번개는 더 이상 달리지
않는다. 무서운 일이다. 결코 시력이 아닌 이상한 감각을 통해 모
든 것이 다 보인다. 빛은 어둠이고 어둠은 빛이다. ……언덕 위
에 있는 사람들……감시……촛불과 부적……목사들……
　거리감이 없어졌다. 먼 곳이 가깝고 가까운 곳이 멀다. 빛이 없
다. 유리가 없다. 그 뾰족 지붕이 보인다. 그 탑이——창문이—
—들린다——로데릭 아셔다——나는 미쳤거나 미쳐가고 있다.
탑 안에서 놈이 움직이기 시작하여 걸어다니고 있다. 내가 놈이고
놈이 나다. 밖으로 나가고 싶다……밖으로 나가 모든 힘을 하나
로 합쳐야 한다……놈은 내가 어디에 있는지 알고 있다……
　나는 로버트 블레이크다. 하지만 어둠 속에서 탑이 보인다. 끔
찍한 냄새가 난다……감각이 한없이 예민하다……그 탑 창문의
판자가 갈라져서 무너지고 있다……이아……응가이……이그그
……
　놈이 보인다. 이곳으로 오고 있다——지옥의 바람——거대한
얼룩——검은 날개——요그 소트호스! 구원해 주소서. 셋으로
찢어진 불타는 눈…….

시간으로부터의 그림자

1

　어떤 인상은 신화에서 생겨난 것이라고 억지로 이해하는 수밖에 없는 악몽과 공포의 22년 세월을 생각하면, 1935년 7월 17일에서 18일 사이의 밤에 내가 오스트레일리아 서부에서 발견했다고 생각하는 것을 사실이라고 단언하고 싶은 마음은 없다. 내 체험의 모든 것이, 아니 일부분이라도 환각이기를 바라는 데는 이유가 있다. 사실 진부한 원인이 있었다. 그러나 그 현실성은 무서운 것이어서 공허한 희망일 뿐임을 깨닫는다.

　만약 그 사건이 실제로 일어났다면, 그저 입에 올리는 것만으로도 현기증이 날 것 같은 그 소용돌이 치는 시간과 우주에 대하여 사람들은 우선 그 개념을 받아들일 마음의 준비를 하지 않으면 안 된다. 또 인류 전체를 몰아넣지는 않는다 해도, 일부 모험을 좋아하는 사람들에게 상상도 할 수 없을 만큼 무서운 공포를 안겨줄지도 모르는 잠재된 위험을 막을 수단도 강구하지 않으면 안 된다.

　그렇기 때문에 나는, 우리 원정대가 조사했던 미지의 원시 석조물을 찾으려하는 모든 기획을 포기하라고 있는 힘껏 촉구하는 바이다.

내가 미친 것도 꿈을 꾼 것도 아니라면, 그날 밤 내가 한 체험은 일찍이 어떤 사람에게도 일어난 적이 없는 사건이었다. 다시 말해, 그때까지 내가 신화와 몽상으로 치부하려 했던 모든 것에 무섭도록 확실한 심증을 주는 것이었다. 다행인 것은 증거가 될 만한 것은 아무 것도 없다는 사실이다. 반박할 수 없는 증거가 되었을 그 무서운 물체를 나는 극도의 공포 때문에 잃어버리고 말았다. 물론 그것이 현실이 분명하고 내가 그 유해한 심연에서 꺼내온 게 분명하다면 말이지만.

공포와 조우했을 때 나는 혼자였고 아직 누구한테도 털어놓지 않았다. 공포의 현장을 향해 추진되고 있는 발굴작업을 중지시킬 수는 없었지만, 우연인지 유사(流砂) 덕택인지 아직 아무것도 발견되지 않고 있다. 이제 뭔가 확실한 진술을 체계적으로 기록하지 않으면 안 된다. 스스로의 정신적 안정뿐 아니라 내 기록을 진지하게 읽어 줄지도 모를 사람들에게 경고를 남기기 위해서도.

서두의 대부분이 일반 신문과 과학 잡지를 샅샅이 읽는 사람들에게는 익숙한 내용인 이 기록을 나는 고향으로 가는 배의 선실에서 쓰고 있다. 나는 이것을 내 아들인 미스카트닉 대학의 윈게이트 피슬리 교수에게 보낼 생각이다. 아들은 오래 전에 내가 기묘한 기억상실증에 빠진 뒤에도 나에게 정성을 다한 유일한 혈육이고, 나의 증례의 극히 개인적인 사실에 대해 가장 잘 알고 있는 인물이다. 그 운명의 밤에 대한 내 얘기를 모든 사람들이 비웃는다 해도 이 아들만은 진지하게 귀를 기울여 줄 것이다.

그 놀라운 체험은 문서 형식으로 전하는 것이 좋다고 생각한 나는 출항 전에 구두로 알리지는 않았다. 시간이 있을 때 여러 번 되풀이해 읽는 것이 혼란스러운 내 입을 통해 전해 듣는 것보다 상황을 훨씬 더 이해할 수 있을 것이다.

아들이라면 이 기록을 이용하여 최선으로 판단되는 무언가의 조치를 취할 수 있다. 이 기록을 완벽한 것으로 만들기 위해 필요하다고 생각되는 부분에 적절한 주석을 가하여 발표할지도 모른다. 어쨌든 내 증례의 초기 양상에 대해 잘 모르는 사람들을 위해 놀라운 체험을 밝히기 전에 그 배경부터 상세하게, 그러나 요약해서 기록해 보기로 하자.

내 이름은 너새니얼 윈게이트 피슬리라고 한다. 한 시절 전의 신문기사를 기억하고 있는 사람이라면 내가 누구이고, 또 어떤 인물인지 잘 알 것이다. 1908년부터 1913년까지 계속된 내 이상한 기억상실에 관해 그때 신문들은 앞 다투어 상세한 내용을 보도했다. 그러나 그 기사 내용의 대부분은 당시는 물론이고 지금도 내가 거주하고 있는 이 매사추세츠 지역에 옛날부터 도사리고 있던, 공포와 광기와 요술의 전승에서 비롯된 것이었다. 우리 집안의 내력이나 그때까지의 내 인생에 광기나 세상의 평판을 꺼릴만한 것은 아무 것도 없었음을 미리 말해둔다. 검은 그림자가 어느 날 갑자기 외부에서 나를 덮쳤다는 점에서도 이것은 굉장히 중요한 사실이다.

어두컴컴하게 고여 있는 긴 세월이, 불길한 속삭임으로 가득차 있는 퇴락한 아컴 거리에 어둠의 그림자가 쉽사리 침범할 수 있는 독특한 분위기를 만들어 주었는지도 모른다. 하기는 내가 나중에 조사하게 된 다른 사례에 비추어보면 의심스럽게 생각되겠지만. 하지만 가장 중요한 점은 나의 조상이나 생활의 배경에는 전혀 이상한 점이 없다는 사실이다. 무언가가 전혀 다른 곳에서 나를 찾아왔던 것이다. 그곳이 어디라고 분명히 주장하기에는 난 아직도 많은 주저를 느낀다.

나는 양쪽 다 하버 힐의 건전하고 전통 있는 가문 출신인 조나단 피슬리와 한나 피슬리(윈게이트)의 아들로 하버 힐——그 골든 힐 부근의 보드맨 거리에 있는 오래된 저택——에서 태어나 자랐으며,

1895년에 정치경제학 강사로 미스카트닉 대학에 부임할 때까지 아컴에 간 적은 한번도 없었다.

그로부터 13년 남짓한 세월 동안은 순풍에 돛을 단 듯 행복한 생활이 이어졌다. 1896년에 하버 힐의 앨리스 키저와 결혼하여 1898년, 1900년, 1903년에 로버트, 윈게이트, 한나 세 아이를 낳았고 1898년에는 준교수, 1902년에는 교수가 되었다. 나는 이 무렵 신비학이니 이상심리학 같은 것에는 전혀 관심도 없었다.

내 몸에 기묘한 기억상실증이 일어난 것은 1908년 5월 14일 목요일의 일이었다. 완전히 느닷없는 일이었지만, 나중에 생각해보니 몇 시간 전부터 토막토막 눈에 보였던 어떤 흐릿한 환각——너무나 뜻밖이어서 심하게 불안에 빠졌던 혼돈스러운 환각이 전구증상이었던 게 틀림없는 것 같다. 머리가 욱신욱신 아프면서 누가 내 사고를 지배하려 드는 것 같은, 지금까지 한 번도 경험한 적이 없는 참으로 이상한 느낌이 들었다.

정치경제학 제6교실에서 3학년과 약간의 2학년을 상대로 경제학 역사와 현대의 추세에 대해 강의하고 있던 나는, 오전 10시 20분 무렵 허탈상태에 빠졌다. 눈앞에 묘한 형태가 보이기 시작하면서 교실이 아닌 기묘한 방에 있는 것 같은 느낌이 들기 시작한 것이다.

내가 생각하고 말하는 것이 주제에서 벗어나자 학생들도 내가 심하게 몸이 좋지 않다는 것을 알았다. 이윽고 나는 의식을 잃고 의자에 쓰러져 혼수상태에 빠졌다. 내가 가진 원래의 심신 능력이 다시 정상적인 세상의 햇빛을 보게 된 것은 5년 4개월하고도 13일의 세월이 지난 뒤였다.

혼수상태에 빠진 뒤의 상황에 대해 내가 알고 있는 것은 물론 남에게 들었기 때문이다. 나는 크레인 거리 27번지의 집으로 옮겨져서 최선의 치료를 받았으나 16시간 반 동안 의식을 회복할 징후를 전혀 보이지 않았다.

5월 15일 새벽 3시에 나는 눈을 뜨고 말을 하기 시작했고, 의사와 가족들은 내 얼굴과 내가 하는 말에 겁을 먹게 되었다. 분명히 자신의 출생과 과거의 기억을 잃어버린 것 같았는데, 어찌된 셈인지 이 기억상실을 숨기고 싶어 했던 것 같다. 주위 사람을 바라보는 내 눈길은 서먹서먹했고, 얼굴 근육의 움직임도 완전히 낯선 것이었다고 한다. 목소리까지 어색하여 마치 외국인 같았다. 나는 발성기관을 서투르게 조작하듯이 하여 목소리를 내었고, 책을 통해 힘들게 영어를 배운 것처럼 말투에도 묘하게 딱딱한 데가 있었다. 발성은 귀에 거슬리게 이질적이었고, 독특한 표현에는 묘한 고어의 흔적과 심지어 전혀 알아들을 수 없는 표현도 들어 있었던 모양이다.

후자에 대해서는, 특히 어떤 한 표현이 그로부터 20년 뒤에 젊은 물리학자들에 의해 더할 수 없는 영향력과 불길함으로 되살아난다. 그만한 세월을 거친 뒤에 그런 표현이 처음에는 영국에서, 다음에는 미국에서 실제로 사용되기 시작한 것이다. 상당히 복잡하고 명백하게 새로운 그 표현은, 1908년 아컴에서 이상한 환자가 했던 수수께끼에 찬 표현을 완벽하게 재현한 것이었다.

내 체력은 곧 회복되었지만, 팔다리를 비롯한 온몸을 마음대로 움직일 수 있게 되기에는 이상할 정도로 기능회복 훈련이 필요했다. 그런 것과, 기억상실에 으레 따르기 마련인 다른 장애 때문에 나는 한동안 정밀검사와 치료를 받아야 했다.

기억의 결여를 감추려는 시도가 실패로 끝난 것을 알자 나는 그 사실을 솔직하게 인정하고 모든 정보를 알고 싶어 했다. 사실 의사들은 내가 기억상실을 대수롭지 않게 받아들이는 것을 보고 스스로의 문제에 관심을 잃어버린 것으로 생각했던 모양이다.

너무도 이상한 일은, 지금까지 의식조차 하지 않았던 역사·과학·예술·언어·전승에 관한 특정사항——굉장히 난해한 것도 있고 어리석을 만큼 단순한 것도 있었다——을 익히기 위하여 내가 엄청난 노력을 기울였고, 의사들은 이런 나에게 관심을 보였다.

아울러 이해할 수 없는 일이지만 내가 세상에 거의 알려져 있지 않은 지식을 충분히 겸비하고 있는 사실에도 주목했다. 게다가 나는 그런 지식을 과시하기보다는 오히려 숨기고 싶어했던 것 같다. 이따금 일반적으로 인정받고 있는 역사의 영역 밖에 있는, 어둠에 싸인 태고의 특이한 사건을 내가 예사로운 표정으로 무심코 입에 올리는 일이 있었는데, 상대가 놀란 표정을 하면 그제야 농담이라고 얼버무리며 넘어갔다. 그리고 미래에 대해 얘기하는 버릇도 있어서 듣는 사람으로 하여금 섬뜩하게 만든 적이 여러 번 있었다.

이러한 불길한 번뜩임은 곧 더 이상 나타나지 않게 되었지만, 몇 명의 관찰자는 그 이상한 지식이 사라져서 그런 것이 아니라 내가 숨기려고 조심하기 때문이라고 해석했다. 사실 나는 자신을 에워싸고 있는 시대의 배경과 관습, 그림 같은 것을 이상하리만치 탐욕스럽게 흡수했던 모양이다. 마치 먼 이국땅에서 찾아온 학문을 좋아하는 여행자처럼.

허락이 내려지자 나는 이내 부지런히 대학도서관에 출입하기 시작했다. 얼마 안 있어 나는 그 기묘한 여행에 나설 준비와, 미국과 유럽의 대학에서 특수한 강의를 이수할 준비를 시작했는데, 여기에 대해서는 2, 3년 동안 꽤 사람들의 입에 오르내리게 되었다.

내 증례는 당대의 심리학자들 사이에서 꽤 유명했기 때문에 학식이 있는 사람들과 가까이 교류하는 데 어려운 일은 전혀 없었다. 나의 증세는 제2인격의 전형적인 예로 소개되고 있었다. 하기는, 이따금 기이한 증상을 보이거나 교묘하게 숨기고 있던 조소를 짓거나 해서 소개자를 난처하게 만들기도 한 것 같다.

그러나 진심으로 호의를 보이는 사람은 거의 만나지 못했다. 내 표정과 말투에 담겨 있는 무언가가, 만나는 사람들에게 마치 내가 정상적이고 건전한 것과는 멀리 동떨어진 존재인 것 같은 막연한 공포와 혐오를 느끼게 하는 듯했다.

이 꺼림칙하고 어렴풋한 공포는 어쩐지 깊이를 알 수 없는 아득히 먼 곳의 심연과 이어져 있는 것처럼 느껴졌는데, 묘하게도 누구나가 똑같이 느끼는 뿌리 깊은 것이었다.

내 가족도 예외는 아니었다. 내가 기괴한 상태에서 눈을 떴을 때부터 아내는 노골적으로 극도의 공포와 혐오를 드러내었고, 내가 자기 남편의 육체를 빼앗은 완전히 이질적인 존재라고 단언했다. 1910년에 아내는 법적으로 나와 이혼했는데, 1913년에 내가 정상으로 돌아온 뒤에도 나를 만나려 하지 않았다. 그런 감정은 큰아들과 막내딸에게까지 전해진 듯, 아내와 헤어진 뒤에는 두 아이도 만난 적이 없다.

둘째아들 윈게이트만은 내 변화가 불러일으키는 공포와 혐오를 극복할 수 있었던 것 같다. 사실은 윈게이트도 내가 딴 사람이라고 생각했던 모양이지만, 그때 겨우 8살이었음에도 틀림없이 내가 원래의 아버지로 돌아갈 거라고 믿어주었던 것이다. 내가 원래의 내 모습으로 돌아갔을 때 윈게이트는 그것을 인정해주었고, 그 결과 재판소에서 윈게이트에 대한 양육권을 따낼 수 있었다. 이어지는 세월 동안 윈게이트는 내가 절박한 상황에서 실시한 연구와 조사를 도와 주었고, 35세가 된 지금은 미스카트닉 대학의 심리학 교수가 되어 있다.

그러나 나는 자신이 공포를 불러일으킨 것을 그리 이상하다고 생각하지 않았다. 1908년 5월 15일에 깨어난 존재의 의식과 목소리, 표정은 분명히 너새니얼 윈게이트 피슬리의 것이 아니었기 때문이다.

나로서도 오로지 그 방법밖에 없었던 것처럼, 1908년부터 1913년까지의 내 생활에 대해서는 오래된 신문과 과학잡지의 파일에서 표면상의 중요 사항을 추릴 수 있으므로 여기에 특별히 상세하게 기록하는 건 사양하고 싶다.

다행히 내 재산은 마음대로 쓸 수 있었기에, 나는 다양한 학문의 중심지에서의 연구와 여행을 위해 사려 깊게 조금씩 사용한 것 같다. 하지만 그 여행이라는 것이 아득하게 먼 지역과 사람이 살지 않는 땅이 포함된 매우 이상한 것이었다.

1909년에는 히말라야 산맥에서 한 달을 보내고, 1911년에는 아라비아의 미지의 사막을 낙타를 타고 여행하여 세인의 관심을 모았다. 그러한 여행중에 무슨 일이 일어났는지에 대해서는 나는 아는 바가 없다.

1912년 여름에는 배를 빌려 스피츠베르겐 북쪽의 북극해로 갔는데 몹시 실망한 표정으로 돌아왔다고 한다.

그해 후반에는, 그전의 탐험과 그 뒤의 탐험과는 달리 버지니아 주 서부에 위치한 광범위한 석회암 동굴군에서 혼자 몇 주일이나 지냈다. 어둠에 싸인 동굴의 미로는, 온 길로 되짚어가는 건 생각조차 할 수 없을 만큼 복잡하게 얽혀 있었다.

여러 대학에서 체재한 생활은, 흡사 제2의 인격이 나보다 훨씬 뛰어난 지성을 갖추고 있었던 것처럼 놀라운 흡수력으로 사람들의 눈길을 끌었다. 읽는 속도와 독학(獨學)의 진척 속도도 경이로웠다. 책장을 넘기자마자 한번 쫙 훑어보기만 하고도 모든 것을 이해했던 것이다. 그런가 하면 복잡한 숫자를 한순간에 이해해버리는 능력은 무서울 정도였다고 한다.

타인의 사고와 행동을 좌우하는 내 능력에 대해 꺼림칙해하며 수군거리는 사람들도 있었지만, 나는 사람들 눈에 띄지 않도록 대단히 조심하였나 보다.

그밖에도 내가 신비학에 몸담고 있는 사람들의 지도자와 가까이 지내는 것에 대해 꽤 추악한 소문이 나돌았고, 학자들은 혐오스러운 구세계의 비밀을 전하는 어떤 비밀 종교의 제사장들과 내가 관련을 맺고 있는 것이 아닌가 의심했다. 그런 소문이 당시는 입증되지 않았지만, 틀림없이 내가 읽은 책들의 일부가 세상을 자극하게 된 배경이 되었으리라. 아무래도 도서관에서 희귀서적을 열람한 것까지 숨길 수는 없으니까.

내가 댈릿 백작의 《시식교 전례(屍食敎典禮)》, 루드빅 프린의 《벌레들의 비밀》, 폰 윤츠트의 《무명제사서(無名祭祀書)》, 수수께끼에 싸인 《에이번의 서》의 남아 있는 단편과, 미치광이 아랍인 압둘 알하자드의 무서운 《네크로노미콘》이라는 책을 여백에 메모까지 해가면서 면밀하게 읽은 것에 대해서는 명백한 증거가 있다. 거기에 내가 묘하게 변해 있었던 무렵에 사람들의 눈을 피하여 활동했던 종교적인 가르침도 사악한 새 물결이 되어 꿈틀거리기 시작한 것을 부정할 수 없다.

1913년 여름에, 나는 그때까지의 왕성한 호기심을 잃어버리고 권태에 빠지는 징후를 보이기 시작하면서 주변에 있는 여러 사람들에게 조만간 내 속에서 변화가 일어날 것이라고 은근히 암시했다. 나는 예전의 기억을 되찾았다고 얘기했다. 하지만 대부분의 사람들은 내가 생각해낸 것은 하찮은 것들뿐이고, 옛날에 자신이 쓴 글을 읽으면 알 수 있는 내용이므로 진정으로 기억을 되살린 건 아니라고 판단했다.

8월 중순에 나는 아컴으로 돌아가, 크레인 거리에 있는 오랫동안 비워두었던 옛집에 들어갔다. 그리고 구미의 다양한 과학기계 제조사에서 부분부분 조립하게 한 몹시 기묘한 기계를 집 안에 설치하고, 어떤 기계인지 알아 볼만한 지성을 가진 사람에게는 보이지 않도록 세심한 주의를 기울였다.

그 장치를 본 사람들——직공, 하인, 새로 온 하녀——은 가로세로 0.3m²에 높이 60cm쯤 되는 작대기와 바퀴와 거울의 기묘한 집합물이었다고 했다. 중앙의 거울은 둥근 볼록거울이었다. 이런 것은 각 부품을 제조한 제조사의 소재가 밝혀지면서 모두 확인되었다.

9월 26일 금요일 저녁, 나는 가정부와 하녀를 다음날 정오까지 집을 떠나 있게 했다. 집안은 늦도록 밝게 불이 켜져 있었고, 한눈에 외국인이라는 걸 알 수 있는 검은 머리에 깡마른 남자가 자동차를 타고 찾아왔다.

집에서 마지막으로 불빛이 목격된 것은 새벽 1시 무렵이었다. 새벽 2시 15분에는 집이 어둠에 싸여 있는 것을 경찰이 목격했지만 방문객의 차는 여전히 주차되어 있었다. 4시 무렵에는 그 차도 자취를 감췄다.

아침 6시, 의사 윌슨에게 외국인이, 더듬거리면서 내가 정신을 잃었으니 와달라는 전화가 걸려왔다. 이 장거리 전화는 나중에 보스턴 북역의 공중전화에서 걸려온 것임이 밝혀졌지만 깡마른 외국인의 흔적은 어디에도 없었다.

의사가 우리 집에 왔을 때, 나는 거실 테이블 앞 안락의자에 앉은 채 의식을 잃고 있었다. 윤을 낸 테이블 표면에는 뭔가 무거운 것이 얹혀 있었던 자국이 남아 있었다. 기묘한 기계장치는 사라진 뒤였고 결국 어떻게 되었는지 밝혀지지 않았다. 검은 머리의 깡마른 외국인이 가지고 간 것이 틀림없었다.

서재의 난로에서는 어마어마한 양의 재가, 내가 기억상실에 빠진 뒤로 계속 쓰고 있던 기록이 모두 불태워졌음을 말해주고 있었다. 내 호흡이 매우 이상한 것을 알고 윌슨 씨가 피하주사를 놓자 정상에 가까워졌다.

9월 27일 오전 11시 15분, 나는 격렬하게 몸을 움직이기 시작했고, 그때까지 가면 같았던 얼굴에 비로소 표정다운 것도 나타나게 되었다. 윌슨 씨는 그 표정이 나의 제2인격의 것이 아니라 원래의 나와 매우 비슷하다는 것을 알아챘다. 11시 30분 무렵, 나는 인간의 언어와는 전혀 관련이 없는 것으로 생각되는 너무도 이상한 말을 중얼거렸다. 또 상대를 향해 발버둥치는 것 같기도 했다. 그리고 정오가 지났을 즈음엔——가정부와 하녀는 이미 돌아와 있었다——영어로 중얼거리기 시작했다.

"……당시의 정통파 경제학자들 중에서 제번스는 과학적 상관관계를 보이는 세상의 일반적인 추세를 대표하고 있다. 번영과 쇠퇴의 상업적 주기를 태양 흑점의 물리적 주기와 결부시키려 하는 제번스의 시도는 아마……."

너새니얼 윈게이트 피슬리가 돌아온 것이다. 마음은 아직도 1908년 목요일 아침에 두고, 교단의 낡은 책상 앞에서 경제학 교실로 눈길을 주면서.

2

정상적인 생활로 되돌아 오기까지는 뼈를 깎는 어려움을 견뎌야만 했다. 5년이 넘는 세월의 손실은 상상을 초월하는 복잡한 문제를 안고 있어서, 내가 적응해 가야 할 사항은 그야말로 헤아릴 수 없었다.

1908년 이후의 내 행동에 대한 얘기를 들을 때마다 나는 놀라거나 마음이 어지러워지곤 했지만, 가능한 한 냉정하게 바라보려고 마음먹었다. 간신히 둘째아들 윈게이트의 양육권을 얻어 크레인 거리의 집에 정착한 뒤, 대학에서 강의를 재개하기 위해 노력했다. 대학 당국이 고맙게도 예전의 교수직에 불러주었던 것이다.

1914년 2월 학기부터 나는 대학에서 강의를 시작하여 만 1년 동안 계속했다. 그 무렵에는 기묘한 체험으로 내 마음이 몹시 혼란에 빠져 있다는 것을 알았다. 완전히 온전한 정신을 유지하고 있었고——부디 그렇기를 바랐다——원래의 인격에는 한점의 상처도 나지 않았음에도 이미 나에게는 옛날의 기력이 없었다. 희미한 꿈과 기이한 생각이 머리에 달라붙어 떠나지 않아서 세계대전의 발발을 계기로 역사 쪽으로 눈을 돌렸지만, 결국 다양한 시대와 사건을 기묘하기 짝이 없는 방법으로 생각하는 게 고작이었다.

시간에 대한 개념——연속성과 동시성을 구별하는 능력——이 미묘하게 혼동되고 있는 것 같았다. 그래서 한 시대에 몸담고 있으면서, 지식을 얻기 위해 과거와 미래로 정신을 보내는 참으로 황당한 생각을 하게 되었다.

지금 벌어지고 있는 세계대전에 대해서도, 마치 먼 미래가 어떻게 성립되었는지 기억을 되살려주는 듯한 이상한 느낌이었다. 이미 알고 있는 미래의 모습과 대조하여 지금이 어떤 상황인지 판단도 할 수 있고 회상도 할 수 있는 것 같았다. 그러나 이러한 유사기억에는 언제나 상당한 고통이 수반되었고, 정신에 뭔가 인위적인 장애가 거미줄처럼 쳐져 있는 것 같았다.

이러한 느낌을 사람들에게 넌지시 내비치면 다양한 반응들이 돌아왔다. 난처하다는 표정으로 나를 쳐다보는 사람도 있었지만, 수학자들은 나중에 세상에 알려지게 되는——당시에는 학식 있는 사람들 사이에서 논의될 뿐이었다——상대성 이론의 새로운 전개에 대해 얘기해 주었다. 어쨌든 앨버트 아인슈타인 박사는 시간을 단순한 차원의 지위로 격하시키는 이론을 급속하게 전개하고 있다고 한다.

그러나 꿈과 불온한 감정에 시달린 나머지 1915년에는 교수직에서 물러나지 않으면 안 되었다. 또한 어떤 인상은 괴로우리만큼 구체화되어 갔다. 나는 점차 기억상실이 어떤 기가 막힌 교환을 하기 위한 요소였으며, 제2의 인격은 바로 미지의 영역에서 침입해온 세력(force)으로 내 원래의 인격은 쫓겨나 있었다는 생각이 머릿 속에 달라붙어 떨어지지 않았다.

나는 절박한 심정으로, 다른 뭔가가 내 몸을 지배하고 있는 동안 원래의 나 자신은 어디에 있었을까 하는 막연하고 무서운 추측을 해보았다. 여러 사람들과 신문, 잡지를 통하여 내 몸을 차지하고 있는 것의 이상한 거동과 기묘한 지식에 대해 더욱 상세한 것을 알게 되면서 내 마음은 점점 더 혼란스러워졌다.

사람들을 곤혹스럽게 만드는 그 불길함은, 내 잠재의식 깊은 곳에서 예민하게 반응하는 어두운 지식의 배경과 무섭도록 조화를 이루고 있는 것 같았다. 기억에 없는 세월 동안 그 다른 존재가 실시한 연구와 여행에 대해 나는 열에 들뜬 것처럼 모든 정보를 뒤지기 시작했다.

내 고통의 원인은 이런 반추상적인 것이 전부였던 것은 아니다. 꿈도 마찬가지였다. 꿈은 갈수록 생생함과 구체성을 더해가는 것 같았다. 여기에 대해서는 대개 어떤 식으로 받아들이는지 알고 있었기 때문에 아들과 신뢰할 수 있는 심리학자 외에는 거의 얘기하지 않았지만, 이런 꿈이 기억상실증의 전형적인 증상인지 어떤지 조사하기 위해 다른 사례를 과학적인 관점에서 검토하게 되었다.

심리학자, 역사학자, 인류학자, 폭넓은 경험을 가진 정신병 전문가의 도움을 빌어 악마에게 홀리는 전설이 성행하던 시대부터 의학에 입각한 현대에 이르기까지 이중 인격을 포함한 모든 기록을 검토한 결과는, 나를 위로하기는커녕 더욱 고민하게 만드는 것이었다.

이내 알 수 있었던 것은, 압도적인 양에 이르는 거짓 없는 기억상실의 증례에는 내 꿈과 유사한 것이 전혀 없다는 사실이었다. 그러나 나와 비슷한 체험을 하고 몇 년씩 어찌할 바를 모르고 공포에 빠지기도 한 단편적인 기록도 남아 있었다. 일부는 고대로부터 전해오는 민간전승의 단편이며, 그밖에는 의학사에 기록된 병력, 그리고 사람들에게 알려지지 않은 채 일반 역사서에 묻혀버린 몇 가지 일화였다.

이리하여 나의 특수한 재난은, 몹시 드물기는 하지만 인간이 역사를 기록하게 된 이래 오랜 간격을 두고 이따금 일어났음이 밝혀졌다. 하나, 둘, 또는 세 가지의 사례를 찾아낼 수 있는 시대도 있는가 하면, 전혀 사례를 볼 수 없는 시대도 있었다. 적어도 현존하는 기록은 없었지만 대강의 요지는 언제나 변하지 않았다. 예민한 두뇌의 소유자가 기묘한 제2의 인생을 시작하기로 마음먹었고, 단기간 또는 장기간에 걸쳐 처음에는 말투와 육체상의 어색함을, 나중에는 과학, 역사, 예술, 인류학 지식의 무차별적인 습득을 특징으로 하는 완전히 이질적인 생활을 보낸다. 지식의 습득은 무엇에 홀린 것 같은 강한 호기심과 기이하기 짝이 없는 흡수력에 의해 추진된다. 이윽고 원래의 의식이 갑자기 돌아오는데, 그 이후에는 세심하게 가려지고 덮여진 무서운 기억을 단편적으로 떠올리게 하는 희미하고 종잡을 수 없는 꿈에 이따금 시달리게 된다.

그런 악몽은 세세한 부분에 이르기까지 나와 너무 흡사했기 때문에, 무의미하다고 할 수 없는 전형적인 성질을 의심할 여지가 없었다. 한두 가지 사례에서는, 도저히 바라볼 수도 없을 만큼 불길하고 무서운 우주적인 경로를 통해 내가 전부터 알고 있었던 것 같은, 속이 메스껍도록 모독적인 친숙함이 뒤따라왔다. 또 제2의 변화가 일어나기 전에 내 방에 있었던 것과 같은 미지의 기계에 대한 명확한 언급도 세 곳에 있었다.

이런 조사를 하는 사이에 다시 나를 고민에 빠뜨린 것은, 기억상실과는 아무런 관련이 없는 사람이 자기도 모르게 순간순간 전형적인 악몽을 꾸는 사례가 꽤 여러 차례 발견된 일이었다.

이런 사람들은 거의 평균 이하의 지능을 가졌다. 기이한 학식을 쌓거나 신비로운 지적 습득을 위한 매개체로는 도저히 생각할 수 없는 유치한 사람도 있었다. 이런 사람들은 아주 짧은 시간동안만 미지의 힘에 자극을 받는다. 그리고 원래대로 돌아가면 급속하게 사라져가는 희미하고 비인간적인 공포만 어렴풋이 기억에 남는다.

지난 반세기 동안 이런 사례가 적어도 3번은 있었다. 그 중 하나는 불과 15년 전의 것이었다. 정체를 알 수 없는 심연에서 무언가가 시간 속을 탐색하고 있었던 것일까? 속이 메스꺼워지는 이 사례들

은, 온전한 정신으로는 결코 믿을 수 없는 성질과 근원을 가진 무섭
도록 사악한 실험이 아닐까?

이런 의문은 내가 무기력하고 약해진 무렵에 떠올린 막연한 추측
의 일부다. 조사를 추진하면서 발굴한 신화에 자극을 받은 한때의
생각일 뿐이다. 그것은 최근의 기억상실의 증례와 관련된 환자나 의
사는 알 리 없는 아득한 태고부터 뿌리 깊게 전해져 오는 어떤 신화
에, 내 경우와 같은 기억의 결락이 무섭도록 상세하고 인상적으로
얘기되어 있기 때문이다.

갈수록 고통스러워지는 꿈과 인상의 성질에 대해서 나는 아직도
주저하며 모든 걸 털어놓지 못하고 있다. 광기어린 기운을 느끼면서
정말 내가 미쳐가고 있는 건 아닐까 생각한 적도 있었다. 기억을 결
락시킨 자를 괴롭히는 특수한 망상이라도 있는 것일까? 당혹스러
운 공백을 유사기억으로 메우려 하는 잠재의식의 작용이 기묘한 망
상의 원인이 되고 있는 건지도 모른다. 사실 이것은 유사한 증례를
조사하는 데 힘을 빌려 주고, 이따금 발견되는 매우 비슷한 증례에
나와 함께 고개를 갸우뚱거려 주었던 정신과의사 대부분이 품는 견
해였다. 나는 대신 전승 쪽이 가장 그럴 듯하게 여겨졌지만.

정신과의사는 꿈과 인상에 시달리는 상태를 진정한 광기라고는
생각하지 않고 수많은 신경증의 하나로 간주했다. 견딜 수 없다는
걸 알면서도 부정하거나 잊으려 하는 대신 진상을 밝히고 분석하고
자 하는 내 방식에 대해서는, 가장 믿을 만한 심리학 원리에 비추어
정당한 것임을 기꺼이 보증해 주었다. 제2인격의 상태에 있던 무렵
의 나를 관찰했던 의사의 조언을 나는 더없이 존중했다.

맨 먼저 내 마음을 어지럽힌 것은 눈에 보이는 게 아니라 앞에서
얘기한 약간 추상적인 것과 관계가 있었다. 나와 관련된 불가해하고
뿌리 깊은 공포감도 있었다. 생각도 하기 싫을 만큼 혐오스럽고 완
전히 이질적인 것을 찾아내게 될까 싶어, 내 몸을 들여다보는 것도

묘하게 무서워졌다. 시선을 내리깔고, 수수한 잿빛이나 푸른 옷을
입은 낯익은 얼굴을 보면 어김없이 기묘한 안도감을 느꼈는데, 이
안도감을 얻기 위해서는 무시무시한 공포를 극복하지 않으면 안 되
었다. 나는 거울 앞에 서는 것을 피했고, 수염도 늘 이발소에서 깎
았다.

　노심초사하는 이런 감정을 하나하나, 새롭게 시작된 순간적으로
떠오르는 시각적 인상과 관련짓게 된 것은 한참 뒤의 일이었다. 처
음으로 그런 상관관계를 이끌어낸 것은 기억이 외부로부터 인위적
으로 억압받고 있다는 기묘한 느낌이 든 것과 관련이 있다.

　토막토막 뇌리에 떠오르는 광경이 깊고 무서운 의미로 내 몸과 소
름끼치는 관계를 맺고 있지만, 어떤 목적을 가진 힘이 그런 의미와
관계를 파악하는 것을 꺼리고 있는 듯한 느낌이 든 것이다. 이윽고
시간에 대한 감각에 혼란이 일어났고, 나는 나대로 꿈에서 보던 단
편적인 광경을 시간적으로나 공간적으로 정연하게 위치 지으려고
기를 쓰고 노력했다.

　꿈에 보는 광경 자체도 처음에는 무섭다기보다 그저 기묘한 것에
지나지 않았다. 내가 마치 우뚝 솟은 석조의 아치가 교차하면서 머
리 위 아득한 그림자 속으로 거의 모습을 숨기는, 반원형의 천장을
가진 거대한 방 속에 있는 것 같았다. 시대와 장소는 모르지만 아치
의 형식은 로마인이 광범위하게 사용했던 것임에 틀림없었다.

　엄청나게 크고 둥근 창, 아치 형식의 높은 문, 그리고 보통 방이
라면 천장까지 닿을 것 같은 탁자 같기도 하고 받침대 같기도 한 것
이 여러 개 있었다. 검은 나무를 사용한 거대한 선반이 벽에 죽 설
치되어 있는데, 책등에 정체를 알 수 없는 문자가 적힌 어마어마한
크기의 서적들이 꽂혀 있었다. 드러난 석조부에는 기묘한 조각이 새
겨져 있었고 한결같이 곡선으로 구성된 다양한 기하학 무늬였다. 거
대한 책에도 비슷한 것이 새겨져 있었다. 거무스름한 화강암을 사용

하는 석조 기술은 엄청나게 큰 거석문명에 속하는 것으로, 늘어선 돌덩어리들은 상부와 하부가 각각 볼록면과 오목면으로 딱 들어맞게 되어 있으면서 층층히 쌓여 있었다.

의자는 없지만 거대한 탁자 위에는 책, 종이, 필기도구처럼 보이는 기묘한 무늬가 들어 있고 보랏빛이 감도는 금속 항아리와 끝에 색깔이 있는 막대가 널려 있었다. 대좌는 매우 높았는데, 나는 이따금 높은 곳에서 내려다볼 수도 있는 것 같았다. 몇 개의 탁자 위에는 조명기구로 쓸 수 있는 빛을 발하는 거대한 수정구와, 유리관과 금속봉으로 구성된 정체를 알 수 없는 기계가 있었다.

창문에는 유리가 끼워져 있고 튼튼한 창살도 있었다. 나는 감히 창문에 가까이 다가가 밖을 내다보지는 않았지만, 내가 있는 곳에서도 양치식물과 비슷한 이색적인 식물의 잎이 흔들리는 모습을 볼 수 있었다. 바닥에는 커다란 팔각형 돌이 깔려 있었고 깔개와 벽걸이 종류는 전혀 없었다.

그 뒤 나는 돌로 만들어진 거대한 회랑을 빠져나가, 역시 어마어마하게 거대한 돌 경사로를 떠가듯이 내려가는 광경을 꿈에 보았다. 어디에도 계단은 없고, 통로의 폭이 9m 이하인 것도 없었다. 내가 떠다니듯이 스쳐 지나간 구조물 몇 가지는, 수백 m 높이로 하늘에 우뚝 서 있는 것이 틀림없었다.

아래쪽에는 아치형 천장을 가진 어두운 지하실이 몇 층이나 있었지만, 한 번도 열린 적이 없는 뚜껑문이 금속띠로 봉인되어 있어 뭔가 특별한 위험을 희미하게 암시하고 있었다.

나는 마치 죄수 같았고, 눈에 보이는 모든 것에 암울한 공포가 감돌고 있었다. 무지(無知)의 자비로운 혜택이 없었더라면, 벽에 새겨진 조소하는 듯한 곡선문자가 무엇을 의미하는지 알고 영혼이 찢겨나가는 것 같은 느낌이 들었으리라.

더 나중에는, 거대한 둥근 창과 엄청나게 넓은 평평한 지붕에서 바라보는 경관도 꿈에 보았던 것 같다. 평평한 지붕에는 기묘한 정원과 넓은 불모의 땅, 조개껍질 모양의 높은 돌난간이 있고, 가장 높은 경사로가 통하고 있었다.

수없이 많은 엄청나게 거대한 건축물이 저마다 정원으로 둘러싸인 채 폭 60m가 넘는 포장도로를 따라 늘어서 있었다. 외관은 하나하나 상당히 달랐지만, 폭 100m 이하, 높이 300m 이하인 건물은 매우 드물었다. 대부분의 건물은 끝이 없는 것처럼 보였으므로 정면의 폭이 수백 m나 되는 것이 틀림없었고, 또 잿빛 안개가 긴 하늘로 우뚝 솟은 건물도 있었다.

건물은 주로 돌이나 콘크리트로 지어진 것 같고, 나를 연금하고 있는 건물처럼 그 대부분에 묘한 곡선무늬를 사용한 석조기술이 구현되어 있었다. 지붕이라는 지붕은 모두 납작하고, 정원이 있으며, 조개껍질 모양의 난간도 많았다. 계단식 정원을 조성하거나 옥상가옥을 짓고, 정원 한복판에 비어 있는 공간을 배치한 경우도 있다. 넓은 길에는 움직임을 암시하는 것이 있었으나 처음에는 이 인상을 세부까지 자세히 파헤칠 수는 없었다.

어떤 장소에서는, 다른 건물보다 더 높게 깎아지른 듯이 서 있는 거무스름하고 거대한 원탑을 볼 때가 있었다. 완전히 특이한 성질을 가지고 있는 것처럼 보이는 이 탑은 무량한 세월과 황폐한 흔적을 드러내고 있었다. 네모로 자른 현무암을 특이한 석조기술로 둥근 꼭대기를 향해 조금씩 가늘게 쌓아 올렸는데 거대한 문을 볼 수 있을 뿐, 창문과 출입문은 전혀 보이지 않았다. 기본적인 구조에서 이 검은 원탑과 비슷한 나지막한 건물도 몇 동 있었지만, 모두 측량할 수 없는 세월의 풍화작용으로 거의 무너져가고 있었다. 네모로 자른 돌을 쌓아올린 예외적인 건물 주위에는, 봉인된 뚜껑문에 서려 있는 것과 같은 짙은 공포와 위협을 느끼게 하는 수수께끼에 찬 분위기가 감돌고 있었다.

넓게 펼쳐진 정원은 등골이 오싹하도록 기괴했는데, 처음 보는 이상한 식물이 섬세한 조각이 새겨진 기둥이 늘어선 넓은 길 위에서 흔들리고 있었다. 양치류와 비슷한 비정상적으로 거대한 식물, 초록색 또는 곰팡이 특유의 기분 나쁜 푸르스름한 식물이 제멋대로 무성하게 자라고 있었다.

그 한가운데 노목(蘆木, 고생대 후기의 대륙에 번성했던 커다란 목본 양치식물)과 비슷한 커다란 무지갯빛 식물이 우뚝 서 있었는데, 대나무를 연상시키는 그 줄기는 기이할 정도로 높게 뻗어 있었다. 거대한 소철과 비슷한 식물과, 침엽수 같은 나무들, 짙은 녹색의 기괴한 관목도 있었다.

기하학적 무늬로 구획된 화단에는 작고 무색이어서 알아보기 힘든 꽃들이 오로지 푸른 잎들 사이에서만 눈에 띄었다.

계단식 정원과 옥상정원의 한쪽 구석에는 불쾌한 모양에 영롱한 색깔을 한 커다란 꽃이 피어 있었는데, 느낌으로는 인공 재배한 것 같았다. 상상을 초월하는 크기와 색깔과 모양을 한 균류가, 미지의 것이지만 훌륭한 조경기술의 전통을 짐작케 하는 무늬를 만들며 군데군데 자리잡고 있었다.

지상에 있는 더욱 넓은 정원에서는 자연의 무질서를 보여주려는 의도가 느껴졌지만, 옥상정원에서는 신중하게 선택하여 장식적으로 깎고 손질했음을 보여주는 흔적도 있었다.

하늘은 거의 어김없이 흐리고 공기는 축축했으며, 가끔 세찬 비가 내리기도 했다. 그렇지만 너무 크게 보이는 이상한 태양과 어쩐지 이질적인 달이, 아주 잠깐 동안 얼굴을 내비치는 때도 있었다. 아주 드물긴 하지만 밤하늘이 깨끗하게 개었을 때는 희미하게나마 별자리도 보였다. 알고 있는 별자리와 비슷한 것은 있어도 완전히 똑같은 것은 없었다. 간신히 식별할 수 있는 얼마 안 되는 별자리의 위치에 비추어보아, 내가 있는 곳이 남반구의 남회귀선 부근이 틀림없다는 느낌이 들었다.

　아득한 지평선은 늘 수증기에 싸여 있어 흐릿하게 보였고, 나무 같은 미지의 양치식물, 노목, 인목(鱗木. 고생대 석탄기에 번성했다가 페름기에 절멸한 대형의 석송류에 속하는 화석 식물), 봉인목(封印木. 고생대 석탄기에 번성했던 양치식물)으로 구성된 대밀림이 도시 교외에 펼쳐져 있으며, 어른거리는 증기 속에서 이상한 잎들이 조롱하듯 흔들리고 있는 것이 보였다. 이따금 하늘에서 무언가가 움직이고 있는 듯한 기색이 있었지만, 처음에는 그게 뭔지 전혀 알 수 없었다.

　1914년 가을에는, 이따금 도시 상공과 그 주변을 기묘한 모습으로 날아다니는 꿈을 꾸었다. 얼룩 모양을 하거나, 홈이 파여 있거나, 줄무늬가 있는 줄기를 가진 꺼림칙한 수목 사이를 빠져나가는 끝없는 길과, 내 마음에 달라붙어 떠나지 않는 도시와 비슷하게 생긴 또 다른 기괴한 도시들을 여럿 보았다.

　엷은 어둠이 영원히 지배하는 숲 속의 빈터와 숲을 개척한 장소에서, 검은 색 같기도 하고 아닌 것 같기도 한 애매한 돌로 지은 소름 끼치는 건물을 보거나, 높게 솟아 있는 축축한 식물만이 희미하게 보이는 어두운 늪지에서 둑길을 걸어가기도 했다.

　한번은 세월에 못 견디고 무너진 현무암 폐허가 광대한 지역 여기저기에 흩어져 있는 것을 보았는데, 원래의 모습은 아무래도 꿈에 자주 나타났던 그 도시에 우뚝 서 있던 창문이 없는 둥근 지붕의 탑과 비슷했던 것 같았다.

　그리고 바다도 한번 보았다. 돔과 아치로 구성된 거대한 거리의 거대한 석조 부두 저편에는 증기가 자욱한 끝없는 바다가 있었다. 형태가 일정하지 않은 거대한 그림자 같은 것이 그 위에서 움직이고 있었고, 수면에서는 곳곳에 이상한 거품이 일고 있었다.

3

　앞에서 말한 것처럼 있을 수 없는 이러한 환영이 처음부터 등줄기가 얼어붙는 느낌을 띠고 있었던 것은 아니었다. 사실 사람들은 본질적으로 이보다 더 이상한 것을 꿈에 본다. 일상생활과 그림, 독서에 근거한 맥락이 닿지 않는 단편들이 서로 뒤엉켜, 잠이 가져다주는 자유분방한 정신활동에 의해 기상천외할 정도로 신기하게 변형되어서.

전에는 꿈을 많이 꾸는 편은 아니었지만, 나는 한동안 환영을 당연한 것으로 받아들였다. 나는 이상하고 몽롱한 대부분의 꿈들은 끄집어 내기에도 곤란한 온갖 사소한 일들이 원천이 되었을 거라고 단정하고 있었는데, 그 가운데에는 이첩기나 삼첩기와 같은 1억 5천만년 전의 원시세계의 식물처럼 교과서에서 흔히 얻을 수 있는 지식을 반영하고 있는 것도 있었다.

그러나 몇 달이 지나면서 무서움은 갈수록 이채를 띠기 시작했다. 이것은 꿈이 의심의 여지없이 기억의 양상을 드러내기 시작했을 때, 또 내 마음이 꿈을 증폭시키는 추상적인 불안과 관련을 짓기 시작한 무렵의 일이었다. 추상적인 불안을 초래한 것은 기억이 억압되어 있다는 느낌과 시간에 관한 기묘한 인상, 그리고 1908년부터 1913년까지 제2인격과 무서운 교환이 있었다는 느낌과 상당히 뒤에 맛보게 된 나에 대한 불가해한 혐오 때문이었다.

특정한 세부가 선명하게 꿈에 나타나기 시작함에 따라 공포는 더욱더 높아갔다. 1915년 10월에는 마침내 이대로 두어서는 안 된다는 생각이 들기 시작했다. 고통을 객체화하면 마음에 달라붙는 불안을 떨쳐낼 수 있을지도 모른다고 생각하고 기억상실과 환각의 증례를 철저하게 조사하기 시작한 것은 그 무렵의 일이었다.

그러나 앞에서도 말했듯이 그 결과는 처음에는 거의 정반대로 나타났다. 갈수록 내 꿈이 정확하게 재현되고 있는 것을 알자 마음이 몹시 혼란스러워진 것이다. 특히 일부 기록은 대상인물에게 지질학 지식, 즉 원시시대의 경관에 대한 지식이 있었다고는 도저히 볼 수 없는 옛 시대의 것이었으므로 말할 것도 없었다.

그리고 이런 기록의 대부분은 거대한 건축물과 밀림 같은 정원——
—그리고 다른 것——과 관련된 대단히 무서운 세부사항을 전하고
있었다. 실제로 보거나 막연한 인상만 받아도 끔찍한데, 나와 같은
꿈을 꾼 일부 사람이 암시하고 단언한 것에는 광기와 모독의 기미까
지 있었다. 심지어는 유사기억이 되살아나면서 꿈은 더욱 광란의 도
를 더하고, 이윽고 의외의 사실이 초래될 것을 암시하기도 했다. 그
런데도 대부분의 의사는 내 조사방침을 대개 정당하다고 인정했다.

나는 심리학을 체계적으로 연구했고, 거기에 자극받아 아들 윈게
이트도 같은 일을 했다. 윈게이트는 이 연구를 통해 현재의 교수 지
위에 오르게 되었다. 1917년과 18년에 나는 미스카트닉 대학에서
특수과목을 이수했다. 한편 먼 곳에 있는 도서관까지 찾아가 의학,
역사, 인류학의 기록을 끈질기게 조사하면서 결국 나의 제2인격이
불온하게도 관심을 품었던 금단의 전설이 담긴 혐오스러운 책까지
읽게 된 것이다.

그런 책 속에는 완전히 변모해 있었던 내가 실제로 읽었던 것도
있었는데, 본문에 군데군데 가해진 틀림없는 정정과 여백의 메모가,
어딘지 묘하게 비인간적인 것처럼 느껴지는 필체와 어법이었기 때
문에 나는 몹시 불안에 사로잡혔다.

이런 메모는 대개 본문과 같은 언어로 기록되어 있었고, 보기에는
흡사 학자처럼 거침없이 적혀 있어서 메모를 한 자가 그 모든 언어
에 굉장히 정통한 것처럼 보였다. 그러나 폰 윤츠트의 《무명제사서》
에 가해진 하나의 메모만은 예외였다. 독일어로 정정한 것과 같은
잉크로 일종의 곡선문자가 기록되어 있는데, 지금까지 알려진 어떤
문자와도 비슷한 데가 전혀 없었다. 게다가 그 수수께끼의 문자는,
맙소사! 내가 꿈속에서 끊임없이 보는 그 문자와 닮아 있었던 것이
다. 순간적으로 의미를 알고 있는 것 같은 느낌이 들기도 하고, 조
금만 노력하면 생각이 날 것 같기도 한 그 문자와 참으로 흡사하게

닮아 있었다.

 나의 암담한 당혹을 결정적인 것으로 만든 것은, 여러 명의 도서 관원들이 문제의 책에서 열람기록과 대출결과를 근거로 그 메모는 모두 제2인격에 지배되고 있었던 내가 기록한 것이 틀림없다고 장 담한 일이었다. 그렇다고 해도 메모는 다양한 언어로 적혀 있었는 데, 그 중 세 가지 언어는 현재에도 과거에도 내가 전혀 모르는 말 이었다. 더욱이 뿔뿔이 흩어져 있는 고대부터 현대에 이르는 인류학 과 의학의 기록을 정리하면서, 현기증이 날 전개에 분방함을 갖춘 비교적 일관된 신화와 환각의 혼합물을 발견하게 되었다. 그 중에 한 가지 내 마음에 위안이 되는 것이 있었다. 신화가 꽤 오래된 시 대의 것이라는 사실이다. 지금은 사라지고 없는 어떤 지식이 원시시 대의 신화에 고생대와 중생대의 경관을 부여할 수 있었는지 나는 짐 작도 할 수 없었다. 그런데 그런 경관이 신화에서 생생하게 얘기되 고 있었던 것이다. 그리하여 고정적인 환상을 낳는 토대가 존재한다 는 것을 알았다.

 기억상실에 빠진 사람들이 먼저 조잡한 신화의 형식을 만들어낸 것이리라. 그러나 그 뒤에 신화가 제멋대로 부풀어 올라 기억상실 환자에게 반작용을 미치고 환자의 의사기억을 채색한 것이 틀림없 다. 나도 기억을 잃은 동안 고대 신화를 읽거나 들었다. 조사를 통 해 그 사실은 충분히 증명되었다. 그럼 그 뒤의 꿈과 정서적인 인상 은 내 기억이 제2인격 한테서 미묘하게 가져온 것에 의해 채색되고 하나의 틀에 끼워 맞춘 것처럼 되었다는 것이 자연스러운 생각 아닐 까?

 몇몇 신화는 인류 탄생 전 세계의 암울한 전설, 그것도 특히 아득 한 시간의 심연을 다루며 현대 신학자들의 지식의 일부가 되어 있는 힌두의 전설과 우연이라고는 할 수 없는 관계를 가지고 있었다.

 원시 신화와 현대의 망상이 공통적으로 가정하고 있는 것은, 이 행성이 거쳐온 거의 알려지지 않은 망망한 역사에서 인류가 고도로 진화된 지배종족의 하나——아마도 최소의 종족——에 지나지 않는다는 것이다. 신화와 망상이 암시하는 바에 의하면 3억 년 전에 인류의 조상인 최초의 양서류가 뜨거운 바다에서 기어나오기도 전에, 상상도 하지 못할 모습을 한 것이 먼저 하늘을 향해 탑을 세우고 대자연의 모든 비밀을 탐구했다고 한다.

어떤 것은 다른 별에서 찾아왔는데, 그 중에는 우주와 나이가 같은 것도 있었다. 나머지는 우리들이 생명진화 과정을 아득히 거슬러 올라가면 태고의 단세포가 나오지만, 그 단세포보다 더 오래된 태고의 미생물로부터 급속하게 발생한 것이었다. 수십억 년에 걸친 시간의 전개와, 다른 은하나 우주와의 관계도 얘기되어 있다. 이 시간개념처럼, 사실 인간의 관념으로 받아들일 수 있는 것은 하나도 없다.

그러나 전설과 인상의 대부분은 비교적 뒤 시대의 종족——과학적으로 알려진 어떤 생명체와도 닮지 않은 기묘하고 복잡한 모습으로, 인류가 출현하기 불과 5천만 년 전까지 서식하고 있었던 이 종족을 다루고 있다. 이 종족은 시간의 비밀을 밝힌 유일한 종족이기 때문에 가장 위대한 종족이 되었다.

이 종족은 수백만 년의 세월의 장벽을 넘어서 스스로를 과거와 미래에 투영하여 모든 시대의 지식을 배울 수 있는 강력한 정신력으로, 지구상에서 이미 알려져 있거나 언젠가 알려지게 될 모든 것을 습득하고 있었다. 예언자의 전설은, 인간의 신화에서 찾아볼 수 있는 것도 포함하여 모두 이 종족이 이룩한 업적에서 시작되고 있다.

이 종족의 장대한 도서관에는 지구의 모든 기록이 그림과 함께 수록되어 있는 책이 있다. 이미 존재하고 있거나 앞으로 존재할 모든 종에 대해 그 내력과 생태그림이 종별로 예술과 업적, 언어, 심리의 완벽한 기록과 함께 수록되어 있는 책이다.

영겁의 세월에 걸친 지식을 이용하여 이 '위대한 종족'은 모든 시대, 모든 생명체에서 자신들의 성질과 입장에 적합한 사상과 예술, 방법론을 선택했다. 일반적인 감각능력의 외부에, 이른바 정신을 투영함으로써 획득할 수 있는 과거의 지식은 미래의 지식보다 수집하기가 더 어려웠다.

미래의 지식을 입수하는 것은 작업이 간단하고 또 물질적이기조차 했다. 적당한 기계의 도움을 빌어 원하는 시대에 다가갈 때까지 정신은 어렴풋한 초감각적인 노정을 느끼면서 시간 앞으로 자신을 투영한다. 그리고 예비적인 음미를 한 뒤, 그 시대의 생명체 중에서 가장 고도의 종을 대표하는 찾아낼 수 있는 한 가장 좋은 유기체를 선택한다. 다음은 그 유기체의 뇌에 들어가 속에서 자신의 정신파를 발생시킨다. 한편 쫓겨난 정신은 쫓아낸 정신의 시대로 옮겨져서 역전 조치가 취해질 때까지 자신을 쫓아낸 정신의 몸속에 그대로 머물게 된다.

미래의 유기체의 몸에 투영된 정신은, 외모를 같이하는 종족의 일원으로 행세하며 선택한 시대에서 배울 수 있는 모든 것, 그 시대에 축적된 정보와 기술을 가능한 한 빨리 습득한다.

그동안 쫓겨난 정신은 쫓아낸 정신의 시대와 몸 안에 갇혀서 엄중하게 감시당한다. 점유하는 몸에 상처를 내지 않도록 하며, 숙련된 심문자에 의해 모든 지식을 빼앗긴다. 종종 그 정신의 언어로 심문받는 일도 있다. 이것이 가능한 것은, 먼저 실시된 미래탐구를 통해 그 언어에 대한 기록을 가지고 온 경우이다.

'위대한 종족'이 육체적으로 흉내 낼 수 없는 언어를 가진 정신의 경우에는, 정교한 장치를 만들어 그것을 통해 이질적인 언어를 악기를 연주하듯이 만들어낸다.

'위대한 종족'의 몸은 키가 3m가 넘는 주름이 많은 거대한 원추체로, 머리와 다른 기관은 원추체의 꼭대기에서 뻗어나온 굵기 30cm의 신축 가능한 여러 개의 팔 끝에 달려 있다. 4개의 팔 중에 두 개의 끝에 붙어 있는 거대한 갈고리발톱 같기도 하고 집게 같기도 한 것을 부딪치거나 문질러서 대화를 하며, 3m쯤 되는 몸통의 바닥에 있는 점착층을 신축시켜서 보행한다.

잡혀온 정신은 놀라움과 분노가 진정되고——원래의 몸이 '위대한 종족'과 크게 다르기 때문에——익숙지 않은 일시적인 몸에 대한 공포가 사라지면, 새로운 환경을 배우거나 자신을 쫓아낸 정신이 누리고 있는 것과 같은 경이와 지혜를 체험하는 것이 허락되었다.

상응하는 예방조치가 취해지는 가운데 합당한 봉사에 대한 대가로 광대한 길을 달리는 원자력 엔진이 탑재된 보트 비슷한 탈것과 거대한 비행선을 타고, 거주 가능한 세계를 돌아다니거나 지구의 과거와 미래의 기록이 보관된 도서관도 마음대로 출입할 수 있게 된다.

그때쯤이면 잡혀온 정신은 대부분 운명을 받아들이게 된다. 포로가 되어 있는 것은 모두 예민한 정신뿐이어서, 그런 정신에게는 가려진 지구의 신비——상상도 할 수 없는 과거로부터 자신이 속한 시대보다 훨씬 미래의, 눈이 어지러울 정도로 거대한 소용돌이에 도달하는 완결된 역사를 밝히는 것은, 종종 바닥을 알 수 없는 공포가 드러나긴 하지만 반드시 더할 나위 없는 특별한 체험이 되기 때문이다.

잡혀온 정신의 일부는 이따금 자신과 같이 미래에서 잡혀온 다른 정신과 만나는 것이 허락되었다. 백년, 천년, 또는 백만 년의 세월을 사이에 둔 정신들 사이에 대화가 오가게 되는 것이다. 그 모든 정신들은 자신의 언어로 자신과 자신의 시대에 대해, 중앙기록보관소에 보관될 문서를 내용이 풍부하게 써내도록 강제되었다.

덧붙이자면, 잡혀온 정신 중에는 다른 정신보다 뛰어난 특권을 가진 특수한 타입에 속하는 것도 있었다. 그런 정신은 죽음을 앞두고 정신의 소멸을 면하려는 '위대한 종족'의 예민한 정신에게 미래에서의 자신의 몸을 빼앗기고, 죽어가고 있는 '위대한 종족'의 몸 속에 죽을 때까지 갇혀버린다.

'위대한 종족'은 수명이 특히 길어서인지 투영할 수 있는 뛰어난 정신은 특히 생명에 대한 애착이 적기 때문에 이런 가련한 포로는 생각만큼 많지는 않다. 인류의 역사를 포함한 미래의 역사에서 우리들이 목격하게 될 지속적인 인격변화의 대부분은, 이 '위대한 종족'의 정신이 영구적인 투영을 함으로써 일어나고 있는 것이다.

일반적인 탐구에 대해 말하자면, '위대한 종족'의 정신은 미래에서 원하는 것을 배우고 나면 시간여행을 시작하게 해준 것과 같은 장치를 만들어 투영작용을 역전시킨다. 그리고 원래 시대로 돌아가 원래의 몸으로 복귀하면서 잡혀온 정신도 미래의 자기 몸으로 돌아가게 된다.

정신이 교환된 상태에서 어느 한쪽의 육체가 죽어버린 경우에는 이 복귀가 불가능하다. 물론 그때는 탐구여행에 나간 '위대한 종족'의 정신은 죽음을 면한 정신처럼 이질적인 몸을 한 채 미래의 세계에서 일생을 마치거나, 잡혀온 정신이 죽음에 처한 영원한 포로처럼 '위대한 종족'의 모습으로 과거의 세계에서 천수를 누려야만 한다.

잡혀온 정신이 '위대한 종족'의 것이라 해도 이 운명은 그리 무섭지 않다. 자신들의 미래를 몹시 걱정하는 이 '위대한 종족'은 전시대에 걸쳐서 생존하고 있었기 때문에 이것은 드문 일이 아니었다. '위대한 종족'의 정신이 오직 죽음만을 기다리는 영원한 포로가 되는 일은 좀처럼 없다. 왜냐하면 죽음을 앞둔 정신이 미래의 '위대한 종족'의 몸을 빼앗으면 무서운 벌이 가해지기 때문이다.

미래의 새 육체에 머물러 규칙을 깨뜨린 정신에 대한 처벌은 투영을 통해 실시된다. 정신의 재교환이 강제되는 일도 있다.

과거의 다양한 영역에서 탐구를 하고 있는 정신과 잡혀온 정신이 다시 교환되는 복잡한 사례가 알려져 있으며, 이 경우에는 주의 깊게 수정이 가해진다. 정신 투영이 발견된 이후의 모든 시대에 걸쳐서, 사소하기는 하지만 흔히 볼 수 있는 인구의 구성분자는 과거에서 와서 단기간 또는 장기간 체재하는 '위대한 종족'의 정신이었다.

종족이 다른 잡혀온 정신이 미래의 자기 육체로 돌려보내질 때는, '위대한 종족'의 세계에서 배운 모든 것은 복잡한 기계에 의한 최면으로 말소된다. 지식을 대량으로 가지고 돌아가면 번거로운 결과가 생기기 때문이다.

지식이 미래에 전해진 실례는 극히 일부분이긴 하지만 틀림없이 있어서, 과거나 이미 알려져 있는 미래에 큰 불행을 불러일으켰다. 옛날이야기가 전하는 바로는, 그런 두 사례에서 인류는 '위대한 종족'에 관한 것을 알게 되었다고 한다.

유구한 태고의 세계에서 직접 구체적으로 남아 있는 것으로는, 멀리 떨어진 땅이나 바닷 속에 위치한 거대한 돌의 폐허와, 무서운 《나코토 복사본》의 단편이 현존할 뿐이다.

복귀하는 정신은, 잡혀온 몸이 된 이래 체험한 것의 매우 희미하고 단편적인 심상만을 지니고 원래의 세계로 돌아간다. 말소할 수 있는 기억은 모두 지워지므로, 대부분의 경우는 정신교환이 처음 일어났을 때까지, 꿈이 그림자처럼 달라붙는 공백만이 펼쳐진다. 그중에는 다른 정신보다 많은 것을 생각해내는 정신도 있고, 아주 드물게는 단편적인 기억들이 우연히 연결되어 금단의 과거를 암시하는 자가 미래의 세계에 나타나는 일도 있다.

아마 어느 시대에나 그런 종류의 암시를 은밀하게 신봉하는 집단과 종파는 존재할 것이다. 《네크로노미콘》에는 그런 종파의 존재가 암시되어 있다. 이따금 유구한 세월을 거쳐 여행을 하는 '위대한 종족'의 정신을 방조한 어떤 종파에 대한 것이.

'위대한 종족'은 거의 전지(全知)라고 할 만한 지식을 연마하여 다른 행성의 주민과 정신을 교환함으로써, 다른 행성의 과거와 미래를 조사하는 작업에 착수했다. 마찬가지로 아득한 우주에 위치하며 자신들에게 정신적 유산을 가져다 준, 유구한 태고에 사멸한 암흑성의 역사와 기원을 들여다보려 했다. '위대한 종족'의 정신은 육체보다 더 오래 전부터 존재했던 것이다.

궁극의 비밀을 알면서도 멸망해 가던 구세계에 살던 총명한 생물이, 긴 생명을 누릴 수 있는 새로운 세계와 종을 미래에서 찾아 자신들이 머무는 데 가장 적합한 미래의 종족——1억 년 전 지구에 살고 있던 원추상의 생물——속에 무리를 지어 정신을 들여보낸 것이다.

이렇게 하여 '위대한 종족'은 도래했고, 자신의 몸에서 쫓겨나 기괴한 몸에 들어간 수만 명의 정신은 두려움에 떨면서 오로지 사멸의 길을 걸었다. '위대한 종족'은 나중에 또다시 죽음에 직면할 때는, 다시 최량의 정신을 긴 육체수명을 가진 미래생물의 몸에 들여보냄으로써 살아남을 수 있는 것이다.

서로 뒤엉킨 전설과 망상의 배경은 이상과 같은 것이었다. 1920년 무렵 조사 결과를 논리정연한 형태로 정리했을 때, 처음에는 점점 고조되기만 했던 정신적 긴장이 조금씩 풀리는 듯한 느낌이 들었다. 결국 암울한 감정에 유발된 심상은 있다고 해도 내 몸에 일어난 현상의 대부분을 간단하게 설명할 수 있지 않을까? 기억상실이 일어난 동안 어떤 계기를 통해 신비한 학문에 눈을 돌렸을지도 모른다. 그리고 금단의 전설을 읽고 고대로부터 명맥을 유지하고 있던 평판이 나쁜 종파의 신자를 만났다. 틀림없이 그것이, 기억이 되살아난 뒤 시작된 꿈과 불안의 근원을 이루고 있는 것이다.

꿈속에서 보는 수수께끼의 문자와, 내가 모르는 언어로 기록되어 있는데도 내가 쓴 것이라고 도서관 직원이 장담했던 메모에 대해서 말하자면, 아마 그런 언어는 제2인격의 상태에 있었을 때 어설프게 습득한 건지도 모르고, 수수께끼의 문자는 아마 옛날이야기의 기록을 토대로 내 공상이 만들어 낸 것이 그 뒤 꿈속에 전이된 것이리라. 나는 이미 알려진 종파의 지도자와 얘기를 나누고 어떤 점을 확인하고 싶었지만 그 지도자와 연락이 되지 않았다.

때로는 상당한 세월을 사이에 둔 다양한 시대에서 볼 수 있는 수많은 사례가 서로 유사하다는 것이 처음처럼 나를 계속 괴롭혔지만, 한편으로는 자극적인 민간전승이 널리 알려져 있는 것은 의문의 여지없이 현재보다 과거라는 것을 깨닫기도 했다.

아마 나와 같은 처지에 있는 다른 피해자는, 내가 제2의 인격상태에 있었을 때 배운 전승에 대해 상당한 지식을 가지고 있으리라. 이런 피해자는 기억을 잃었을 때 자기 자신을 친숙한 신화의 생물——인간의 정신을 대신하는 것으로 알려진 전설상의 침략자——과 결부하여 생각하고, 인간의 것이 아닌 상상의 세계로 가지고 돌아갈 수 있다고 믿으면서 지식의 탐구에 나선 것이리라.

그러다 마침내 기억이 되살아나면, 연상작용을 역전시켜 자기 자신을 정신의 교환자가 아니라 예전의 쫓겨난 정신으로 생각했다. 그래서 꿈과 유사기억은 전통적인 신화 형식을 따르고 있는 것이다.

이 해석은 겉으로 보기에는 번거로워 보였지만 결국 내 마음에 떠오르는 다른 모든 해석을 대신하게 되었다. 그것은 다만 다른 생각에 커다란 약점이 있었기 때문이다. 나중에는 저명한 심리학자와 인류학자들 대부분이 차차 동의를 표하기 시작했다.

생각하면 할수록 나에게는 이 추론이 설득력을 가지고 있는 것처럼 생각되었다. 그리하여 마침내 여전히 나를 괴롭히고 있는 환영과 인상에 대해 참으로 효과적인 방어벽을 세우게까지 되었다. 이를테면 밤에 이상한 것을 봤다면? 그런 것은 듣거나 읽거나 한 것에 지나지 않는다. 그럼, 묘한 혐오감과 생각과 유사기억이 있다면? 그것도 역시 제2의 상태에 있었을 때 흡수한 신화의 반향에 지나지 않는다. 내가 꿈에 보고 느낀 것 가운데 현실적인 의미를 가지고 있는 것은 아무 것도 없다.

추상적인 인상보다 오히려 환영이 더 자주 일어나 불온하게도 갈수록 세부에까지 파고들게 되었지만, 나는 이런 생각으로 방어를 굳힘으로써 제법 마음의 평정을 얻을 수 있었다. 1922년 들어 나는 다시 교직에 복귀할 수 있을 것 같은 예감이 들었고, 대학에서 심리학 전임강사 자리를 얻자 새롭게 얻은 지식을 활용하기 시작했다.

나의 정치경제학 강좌는 꽤 오래전부터 적절한 후임이 확보되어 있었다. 또 경제학을 강의하는 방법도 상당히 변해 있었다. 그 무렵 아들은 나중에 현재의 교수직으로 이어지게 되는 대학원 과정에 막 들어갔기 때문에, 우리는 함께 활발하게 연구활동을 펼쳤다.

4

나는 엄청나게, 그리고 생생하게 밀려오는 기이한 꿈을 세세하게 계속 기록했다. 그런 기록이 심리학 자료로 가치가 있을 거라고 생각했기 때문이다. 순간적으로 보는 환영은 아직도 혐오스러울 만큼 기억과 비슷하게 생각되었지만, 이 인상은 어떻게든 뿌리칠 수 있었다.

기록하고 있는 동안은 환영을 실제로 본 것으로 취급했지만, 그 외에는 혼동하기 쉬운 밤의 착각처럼 무시했다. 일상적인 대화에서는 한번도 그런 얘기를 입에 올리지 않았는데도, 흔히 있는 일이기는 하지만 어디서 정보가 새나간 건지 내 정신상태에 대한 여러 가지 소문이 나돌았다. 그런 소문을 얘기하는 것은 순전한 아마추어들로 한정되어 있었고, 의사와 심리학자들은 한 사람도 귀를 기울이지 않았다는 것은 생각하면 재미있는 일이다.

1914년 이후의 환영에 대해서는 진지한 연구가라면 충분한 보고와 기록을 쉽게 입수할 수 있으니 여기서는 아주 간단하게 얘기하겠다. 아무래도 시간의 경과와 함께 환영의 범위가 엄청나게 확대되었기 때문에 기묘한 억압감은 약간 가벼워진 것 같다. 그러나 아무래도 명백한 동기부여가 없는 지리멸렬한 단편의 영역을 벗어나지는 못하고 있었다.

꿈속에서 나는 점차 돌아다닐 수 있는 자유를 획득해간 것 같다. 나는 일반적인 이동 통로인 듯한 지하의 거대한 회랑을 이용하여 기괴한 석조 건축물들을 떠다니듯 하면서 하나하나 돌아보았다. 가끔 맨 아래층에 봉인되어 있는 거대한 뚜껑문에 다다를 때도 있는데, 그 주위에는 늘 공포와 금단의 기색이 감돌고 있었다.

모자이크로 세공된 광대한 저수지도 보았고, 천차만별의 기묘하고 알 수 없는 도구를 넣어둔 방도 보았다. 또 외형은 완전히 기이하고 용도는 더욱 짐작도 가지 않지만, 몇 년이나 계속 꿈을 꾼 뒤에야 간신히 소리를 내는 것을 안 복잡한 기계가 설치된 거대한 동굴도 있었다. 이 환상의 세계에서 기능하는 감각은 시각과 청각뿐이었다는 것을 이 기회에 기록해 두자.

1915년 5월, 처음으로 그 생물의 모습을 보았을 때 진정한 공포가 시작되었다. 이것은 신화와 병력(病歷)에 대한 연구를 통해 무엇을 보게 될 것이라는 예측이 서기 전의 일이었다. 정신적인 방벽이 무너지면서 나는 건축물의 다양한 곳과 눈 아래에 펼쳐진 거리에서 커다란 엷은 안개 덩어리를 보게 되었다.

그 덩어리는 점점 고체화하여 갈수록 명료해졌고 결국 불쾌감 속에서 그 기괴한 모습을 똑똑히 볼 수 있게 되었다. 그것은 높이가 3m에 바닥의 넓이가 3m쯤의 거대한 무지갯빛 원추체로, 뭔가 융기해 있고 비늘이 있으며 어느 정도 신축 가능한 물질로 되어 있는 것 같았다. 꼭대기에는 원추체와 같은 융기를 가진 굵기 30cm의 부드러운 원통형 기관이 네 개 뻗어 있었다.

이 기관은 거의 보이지 않을 만큼 위축되거나 최대 3m까지 마음대로 늘어나기도 했다. 그 가운데 두 개의 끝에 붙어 있는 것은 거대한 갈고리발톱 같기도 하고 집게 같기도 한 것이었다. 3번째의 끝에는 깔때기 모양의 붉은 부속기관이 네 개 붙어 있다. 나머지 하나는 끝이 지름 60cm쯤 되는 노르스름한 모양이 찌그러진 구형으로 중앙에 크고 어두운 눈이 세 개 있었다.

이 머리 윗부분에는 꽃과 비슷한 부속기관들을 갖춘 회백색의 가느다란 줄기가 4개 뻗어 있으며, 아랫부분에는 녹색이 감도는 촉각인지 촉수인지 모를 것이 8개 늘어져 있었다. 원추체의 거대한 바닥은 탄성이 있는 회백색 물질로 가장자리가 둘러쳐져 있는데, 그것을 신축시킴으로써 이동하였다.

이 생물의 행동은 그리 해로운 것은 아니었지만, 생김새 이상으로 나를 섬뜩하게 하는 데가 있었다. 인간만이 할 수 있다고 생각한 것을 도깨비 같은 생물이 하는 것을 보는 건 기분 좋은 일이 아니기 때문이다. 지성을 느끼게 하는 이 생물은 광대한 방을 이동하며, 선반에서 책을 꺼내 커다란 탁자에 놓거나 그 반대의 동작을 하고, 때로는 머리에서 뻗어 나온 녹색의 촉수로 묘한 막대기를 잡고 열심히 필기를 하기도 했다. 커다란 집게는 책을 운반하거나 대화를 할 때 사용되었다. 또 집게로 소리를 내어 의사소통을 했다.

옷은 입고 있지 않았고, 학생가방이나 륙색과 비슷한 것이 원추체 맨 꼭대기에 걸려 있었다. 머리는 올렸다 내렸다 할 수 있는데, 보통은 지지기관이 원추체 꼭대기와 같은 높이가 될 때까지 위축되어 머리가 원추체와 직결되어 있었다.

남은 세 개의 큰 부속기관은 볼일이 없을 때는 1m 50cm쯤으로 줄어들어 원추체 옆쪽에 늘어져 있었다. 읽거나 쓰고, 기계——아무래도 사고력과 관계가 있어 보이는 탁자 위의 기계——를 조작하는 속도에서 짐작컨대 인간보다 훨씬 뛰어난 지성을 가지고 있는 것 같았다.

그 뒤부터 곳곳에서 그들을 목격하게 되었다. 거대한 방이나 회랑에 모여 있거나, 아치형 지하실에서 기괴한 장치를 조작하고, 보트 비슷한 거대한 차로 광대한 도로를 달리기도 했다. 거의 환경의 일부처럼 보였기 때문에 나는 그들을 무서워하는 것을 그만두었다.

그들 사이에서 개체 차이가 뚜렷이 드러나기 시작하자 일부는 무언가의 속박을 받고 있는 것처럼 느껴졌다. 이러한 자들은 육체적인 차이는 아무것도 없지만 다른 대다수의 것과 구별될 뿐만 아니라 저마다 크게 다른 다양한 행위와 습벽을 가지고 있었다.

그들은 내 흐릿한 시각에는 다양한 문자로 보이는 것으로 대량의 필기를 하고 있었다. 그들 대다수가 사용하는 전형적인 곡선문자로 기록하는 일은 없었다. 낯익은 알파벳도 드물긴 했지만 이따금 사용했던 것 같다. 그들은 대개 다른 것들보다 일하는 속도가 느렸다.

그동안 나는 줄곧 꿈속에서 육체를 이탈한 정신으로서 보통 이상으로 넓은 시야를 가지고, 일반적인 통로와 이동속도에 제한을 받기는 했지만 일대를 자유롭게 떠다니고 있는 것 같았다. 육체의 존재를 어렴풋이 느끼고 내가 고민하기 시작한 것은 1915년 8월의 일이었다. 고민하기 시작했다고 쓴 이유는, 더할 수 없는 무서운 것이기는 했지만 앞에서 말한 혐오스런 육체가 꿈속 정경과 관련이 있다고 가정하는 데서 비롯되는 순수하게 추상적인 연상때문이었다.

한동안 내가 꿈을 꾸고 있을 때 가장 조심했던 것은 자신의 몸을 내려다보지 않도록 하는 일이었다. 그 기괴한 방에 거울이 하나도 없다는 것을 얼마나 다행으로 생각했는지 생생하게 기억하고 있다. 언제나 3m 이하로 내려가지 않는 높이에서 모든 것을 보고 있다는 사실 때문에 나는 몹시 괴로워했다.

하지만 자신의 몸을 내려다보고 싶다는 병적인 욕구는 갈수록 높아졌고, 어느 날 밤 마침내 그 욕구를 더 이상 억제하지 못하게 되었다. 처음에는 시선을 아래로 향해도 아무것도 보이지 않았다. 잠시 후 그것은 터무니없는 길이의 나긋나긋한 목 끝에 내 머리가 위치하고 있기 때문이라는 것을 알았다. 그래서 목을 집어넣어 주의 깊게 내려다보니, 비늘이 있고 융기가 있으며 무지갯빛으로 빛나는 높이 3m, 바닥 넓이 3m의 거대한 원추체가 눈에 들어왔다. 내가 반 광란상태로 잠의 늪에서 뛰어올라 무시무시한 절규를 외치며 아컴의 주민들을 잠에서 깨운 것이 바로 그때였다.

몇 주일 동안 되풀이하여 공포를 맛본 뒤, 나는 간신히 기괴한 몸을 한 자신의 모습을 반쯤 체념과도 비슷한 감정으로 받아들이게 되었다. 꿈속의 나는 이제 육체를 갖추고 다른 미지의 존재보다 빨리 이동하며, 끝없이 이어진 책장에서 무서운 책을 꺼내 읽거나, 탁자 앞에 앉아서 머리에서 내려오는 녹색의 촉수로 뾰족한 펜을 놀리며 몇 시간씩 필기를 하곤 했다.

내가 읽거나 쓴 내용은 부분적으로나마 오래 기억에 남을 것이다. 다른 세계, 다른 우주, 그리고 전우주의 외계에 서식하는 무정형 생명의 활동에 대한 무서운 사료들이 있었다. 과거 지구에 살고 있었던 잊혀져 버린 다양한 존재들의 기괴한 의식에 관한 기록이 있는가 하면, 인류의 마지막 인간이 죽은 뒤 수백만 년쯤 지나 지구에 정착하게 되는 이상한 모습을 한 지성체의 소름 끼치는 연대기도 있었다.

현대 학자들 중에서는 그런 것이 실재할 거라고는 아무도 생각지 못한 인류의 숨겨진 역사도 알게 되었다. 그 대부분은 곡선문자의 언어로 기록되어 있었다. 나는 그 언어를 최면기계의 도움을 빌리는 기묘한 방법으로 배웠는데, 인간의 언어와는 전혀 닮지 않은 어근 체계를 가지는 교착어인 것 같았다.

다른 미지의 언어로 기록된 책도 있어서, 나는 같은 방법으로 그 말도 배웠다. 내가 알고 있는 언어로 기록된 책도 아주 조금 있었다. 기록에 삽입되거나 따로 소장되어 있는 절묘한 그림들이 내 학습에 큰 도움을 주었다. 그동안 나는, 내가 존재하던 시대의 역사를 영어로 기록하고 있었던 것 같다. 눈을 뜨면 꿈속에서 배운 미지의 언어는 눈 깜짝할 사이에 무의미한 조각으로밖에 떠오르지 않았지만, 역사의 전문장은 기억하고 있었다.

분명히 이런 꿈의 원천을 이루고 있는 옛 신화와 유사한 증례를 실제로 연구하기 전에도, 나는 꿈속에서 보는 이 존재들이 시간을 정복하고 모든 시대에 정신을 보내고 있는 이 세상 최고의 종족이라는 것을 알고 있었다. 또 내가 시대로부터 떨어져 나가는 대신 다른 것이 내 육체를 이용하고 있다는 것, 또 일부 나처럼 잡혀온 기괴한 생물의 정신들이 이곳에 머물고 있다는 것도 알았다. 갈고리발톱으로 소리를 냄으로써 만들어지는 기묘한 언어로 태양계의 모든 장소에서 옮겨온 지성들과 대화를 나누었던 것 같기도 하다.

아득한 세월 뒤에 우리가 금성이라고 부르는 행성에 서식하게 되는 정신도 있는가 하면, 6백만 년 전에 목성의 위성에 서식했던 정신도 있었다. 잡혀온 지구의 정신에 대해 말하자면, 신생대 초기인 고제삼기(古第三紀)에 남극에서 살았던 불가사리 모양의 머리와 날개를 가진 반식물(半植物) 종족의 정신이 하나, 전설 속에 노래되는 바르시아 뱀인간의 정신이 하나, 인류 탄생 이전에 휴페르보리아에서 차투구아를 숭배하고 있었던 부드러운 털로 뒤덮인 종족의 정신이 셋, 혐오스러운 투초투초 인의 정신이 하나, 지구 최후의 시대에 서식하는 거미강(綱)에 속하는 생물의 정신이 둘, 인류 멸망 바로 뒤에 번영하여 '위대한 종족'이 어느 날엔가 무서운 위기에 직면했을 때 가장 예민한 정신을 대량으로 옮기게 되는 갑충류의 정신이 다섯, 그리고 인류의 각 인종의 정신이 몇몇 있었다.

나는 서기 5천년에 번영하는 탄챤이라는 비정한 제국의 철학자 이안 리의 정신과 얘기를 나눴다. 또 기원전 5만년에 남아프리카를 지배했던 커다란 머리를 가진 갈색 인종의 장군의 정신, 바르톨로메오 코르시라는 12세기 플로렌스의 수도사의 정신, 땅딸막한 노란 몸을 가진 이누트 족이 서쪽에서 도래하여 정복할 때까지, 10만년에 걸쳐 그 처절한 극지를 지배했던 로마르의 왕의 정신과도 얘기를 나누었다.

이어서 서기 1만 6천년에 암흑을 정복한 자들의 마술사 나그 소스의 정신, 술라의 활약기에 집정관을 지냈던 타이터스 센프로니우스 브라이서스라는 로마인의 정신, 이집트 제14왕조의 케프네스의 정신과도 이야기를 했다. 케프네스의 정신은 나이얼라트호텝의 무서운 비밀을 가르쳐 주었다. 그리고 중기 아틀란티스 왕국의 한 사제의 정신, 크롬웰 시대의 사포크의 신사인 제임스 우두빌의 정신, 잉카 시대 이전 페루의 한 궁정 천문학자의 정신, 서기 2518년에 죽게 되는 오스트레일리아의 물리학자 네벨 킹스턴 브라운의 정신, 태평양에서 소멸한 이혜의 대마술사의 정신, 기원전 200년의 그레코 바크트리아 인의 관리 테오도티데스의 정신, 피에르 루이 몽테규라는 루이 13세 시대의 늙은 프랑스인의 정신, 기원전 1만 5천년의 킹메리아의 족장 크롬 야의 정신과도 대화를 나눴다. 또한 다른 영혼들로부터도 뇌리에 간직할 수 없는 충격적인 비밀과 정신이 아뜩해지는 경이로운 사실들을 수없이 들었다.

나는 매일 아침 흥분한 채 잠에서 깨어났고, 때로는 혈안이 되어 현대인의 지식범위 안에 있을 것 같은 정보를 확인하거나 그 정당성을 뒤집으려고도 했다. 그러나 전해 내려온 사실들은 일변하여 의심스러운 양상을 드러내기 시작했고, 역사와 과학에 그런 의외의 부가물을 더할 수 있는 꿈의 창조력은 오로지 경탄스러울 뿐이었다.

나는 과거가 품고 있을지도 모를 신비를 생각하고 몸을 떨었고, 미래가 가져다줄지도 모르는 위협을 생각하고 공포에 떨었다. 인류를 대신하는 종족이 인류의 운명에 대해 암시한 것은, 도저히 필설로는 형용할 수 없는 영향을 나에게 주었다.

인류의 뒤에는 막강한 갑충류의 문명이 번성하는데, '위대한 종족'

의 구세계에 무서운 운명이 닥쳐올 즈음이면 최고의 정신을 가진 이 종족이 그 육체를 빼앗게 된다. 그 뒤 지구의 수명이 마지막에 가까워지면 전이된 정신은 또다시 시간과 공간을 넘어 이주한다. 이번에는 수성(水星)의 구근 식물의 몸에 깃드는 것이다. 그러나 지구의 궁극적인 종언에 앞서 새로운 종족이 태어나는데, 그 종족은 얼음처럼 차가운 행성에 가련하게 달라붙어 공포에 찬 핵을 향해 지각을 파내려간다.

한편 나는 꿈속에서 '위대한 종족'의 중앙기록보관소에 보관하기 위해 반은 자발적으로, 반은 도서관을 방문하거나 여행을 할 기회를 더 주겠다는 약속 때문에 내가 살던 시대의 역사를 쉬지 않고 써 내려갔다. 중앙기록보관소는 도시 중심부의 거대한 지하구조물 속에 있었다. 나는 그곳에서 자주 일을 하거나 참고문헌을 조사하다가 그 사실을 알게 되었다. '위대한 종족'이 존속하는 한 유지되도록 대지의 어떤 격동에도 견디도록 설계되어 있기 때문에, 이 거대한 지하구조물의 견고함은 바위산과도 같아서 모든 건물을 능가했다.

기이할 정도로 질긴 종이에 적거나 인쇄한 기록은 위로 펼치는 책으로 만들어진 뒤 기하학 도형으로 장식되어, '위대한 종족'의 곡선 문자로 표제가 새겨진 잿빛이 감도는 더없이 가볍고 특이하며 절대로 녹이 슬지 않는 금속 보관함에 한 권씩 수납되었다.

이 보관함은 밀폐된 책장 같은, 여러 층을 이루는 직사각형의 지하금고에 들어간다. 이 금고는 역시 녹슬지 않는 금속으로 만들어 복잡한 회전조작을 하도록 되어 있는 손잡이로 개폐된다. 내가 쓴 역사는 몇 층이나 되는 금고 맨 아래층의 척추동물에 대한 기록이 즐비한 곳에 특정한 장소가 할당되었다. 그곳은 인류의 문화와, 인류탄생 이전에 지구를 지배했던 유모족(柔毛族)과 파행종족(爬行種族)의 문화를 위해 할애된 구획이었다.

그러나 꿈이 일상생활을 다방면으로 전하는 것은 아니었다. 지극히 막연하고 토막토막 끊어진 단편이 있을 뿐이며, 그런 단편들도 바른 순서대로 나타난 건 아니었다고 생각한다. 이를테면, 나는 꿈의 세계에서 내 전용의 커다란 석조 방을 가지고 있는 것 같았는데 생활 용품 같은 것에 대해서는 매우 불완전한 인상밖에 없다. 포로로서의 구속이 점차 줄어들자 어떤 꿈들에는 어마어마한 밀림의 길을 나아가는 생생한 여행과 이색적인 도시에서의 체류, '위대한 종족'이 묘한 공포에 겁을 먹고 뒷걸음질치는 검고 광대한 창문이 없는 건축물의 폐허에서 펼쳐지는 탐험의 모습들이 나타나기 시작했다. 믿을 수 없는 속도로 나아가는 몇 층이나 되는 갑판이 있는 거대한 배를 타고 긴 항해를 한 적도 있고, 전기적인 반발력으로 이륙하여 나아가는 총알 모양의 비행선을 타고 황야를 날기도 했다.

광대하고 따뜻한 대양 저편에는 '위대한 종족'의 다른 도시들이 있었다. 아득한 저편의 대륙에서는 '위대한 종족'이 조금씩 다가오는 공포로부터 달아나기 위해 주요한 정신을 미래에 보낸 뒤, 지배종족으로 진화하게 될 날개와 검은 코를 가진 어떤 생물의 허름한 촌락을 보여 주었다. 평탄한 대지와 번성하는 식물들이 모든 경치의 한결같은 배경이었다. 언덕은 모두 낮고 아주 조금 산재해 있을 뿐이지만 하나같이 화산활동의 징후를 보이고 있었다.

내가 본 동물에 대해서라면 책을 몇 권이라도 쓸 수 있을 정도였다. 모두 야생동물뿐이었다. '위대한 종족'의 기계화된 문명은 아득한 옛날에 가축을 배제했고, 음식도 식물이나 인공식품에 한정되어 발달했다. 거대한 몸집에 동작이 둔한 파충류가, 증기가 피어오르는 습지대에서 몸부림치거나, 농밀한 대기 속에서 날개를 파닥였고, 바다와 호수에서 물을 뿜어내기도 했다. 이런 파충류 중에서 나는 희미하게나마 고생물학을 통해 친숙해진, 공룡, 익룡, 어룡, 장경룡(長頸龍) 같은 수많은 파충류의 오랜 원형을 본 것처럼 느껴졌다. 그렇지만 조류와 포유류는 어디에도 보이지 않았다.

지면과 늪지에는 뱀과 도마뱀, 악어 등이 반드시 무리지어 있고, 성성한 식물 사이에서는 곤충들이 끊임없이 뛰고 날아다녔다. 먼 바다에서는 모습을 드러내지 않는 미지의 괴물이, 증기가 피어나는 하늘에 거대한 물보라를 일으키고 있었다. 나는 딱 한 번 탐조등을 갖춘 거대한 잠수함을 타고 바닷 속에 안내되어, 무서울 만큼 거대한 살아 있는 공포를 한순간 목격했다. 바다 밑에 가라앉아 있는 놀라운 도시의 폐허도 보았다. 갯나리, 완족류의 조개, 산호, 어류의 보고가 곳곳에 있었다.

'위대한 종족'의 생리와 심리, 습관과 풍속, 그리고 상세한 역사에 대해 나의 꿈은 지극히 막연한 정보밖에 주지 않았기 때문에, 아래에 기록하는 대부분의 사실들은 내 꿈에서 얻었다기보다는 차라리 오랜 전설과 수많은 사례를 연구하면서 수집한 것이다.

물론 나의 독서와 조사는 곧 다방면에 걸쳐서 꿈을 따라잡고 추월하게 되었기 때문에, 어떤 짤막한 꿈들은 미리 자세히 일러 주거나 배운 사실의 확인이 되기도 했다. 그래서 제2의 인격이 행한 똑같은 독서와 조사가 내가 무서워하는 모든 유사기억의 구조적 원천이 되었다고 하는, 다소 마음에 위로가 되는 확신도 가질 수 있었다.

내가 꿈에 본 것은 고생대에서 중생대로 옮아가던 중인 1억 5천만 년 전보다 조금 앞선 새로운 시대임이 분명했다. '위대한 종족'이 점유하고 있던 몸은, 지구상의 진화의 계통수(系統樹)에 남아 있는 것이 아니고 과학상으로도 알려져 있지는 않지만, 동물보다는 식물의 단계에 가깝고, 동질의 조직이 고도로 분화한 특이한 유기체였다.

세포활동은 특이하여 피로해지는 일이 거의 없고, 따라서 수면을 취할 필요도 전혀 없었다. 부드럽고 굵은 팔 하나에 달려 있는 깔때기 모양의 붉은 부속기관에서 동화되는 자양물은, 많은 점에서 현존하는 어떤 생물의 음식과도 거리가 먼 반유동체로 한정되어 있었다.

‘위대한 종족’은 우리가 지각하는 감각 가운데 두 가지——시각과 청각——만 가지고 있었다. 머리 위에 있는 잿빛 육질의 자루에 달린 꽃 같은 부속기관을 통해 소리를 들을 수 있다. 그러나 그 몸에 강제로 이식된 이질적인 정신은 잘 이용할 수 없는 불가해한 감각을 다수 갖추고 있었다. 세 개의 눈은 보통 이상으로 넓은 시야를 확보할 수 있는 위치에 자리잡고 있었다. 굳이 말하자면 혈액은 짙은 녹색의 매우 걸쭉한 풀 같았다.

성행위는 없이, 기부에서 세포분열하여 물속에서만 성장할 수 있는 종자나 포자 비슷한 것으로 번식했다. 거대하고 얕은 수조가 새끼의 생육을 위해 사용되었다. 그러나 수명이 굉장히 길어서——평균수명이 4천년 내지 5천년——새끼는 아주 조금밖에 키우지 않지만 현저한 결함이 있는 것은 즉시 처리해버린다. 촉각과 육체의 고통이 없기 때문에 질병과 죽음이 가까워진 것은 순전히 시각적인 징후에 의해 알 수 있다.

죽으면 장중한 의식 아래 화장된다. 앞에서 말한 것처럼 이따금 예민한 정신을 미래로 투영하여 죽음을 면하는 수도 있지만 그런 예는 흔하지 않다. 드물게 그런 일이 일어나면, 미래에서 전이되어온 정신은 익숙하지 않은 육체가 죽을 때까지 더할 나위없이 정중하게 대접받는다. ‘위대한 종족’은 4개의 부족으로 명확하게 갈라져 있기는 하지만 중요한 제도는 같이 하는, 느슨하게 결속된 단일국가 또는 동맹을 형성하고 있는 것 같다. 각 부족의 정치와 경제체제는 주요 물자가 합리적으로 배분되는 일종의 전체주의적 사회주의로, 그 권위는 특정한 교육과 심리시험에 합격한 전원이 투표하여 선출하는 소규모 통치위원회에 위임되어 있었다. 가족구성은 지나치게 강조되는 일은 없지만 혈통이 같은 것끼리는 특별한 관계가 형성되며, 새끼는 보통 부모가 양육하게 된다.

인간의 관습이나 태도와 유사한 점은, 물론 지극히 이론적인 요소가 관련되어 있는 분야라든지 모든 유기체에 공통되는 기본적이고 일반적인 충동이 우세를 보이는 분야에서 특히 현저했다. '위대한 종족'은 미래를 탐색하여 마음에 드는 것을 모방하기 때문에, 의식적인 채용에 의해 생기는 유사점도 아주 약간 있었다.

상업은 고도로 기계화되어 있고, 시민이 노동을 위해 시간을 쓰는 일은 거의 없었다. 풍부한 여가는 각종 지적인 활동과 예술적인 활동에 소비되었다.

과학은 상상할 수 없을 만큼 발달했고, 예술은 인생에 없어서는 안 되는 것이 되어 있었지만, 내가 꿈에서 본 시대에는 그 문화도 이미 전성기를 지나 있었다. 원시시대의 맹렬한 지표의 융기에 영향을 받는 거대도시의 물리적 구조를 유지하고 보존하기 위해 끊임없이 노력하는 것이 기술공학에 강한 자극이 되고 있었다.

범죄는 놀라울 만큼 적을 뿐만 아니라 대단히 효과적인 치안유지 기구에 의해 관리되었다. 처벌은 권리박탈이나 종신징역에서 사형 또는 중요한 감정의 말소에까지 광범위하지만, 범죄자의 동기를 철저하게 조사한 뒤가 아니면 집행되지 않았다.

남극을 점유하는 불가사리 모양의 머리에 날개를 가진 '오래된 생물'과의 전투가 이따금 있었으나, 지난 수천 년 동안 전쟁은 오로지 내란뿐이었다. 그것도 극히 드물게밖에 일어나지 않았지만 한번 발발하면 이루 말할 수 없는 황폐가 초래되었다. 어마어마한 전기적 효과를 가져오는 카메라와 비슷한 무기를 사용하는 대부대가 늘 훈련을 하고 있었다. 물론 이유를 밝힐 까닭이야 없지만, 아무래도 먼 옛날에 지어진 창이 없는 어두운 건축물의 폐허와, 지하 최하층에 봉인되어 있는 거대한 뚜껑문에 서려 있는 그치지 않는 공포와 관련이 있는 듯했다.

이 현무암의 폐허와 뚜껑문에 대한 공포는 절대 공공연하게 얘기되는 법 없이, 고작해야 은밀하게 수군댈 뿐인 암시되는 사항이었다. 이와 관련된 정확한 내용은 보통 책장에 진열되어 있는 책에는 완전히 빠져 있어서 더욱 의미심장했다. 그러니까 '위대한 종족' 사이에서는 금제된 문제인 셈인데, 지난날의 무서운 투쟁이라든지 언젠가는 예민한 정신을 한꺼번에 미래로 보내지 않을 수 없게 되는 다가올 위협과도 관련이 있는 것 같았다.

꿈과 전설에서 제시되는 다른 사항도 불완전하고 단편적인 점은 마찬가지지만, 이 문제는 특히 의아스러울 정도로 은폐되고 있었다. 막연한 고대의 신화도 이 문제는 회피하고 있었다. 아니면 다른 이유로 삭제된 건지도 모른다. 나의 꿈에서도 다른 자의 꿈의 기록에서도, 그 진상을 암시하는 것은 거의 없는 거나 다름없었다. '위대한 종족'은 이 문제에 대해 전혀 언급하지 않았고, 간신히 모을 수 있었던 정보는 날카로운 관찰력을 가진 사로잡힌 정신의 일부로부터 얻은 것들이다.

그러한 단편적인 정보에 의하면, 공포의 밑바닥에 있는 것은 아득한 우주 저편에서 찾아와 약 6억 년 전에 지구를 비롯한 태양계의 네 행성을 지배했던 반 폴립 형태의 완전히 이질적인 존재인 무서운 선주(先住)종족이었다. 이 종족의 몸은 일부만이 우리가 이해할 수 있는 물질이고, 그 의식의 형태나 지각수단은 지구상의 어떤 생명체와도 크게 동떨어져 있었다. 예를 들면 이 종족에는 시각이 없었다. 그 정신 안에 떠오르는 것은 기괴하고 비시각적인 패턴의 인상이었다.

그러나 보통의 물질이 존재하는 우주에 있을 때는, 보통의 물질로 만들어진 도구를 사용할 수 있을 만큼은 물질적이었다. 그리고 특이한 종류이기는 하지만 주거를 필요로 했다. 이 종족의 지각은 어떤 물질적 장벽도 빠져나갈 수 있지만, 육체를 구성하는 물질은 그것이 불가능했다. 게다가 어떤 종류의 전기 에너지를 받으면 완전히 파괴되어 버린다. 그렇지만 날개는 고사하고 눈에 보이는 비행수단은 아무엇도 없는데도 하늘을 나는 힘을 가지고 있었다. 그 정신은 '위대한 종족'도 정신교환을 할 수 없는 구조였다.

이 종족은 지구에 도래하면 창문 없는 탑으로 이루어진 장대한 현무암 도시를 짓고, 생물을 발견하는 족족 무섭게 잡아먹었다. 논쟁의 여지가 있는 불온한 《엘트다운 샤즈》에서 이스로 알려진 그 불확실한 초은하 세계에서, 허공을 가로질러 '위대한 종족'의 정신이 도래한 것은 그 무렵의 일이었다.

새로 온 '위대한 종족'은 자신들이 만들어낸 도구를 이용하면 식육종족을 이길 수 있으며, 이미 식육종족이 주거로 정착하게 된 지구 내부의 동굴에 쉽게 가두어둘 수 있다는 것을 알았다.

'위대한 종족'은 동굴 입구를 봉인하여 식육종족을 운명의 손에 맡긴 뒤 식육종족의 대도시를 대부분 점령하게 되었으나, 대범함과 대담함 또는 과학과 역사에 대한 열정보다는 오히려 불합리한 공포심과 관련된 이유 때문에 중요한 특정 건축물을 보존했다.

그러나 유구한 세월이 경과함에 따라 선주종족이 땅속의 세계에서 점점 힘을 비축하여 개체수를 늘리고 있다는 막연하고 불안한 기색이 감돌기 시작했다. '위대한 종족'의 멀리 떨어진 소도시와 그들이 정착하지 않았던 황폐한 고대도시——땅 속의 심연으로 통하는 길이 차단되지도 않고 경계의 눈길도 받지 않은 채 남아 있었다——의 일부가 가끔 너무도 끔찍한 침입을 당하게 되었다.

그 뒤 철저한 대비책이 강구되어, 땅속 깊은 곳으로 통하는 대부분의 길은 영구히 폐쇄되었다. 그러나 선주종족이 뜻밖의 장소에서 출현했을 때 전략적으로 싸우기 위해 한두 개의 통로는 봉인된 뚜껑문을 설치한 채 남겨둔 것이다.

'위대한 종족'의 심리에 사라지지 않는 영향을 준 것을 보면 선주종족의 침입은 말할 수 없는 충격이었던 것이 틀림없다. 공포가 너무나 깊이 뿌리를 내렸기 때문에 선주종족의 겉모습에 대해서도 애기되어 있는 것이 없다. 선주종족이 어떤 모습을 하고 있는지에 대한 단서조차 나는 파악할 수 없었다.

끔찍하게 유연하다는 것과 일시적으로 모습이 보이지 않게 하는 것에 대해 애매한 암시가 있는 외에, 폭풍을 마음대로 조종하고 무기로 사용하는 것에 대한 단편적인 수군거림도 있었다. 휘파람 같은 기묘한 소리와 5개의 둥근 발가락으로 구성되는 거대한 발자국도 선주종족과 관계가 있는 것 같았다. '위대한 종족'이 말할 수 없이 두려워하고 있는, 다가올 운명, 언젠가 시간의 틈새를 누비며 수백만의 예민한 정신을 안전한 미래의 기괴한 육체로 보내야만 될 운명이 선주종족의 승리로 끝나는 최종적인 침략과 관계가 있는 것은 확실했다.

이러한 공포는 미래를 향한 정신투영을 통해 분명히 예고되어 있었고, '위대한 종족'은 그게 피할 수 없는 것인 이상 정면으로 맞서서는 안 된다고 규정하였다. 그 침략은 외계를 다시 점령하기 위한 기도라기보다 일종의 보복행위라는 것을 미래의 지구 역사를 통해 알고 있었다. 후세에 잇따라 태어나서 죽어가는 종족이 무서운 육식종족에게 시달리지는 않는다는 것을 미래에 대한 투영이 말해주고 있었기 때문이다.

아마도 선주종족은 빛을 필요로 하지 않기 때문에, 폭풍의 맹위를 받아 변화가 많은 지표보다 지구 내부의 심연을 선호하게 되었던 것이리라. 그리고 유구한 세월 속에 서서히 쇠약해졌을 것이다. 사실 도주하는 '위대한 종족'의 정신이 깃들게 되는 인류의 뒤를 이는 갑충류의 시대에는 선주종족이 절멸했다고 알려져 있다.

그동안 '위대한 종족'은 두려운 나머지 일반인의 눈에 보이는 기록과 대화에서 선주종족을 말살했음에도 불구하고, 강력한 무기를 언제나 사용할 수 있도록 하며 용의주도한 경계를 게을리하지 않고 있었다. 그리하여 봉인된 뚜껑문과 오래된 검은 탑 주위에는 늘 기이한 공포의 그림자가 감돌고 있었다.

5

매일 밤 꿈이 희미하게 토막토막 빛을 비춰준 세계는 이상과 같은 것이었다. 그렇게 목격한 세계에 담긴 공포와 전율을 있는 그대로 정확하게 전할 수 있을 것 같지는 않다. 왜냐하면 나로서도 전혀 종잡을수 없는, 유사기억임에 분명하리라는 느낌이 뿌리내리고 있기 때문이다.

앞서 말한 것처럼 나는 연구를 계속하는 동안 이러한 감정에 대해, 심리학에 근거한 합리적인 해석이라는 형태로 점차 방어벽을 굳히게 되었다. 이에 의한 구원의 힘은 시간의 경과와 함께 생기는 습관이라는 미묘한 느낌에 의해 갈수록 강화되었다. 그러면서도 이따금 까닭도 없이 다가오는 공포가 순간적으로 악화될 때가 있다. 그러나 전처럼 그런 공포에 압도되는 일은 없었다. 그리고 1922년부터는 일하는 틈틈이 기분전환을 하며 지극히 정상적인 생활을 보냈다.

세월이 흐름에 따라, 나는 진지한 연구가들을 위해 내 경험을 비슷한 증례와 관련 있는 전승도 포함하여 명확하게 요약 발표해야 한다고 생각하게 되었다. 그래서 모든 문제를 간결하게 정리한 일련의 논문을 쓰고, 꿈에 본 형상과 정경, 장식의 모티브, 수수께끼의 문자에 대해 그 일부의 대략적인 스케치를 곁들였다.

이 논문들은 1928년부터 이듬해까지 〈미국심리학협회 회보〉에 종종 게재되었지만 큰 관심을 끌지는 못했다. 내가 그러는 동안에도 기록은 감당할 수 없을 만큼 방대한 양으로 늘어났지만, 세심한 주의를 기울이면서 꿈을 계속 기록하였다.

1934년 7월 10일 광기어린 모든 시련 중에서도 최고에 달하는, 가장 무서운 국면을 여는 한 통의 편지가 심리학협회에서 회송되어 왔다. 서오스트레일리아 필바라의 소인이 찍혀 있었고, 문의해본 결과 발송인은 꽤 유명한 광산기사였다. 참으로 기묘한 스냅사진이 동봉되어 있었다. 다음에 옮겨 적는 이 편지의 전문을 읽어보면, 이 편지와 사진이 나에게 미친 영향이 얼마나 컸을지 이해할 수 있을 것이다.

나는 한동안 넋을 잃은 채 내 눈을 의심하고 있었다. 내 꿈을 채색해 왔던 전설들 가운데 일부는 분명 진실이 바탕이 되었을 거라고 이따금 믿기는 했지만, 망각 속으로 사라져버린 태초의 세계로부터 어떤 구체적인 형태가 남겨져 있으리라고는 도저히 상상할 수도 없었기 때문에 나는 도대체 어떻게 대처해야 할지 몰랐던 것이다. 특히 충격적인 것은 사진으로 논박의 여지가 없는 냉혹한 현실이기도 했다. 비바람에 시달려 마모된 비석이 모래땅을 배경으로 선명하게 드러나 있고, 희미하게 부푼 듯한 꼭대기와 마찬가지로 희미하게 움푹한 바닥이 뚜렷하게 자신의 정체를 얘기하고 있었다.

확대경으로 들여다보자 지나치게 명료할 정도로 식별할 수 있었다. 작은 구멍이 뚫려 있는 마모된 표면에는, 나에게는 무서운 의미를 가지게 된 그 커다란 곡선무늬와 수수께끼의 문자의 흔적이 보였다. 편지에 대해서는 내가 굳이 장황하게 말할 것도 없이 전문을 읽어보기 바란다.

서오스트레일리아 필바라
단피아 거리 49번지

미합중국 뉴욕 시
이스트웨스트 11번가 30번지
미국심리학협회 내
N.W. 피슬리 교수 귀하

처음 뵙겠습니다.

최근에 퍼스에 있는 의사 E.M. 보일 씨와 나눈 대화에서, 또 보일 씨가 보내준 회보에 실린 귀하의 논문을 읽고, 이곳 금광 동쪽에 위치한 그레이트선데이 사막에서 제가 본 것에 대해 귀하께 알려드리는 것이 좋을 것으로 판단되어 이 편지를 쓰게 되었습니다. 귀하께서 묘사하신 기괴한 무늬와 수수께끼의 문자, 거대 석조물의 고대도시에 대한 특수한 전설에 비추어 볼 때 저는 우연히 매우 중요한 발견을 한 것 같습니다.

오스트레일리아 원주민은 '무늬가 있는 거석'에 대해 하고 싶은 애기가 무척 많은 것 같으며, 아무래도 특별한 공포심을 품고 있는 것처럼 보입니다. 원주민들은 그 거석을 모든 부족에 공통되는 부다이 전설과 결부시키고 있습니다. 부다이는 팔베개를 하고 오랫동안 땅속에서 잠자고 있는데, 언젠가는 잠에서 깨어나 온세상을 다 먹어치운다는 늙은 거인에 대한 전설입니다.

거석으로 세워진 말도 안 되는 지하주거에 얽힌 아주 오래되고 반쯤 잊혀진 전설도 있습니다. 그런 지하주거에 이르는 실제 통로가 있으며, 그 안에서 무서운 일들이 일어나고 있다는 겁니다. 원주민들이 장담하기로는 옛날 전쟁터에서 도망친 몇 명의 전사들이 그 통로로 들어갔지만 그 후 다시는 나타나지 않았으며, 전사들이 통로로 자취를 감춘 뒤에 등골이 오싹한 바람이 입구에서 불기 시작했다고 합니다. 그러나 원주민들이 하는 애기에는 별다른 의미가 없습니다.

제가 알리고자 하는 것은 그 이상의 것입니다. 2년 전 사막 동쪽 약 5백마일 지점을 조사하던 저는, 풍화와 침식이 극도로 진행되어 있고 90cm쯤 크기로 표면이 가공된 기묘한 돌을 대량으로 발견했습니다.

원주민이 말한 무늬는 처음에는 잘 보이지 않았지만 자세히 관찰해 보니 풍화작용에도 불구하고 깊이 새겨진 선을 식별할 수 있었습니다. 원주민이 얘기하려 했던 것과 흡사한 독특한 곡선이 보였지요. 그곳에는 이런 돌이 30개 내지 40개쯤 있었습니다. 어떤 것은 거의 모래 속에 파묻혀 있었지만 모두 직경 4분의 1마일 이내에 흩어져 있었습니다.

저는 돌을 몇 개 발견했을 때, 더 없나 하고 주위를 잘 살펴보면서 가지고 있던 기구로 그 장소를 세심하게 측량했습니다. 가장 전형적인 돌 10개 정도를 사진으로 찍었는데 인화한 복사지를 함께 보냅니다.

보고서를 정리하여 사진과 함께 퍼스의 관청에 보냈으나 아직 아무런 조치도 취해지지 않는군요.

얼마 전에 보일 씨와 가까운 사이가 되었는데, 〈미국심리학협회 회보〉에 실린 귀하의 기사를 전부터 접하고 있던 그는 어느 날 우연히 돌에 대한 애기를 했습니다. 사진을 보여주니 보일 씨는 몹시 호기심을 보이며 무척 흥분하여, 돌과 그 무늬가 귀하게서 꿈에서 보고 또 전설에서 찾아냈다는 것과 참으로 많이 닮았다고 했습니다. 저보고 편지를 보내라고 권유하면서 귀하의 논문이 실린 회보를 거의 다 보내주었는데, 저는 귀하의 논문과 스케치를 보고 제가 발견한 돌이 귀하가 말씀하신 것과 틀림없이 일치한다는 것을 확신할 수 있었습니다. 동봉한 사진을 보시고 직접 확인해 보시기 바랍니다. 곧 귀하 앞으로 보일 씨가 보내는 편지도 도착할 겁니다.

저도 이 일들이 귀하게 얼마나 중요한 것인지 이젠 이해하고 있습니다. 분명히 우리는, 우리의 상상을 초월하는 태고에 존재했으며, 귀하가 찾아낸 전설의 기반을 이루고 있는 미지 문명의 잔존물과 직면하고 있는 것입니다.

광산기사로서 저도 지질학에는 다소 지식이 있기 때문에, 이 돌들이 놀라울 만큼 오래된 옛것이라는 것을 단언할 수 있습니다.

대부분 사암이나 화강암이지만 하나만은 시멘트 또는 콘크리트 같은 묘한 것으로 되어 있습니다.

흡사 이 돌이 만들어지고 사용된 뒤에 이 땅이 물속에 들어갔다가 한참 뒤에 다시 융기한 것처럼, 돌 표면에서 물에 의한 침식의 흔적을 볼 수 있습니다. 신이 아닌 자는 결코 알 수 없는 수십만 년 전의 일이겠지요. 언젯적 일이었는지는 상상도 하고 싶지 않습니다.

전설과 관련된 모든 것을 조사하고자 하는 귀하의 줄기찬 노력으로 판단하건대, 귀하께서는 원정대를 이끌고 와서 고고학적 발굴을 하고 싶으실 거라고 짐작됩니다. 귀하, 또는 다른 단체가 자금을 조달하신다면 보일 씨와 저는 기꺼이 발굴작업에 협조하고 싶습나다.

힘든 발굴작업에는 미력하나마 12명의 광부를 동원할 수 있습니다. 원주민들은 문제의 장소를 너무 두려워하고 있어서 별 도움이 되지 않을 것입니다. 보일 씨와 저는 이 일에 대해 다른 사람에게는 일체 말하지 않았습니다. 귀하께서 모든 발견과 명예에 대한 우선권을 가지는 것이 마땅하다고 생각하기 때문입니다.

현장에는 필바라에서 트랙터를 타면 약 나흘 만에 도착할 수 있습니다. 트랙터는 채굴도구를 운반하기 위해서도 필요합니다. 1873년에 와버튼이 지나간 길의 약간 서남쪽이며, 조안나 스프링에서 약 100마일 남동쪽 지점입니다. 필바라에서 출발하는 대신 드 그레이 강을 거슬러 올라갈 수도 있습니다. 여기에 대해서는 나중에 다시 이야기하겠습니다.

대략적으로 알려드리면, 그 돌들은 남위 22도 3분 14초, 동경 125도 0분 39초 지점에 산재해 있습니다. 기후는 열대성이며 사막의 상태는 혹독합니다.

저는 귀하께서 생각하시는 어떤 계획도 기꺼이 도와드릴 생각이라는 것을 말씀드리며, 이에 대한 귀하의 대답을 기다리겠습니다. 귀하의 논문을 읽고 이 모든 문제들의 심원한 의미에 대해 깊은 인상을 받았습니다. 곧 보일 씨한테서도 편지가 도착할 것입니다. 긴급한 연락이 필요한 경우에는 퍼스까지 전보를 치시면 무선으로 이어집니다.

빠른 시일 내에 회신을 기다리겠습니다.

1934년 5월 18일
로버트 B.F. 매킨지

이 편지 직후의 여파에 대해서는 신문에서 상세한 자료를 얻을 수 있다. 다행인 것은, 미스카트닉 대학의 후원을 얻을 수 있었다는 것이고, 매킨지 씨와 보일 씨도 오스트레일리아에서 여러 가지 준비를 해 주었다는 점에서 참으로 고마운 존재였다. 우리는 이 문제가 저급한 신문에 의해 한때의 유행상품처럼 취급될 거라고 생각하여 상세한 발표는 삼가기로 했다. 그 결과 신문에는 참으로 간결한 보도가 나갔지만, 보고가 있었던 오스트레일리아의 폐허에 대한 탐험과 거기에 수반되는 여러 가지 준비에 대해서는 충분히 기록되어 있었다.

1930년부터 이듬해에 걸친 미스카트닉 대학의 남극탐험에서 대장을 맡았던 지질학 담당 윌리엄 다이어 교수, 고대사를 담당하는 페르디난도 C. 애슐리 교수, 인류학 담당의 타일러 M.C. 프리번 교수, 그리고 내 아들 윈게이트가 함께 참여하기로 했다.

나에게 편지를 보낸 매킨지 씨는 1935년 초에 아컴까지 찾아와서 최종적인 준비를 도와주었다. 나이는 대략 50세 정도에 남에게 호감을 주는 대단히 유능한 인물로, 책도 많이 읽었고 오스트레일리아 여행에 대해서는 모든 것에 정통해 있었다.

매킨지가 필바라에서 트랙터를 준비해 주었기 때문에 그 지점까지 강을 거슬러 올라가는 작은 부정기 화물선을 빌렸다. 우리는 모래알을 하나하나 체로 치면서도 쳐낸 모래 속이나 쳐낸 장소에는 아무런 영향을 주지 않는, 매우 세심하고 과학적인 방법으로 발굴할 준비를 갖추었다.

1935년 3월 28일, 우리는 낡은 레싱턴 호를 타고 보스턴을 출항, 대서양에서 지중해로 들어간 다음, 수에즈 운하를 통해 홍해로 나가서 인도양을 가로질러 목적지에 도착하는 기나긴 항해에 나섰다. 오스트레일리아 서해안의 야트막한 모래땅의 광경에 내가 얼마나 의기소침했는지, 또 트랙터에 마지막 짐을 싣기 위해 들른 한적한 금광과 조잡한 광산 마을을 내가 얼마나 꺼림칙하게 생각했는지에 대해서는 길게 늘어놓지 않겠다.

우리가 만난 보일 씨는 지성이 풍부하고 쾌활한 노신사였다. 심리학에도 조예가 깊어, 윈게이트와 함께 셋이서 자주 긴 토론을 벌이곤 했다.

드디어 모래와 바위로 이루어진 건조한 토지에 들어섰을 때, 우리 일행 18명은 묘한 불안과 기대가 교차하는 기분이었다. 5월 31일 금요일에는 드 그레이 강 지류의 여울을 건너 숙연한 황무지에 들어섰다. 전설의 배후에 있는 구세계의 현장을 향해 다가감에 따라 뚜렷한 공포가 내 마음에서 꿈틀대기 시작했다. 물론 불온한 꿈과 유사기억이 변함없는 힘으로 여전히 밀려오고 있다는 사실에 의해 촉발된 공포였다.

모래 속에 반쯤 묻혀 있는 돌덩어리를 처음으로 본 것은 6월 3일 월요일이었다. 모든 점에서 꿈속에서 본 건축물의 벽을 이루고 있던 돌과 비슷한 거대 석조물의 편린을, 객관적인 현실 속에서 실제로 만졌을 때의 느낌은 도저히 말로 표현할 수 없다. 오랫동안 꿈에서 시달리며 전설을 연구하는 동안 나에게는 당혹감에서 지옥 같은 것이 되고 만 그 뚜렷한 곡선무늬의 흔적을 보았을 때, 내 손은 부들부들 떨고 있었다.

한 달 동안 발굴을 계속한 결과, 마모와 붕괴의 여러 단계를 나타내는 1250개에 이르는 돌이 발견되었다. 그 대부분은 윗면과 아랫면이 희미하게 굽은 조각이 새겨진 거석이었다. 그 밖에는 꿈속에서 바닥과 포도에 깔려 있던 것과 비슷한 표면이 납작하고 조각이 적으며 사각이나 팔각으로 잘린 약간 작은 돌들도 있었고, 아주 약간이지만 반월형 천정과 교차형 아치, 그리고 일반 아치와 둥근 창틀에 사용되었던 것임을 암시하는 듯한 굉장히 무겁고 굽거나 비스듬하게 잘린 돌도 있었다.

북쪽과 동쪽으로 범위를 넓혀서 더욱 깊이 파내려갈수록 돌의 수는 점점 늘어갔다. 그러나 우리는 그 돌이 어떻게 배치되어 있었는지 그 단서는 찾지 못하고 있었다. 다이어 교수는 돌이 상상을 초월하는 세월의 것임을 알고 경악했고, 프리번 교수는 파푸아와 폴리네시아의 아득한 옛 전설에 어딘지 모르게 들어맞는 듯한 상징의 흔적을 발견했다. 돌덩어리의 마모상태와 흩어진 모습은 정신이 아찔할 정도로 유구한 세월과 우주적인 만행이라고 할만한 지질상의 대변동을 무언으로 전하고 있었다.

비행기가 한 대 준비되어 있었기에 윈게이트는 다양한 고도로 날면서 대규모의 윤곽을 나타내는 희미한 형적은 없는지, 분산된 돌들의 높이와 위치에 차이점은 없는지 모래와 바위의 황야를 수없이 조사했다. 그러나 아무 성과도 없었다. 어느 날 뭔가 의미가 있을 듯한 것을 발견한 것 같다가도 다음 날 보면 인상이 완전히 달라져 버리는 것이었다. 바람에 따라 모습을 바꾸는 유사(流砂) 탓이었다.

그런데 날마다 더해지는 한 두마디의 말들이 나에게 기묘하고도 불쾌한 영향을 미치고 있었다. 아무래도 꿈에서 보고 읽은 무언가에 무섭도록 밀접한 관련이 있는 것 같았지만 도무지 생각이 나지 않았다. 등골이 오싹해지는 듯한 친근감이 있었다. 그래서 나는 불안해하면서도 혐오스러운 불모의 땅을 사람들의 눈을 피해 가며 조사하게 되었다.

7월의 첫 주가 되자 나는 북동부 일대에 대해 만감이 교차하는 듯한 설명할 길 없는 복잡한 감정을 느끼게 되었다. 공포가 있고 호기심이 있었다. 그러나 분명 이보다 더 많은 것들을 알고 있다고 하는 맹목적인 확신이 섰다.

터무니없는 생각을 뇌리에서 쫓아내기 위해 모든 심리적 수단을 시도해 보았으나 어차피 헛된 노력이었다. 불면증에도 빠졌지만 꿈을 꾸는 시간이 짧아져서 오히려 다행으로 생각되었다. 나는 밤이 깊어지면 오랜 시간 혼자서 사막을 산책하게 되었다. 그때마다 어김없이 북쪽이나 북동쪽으로 발길을 옮겼는데 이상한 충동이 나를 미묘하게 끌어당기는 것 같았다.

이런 산책 도중에 이따금 거의 땅속에 묻힌 고대의 거석에 발부리가 부딪치는 일이 있었다. 내가 돌아다닌 지역은 발굴을 시작한 장소에 비해 지표에 얼굴을 내밀고 있는 돌의 수는 훨씬 적었지만, 나에게는 모래 속에 엄청난 양의 돌이 들어 있는 게 틀림없다는 느낌이 들었다. 텐트를 친 장소보다 낮았으며, 자주 강한 바람이 불어 모래를 일으켜서는 이 세상의 것이 아닌 듯한 언덕을 눈 깜짝할 사이에 만들어내며 태고의 돌을 드러내거나 숨기기도 했다.

나는 이상하게 이 지역까지 발굴작업을 확대하고 싶어하면서도, 아울러 그것에 의해 출현할지도 모르는 무언가를 두려워하고 있었다. 분명히 내 정신상태는 악화되고 있었다. 그것을 설명할 수가 없었기 때문에 더더욱 심각했다.

나의 가엾은 정신상태는, 밤의 산책중에 발견한 묘한 것에 대한 반응으로 확실하게 지적할 수 있다. 7월 11일 밤이었다. 신비로운 모래언덕은 기괴하고 창백한 달빛에 싸여 있었다.

평소의 한계를 약간 넘어서 걷고 있던 나는, 우연히 지금까지 본 것과 현저하게 달라 보이는 거석을 발견했다. 그것은 모래에 거의 완전히 파묻혀 있었는데, 쭈그리고 앉아 두 손으로 모래를 걷어낸 뒤 달빛과 손전등의 빛을 이용해 주의 깊게 조사해 보았다.

다른 거석과는 달리 완전히 정방형으로 잘려 있었고 표면은 요철이 없이 매끈했다. 지금은 친숙한 것이 되어 있는 화강암, 사암, 콘크리트와는 전혀 다른 거무스름한 현무암인 것 같았다.

나는 갑자기 벌떡 일어나서 몸을 돌려 전속력으로 캠프를 향해 뛰기 시작했다. 까닭을 알 수 없는 완전히 무의식적인 행동이었다. 캠프에 다 와서야 비로소 내가 뛰기 시작한 이유를 똑똑히 깨달았다. 기억이 되살아났던 것이다. 그 검은 색의 기묘한 돌은 내가 꿈에서 보고 전설을 통해서 알게 된, 아득한 태고의 전설에서 얘기되었던 더없는 공포와 결부되어 있었던 것이다.

전설상의 '위대한 종족'이 그토록 두려워했던, 현무암으로 만든 고대 석조 건축물의 일부를 구성하고 있던 돌이었다. 대지의 심연에서 음울하게 도사린 채 원한을 쌓고 있던 그 바람 같은 불가시(不可視)의 힘을 막기 위해 뚜껑문을 봉인하고 밤새도록 보초를 세워두었던, 반물질의 몸을 가진 이계의 생물이 지상에 남긴 우뚝 솟아 있던 창문 없는 건축물의 폐허였다.

뜬눈으로 밤을 지새운 나는 주위가 희뿌옇게 밝아오자 신화의 그림자에 겁먹은 자신의 어리석음을 깨달았다. 두려움에 몸을 떠는 대신 발견자로서의 감격을 가슴에 품었어야 마땅했던 것이다.

오전중에 이 사실을 모두에게 얘기한 뒤, 다이어, 프리번, 보일, 윈게이트와 함께 나는 그 특이한 거석을 보러 갔다. 하지만 찾을 수가 없었다. 돌의 위치를 똑똑히 기억해두지 않은데다 바람이 모래 언덕의 모습을 완전히 바꿔 놓았던 것이다.

6

이제 이 기록에서 매우 중요하고 가장 복잡한 부분에 접어들고 있다. 현실이라는 점에 분명한 확신을 가질 수 없는 만큼 기록하는 것은 더더욱 곤란한 일이다. 이따금 꿈을 꾸었던 것도 아니고 망상에 빠졌던 것도 아니라는 꺼림칙한 느낌이 들 때도 있다. 바로 그런 느낌 때문에, 나의 체험이 틀림없는 사실이라면 당연히 초래될 크나큰 함축성이 있는 의미를 생각하며 나는 이 기록을 계속 쓰고 있다.

나의 모든 증상에 대해 더할 나위 없는 동정과 함께 나를 가장 잘 이해해주고 있는 숙련된 심리학자인 아들은, 내가 쓰지 않으면 안 되는 이 글에 대해 편견 없는 적절한 판단을 내려줄 것이다.

우선 캠프에 있었던 사람들이 알고 있는 사건의 겉모습에 대해 우선 대략 기록하기로 하자. 바람이 맹렬하게 불고 난 7월 17일부터 18일 사이의 밤이었다. 나는 일찌감치 자리에 누웠지만 도저히 잠을 이룰 수가 없었다. 11시 조금 전에 자리에서 일어나 북동쪽 지역에 대한 이상한 감정에 시달리면서 늘 하던 대로 밤의 산책에 나섰다. 캠프에서 나갈 때 얼굴이 맞닥뜨려 말을 나눈 것은 타퍼라고 하는 오스트레일리아인 광부 한 사람뿐이었다.

약간 기운 보름달이 맑디맑은 밤하늘에서 환하게 빛나고 있어서, 왠지 몹시 사악하게 느껴지는 나병에 걸린 것 같은 하얀 빛을 태고의 사막에 비추고 있었다. 바람은 그쳐 있었다. 이미 타퍼를 비롯한 다른 사람들이 충분히 증언했듯이, 내가 비밀을 품은 창백한 모래언덕 사이로 북동쪽을 향해 걸음을 재촉했을 때, 그 뒤 약 5시간 동안 바람이 불지 않았다.

새벽 3시 30분쯤 다시 거센 바람이 불어와 캠프에 있던 전원이 잠에서 깨어났고 세 개의 텐트가 쓰러졌다. 밤하늘에는 구름 한 조각 없고, 사막에는 여전히 병적인 달빛이 쏟아지고 있었다. 텐트를 살펴본 뒤 내가 사라진 것을 알았지만, 밤 산책에 대해서는 잘 알고 있었기 때문에 놀란 사람은 아무도 없었다. 그러나 세 사람——모두 오스트레일리아인——은 불길한 느낌이 들었던 모양이다.

매킨지는 프리번 교수에게 원주민한테서 들은 전승설에서 비롯된 불안이라고 설명했다. 맑은 하늘 아래 이따금씩 사막에 불어제치는 거센 바람에 대해, 원주민들은 특이하고 흉흉한 전설을 얘기하고 있었다. 원주민들이 조심스럽게 일러준 얘기로는, 그런 바람은 무서운 일이 벌어지고 있는 지하의 거대한 석조도시에서 불어온다고 했다. 그리고 무늬가 새겨진 거석이 흩어져 있는 장소에서 멀리 떨어진 곳에서는 그런 바람은 없다고도 했다. 4시 가까이 되자 강풍은 갑자기 불기 시작했을 때와 똑같이 갑자기 그쳤고, 새로운 모래언덕을 뒤에 남겼다.

내가 비틀거리며 캠프로 돌아온 것은 봉긋한 버섯 같은 달이 서쪽으로 기울어가는 5시가 조금 지났을 때였다. 모자도 쓰지 않고 옷은 찢어지고, 온몸이 상처투성이가 되어 피를 흘리며, 손전등도 어디론가 사라지고 없었다. 대부분의 사람들은 잠자리에 들어 있었고, 다이어 교수는 텐트 앞에서 파이프 담배를 피우고 있었다. 거친 숨을 몰아쉬며 거의 착란상태에 있는 나를 본 교수는, 보일 씨를 불러서 함께 나를 텐트로 데리고 가 안정을 취하게 했다. 소동에 눈을 뜬 아들은 곧 나에게 와서, 내가 편안하게 잠들 수 있도록 여러 가지로 돌봐주었다.

그러나 나는 잠을 이룰 수가 없었다. 내 정신상태는 참으로 이상하기 짝이 없었다. 지금까지 겪었던 어떤 상태와도 달랐다. 한참 뒤 나는 얘기를 하게 해달라고 졸랐다. 안절부절못하면서 내게 무슨 일이 있었는지 자세히 설명할 기회를 달라고 했다.

나는 세 사람에게 극심한 피로에 사막에 누운 채 깜박 잠이 들었다고 말했다. 그리고 지금까지보다 더욱 무서운 꿈을 꾸었노라고 했다. 갑작스러운 강풍에 잠이 깼을 때 극도로 흥분한 신경이 더 이상

견디지 못하고 툭 끊어지고 말았다. 어찌할 바를 모르고 무작정 달아나려고 하다 반쯤 묻힌 돌덩어리에 수없이 부딪쳐 옷이 찢어졌다. 오랫동안 잠들어 있었던 것이 분명하다. 금방 텐트로 돌아오지 않았던 것은 그 때문일 것이다.

내가 보고 겪은 이상한 일에 대해서는 암시조차 하지 않았다. 그 점에 대해서는 최대한 자제심을 발휘할 수 있었던 것이다. 그리고 발굴 작업에 대해서는 마음이 변했음을 알리고 북동쪽 방향의 작업을 모두 중지하자고 주장했다.

나의 논리는 분명히 설득력이 없었다. 내가 든 이유라곤 돌의 수가 적고 미신이 많은 광부들의 감정을 해치고 싶지 않다는 희망과 대학에서 나오는 자금이 떨어질 가능성, 그리고 근거 없는 기타 무의미한 것들뿐이었기 때문이다. 당연히 갑작스런 나의 요청에 주의를 기울이는 사람은 아무도 없었다. 틀림없이 내 건강을 염려해줄 아들조차 귀를 기울여주지 않았다.

날이 새자 나는 자리에서 일어나 캠프를 돌아다녔지만 발굴 작업에는 참여하지 않았다. 정신상태를 생각하여 가능한 한 빨리 귀국하기로 결심했다. 아들에게 그 이야기를 했더니, 내가 건드리지 말기를 바라는 지역을 조사한 뒤에 남서쪽으로 천 마일 지점에 위치한 퍼스까지 비행기로 보내주겠다고 약속했다.

혹시 내가 본 것이 아직도 그대로 있다면, 조롱거리가 되는 한이 있더라도 용기를 내어 분명히 경고해 두는 게 좋을 것 같았다. 현지의 전설을 알고 있는 광부들이 나를 지지해줄 것이 틀림없었다. 그런 심정이던 나를 적당히 달래놓고, 아들은 그날 오후 내가 산책했을 만한 지역의 상공을 날며 조사 작업을 펼쳤다. 그러나 내가 본 것은 하나도 발견되지 않았다.

특이한 현무암의 돌을 발견했을 때와 마찬가지였다. 모래가 모든 흔적을 지워버렸던 것이다. 나는 공포에 질린 나머지 아주 잠깐은 그 불길한 물체를 잃어버린 것을 약간 유감으로 생각했다. 그러나 지금은 그렇게 잃어버리기를 잘했다고 생각한다. 그 덕택에 지금도 내가 체험한 모든 것을 환상이라고 믿을 수가 있기에. 특히 나의 간절한 바램처럼 그 지옥 같은 심연이 영원히 발견되지만 않는다면.

아들은 조사를 중지하고 함께 귀국하려고는 하지 않았지만, 7월 20일에 나를 퍼스까지 데리고 가서 리버풀 행 기선이 출항하는 25일까지 내 옆에 있어 주었다. 나는 지금 엔프레스 호 선실에서 모든 문제에 대해 정신이 이상해질 만큼 오랫동안 생각에 잠겨 있지만, 적어도 아들에게만은 사실을 알려야 한다는 결심이 서 있다. 이 문제를 공표할지 어떨지는 아들의 판단에 맡기기로 하자.

만약의 경우를 위해 이미 단편적으로 알려져 있는 배경에 대해 이 요약을 정리하였으니 이제부터는 그 무서운 밤, 내가 캠프를 떠나 있는 동안에 일어난 것으로 생각되는 일들을 가능한 한 간략하게 기록하겠다.

그날 밤 나는 공포가 뒤섞인 불가해한 기억의 충동에 의해 북동쪽 지역으로 어두운 정열이 솟구치는 걸 느끼면서, 흥분된 신경으로 불길하게 얼어붙은 듯한 달빛 아래를 터벅터벅 걸어갔다. 여기저기 잊혀져 버린 태고 때부터 남아 있는, 반쯤 모래에 가려진 형언할 수 없는 원초의 거석들이 보였다.

이 무서운 황야에 도사리고 있는 공포와 무량한 세월이 전에 없이 나를 더욱 무섭게 위협하기 시작해서, 나는 정신이 이상해질 것 같은 꿈과, 꿈의 배후에 도사리고 있는 무서운 전설, 현지 원주민과 광부들이 품고 있는 사막과 조각이 있는 돌에 얽힌 공포를 생각하지 않을 수 없었다.

나는 뭔가 불길한 장소를 향해 가는 것처럼 터벅터벅 계속 걸었다. 곤혹스러운 상상과 강박관념, 유사기억이 점점 더 나를 사로잡았다. 아들이 하늘에서 관찰했던 돌들이 늘어서 있음직한 몇 가지 윤곽을 생각하며, 그것이 어째서 이다지도 불안하고 그리워지는 건지 이상할 따름이었다. 무언가가 내 기억의 빗장을 열려고 하는 반면, 다른 미지의 힘이 단단히 닫아두려 했다.

바람은 없고 푸르스름한 사막은 얼어붙은 파도처럼 부풀었다 꺼졌다 하고 있었다. 목적지 같은 건 없었지만, 나는 운명의 지배를 받는 확신이라도 있는 것처럼 오로지 계속 걸었다. 꿈이 현실세계로 넘쳐흐르기 시작하여 모래 속에 묻힌 거석이 인류 탄생 이전의 거대한 석조물의 끝없는 방과 회랑의 일부이며, 오랫동안 '위대한 종족'에게 사로잡혀 있었을 때부터 너무나도 잘 알고 있는 온갖 상징이 새겨져 있는 것처럼 생각되었다.

이따금 모든 것을 알고 있는 그 원추상 생물이 다양한 일을 하며 움직이고 다니는 것이 보이는 것 같은 느낌이 들어서, 나도 그들과 같은 모습을 하고 있는 게 아닐까 걱정이 되어 내 몸을 내려다보는 것도 주저했다. 그러면서도 나는 그동안 내내 모래를 뒤집어쓴 돌덩어리에서 방과 회랑을, 불길하게 비추는 달에서 빛을 발하는 수정 램프를, 끝없는 사막에서 창문 저편에서 물결치는 양치류를 보고 있었다. 나는 깨어 있으면서도 동시에 꿈을 꾸고 있었다.

낮에 분 바람으로 드러난 돌들을 처음 발견할 때까지 몇 시간을, 얼마나 되는 거리를 걸었는지 나는 모른다. 정확한 방향도 모른다. 한곳에 존재하는 돌덩어리의 양으로는 지금까지 발견한 것 중에서 최대의 규모였다. 그것이 너무도 인상적이었기 때문에 전설에서 얘기되는 태고의 환영은 순식간에 사라지고 말았다.

주위의 정경은 다시 사막과 사악한 달과 측량할 길 없는 태고의 단편적인 흔적이 남았다. 나는 옆에 다가가서 흩어져 있는 돌에 손전등을 비추었다. 모래언덕이 바람에 날려 가버려, 지름 12m쯤에, 높이 60cm에서 2m에 이르는 낮고 고르지 않은 돌덩어리와 깨진 돌무더기만 남아 있었다.

나는 처음 본 순간부터 이 돌덩어리들에는 일찍이 본 적 없는 특별한 성질이 있음을 직감하고 있었다. 돌덩어리의 양만으로도 전혀 유례가 없지만, 달빛과 손전등의 불빛 아래 자세하게 살펴보다가 내 주의를 끈 마모된 무늬 속에는 또 다른 무언가가 있었다.

그렇다고 지금까지 발견된 다른 돌과 본질적으로 다른 것은 없었다. 단지 더 미묘한 무언가였다. 그 인상은 하나의 돌만 볼 때는 보이지 않고 여러 개에 거의 동시에 눈을 줄 때 나타났다.

마침내 진상이 이해되기 시작했다. 수많은 돌에 새겨진 곡선무늬는 서로 밀접하게 연결되어 있었다. 하나의 광대한 장식의 일부분이었던 것이다. 무량한 세월 동안 흔들리고 있는 이 사막에서, 나는 비로소 원래의 위치에 있는 석조 건축물에 당도한 것이었다. 무너져서 단편적인 것이 되어 있는 건 사실이지만, 명확하게 현실적으로 존재하고 있다는 의미였다.

나는 낮은 곳에 발을 얹은 뒤 힘겹게 돌산을 기어올랐다. 곳곳에서 모래를 손가락으로 털면서 크기와 형상, 양식의 다양성과 무늬의 관계를 면밀하게 판독했다.

한참 뒤에야 나는 그 원초적 석조물의 원래 구조와, 거대한 표면에 새겨져 있던 무늬에 대해 어렴풋이 추측할 수 있었다. 그 모든 것이 꿈에서 보았던 몇 가지와 완벽하게 일치하는 것을 알고 나는 오싹한 공포와 당혹감을 느꼈다.

그것은 폭 9m에 높이 9m, 팔각형의 돌이 깔린 바닥과 머리 위로 불길한 아치가 드리워진 옛날의 거대한 회랑이었던 것이다. 오른쪽 멀리에는 서로 인접하는 방이 여러 개 있고, 가장 안쪽에는 더 낮은 층으로 통하는 기괴한 경사로가 하나 있었다.

저절로 이러한 생각들이 떠올랐을 때 나는 경악했다. 돌덩어리 자체에서 짐작할 수 있는 것을 훨씬 넘어서기 때문이다. 어째서 나는 이 회랑이 땅 속 깊은 곳에 있었다는 것을 알고 있는 것일까? 내 뒤쪽에 위로 올라가는 경사로가 있다는 것을 어떻게 알고 있는 것일까? 원기둥 광장에 이르는 긴 지하통로가 또 한 층 위의 왼쪽에 있을 거라는 것을 어떻게 알고 있단 말인가?

중앙기록보관소에 오른쪽으로 통하는 터널과 기계실이 그 2층 아래에 있다는 것을 어째서 나는 알고 있는 것일까? 거기서 다시 4층 내려간 맨 아래층에는 금속띠로 봉인된 그 무서운 뚜껑문의 하나가 있다는 것은 어떻게 알고 있을까? 꿈의 세계로부터 온 이러한 침입에 당황한 나는 온몸을 부들부들 떨며 식은땀을 흘리고 있었다.

그리고 더 이상 버틸 수 없는 마지막 일격처럼, 석조건물 중앙 부근의 움푹한 장소에서 아련하게 불어 올라오는 그 심상치 않은 냉기의 흐름을 감지했다. 전과 마찬가지로 환영은 곧바로 사라졌고, 나는 다시 불길한 달빛과 침묵하는 사막과 주위에 흩어져 있는 고대 석조물의 잔해만을 보고 있었다. 틀림없는 현실이면서도 어마어마한 신비를 암시하는 것들이 끝없이 눈앞에 펼쳐져 있었다. 냉기의 흐름이 나타내고 있는 것은 단 한 가지뿐이었다. 지표에 흩어진 돌덩어리 아래에 거대한 심연이 존재하는 것이다.

내가 최초로 떠올린 것은 무서운 일이 일어나고 태풍이 발생한다고 하는, 거대한 돌더미 한복판에 있는 광대한 지하주거에 얽힌 원주민의 불길한 전설이었다. 이윽고 나의 꿈이 뇌리에 되살아나면서 희미한 유사기억에 마음이 엄격하게 지배받고 있는 듯한 느낌이 들었다. 내가 서 있는 깊은 땅속에는 도대체 어떤 장소가 존재하는 것일까? 내가 이제 곧 드러내게 될지도 모르는 것은, 태고의 신화와 마음을 어지럽히는 악몽 사이에 존재하는 상상을 초월하는 원초의 원천인 것일까?

내가 주저한 것은 아주 잠깐이었다. 호기심과 과학에 대한 정열 이상의 것이 나를 내몰아 높아가는 공포심마저 꺾었다.

뭔가 거부할 수 없는 운명의 손아귀에 잡혀 있는 것처럼, 나는 거의 무의식중에 행동하고 있는 것 같았다. 손전등을 주머니에 넣고, 어디에 그런 힘이 숨어 있었나 싶을 만큼 맹렬한 기세로 돌덩어리의 파편을 하나하나 제거하기 시작했다. 이윽고 사막의 건조한 대기와는 묘하게 대조적인, 습기를 머금은 강한 바람이 불어올라 왔다. 검은 틈새가 입을 벌리기 시작했고, 옮길 수 있는 작은 파편들을 모두 제거했을 때 마침내 몸을 집어넣을 수 있을 만한 구멍이 병적인 달빛 속에 드러났다.

나는 손전등을 꺼내 구멍 속을 비춰보았다. 눈 아래에는 어지럽게 무너져 내린 석조물이 북쪽을 향해 약 45도 각도로 아래쪽으로 기울어져 있는 것으로 보아, 아득한 태고에 상부에서 함몰한 결과가 분명했다.

그 표면과 땅속 사이에는 빛이 통하지 않는 암울한 어둠이 도사리고 있고, 위에 있는 것은 아무래도 엄청난 압력을 받는 거대한 반월형 천정같았다. 따라서 사막의 모래가 한없는 태고의 거대 석조물을 직접 덮고 있음이 분명했다. 유구한 세월에 걸친 지각변동을 도대체 어떻게 견뎌왔는지 그때나 지금이나 짐작조차 불가능하다.

지금 생각하면 내가 어디 있는지 아무도 모르는데 혼자서 무엇이 기다리고 있을지 모를 심연 속에 들어간다는 것은 광기라고밖에 할 수 없을 것 같다. 아마 나는 제정신이 아니었던 모양이다. 그날 밤 나는 주저없이 그 구멍 속으로 들어갔다.

나의 앞길을 지시하는 듯하던 운명의 힘이 또다시 나를 유혹했고 등을 떠민 셈이다. 나는 전지를 아끼기 위해 가끔 손전등을 끄면서, 구멍 아래 보이는 불길한 거석의 경사면을 앞뒤 생각지도 않고 기어내려가기 시작했다. 가끔 튼튼한 발판과 손을 짚을 만한 데가 있을 때는 밑을 보았지만, 그 외에는 돌무더기로 된 산만 바라보면서 찰싹 달라붙어 위태위태하게 손으로 더듬어 나아갔다.

희미한 손전등의 불빛 속에서 멀리 양옆으로 무너져 가는 돌벽이 우뚝 솟아 있는 것이 보였다. 그러나 그 너머는 짙은 어둠에 싸여 있었다.

기어내려 가는 동안 시간이 얼마나 흘렀는지 알 수 없다. 내 마음은 혼란스러운 암시와 상상으로 들끓어 올랐고, 객관적인 것은 모두 까마득히 먼 곳으로 물러가 버린 것 같았다. 육체의 감각은 마비되었고, 공포조차도 망령과 비슷한 움직이지 않는 괴물상이 힘없이 나를 곁눈으로 보고 있는 듯한 느낌으로만 남아 있었다.

무너진 돌덩어리와 원래의 모양을 잃은 파편, 모든 모래와 바위부스러기가 흩어져 있는 평탄한 장소에 마침내 나는 당도했다. 양쪽에는 약 9m의 거리를 사이에 두고 당당한 벽이 우뚝 서 있고, 머리 위에는 교차형 아치가 아득히 지나가고 있었다. 벽면에 조각이 새겨져 있는 것은 이내 알았지만 내가 이해할 수 있는 것이 아니었다.

내 마음을 가장 사로잡은 것은 머리 위의 아치였다. 손전등의 빛이 꼭대기까지는 도달하지 않았지만 어마어마한 크기를 한 아랫부분은 똑똑히 보였다. 구세계의 꿈에서 본 끝없이 아득하던 그것과 완벽하게 일치하고 있어서 나는 비로소 실제로 몸을 떨었다.

높은 곳에 떠 있는 등 뒤의 희미한 빛은 아득한 바깥 세상의 달빛의 존재를 말해주고 있었다. 무의식 속에서도 약간의 조심성이 희미하게 남아 있었던 것이리라. 돌아갈 때를 위한 길잡이를 잃어버리지 않으려면 저 빛을 놓쳐서는 안 된다는 느낌이 들었다.

나는 조각의 흔적이 가장 선명하게 남아 있는 왼쪽 벽으로 발길을 돌렸다. 돌조각과 바위 부스러기가 흩어져 있어서 그쪽으로 나아가기가 기어내려 올 때만큼이나 힘들었지만, 조심조심 한 발 한 발 나아갔다.

어떻게 포장되어 있는지 보려고 돌조각을 주워 올리거나 바위부스러기를 발로 치워보기도 했지만, 일그러진 표면이 아직도 거의 결합을 유지하고 있는 커다란 팔각형의 돌에서 결정적인 친숙함을 느끼고 등골이 오싹해졌다.

벽면 근처에 도달하자 마모된 조각의 자취에 손전등을 천천히 신중하게 비추었다. 지나간 세월 동안 물이 흘러들어와 사암의 표면에 영향을 미친 것처럼 보이는, 나로서는 설명할 수 없는 묘한 부착물이 있었다.

석조 건축물은 장소에 따라 극도로 일그러져 있어서, 나는 이 숨겨진 원초의 대건축물이 대지의 융기를 견디면서 앞으로 얼마나 더 지금의 모습을 유지할 수 있을까 생각했다.

하지만 나를 가장 흥분시킨 것은 조각 그 자체였다. 세월과 함께 무너져 내리고는 있었지만, 가까이 다가가면 비교적 쉽게 자취를 더듬을 수 있었다. 그리고 세부에 이르기까지 완벽하고 뿌리 깊은 친숙함은 나의 모든 상상력을 거의 완전히 지워버렸다. 이 낡은 석조 건축물의 주요한 속성이 친숙함이라고 한들, 일반적으로 믿을 수 있는 범위를 넘어서는 것은 아니었기 때문이다.

더러는 신화를 만드는 사람에게 너무 큰 충격을 주어 석조 건축물은 세상에 알려지지 않은 채 전설이 되었고, 그것을 어쩌다가 내가 기억상실에 빠져 있는 동안 알게 되어 잠재의식에 생생하게 모습이 남아 있는 것이리라.

그러나 하나하나의 직선과 나상선(螺狀線)이 그려내는 이 기괴한 무늬가, 내가 20년 이상 꿈에서 본 것과 세부에 이르기까지 정확하게 일치하는 것은 어떻게 설명할 수 있단 말인가? 밤이면 집요하고 정확하게 늘 내 꿈속에 밀려왔던 그 미묘한 음영과 특징을 재현할 수 있었던, 세상에 알려지기도 전에 사라진 표현법이란 도대체 어떤 것일까?

우연의 일치도 아니요, 그저 조금 닮은 정도도 아니었다. 내가 서 있는 영겁의 세월 동안 숨겨져 있었던 태고의 회랑은, 아컴의 크레인 거리에 있는 우리 집과 마찬가지로 내가 꿈속에서 잘 알고 있던 것임에 틀림없었다. 나의 꿈은 아직 쇠락하기 전인 성시의 모습을 보여주었던 게 분명했다. 그러나 바로 그 점 때문에, 즉 꿈에서 본 것이 태고의 모습이 맞기 때문에 동일한 건축물이라는 사실도 명백하게 현실인 것이다. 나는 무섭도록 완벽하게 이 새로운 환경에 순응하고 있었다.

눈앞에 펼쳐진 건조물은 내가 너무나도 잘 알고 있는 것이었다. 꿈에 본 그 무서운 고대도시의 어느 부분에 해당하는지도 잘 알고 있었다. 무량한 세월이 가져다준 변화와 파괴를 면한 이 도시에서, 이 건조물에서, 길을 잘못 들지 않고 어디나 갈 수 있다는 것을 나는 무서운 본능적인 확신을 가지고 자각했다. 도대체 어찌된 일일까? 내가 지금 알고 있는 것을 나는 어떻게 알게 된 것일까? 미궁 같은 이 원초의 석조물에서 살았던 생물에 얽힌 태고의 전설에는 어떤 무서운 현실이 숨어 있는 것일까?

내 마음을 잠식해 들어가는 불안과 당혹의 물결은, 언어로는 극히 일부분밖에 전할 수가 없다. 나는 이 장소를 알고 있었다. 아래쪽에 무엇이 있는지도 알고, 우뚝 솟아 있던 높은 건물이 무너져 먼지와 바위 부스러기와 사막으로 화해버리기 전에 층층이 무엇이 있었는지도 알고 있었다. 이제 희미한 달빛을 놓치지 않으려고 애쓸 필요가 없었다. 나는 몸을 떨면서 그렇게 생각했다.

마음 한구석으로는 달아나고 싶다는 간절한 소망과, 한편으로는 타는 듯한 호기심과 강박적인 운명감이 뜨겁게 뒤엉키는 느낌 사이에서 나는 마음이 갈팡질팡했다. 꿈에 본 이후 수백만 년이 흐르는 동안, 이 어마어마한 태고의 거대도시에 대체 무슨 일이 일어났던 것일까? 도시 밑에서 거대한 탑으로 통하는 모든 지하 미로 가운데 지각변동을 견디며 아직도 남아 있는 것은 얼마나 될까?

완전히 묻혀 있던 상상조차 할 수 없이 오래된 세계를, 나는 그저 우연히 발견한 것일까? 서기장이 살던 집과, 불가사리 모양의 머리를 가진 남극의 식충식물 스구하 중에서 잡혀온 정신이 벽의 공백부에 그림을 새긴 그 탑을 아직 찾아낼 수 있을까?

이종족(異種族) 정신들의 집회소에 이르는 이층 통로를 지금도 막히지 않고 빠져나갈 수 있을까? 그 집회소 안에는 믿기 힘든 생물——1800만 년 미래의 명왕성 너머에 있는 미지의 행성에 서식하는 반가소성(半可塑性)의 몸을 한 생물——중에서 잡혀온 정신이, 점토로 빚은 어떤 것이 놓여 있었다.

나는 눈을 감고 이마에 손을 짚은 채 이런 이상한 꿈의 단편을 뇌리에서 뿌리치기 위해 가련하고도 헛된 노력을 하고 있었다. 바로 그때, 나는 처음으로 주변 공기의 차가움과 움직임, 축축함을 확실하게 느꼈다. 나는 소름이 끼쳤다. 무량한 세월 동안 침묵에 싸여 있던 검은 심연의 광대한 연쇄 하나가 지금 지하 어디에선가 입을 벌리기 시작한 게 틀림없다는 것을 깨달았다.

나는 꿈을 떠올리면서, 소름 끼치는 방과 회랑과 경사로를 생각했다. 중앙기록보관소로 통하는 길은 아직도 열려 있을까? 결코 녹슬지 않는 금속으로 만들어진 그 직사각형의 보관함에 수납되어 있던 무서운 기록을 떠올렸을 때, 나를 향해 한 발 한 발 다가오는 운명의 마수가 또다시 강렬하게 내 뇌를 조여 왔다.

꿈과 전설은, 태양계의 모든 천체의 모든 시대에서 잡혀온 정신들이 기록한 과거에서 미래에 이르는 시공 연속체의 전역사가 그 보관소에 들어 있다고 했다. 물론 모두 광기의 극치다. 그렇지만 혹시 나는 지금, 나와 마찬가지로 미쳐 있는 영원한 어둠의 세계에 들어와 있는 것은 아닐까?

나는 자물쇠가 채워진 금속제 금고와, 그것을 열기 위해 손잡이를 돌리는 묘한 조작방법을 떠올렸다. 나의 모습이 선명하게 뇌리에 되살아났다. 맨 아래층에 있는 지구의 척추동물 구역에서 그 복잡한 조작을 수없이 하지 않았던가! 세세한 장면에 이르기까지 모든 것이 생생하고 또한 친숙한 것이었다.

만약 꿈에서 본 그 금고가 있다면, 나는 이 자리에서 당장 열 수 있다! 내가 완전한 광기에 빠진 것은 바로 이때였다. 나는 곧 잊을 수 없는 지하로 통하는 경사로를 향해, 바위 부스러기에 발부리를 채이면서 맹렬한 기세로 달려갔다.

7

그 시점부터의 인상은 나도 거의 믿을 수가 없다. 사실 지금도 나는 마지막 희망처럼, 그 모든 인상들이 의식에 장애가 일어나 비롯된 망상 또는 악마적인 꿈에 지나지 않는 거라고 필사적으로 생각하고 있다. 나의 머리는 이상한 흥분상태에 빠졌고, 모든 것은 아지랑이처럼 내 앞에 피어 올랐다. 토막토막 조각난 그림으로.

주위를 지배하는 암흑 속에서 희미하게 빛을 던지는 손전등에, 하나같이 세월에 잠식된 무섭도록 낯익은 벽과 조각이 한순간 유령처럼 어슴푸레하게 떠올랐다. 어떤 장소에서는 방대한 양의 아치형 석조 구조물이 떨어져 쌓인, 뾰족뾰족하고 기괴한 종유석이 있는 천장에 거의 닿아 있는 거대한 돌산을 기어오르지 않으면 안 되었다.

모든 것은 유사기억의 그 모독적인 견인력에 의해 악화된 악몽의 극한이었다. 친숙함이 느껴지지 않는 것이 딱 한 가지 있었다. 그것은 거대한 석조물과 함께 있는 나의 몸크기였다. 단순한 인간의 몸으로 바라보는 우뚝한 벽의 모습이 완전히 새롭고 이상해 보여, 마치 전에 없는 왜소감에 압박당하는 기분이었다. 나는 불안해하며 몇 번이나 내 몸을 내려다보았고, 그때마다 인간의 모습을 하고 있는 것을 알고는 마음이 혼란스러웠다.

나는 암흑의 심연 속을 뛰고, 달리고, 비틀거리면서 계속 전진했다. 툭하면 쓰러져서 몸을 다쳤고 하마터면 손전등을 깨뜨릴 뻔한 적도 있었다. 마굴 같은 심연의 모든 돌과 모든 모퉁이를 나는 다 알고 있었으며, 몇 번이나 멈춰서서 막히거나 무너지기는 했지만 아직도 낯익은 아치 길에 손전등의 불빛을 비추었다.

몇 개의 방은 완전히 붕괴되어 있었으나, 나머지는 가까스로 옛날 모습을 간직하고 있거나 돌더미에 묻혀 있었다. 두세 개의 방에서는 상처 하나 없이 완벽하게 남아 있거나 부서지거나 찌부러진 금속덩어리를 보았다. 꿈에서 보았던 거대한 받침대 같기도 하고 탁자 같기도 한 것임을 알았다. 사실은 그것이 무엇이었는지 나는 감히 추측해볼 용기가 없었다.

나는 경사로를 찾아내어 아래쪽으로 내려가기 시작했다. 그런데 한참 후에 가장 좁은 곳의 폭이 1m가 넘는 날카롭고 거친 균열 앞에서 멈춰서고 말았다. 여기서는 바닥돌이 빠져서 어두컴컴하고 깊이를 알 수 없는 심연이 드러나 있었다.

이 거대한 건축물에 다시 2층의 지하가 더 있는 것을 알고 있는 나는 그 맨 아래층에 금속띠로 봉인된 뚜껑문이 있다는 사실을 떠올렸을 때, 새로운 공포에 사로잡혀 온몸을 떨었다. 지금은 보초가 서 있을 리도 없었다. 땅 속에 숨어 있던 것들은 아득한 옛날에 무서운 보복을 완수했고, 그 뒤 쇠퇴일로를 걷다가 인류의 뒤를 잇는 갑충류가 등장할 무렵이면 완전히 절멸하게 된다. 그러나 원주민의 전설을 떠올린 나는 새로운 오한에 사로잡혔다.

돌조각이 주위에 흩어져 있어서 도움닫기를 할 수 없기 때문에, 크게 입을 벌린 균열을 뛰어넘으려면 상당한 노력이 필요했다. 하지만 이번에도 광기가 나를 내몰았다. 나는 왼쪽 벽에 가까운 곳, 균열의 폭이 가장 좁고 착지점에 위험한 돌조각이 많지 않은 곳을 골랐고, 광란의 한순간 뒤 저쪽 편에 무사히 뛰어내렸다.

가까스로 한 층 아래에 도달하자 넘어지듯 비틀거리며 기계실의 아치 길을 나아갔다. 기계실 안에는 이상한 금속의 잔해가 있었고, 위에서 떨어진 아치형 구조물의 돌덩어리에 반쯤 묻혀 있었다. 모든 것이 내가 알고 있는 그대로의 장소에 있었고, 나는 자신감을 가지고 광대한 회랑의 입구를 막고 있는 퇴적물의 산에 올랐다. 이 횡단 회랑을 건너가면 지하에 있는 도시의 중앙기록보관소에 도달한다는 것을 나는 알고 있었다.

엎어지고, 뛰고, 엉금엉금 기면서 바윗조각이 흩어져 있는 회랑을 나아감에 따라 무한한 세월이 펼쳐지는 것 같았다. 이따금 유구한 세월을 엿보게 하는 벽에 새겨진 조각도 볼 수 있었다. 낯익은 것도 있고, 내가 꿈에 본 시대 이후에 추가된 듯한 것도 있었다. 이 회랑은 다양한 건축물로 연결되는 지하의 대표적인 통로이기 때문에, 건축물의 아래층으로 통하는 경우에만 아치 길이 있었다.

그런 교차점을 지날 때마다 나는 고개를 옆으로 돌려 꿈에도 잊을 수 없는 방을 한참 동안 둘러보았다. 꿈에서 본 것과 완전히 다른 상태에 있는 것은 불과 두 번 뿐이었다. 그 중 하나는, 기억에 있는 아치 길이 폐쇄되고 봉인되어 있는 것이었다.

나는 심하게 몸을 떨면서도 걸음을 내딛게 하는 기묘한 무력감의 파도를 느끼고, 마음은 뒷걸음질치면서도 더욱 빠른 걸음으로, 이질적인 현무암의 구조가 사람들이 은밀하게 속삭이던 그 무서운 기원을 얘기하고 있는, 폐허로 화한 창문 하나 없는 거대한 탑의 지하를 나아갔다.

이 원초의 지하실은 지름이 6m는 너끈히 넘는 원형으로, 거무스름한 돌의 표면에는 아무것도 새겨져 있지 않았다. 바닥에는 먼지와 모래만 쌓여 있고, 아래쪽으로 통하는 출구가 보일 뿐이었다. 계단도 경사로도 없었다. 사실 내 꿈에서는, 전설상의 ‘위대한 종족’이 이 탑에는 전혀 손을 대지 않았다고 했다. 그리고 탑을 건축한 자는 계단과 경사로를 필요로 하지 않았다.

꿈속에서는 아래쪽으로 난 출구는 굳게 닫힌 채, 지나치게 엄중할 정도로 감시당하고 있었다. 그런데 지금은 활짝 열려 있는 것이다.

암흑의 입을 쩍 벌리고 축축한 냉기를 뿜어내고 있었다. 그 아래 영원한 밤처럼 끝없이 펼쳐져 있을 동굴이 어떤 것인지는 절대 생각해서 안 된다.

그 뒤 깨어진 바위가 많이 쌓여 있는 곳을 헤치며 나아가, 천장이 송두리째 깨져 버린 장소에 도착했다. 산처럼 솟아 있는 돌더미에 올라가, 손전등으로도 벽과 천장을 비추지 못하는 광대한 무(無)의 공간을 빠져나갔다. 나는 이곳이 기록보관소에서 그리 멀지 않은, 제3광장에 면한 금속조달관의 집에 딸린 지하실이 틀림없다는 사실을 떠올렸다. 이곳에서 무슨 일이 일어난 건지는 짐작도 할 수 없었다.

돌더미를 넘어가자 다시 회랑이 이어지고 있어서 한동안 순조롭게 전진했다. 그런데 아치형 구조물이 바닥에 떨어져 있는데다 천장마저 아치에 닿을듯 주저앉아서 진로가 완전히 막혀 버린 장소에 맞닥뜨렸다. 진로를 확보하기 위해 어떻게 돌들을 들어내고 치웠는지, 또 균형이 조금이라도 무너지면 머리 위에 있는 엄청난 무게의 돌덩어리들이 떨어져 완전히 깔려버릴 수도 있었는데, 어떻게 단단하게 쌓인 바위를 해체할 용기를 냈는지 나는 알 수 없다.

나를 내몰고 이끌어준 것은 순전히 광기였다. 땅속에서의 모든 모험이 내가 원하고 있는 지옥 같은 망상과 꿈이 아니라면 말이다. 그러나 나는 몸을 비틀며 나아갈 수 있는 공간을 확보했다. 또는 그런 꿈을 꾸었다. 몸을 비틀면서 바위산을 넘는 동안——손전등은 켠 채로 입에 물고 있었다——천장의 뾰족뾰족한 이상한 종유석이 몸을 할퀴는 것이 느껴졌다.

나의 목적지인 것 같은 지하의 중앙기록보관소까지는 이제 얼마 남지 않았다. 장애물을 넘어 기어가듯 미끄러져 내려간 뒤, 손에 든 전등을 껐다 켰다를 반복하면서 나머지 회랑을 계속 나아가 마침내 사방에 아치문이 있는——아직도 놀라운 보존상태였다——천장이

나지막한 둥근 지하실에 당도했다.

벽, 아니 손전등의 불빛이 미치는 범위 안에는 수수께끼의 문자와 전형적인 곡선무늬가 빼곡하게 새겨져 있었다. 내가 꿈에 본 시대 이후에 추가된 것도 있었다.

나는 이것이 나에게 운명지어진 목적지라는 것을 알고 망설이지 않고 왼쪽에 있는 낯익은 아치 길로 발을 들여놓았다. 현재 남아 있는 모든 계층으로 통하는, 장애물이 없는 경사로를 찾아낼 수 있는 것에 대해서는 거의 기묘할 정도로 거의 의심하지 않았다. 태양계 전체의 연대기가 저장되어 있으며 대지에 의해 지켜지고 있는 이 광대한 건축물은, 이 세상의 것이 아닌 기술과 힘으로 태양계가 존재하는 한 지탱할 수 있도록 만들어져 있었다.

수학의 진수로 균형을 잡고, 믿을 수 없을 만큼 강인함을 자랑하는 접합제로 굳힌 엄청난 크기의 돌덩어리들은, 지구 중핵의 암반과 마찬가지로 튼튼한 구조를 이루고 있었다. 온건하게 파악할 수 있는 이상으로 아득한 세월을 지켜온 지금도 땅속에 묻힌 건축물은 원래의 외형을 그대로 유지하며 우뚝 서 있었고, 먼지가 쌓인 광대한 바닥에는 다른 장소에서는 그토록 많았던 바위 부스러기조차 거의 보이지 않았다.

이 지점부터는 비교적 걷기 쉽다는 사실이 묘하게 나를 흥분시켰다. 지금까지 장애물 때문에 돌파구를 얻지 못하고 있던 미치도록 간절한 소망이 이를테면 열에 들뜬 것 같은 맹렬한 속도로 나타나, 나는 아치 길 안의, 결코 잊을 수 없는 천장이 낮은 한쪽 회랑을 글자 그대로 미친듯이 달려가고 있었다.

눈에 들어오는 모든 것에 대한 친숙함에는 더 이상 놀라지 않았다. 양쪽에 수수께끼의 문자가 새겨진 보관소의 커다란 금속제 문이 섬뜩하게 우뚝 서 있었다. 잘 정리되어 있는 것도 있는가 하면 열려 있는 것도 있고, 거대 석조물까지 파괴할 정도로 강하지는 않았던 지각의 압력을 받아 일그러지고 늘어진 것도 있었다.

곳곳에 입을 벌리고 있는 텅 빈 금고 아래 먼지로 가득 덮인 퇴적물은 지진 때문에 보관함이 쏟아져 내린 장소를 나타내고 있는 것 같았다. 군데군데 서 있는 기둥에는 책의 분류를 표시하는 커다란 표지판이 있었다.

나는 문이 열린 금고 앞에 멈춰 서서, 모래가 섞인 먼지 속에서 아직 원래의 모습을 간직하고 있는 낯익은 금속제 보관함을 몇 개 바라보았다. 약간 주저하면서 손을 뻗어 얇은 보관함 하나를 집어 들고는 바닥에 내려놓고 살펴보았다. 곳곳에서 볼 수 있는 그 곡선문자로 표제가 기록되어 있었는데, 그 문자의 배열에서 미묘하고 이상한 것이 느껴졌다.

갈고리 모양을 한 걸쇠의 기묘한 조작방법은 잘 알고 있기 때문에 아직 녹슬지 않고 제구실을 하고 있는 뚜껑을 열고 안에 들어 있는 책을 꺼내들었다. 예상했던 대로 세로 50cm, 가로 38cm, 두께 5cm쯤의 크기에, 얇은 금속제 표지는 위로 열게 되어 있었다.

질긴 섬유로 만들어진 페이지는 지금까지 거쳐 온 무량한 세월에도 전혀 손상되지 않은 것 같았다. 나는 마음을 어지럽히는 기억을 반쯤 되살리면서, 뾰족한 도구로 기록된 묘한 색깔의 문자——학문상 알려져 있는 어떤 자모나 상형문자와도 닮지 않은 상징체계——를 살펴보았다.

내가 꿈속에서 어느 정도 알고 있었던, 그 잡혀온 정신이 사용한 언어라는 느낌이 들었다. 규모가 큰 소행성에서 옮겨온 정신이 자신의 별에 상당히 남아 있는 원초적인 행성의 원시적인 생활과 전승에 대해 부분적으로 기록한 것이었다. 또한 나는 기록보관소의 이 구획이 지구 외의 별을 다루는 책에 할당된 곳이라는 것도 함께 떠올렸다.

이 믿을 수 없는 문서를 넋을 잃고 응시하는 것을 그만두었을 때,

손전등이 약해지기 시작한 것을 알고는 늘 가지고 다니는 예비 전지로 서둘러 바꿔 끼웠다. 그리고 더욱 강해진 빛에 힘을 얻어 미로처럼 얽힌 끝없는 통로를 다시 열에 들뜬 것처럼 달리기 시작했다. 이따금 낯익은 보관소를 보거나, 내 발소리가 지하통로에 불균형하게 울리는 음향효과에 멍하니 정신을 빼앗기기도 하면서.

수천 년 동안 고이 앉아 있던 먼지에 내 발자국이 점점이 찍혀 있는 것을 보니 나는 저절로 몸이 떨려왔다. 만약 나의 미친 꿈이 어떤 진리를 내포하고 있는 것이라면, 태고부터 존재하는 이 포석 위에 인간이 발을 들여놓은 적은 한 번도 없었던 것이다.

이 미치광이 같은 질주의 특정한 종착점에 대해서 나는 아무런 예감도 없었다. 그러나 사악한 영향을 미치는 어떤 힘이 현혹된 의지와 묻혀버린 나의 기억을 끌어내고 있었기 때문에, 자신이 그저 아무렇게나 달리고 있는 건 아니라는 느낌이 들었다.

나는 아래로 내려가는 경사로에 이르러, 그것을 따라 다시 깊은 곳으로 나아갔다. 달리듯이 내려가면서 몇 번이나 바닥을 비춰보았지만, 멈춰 서서 자세히 조사해보지는 않았다. 착란이 일어난 머릿속에서 일정한 리듬이 일기 시작했고, 거기에 맞춰 오른손이 거기에 맞춰 꿈틀꿈틀 움직였다. 나는 닫혀 있는 어떤 것을 열고 싶어 애가 탔고, 거기에 필요한 복잡한 조작 방법과 미는 방법을 모두 알고 있다는 느낌이 들었다. 그것은 자물쇠가 달린 현대적인 금고 같은 것이었다.

꿈이든 현실이든, 나는 옛날부터 알고 있었고 지금도 알고 있다. 어떻게 해서 꿈이, 또는 무의식 속에 흡수한 전설의 단편이 이토록 상세하고 복잡한 세부를 보여줄 수 있을지 나는 설명해 보려고도 하지 않았다. 논리정연하게 생각할 수 있는 상태가 아니었다. 이 모든 체험——미지의 폐허 전체에서 등골이 오싹하리 만치 친숙함을 느끼며, 눈앞에 있는 모든 것이 꿈과 전설의 단편만이 암시해줄 수 있었던 것과 무섭도록 정확하게 일치한다는 것을 안 것은 어쩌면 이성으로는 대항할 수 없는 진정한 공포가 아닐까?

아마 그때 내가 가슴 밑바닥에 품고 있었던 신념은, 착란에서 벗어난 지금과 마찬가지로 자신이 아직 완전히 잠에서 깨어난 것이 아니며, 땅속에 매몰된 도시 전체가 열에 들뜬 환각의 일부라는 것이었으리라.

마침내 나는 맨 아래층에 도달하여 경사로에서 오른쪽으로 벗어났다. 뭔가 석연치 않은 이유 때문에 걸음이 느려지는 것을 느끼며 발소리를 내지 않으려고 애썼다. 이 깊게 파묻힌 마지막 층에는 지나가기가 두려운 공간이 있었다.

가까이 다가감에 따라 그 공간에서 내가 공포를 느끼게 된 기억이 되살아나기 시작했다. 그것은 금속제 창살이 쳐져 있고 엄중하게 감시되고 있는 하나의 뚜껑문에 지나지 않았다. 그러나 지금은 보초가 있을 리가 없기 때문에, 또다른 뚜껑문이 입을 벌리고 있던 검은 현무암 지하실을 지날 때처럼 나는 몸을 떨면서 발끝으로 걸었다.

현무암 지하실과 같은 축축한 냉기의 흐름을 느낀 나는, 진로가 다른 방향으로 나 있었으면 좋겠다고 생각했다. 어째서 굳이 이런 진로를 택해야 하는지 나는 그 이유를 전혀 알지 못했다.

그 공간에 발을 들여놓았을 때 뚜껑문이 크게 입을 벌리고 있는 것이 보였다. 앞쪽에는 금고가 다시 줄지어 서 있고, 그 중 한 금고 앞바닥에 먼지가 조금밖에 쌓이지 않은 퇴적물이 눈에 들어왔는데, 몇 개의 보관함이 최근에 낙하했음을 알 수 있었다. 그와 동시에 새로운 전율이 나를 사로잡았지만 한참 동안은 그 까닭을 알지 못했다.

떨어져 있는 보관함은 그다지 진기한 것이 아니었다. 유구한 세월을 거치는 동안 이 암흑의 미궁은 지각의 변동에 시달리며, 이따금 그런 물건들을 쓰러뜨리면서 귀가 먹먹할 정도로 큰 음향을 울리고 있었을 것이다. 내가 격렬한 전율에 사로잡힌 까닭을 안 것은 바로 그 공간을 가로지르려 했을 때였다.

내 마음을 혼란시킨 것은 먼지를 뒤집어쓴 보관함이 아니라 평탄한 바닥을 덮고 있는 먼지 때문이었다. 손전등으로 비치는 바닥의 먼지는 균일하게 쌓여 있어야 마땅할 것 같은데 그렇게는 보이지 않았다. 더 얇아 보이는 곳이 있어서, 마치 그리 멀지 않은 옛날에 어지럽혀진 것 같았다. 물론 다른 곳보다 얇게 보이기는 하지만 쌓여 있는 먼지도 상당하니까 한마디로 단정할 수 있는 것은 아니었다. 그러나 내가 얼핏 떠올린 그 불균일함 속에는 뭔가 규칙적인 데가 있다는 느낌이 들어 견딜 수 없이 불안해졌다.

그런 묘한 장소의 하나에 손전등을 가까이 댔을 때 눈에 들어온 것을 보고 나는 등골이 오싹해지는 걸 느꼈다. 규칙적이라는 망상이 더욱 더 강해졌기 때문이다. 다양한 요소를 포함한 자국들이 규칙적인 열을 만들고 있는 것 같았다. 자국은 세 개가 한 덩어리를 이루고 있었는데 하나하나는 0.3m²가 조금 넘는 크기였고, 하나가 앞으로 튀어나온 8cm짜리 5개의 원형으로 구성되어 있었다.

0.3m²의 자국은 마치 뭔가가 왕복한 듯이, 두 방향으로 찍혀 있는 것처럼 보였다. 물론 매우 희미했기 때문에 환영을 보거나 우연히 그렇게 보였을 뿐인지도 모른다. 그러나 뭔가가 지나간 길처럼 생각되는 것에는, 마음을 건드리는 어렴풋한 공포가 감돌고 있었다. 왜냐하면 자국의 한쪽 끝은 그리 멀지않은 옛날에 낙하한 것이 틀림없는 보관함이지만, 다른 한쪽 끝은 상상을 초월하는 나락의 입을 쩍 벌리고 축축한 냉기를 뿜어내고 있는 보초도 사라진 그 불길한 뚜껑 문이었기 때문이다.

8

나를 사로잡고 있던 알 수 없는 강박관념이 뿌리 깊고 압도적인 것이었음은, 그것이 공포를 물리친 것으로 단적으로 증명되고 있다. 자국이 있다는 무서운 의심과 함께 꿈의 기억이 서서히 되살아나면서부터는, 내 행동을 통제할 수 있는 합리적인 동기 같은 것은 더 이상 아무것도 없었다. 그러나 공포에 떨고 있을 때조차, 내 오른손은 자물쇠를 찾아내어 열어보고 싶다는 간절한 염원에 사로잡혀 여전히 일정한 리듬으로 꿈틀꿈틀 움직이고 있었다. 나는 어느새 최근에 떨어진 보관함을 지나, 소름이 끼치도록 잘 알고 있다는 느낌이 드는 장소를 향해 전혀 먼지가 흐트러지지 않은 한쪽 복도를 발끝으로 빠르게 걸음을 옮겼다.

내 마음은 간신히 떠오르기 시작한 원천과 관련된 여러 가지 의문을 던지고 있었다. 금고에 인간의 손이 닿을 수 있을까? 아득한 옛날에 배운 자물쇠를 여는 조작을 인간으로서의 내 손이 모두 수행할 수 있을까? 자물쇠는 파손되지 않고 지금도 멀쩡할까? 나는 무엇을 할 생각인가……감히 무엇을……? 그렇다……발견하기를 원하면서도 또한 두렵기도 한 그것으로 나는 무엇을 하려는 것인가? 정상적인 개념의 한계 밖에 있는, 정신을 산산이 파괴하는 어떤 무서운 진실을 증명하게 될 것인가? 아니면, 단지 내가 꿈을 꾸고 있음에 지나지 않다는 것을 알게 될 뿐일까?

그런 생각을 하다 문득 정신을 차리고 보니, 나는 어느새 발끝으로 서서 달리는 것을 멈춘 채 꼼짝 않고 그 자리에 서서 정신이 미쳐버릴 것처럼 낯익은 수수께끼의 문자가 기록된 금고의 열을 응시하고 있었다. 거의 완벽하다고 할 수 있는 보존상태로, 문이 열려 있는 것은 고작 3개뿐이었다.

눈앞에 늘어서 있는 금고에 대한 내 감정을 말로 표현하는 것은 도저히 불가능하다. 낯익다는 느낌이 더할 나위 없이 강렬했다. 나는 전혀 손이 닿지 않는 천장 부근의 금고들을 올려다보며 어떻게 하면 적당한 곳까지 올라갈 수 있을지 궁리했다. 밑에서 네 번째 줄에 열려 있는 문과, 닫혀 있는 문의 자물쇠를 발판과 손잡이로 이용할 수 있을 것 같았다. 양손이 필요할 때 했던 것처럼 손전등은 입에 물면 된다. 무엇보다 중요한 건 소리를 내선 안 된다는 것이었다.

원하는 물건을 아래로 내리는 건 쉬운 일이 아니었지만 상의의 깃에 움직이는 걸쇠의 갈고리를 걸어 륙색처럼 지고 내려올 수 있을 것 같았다. 나는 또다시 자물쇠가 파손되어 있지는 않을까 걱정되었다. 능숙하게 조작할 수 있다는 점에 대해서는 조금도 의심하지 않았다. 하지만 나는 자물쇠를 열 때 소리가 나지 않기를, 또 내 손이 적절하게 움직여주기를 원했다.

그런 것을 생각하면서 나는 벌써 손전등을 입에 물고 올라가기 시작하고 있었다. 튀어나온 자물쇠는 그리 믿음직스럽지 않았지만 예상대로 문이 열려 있는 금고가 큰 도움이 되었다. 나는 그럭저럭 큰 소리를 내지 않고 흔들리는 문과 금고 가장자리를 이용하여 올라갈 수 있었다.

문 위쪽에서 평형을 잡고 오른쪽으로 크게 몸을 기울이자 목표로 하는 자물쇠에 손이 닿았다. 올라가는 사이에 반쯤 마비된 손가락은 처음에는 생각대로 움직여주지 않았다. 그러나 해부학적으로는 당연한 것임을 이내 알 수 있었다. 그리고 기억에 남아 있는 리듬이 손가락 안에서 강하게 울리고 있었다.

이해할 수 없는 시간의 심연에서 전해진 복잡한 조작법이 어찌된 셈인지 세부에 이르기까지 정확하게 내 뇌에 남아 있었다. 자물쇠를 만지기 시작한 지 채 5분도 되지 않아 '찰칵'하는 소리가 났다. 의식적으로 예상하고 있지는 않았던 만큼 낯익은 그 소리에 놀라지 않을 수 없었다. 다음 순간, 금속문이 아주 희미하게 삐걱거리면서 천천히 열리기 시작했다.

마침내 잿빛 감도는 보관함의 열을 망연히 올려다본 나는, 도저히 설명할 수 없는 감정이 해일처럼 밀려오는 것을 느꼈다. 오른손이 닿는 범위 안에 있던 한 보관함에 새겨진 문자가 단순한 두려움이 아닌, 더할 수 없이 복잡한 번민을 안겨주며 나를 전율하게 했다. 모래가 섞인 먼지가 비처럼 쏟아지는 가운데 가까스로 그 보관함을 잡고 소리없이 앞으로 끌어당겼다.

조금 전에 만진 보관함과 마찬가지로 50×12cm를 약간 웃도는 크기에 기하학적인 무늬가 얕은 부조로 새겨져 있었다. 두께는 7cm가 약간 넘었다.

나는 그것을 내 몸과 앞에 놓인 금고 사이에 거칠게 밀어 넣고 걸쇠를 더듬어 간신히 갈고리를 세웠다. 무거운 용기를 들어올려 등으로 옮긴 뒤 갈고리를 깃에 걸었다. 그리고 자유로워진 두 손으로 어색하게 기듯이 하여 먼지가 쌓인 바닥으로 내려선 뒤 전리품을 조사할 생각이었다.

나는 모래가 섞인 먼지에 무릎을 대고 보관함을 등에서 내려 눈앞에 놓았다. 두 손은 떨리고 있었고, 그토록 원했으면서도——강요당하고 있다는 생각도 들었지만——책을 꺼내는 것이 두려웠다. 찾아야 할 것이 무엇인지 차츰 명백해지기 시작했고, 마침내 확실히 알게 되었을 때는 온몸의 기능이 마비되는 것 같았다.

만약 그것이 실제로 존재한다면……내가 꿈을 꾸고 있었던 것이 아니라면……거기에 내포되어 있는 의미는 인간의 정신력으로는 도저히 견딜 수 없는 것이었다. 나를 무자비하게 괴롭히는 것은, 한순간에 자신을 에워싸고 있는 모든 것을 꿈이라고 생각할 수 없게 되는 일이었다. 불길할 정도로 현실감이 있었다. 그 자리의 광경을 떠올리면 지금도 무서운 현실감이 되살아난다.

마침내 나는 두려움에 떨면서도 보관함에서 책을 꺼내 표지에 있는 낯익은 수수께끼의 문자를 빨아들일 듯이 응시했다. 책은 최상의 보관 상태에 있는 것 같았고, 표제를 나타내는 곡선문자를 들여다보는 사이에 마치 그것을 읽을 수 있을 것 같은 일종의 최면상태에 빠지고 말았다. 사실 나는 이상한 기억이 단숨에 되살아나서 실제로 그 글자를 읽지 않았다고는 단언할 수 없다.

그 얇은 금속제 표지를 과감하게 열기까지 어느 정도의 시간이 걸렸는지는 전혀 기억나지 않는다. 나는 우물쭈물하며 스스로 온갖 이유를 갖다대고 있었다. 물고 있던 손전등을 손에 들고 전지를 아끼기 위해 불을 껐다. 이윽고 어둠 속에서 나는 용기를 짜냈다. 손전등을 켜지 않은 채 마침내 표지를 넘긴 것이다. 마지막으로, 펼쳐진 페이지에 손전등의 빛을 갖다대었다. 무엇을 보게 되든 절대로 소리를 내지 않으리라고 다짐하면서 빛을 갖다대었다.

나는 그 순간 눈으로 목격한 것만으로 허탈상태에 빠지고 말았다. 그러나 이를 악물고 침묵을 지켰다. 바닥에 주저앉으며 암담한 어둠 속에서 이마에 손을 짚었다. 내가 두려워하면서 예상했던 것이 바로 눈앞에 있었다. 내가 꿈을 꾸고 있는 것일까? 아니면 시간과 공간이 유명무실한 것이 되고 만 것일까?

꿈을 꾸고 있는 것이 틀림없었다. 하지만 눈앞에 있는 것이 현실이라면, 지상으로 가지고 가서 아들에게 보여주고 그 무서움을 검증할 필요가 있었다. 주위에 소용돌이를 그리는 영원한 어둠 속에서 눈에 보이는 것은 아무것도 없는데, 나는 무서운 현기증이 밀려왔다. 처절하기 그지없는 사념과 심상이 한 순간 목격한 광경에 촉발되어 한 덩어리가 되어 밀려와 내 오감을 혼란시키기 시작했다.

나는 먼지 속에 있던 흔적 같은 것을 떠올리고, 내 숨소리에 부들부들 몸을 떨었다. 다시 한 번 손전등을 켜고, 뱀에게 정면으로 걸려든 동물이 뱀의 눈과 엄니를 얼어붙은 듯이 바라보는 것처럼 열린 페이지를 응시했다.

그리고 어둠 속에서 생각대로 움직이지 않는 손으로 책을 덮고, 보관함에 넣은 뒤, 뚜껑을 닫고, 기묘한 갈고리가 달린 걸쇠를 끼웠다. 이것이야말로 내가 바깥세상으로 가지고 돌아가야 할 물건이었다. 만약 심연 전체가 실재하는 것이라면, 아니 만약 나와 세계 자체가 실재하는 것이라면.

어느새 나는 비틀거리는 다리로 일어서서 온 길을 되짚어 가기 시작했다. 무서운 지하에 있는 동안 내내 한 번도 시계를 들여다보지 않았다는 것이 기묘하다는 생각도 들지만, 어쩌면 그것이 상징적인 세계와의 분리감을 나타내고 있는 건지도 모른다.

나는 손전등을 들고 그 무서운 보관함을 옆구리에 낀 채, 어느새 침묵만을 의식하는 공황상태 속에서 찬 바람을 뿜어내는 심연과 불길한 발자국 같은 것들을 발끝으로 스쳐 지나갔다. 끝없는 경사로를 올라갈수록 조심성은 둔해졌지만 내려올 때는 느끼지 못했던 희미한 불안이 마음에 달라붙어 떨어지지 않았다.

거침 없이 찬 바람이 심연에서 불어올라오고 있는, 도시보다도 오래된 그 현무암의 지하실을 지나가지 않으면 안 되는 것이 무서워서 견딜 수가 없었다. 나는 '위대한 종족'이 두려워하고 있던 것을 떠올리며, 비록 쇠약해서 다 죽어갈지는 모르나 어쩌면 현무암 지하실 깊은 곳에서 아직 숨어 있을지도 모를 그것을 생각했다. 다섯 개의 원으로 구성된 발자국과 그런 발자국, 그리고 그것과 관련된 불가해한 바람과 휘파람 비슷한 소리에 대해 꿈이 가르쳐주던 것을 떠올렸다. 그리고 강풍과 이름 없는 폐허의 공포가 도사리고 있는 원주민들의 전설을 생각했다.

나는 오면서 조사했던 책 옆을 지나 벽에 새겨진 표상을 보고 길을 따라가다 마침내 여러 갈래로 갈라지는 아치 길이 있는 거대한 둥근 방에 도착했다. 처음 이곳에 왔을 때 지났던 아치문이 오른쪽에 있다는 것은 이내 알 수 있었다. 나는 그 아치문을 빠져나가면서 기록보관소 외부의 석조가 무너졌기 때문에 이제부터 전진이 어려워질 거라고 예상했다. 금속제 보관함에 들어 있는 것이 내 마음을 괴롭히고 있었고, 바윗조각과 돌더미 위를 넘어질듯 비틀거리면서 나아감에 따라 소리를 내지 않는 것이 점차 어려워져갔다.

이윽고 아까 몸을 비틀어 간신히 빠져나왔던, 바윗조각의 산이 천장까지 닿아 있는 곳에 도착했다. 그때 빠져나왔을 때는 상당한 소리를 냈는데, 그 발자국 같은 것을 본 뒤로는 특히 소리를 내는 것이 두려웠기 때문에 다시 한 번 이곳을 빠져나간다는 것이 무서워서 견딜 수가 없었다. 옆구리에 보관함을 낀 채 그 좁은 틈새를 지나가는 것은 더욱 어려운 문제였다.

그러나 나는 최대한의 노력을 하여 장애물에 기어올라가, 먼저 보관함부터 틈새에 밀어 넣었다. 다음에 손전등을 입에 물고 몸을 비틀면서 빠져나갔다. 내 등은 또다시 종유석에 걸려 찢어졌다.

보관함을 다시 집어 들려고 하는 순간 그것은 바위산 경사면에서 미끄러지기 시작했고, 시끄러운 소리가 주위에 울려퍼졌다. 나는 식은땀을 흘리면서 앞으로 뛰어나가 그 이상 소리를 내지 않도록 용기를 집어들었다. 그러나 다음 순간, 발아래 바윗조각이 무너지면서 순식간에 무시무시한 소리가 퍼져나갔다.

그 소리가 내 파멸의 원인이었다. 진상이야 어찌되었건 등 뒤 아득히 먼 곳에서 참으로 무섭게 그 소리에 반응하는 소리가 난 것 같았기 때문이다. 지구상의 어떤 소리와도 닮지 않았고 말로는 도저히 표현할 길 없는, 날카로운 휘파람 같은 소리를 들은 것 같았다. 만약 그 소리가 내 상상에 지나지 않는 거라면 그 뒤에 일어난 일은 잔인한 아이러니가 된다. 그 소리에 겁을 먹지 않았더라면 다음의 사건은 일어나지 않았을지도 모르니까.

그러나 사실대로 말하면, 나의 흥분은 이미 통제할 수 없는 상태가 되어 있었다. 손전등을 들고 보관함을 힘없이 집어 들고는 무조건 앞으로 뛰었다. 이 악몽의 폐허에서, 아득한 머리 위에 번지는 달빛과 사막의 세계로 나가고 싶다는 미친 듯한 욕구 외에는 머릿

속에 아무것도 없었다.

꺼져 내린 천장 너머의 광대한 어둠 속에 우뚝 솟은 바위산에 당도하여, 끝이 뽀족한 바윗조각과 돌로 이루어진 가파른 경사면을 기어오르면서 수없이 몸에 상처를 입은 것이 과연 언제인지조차 나는 거의 기억나지 않는다.

그리고 엄청난 그 재난이 일어났다. 앞쪽이 급경사인 줄도 모르고 정신없이 정상을 넘어서자 발이 미끄러졌고, 무너져 내리는 돌덩어리와 함께 사태에 휩쓸리고 말았다. 그 연속포격 같은 굉음이 대지를 뒤흔들고 귀가 떨어져나가는 듯한 반향을 울리며 암울한 동굴의 대기를 찢어놓았다.

그 혼돈에서 벗어날 때의 기억은 없지만 잠깐씩 단편적으로 의식에 되살아나는 것은, 여전히 보관함과 손전등을 손에 든 채 굉음이 울리는 회랑을 돌진하다가 뭔가에 부딪쳐 넘어지면서 가까스로 발을 내밀며 전진하는 광경이다.

이윽고, 두려워하고 있던 그 원초의 현무암 지하실에 가까이 다가갔을 때 완전한 광기가 찾아왔다. 돌사태의 반향이 사라지자, 조금 전에 들려 왔다고 생각되던 무섭고도 이 세상 것이 아닌 휘파람 비슷한 소리가 계속해서 들려오기 시작한 것이다. 이번에는 의심의 여지가 없었다. 더 안 좋은 것은, 그 소리가 내 뒤가 아니라 앞쪽에서 들려온다는 사실이었다.

아마 나는 그때 비명을 질렀을 것이다. 선주종족의 지옥 같은 현무암 지하실을 나는 듯이 달려 나가면서, 이제 방해할 것이라곤 없는 영원한 암흑의 입에서 끓어오르는 그 저주 같은 소리를 듣고 있는 내 모습이 희미하게 떠오른다. 바람도 불고 있었다. 그냥 축축한 냉기가 아니라 역겨운 소리가 끓어오르는 그 혐오스러운 심연에서 뼈도 얼어붙을 만큼 잔인하게 불어올라오는, 어떤 목적을 가진 맹렬한 돌풍이었다.

세찬 바람과 신음이 시시각각 기세를 더하여 등 뒤와 발밑에서 사납게 불어 올라오면서 나를 둘러싸고 일부러 소용돌이를 그리며 꿈틀대는 것처럼 느껴지는 가운데, 장애물을 뛰어넘고 비틀거리면서 오로지 앞만 보고 달려간 것을 기억하고 있다.

등 뒤에서 불어오고 있는데도, 그 바람은 내 전진을 돕는 게 아니라 오히려 방해하는, 불가해한 효과를 내고 있었다. 마치 목을 매는 밧줄이나 올가미에 걸려 끌려가는 듯한 느낌이었다. 나는 사정없이 비명을 지르며 우뚝 솟아 있는 돌산을 넘어 다시 지상으로 통하는 건물 안으로 들어갔다.

기계실로 통하고 있는 아치 길을 흘끗 쳐다본 뒤, 그 모독적인 뚜껑문 하나가 입을 열고 있는 2층 아래로 통하는 경사로를 보았을 때, 나도 모르게 절규할 뻔한 것을 기억한다. 그러나 나는 소리를 지르는 대신, 이것은 모두 빨리 눈을 뜨지 않으면 안 되는 꿈이라고 몇 번이나 스스로를 일깨웠다. 틀림없이 나는 캠프에 있는 거야, 아니면 아컴의 집에 있는 것일 거야. 나는 이런 희망에 정신을 지탱하며 경사로를 오르기 시작했다.

폭 1m쯤의 균열을 다시 한 번 뛰어넘어야 한다는 건 물론 알고 있었지만, 또 다른 공포에 시달린 나머지 그 자리에 다가갈 때까지는 무서움을 실감할 수 없었다. 내려갈 때는 쉽게 건너뛸 수 있었지만 오르막의 경우는 어떨까? 겁먹고 피곤한데다, 금속으로 된 보관함의 무게와 그 악마 같은 바람의 이상한 흡인력에 방해를 받지는 않을까? 최후의 순간, 나는 그런 불안과 함께 균열 아래 암흑의 심연에 숨어 있을지도 모를 이름도 없는 생물을 생각했다.

흔들리는 손전등 불빛이 약해지기 시작했지만 희미한 기억에 의해 그 균열에 가까이 다가갔음을 알았다. 등 뒤에서 불어오는 차가운 돌풍과 구토를 일으키는 휘파람 비슷한 신음은 그 순간 자비로운 아편과도 같은 것이 되어, 앞에서 쩍 하니 입을 벌리고 있는 균열에 대한 공포를 잊게 해주었다. 그런데 문득 앞쪽에도 돌풍과 신음이 있다는 것을 깨달았다. 상상을 초월하는 심연에서 균열을 타고 불길한 돌풍과 신음의 물결이 끓어오르고 있었던 것이다.

이젠 순수한 악몽의 본질이 나를 덮치고 있었다. 온전한 정신을 완전히 잃어버렸다. 나는 야수 같은 도주 본능을 제외한 모든 것을 잊고, 균열 따위는 존재하지도 않는 것처럼 경사로의 바윗조각 위를 허덕이면서 오로지 전진했다. 이윽고 균열의 가장자리가 눈에 들어오자 있는 힘을 다해 도약했다. 다음 순간, 나는 혐오스러운 소리와 물질적으로 만질 수 있는 깜깜한 암흑으로 구성된 지옥의 대소용돌이에 빨려들었다.

생각해낼 수 있는 한, 그것이 내가 체험한 최후였다. 그 이후의 인상은 변화무쌍한 섬망의 세계에 속한 것이다. 꿈과 광기와 기억이 제멋대로 뒤섞이면서 현실과는 아무런 관련도 없는, 있을 수 없는 일련의 단편적인 망상을 낳고 있었다.

손으로 만져지는 끈적끈적한 어둠을 무한하게 관통하는 무서운 낙하가 있고, 지구와 생물을 통틀어 우리가 아는 모든 것과 동떨어진 알 수 없는 소음이 있었다. 지금껏 잠자고 있던 감각이 내 몸 안에서 눈뜨기 시작하면서 떠다니던 공포가 제자리를 잡고, 해가 비치지 않는 바위산과 대양을 통해 전혀 빛이 비쳐진 적이 없는 현무암의 창문이 없는 탑으로 이루어진 도시에 가득찬 동굴과 균열의 존재를 알리고 있는 것 같았다.

원초의 행성의 비밀과 그 영겁의 세월이 광경과 소리의 도움을 빌리지 않고 나의 뇌리에 번뜩였고, 나는 지금까지 가장 분방한 꿈조차 암시한 적이 없었던 것을 알게 되었다. 그리고 그동안 내내, 축축한 증발기(蒸發氣)의 차가운 손끝이 나를 붙잡고 놓아주지 않고, 그 무섭고 저주스러운 휘파람을 닮은 소리가 주위에 소용돌이를 그리고 있는 어둠 속에서 번갈아 일어나는 소음과 정적을 뚫고 울리고 있었다.

그 뒤 꿈에서 본 거대도시의 광경이 나타났다. 폐허가 아니라 꿈에서 본 모습 그대로였다. 나는 인간이 아닌 원추형의 몸을 하고, 책을 들고 광대한 회랑과 경사로를 오가는 '위대한 종족'과 잡혀온 정신들의 군집에 가담해 있었다.

다음에는 이러한 광경에 겹쳐져서, 필사적인 고투와 관련된 비시각적인 의식의 순간적인 번뜩임이 있었다. 휘파람을 닮은 신음을 지르는 바람의 촉수로부터 고뇌스런 도주, 대기를 가르며 박쥐처럼 미친 듯이 나는 반고체의 비행, 폭풍이 몰아치는 어둠을 파내려가는 흥분의 돌진, 그리고 무너져 내린 석조물에서의 포복.

한번 거의 광경처럼 느껴지는 기묘한 번뜩임도 끼어들었다. 멀리 머리 위에 푸르스름한 빛이 있는 게 아닌가 하는 멍한 생각이 들었다. 그 다음에 바람에 쫓기며 기어올라가서 나아가는 꿈을 꾸었다. 무서운 돌풍의 한복판, 등 뒤에서 차례차례 무너지고 함몰해가는 바위 따위 아랑곳하지 않고, 코웃음치는 달빛 속에서 버둥거리면서 기기 시작하는 꿈을 꾸었다. 이전부터 알고 있던 객관적인 현실세계로 되돌아왔음을 알려준 것은, 광기를 품은 음산하고 단조로운 그 달빛이었다.

나는 오스트레일리아의 사막에 엎드려 필사적으로 모래를 긁으면서 기어가고 있었다. 지금까지 지표에서 한번도 느껴본 적이 없는 바람이 내 주위에서 사나운 신음을 지르고 있었다. 옷은 걸레처럼 찢어져 있고 온몸은 상처투성이였다.

완전히 의식을 되찾는 데는 오랜 시간이 걸렸기 때문에, 언제 섬망 상태의 꿈이 끝나 진정한 기억이 시작되었는지 정확한 것은 알 수 없다. 거대한 바위 산이 있었던 것 같고, 그 아래에 심연이 있었으며, 과거로부터의 무서운 계시와, 마지막에는 악몽의 공포가 있었던 것 같다. 하지만 어디까지가 현실이었던 것일까?

손전등은 사라져 버렸고, 내가 찾아냈을지도 모를 금속제 보관함도 없어졌다. 그런 보관함이 정말로 있었던 것일까? 아니, 심연과 바위산도 과연 실재했던 것일까? 나는 머리를 들어 뒤를 돌아보았지만, 눈에 보이는 건 불모의 사막에서 물결치고 있는 모래뿐이었다.

이제 악마의 바람은 잠잠해졌다. 봉긋한 버섯 모양의 달이 붉게 빛나면서 서쪽으로 기울어가고 있었다. 나는 비틀거리며 일어나서 캠프가 있는 남서쪽을 향해 흔들거리는 다리로 걷기 시작했다. 도대체 내게 무슨 일이 일어났을까? 단순히 사막에서 허탈상태에 빠져 꿈에 시달리며, 모래와 파묻힌 돌덩어리 위를 몇 마일이나 기어다녔을 뿐이 아닐까? 만약 그렇지 않다면 이 이상 살아가는 것을 어떻게 감당할 수 있을까?

이 새로운 의문들 앞에서 나는 내가 본 것이 신화에서 비롯된 비현실적인 꿈이라는 신념이 모두 사라지고, 또다시 옛날의 무서운 의혹이 되살아났다. 만약 그 심연이 현실의 것이라면, 만약 그렇다면 '위대한 종족'은 실재했던 것이다. 우주적인 확산 때의 소용돌이 속에서 겪었던 모독적인 투영과 전이는, 신화와 악몽이 아니라 섬뜩하고 무서운 현실의 사건이었던 것이다.

과연 나는 기억상실에 빠져 있었던 불가해한 어두운 나날 동안, 1억 5천만 년 전 인류 탄생 이전의 세계로 끌려갔던 것이 정말일까? 지금의 내 육체가, 태고의 심연에서 도래한 이질적인 생물의 일시적인 육체가 되어 있었던 것일까?

나는 비틀비틀 나아가는 무서운 생물에게 포로가 된 정신으로 전성기에 있던 원시시대의 저주받은 석조도시를 알게 되었고, 내 몸을 빼앗은 생물의 가공할 육체 속에 들어가 그 낯익은 회랑을 비틀비틀 걸어갔던 것일까? 20년이 넘도록 계속되어 온 그 고통스러운 꿈은 무섭도록 틀림이 없는 기억의 산물인 것일까?

나는 정말로 아득한 시공 저편에서 전이되어온 정신과 대화를 나누고, 우주의 비밀과 과거, 미래를 배웠으며, 그 거대한 중앙기록보관소의 금속 보관함에 넣기 위해 지금 세계를 기록했단 말인가? 또한 그밖에도 광충과 기이한 휘파람같던 신음소리를 내던 충격적인 원초적 존재가 명맥을 유지하고 있는 감춰진 위협과, 유구한 세월에 시달리는 지표에서 모든 생명들은 끝없는 시간과 더불어 번성과 쇠퇴를 되풀이하면서 어두운 심연속으로 서서히 스러져간다는 것은 과연 정말일까?

모르겠다. 만약 그 심연과, 심연이 품고 있는 것이 실재한다면 이제 희망도 없다. 그렇다면 그야말로 이 인간 세계 위를, 믿을 수 없는 초시간(超時間)의 그림자가 우리를 조소하듯이 뒤덮고 있는 것이다. 그러나 다행히도, 이러한 것이 신화에서 태어난 나의 꿈의 새로운 국면이 아니라는 증거는 없다. 나는 그 증거가 될 수 있는 금속 보관함을 잃어버렸고, 현재로서는 그 지하의 회랑도 발견되지 않았다.

만약 우주의 법칙이 자비롭다면 앞으로도 발견되지 않을 것이다. 그러나 내가 보았거나, 또는 보았다고 생각한 것을 나는 아들에게 모두 알리고, 내 체험의 진실성을 조사하거나 이 기록을 타인에게 보이는 것은 심리학자인 아들의 판단에 맡겨야 할 것이다.

이미 말한 것처럼 오랜 세월에 걸쳐 나를 괴롭힌 꿈의 배후에 무서운 진실이 존재하는지 어떤지는, 내가 그 땅속에 묻힌 거대한 폐허에서 목격했다고 생각하는 것의 현실성 여부와 관계가 있다. 누구나 쉽게 상상할 수 있는 것이기는 하지만 결정적인 사실을 기록하는 것은, 나로서는 정말이지 어려운 일이다. 물론 그것은 금속 보관함——백만 세기를 지켜온 먼지의 한복판에서 내가 꺼낸 상자——에 들어 있던 그 책 속에 있었다.

인간이 이 행성에 출현한 이래 누구도 그 책을 본 적이 없었고,

누구도 그 책을 만진 적이 없었을 것이다. 그런데도 그 무서운 심연에서 손전등을 비췄을 때, 한없는 세월 속에 약해지고 변색된 섬유질의 페이지에 기록된 묘한 색깔의 문자가 지구 청년기의 형용하기 어려운 수수께끼의 문자가 아닌 것을 나는 똑똑히 보았다. 그것은 수수께끼의 그 문자가 아니라 우리 모두가 잘 알고 있는 알파벳이었다. 그리고 그 알파벳으로 영어 단어가 기록되어 있었다. 그것도 다름 아닌 나의 필적으로.

우주에서 온 빛

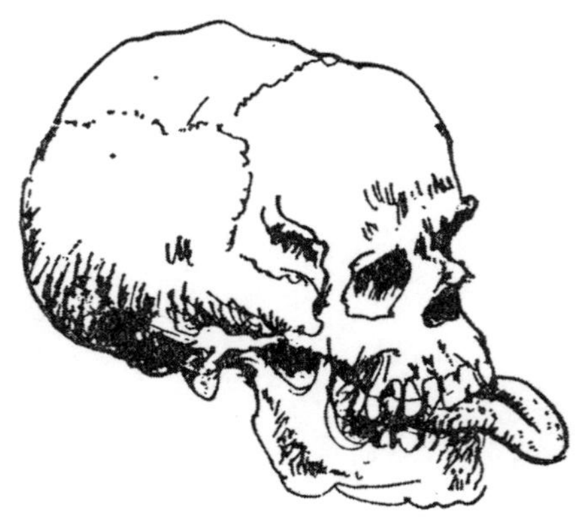

　아컴의 서쪽 지역은 거친 구릉과 도끼가 닿지 않은 깊은 원시림이 펼쳐진 여러 골짜기가 있다. 어둡고 좁은 계곡에는 기이하리만치 나무들이 뒤엉켜 있어서 햇살 한 점 비쳐들지 않는 작은 시내가 졸졸 어두운 골짜기를 흘러내린다. 가파르지 않은 비탈에는 돌이 가득한 오래된 농장이 있었는데, 이끼로 뒤덮인 나지막한 농가는 옛 잉글랜드의 비밀을 오래도록 되새기며 커다란 바위 그늘 아래 서 있었지만 아무도 사는 이가 없었다. 굵은 굴뚝은 무너져내렸고, 가운데가 푹 꺼진 지붕 아래로 위험하게 휘어진 서까래가 드러나 있었다.

　예전에 살던 이들은 어디론가 떠나버렸고, 타곳 사람들은 이곳을 꺼렸다. 프랑스계 캐나다인이나 이탈리아인, 게다가 폴란드인이 한 번 살아보려고 했지만 모두 허사였다. 보거나 듣거나 경험한 것 때문이 아니라 기묘한 상상 탓이었다. 그다지 기분좋은 상상을 할 수 있는 곳이 아닐뿐더러 밤에도 편히 쉴 수 없는 곳이었다. 따라서 타곳 사람들은 좀처럼 발붙이지 못했고, 아미 피어스 영감 역시 자기가 알고 있는 ‘기괴한 나날’들에 대해 외부사람들에게는 절대 말하려 하질 않았다. 근래들어 머리가 좀 이상해진 아미가, '기괴한 나날'들에 대해 중얼대는 그곳의 유일한 사람인데, 그렇게나마 지낼 수 있는 것도 모두 탁 트인 넓은 들판과 아컴으로 가는 큰길과 가까운 곳에 집이 있기 때문이었다.

예전에는 구릉을 넘고 골짜기를 지나 '불탄 들'을 가로지르는 길이 있었는데 이제는 쓸 수 없게 되어 남쪽으로 넓은 새길이 뚫려 있다. 무성한 잡초 사이로 옛길의 흔적은 지금도 남아 있는데 새로 저수지가 들어서 골짜기의 반이 물에 잠기더라도 일부는 살아남을 것이다.

그때가 되면 거뭇거뭇하던 나무들도 베어져 햇살이 비쳐드는 가운데, 하늘이 담긴 살랑살랑 물결치는 수면 아래로 '불탄 들'도 눈을 감으리라. 그리고 '기괴한 나날'의 비밀도 깊은 골짜기, 태고의 전설이 숨겨진 울창한 숲의 바다와 함께 태초의 대지가 품었던 수수께끼 속으로 녹아 없어지리라.

내가 새 저수지가 들어설 지역을 조사하기 위하여 구릉과 골짜기를 둘러보려하자 사악한 장소라며 사람들이 말렸다. 아컴에서 그런 이야기를 들었는데, 본디부터 마녀의 전설이 가득찬 오래된 마을이다 보니 사악하다고 해도 할머니가 어린 애들을 겁주는 정도려니 하고 대충 흘러넘겼다. 또한 '불탄 들'이라는 이름도 억지스럽고 기묘해서 어떻게 그런 얘기들이 이 청교도들의 전설이 되었는지 이해할 수 없었다.

하지만 내 눈으로 계곡과 비탈이 연이어진 험한 서쪽 지역을 보고나니 태초의 수수께끼는 별개라 하더라도 모든 의문이 풀렸다. 내가 실제로 둘러본 때는 아침이었는데 그곳에는 여전히 깊은 그늘이 드리워져 있었다. 나무들이 너무 빽빽했고, 뉴잉글랜드의 나무치고는 줄기도 너무 굵었다. 좁고 어둠침침한 오솔길에는 침묵이 흐르고, 오랜 세월 동안 쌓여서 썩은 낙엽과 축축한 이끼로 지면은 대단히 부드러웠다.

　넓디넓은 토지에는 비탈진 언덕에 남아 있는 몇몇 농장처럼, 건물이 고스란히 남아 있거나 한두 채만 남거나 굴뚝이나 지하실만 남아 있거나 했다. 잡초와 숲이 우거진 곳에서 날쌘 야생 생물이 소리를 냈다. 모든 곳에서 정체를 알 수 없는 불안과 압박이 느껴졌다. 회화를 예로 든다면 원근이나 명암같은 결정적 요소가 어쩐지 뒤틀린 듯한 약간 비현실적이고 기괴하고 이상한 곳이었다. 나는 세상 사람들이 살지 않는 것이 조금도 이상하지 않았다. 편안하게 잘 수 있는 곳이 아니었기 때문이었다. 살바토르 로자의 풍경화나 괴기소설에 나오는 듯한 금단의 목판화와 너무도 닮은 곳이었다.

　그러나 이런 것들도 불탄 들만큼은 심하지 않았다. 널따란 골짜기에서 이따금 만나는 불탄 들에서 나는 금방 알 수 있었다. 달리 어울리는 이름이 없으리 만치 그 이름에 걸맞는 장소라는 생각이 들었다. 마치 이것을 본 시인이 이름을 지은 것 같았다. 불탄 들을 보면서 화재로 이렇게 된 것이 틀림없다는 생각을 했다. 그런데 하늘을 가로막는 것도 없는 5에이커에 걸친 넓고 황량한 잿빛 땅이, 마치 산(酸)이 묻어 생긴 커다란 얼룩처럼 나무나 풀이 하나도 자라지 않는 것은 어째서일까? 황무지는 대개 옛길의 북쪽에 자리잡고 있었는데 남쪽에도 조금은 남아 있었다. 나는 다가갈수록 묘하게 마음이 위축되는 것을 느끼며 간신히 발을 옮겨 놓았는데, 오로지 일을 수행해야 한다는 의무감 때문이었다. 이 넓은 땅에 식물이라곤 자취도 없이 그저 회색의 먼지같은 재만 남았을 뿐인데, 그나마 바람이 불어도 꿈쩍도 하지 않는 것 같았다. 불탄 들에 가까운 나무들은 병적으로 생육이 저해되어 가장자리에는 수많은 나무들이 말라 쓰러진 채 썩어가고 있었다. 나는 빠른 걸음으로 지나가면서 오른쪽으로 낡은 벽돌 굴뚝과 돌로 만든 지하실을 보았다. 그리고 이미 아무도 사용하지 않는 우물이 검은 입을 벌리고 있는 위로 맑은 증기가 묘하게 햇빛에 흔들리며 피어오르는 것이 보였다. 이 광경에 비하면 저편에 서 있는 나무 그늘 밑으로 어둡고 길게 뻗어 있는 길은 오히려 반가울 지경이었고, 아컴 사람들이 겁에 질려 소근거리는 것도 이제는 이상하게 생각되지 않았다.

근처에는 사람이 살고 있는 집도, 폐가도 없었다. 먼 옛날부터 여기는 쓸쓸하고 고립된 장소였던 것 같다. 황혼이 다가올 무렵, 나는 이 기분 나쁜 농장을 다시 지나는 것이 두려워서 남쪽으로 내려가는 길을 따라 멀리 돌아서 시내로 들어갔다. 새파란 하늘을 쳐다보는 것조차 묘하게 겁이 나서 구름이라도 몰려 왔으면 좋겠다고 어렴풋이 그런 생각을 했다.

나는 그날 저녁때 아컴의 노인들에게 불탄 들이나 애매한 소문이 나도는 '기괴한 날들'에 대해 어떻게 된 것이냐고 여러 번 물어 보았다. 그러나 확실한 대답은 들을 수 없었고, 모든 수수께끼가 근래에 일어난 일이라는 것만 알게 됐다. 오래된 전설이 아니라 바로 이 사람들이 태어나서 생긴 일이었다. 80년대에 어느 한 집이 없어졌다고도 하고 사람이 살해되었다고도 하는데 어느 쪽인가는 말하는 사람마다 달랐다. 게다가 한결같이 아미 피어스의 황당한 이야기 따위는 들을 가치도 없다고 하길래, 나는 다음날 아침 울창한 숲이 시작되는 곳에서 다 쓰러져가는 허름한 농가에 혼자 살고 있다는 그를 찾아 나섰다.

정말 기분 나쁠 정도로 낡고 음침한 집이었는데, 구석구석 배어든 세월의 흔적이 이젠 불쾌한 냄새로 바뀌려는 단계에 있었다. 한참 문을 두드린 끝에 간신히 노인을 깨웠지만 느릿느릿 다가오는 모습을 보니 손님을 반기지 않는 그의 마음이 역력히 전해왔다. 생각보다 몸이 약해보이지는 않았으나, 늘 눈을 내리깔고 있는데다 추한 몸차림에 제멋대로 자란 흰 수염이 삶에 찌든 음험한 인상을 주었다.

어떻게 말을 걸지 조금 망설이다가 일을 핑계로 조사를 해야한다
고 둘러댄 뒤 이 지역에 대한 막연한 질문을 던져보았다. 첫인상과
는 달리 아미는 상당히 머리가 좋고 교양도 있을뿐더러, 아컴의 그
누구보다 내 말귀를 빨리 알아들었다. 저수지가 들어설 예정인 근방
의 농민들과는 영 딴판이었다. 옛날부터 소유하던 숲과 농지는 아무
리 없어진다한들 항의를 하지 않겠지만 호수로 바뀔 지역 내에 집이
있었다면 분명 드세게 반발했을 노인이었다. 여하튼, 아미가 나에게
보여준 것은 안도감뿐이었다. 태어나서 지금까지 돌아다닌 태고로부
터 전해오는 어두운 골짜기의 운명에 대해 아미가 나타낸 반응은 안
도감이 고작이었다. 이제는, 아니 기괴한 나날이 있었을 때부터 물
밑으로 가라앉는 게 낫구말구 ! 아미는 이렇게 혼잣말을 하더니, 갑
자기 몸을 숙여 떨리는 오른쪽 검지를 구부정하게 내밀면서 쉰목소
리로 조심스레 입을 열었다.

　나는 그런 이야기를 이때 처음 들었는데, 쉰목소리로 연신 주절대
는 아미의 말에 여름 한낮이건만 나도 모르게 몇 번이나 몸을 떨어
야 했다. 이따금 이야기가 옆길로 샐 것 같으면 주의를 주고, 의미
도 잘 모르면서 교수들의 대화를 들은 기억이 있어 내 나름대로 타
당한 과학적 근거를 보충하기도 하고, 일관성이 없거나 연결이 잘
안될 때는 공백도 메꿔넣어야 했지만.

　아미의 얘기를 다 듣고나니 아미가 약간 정상에서 벗어난 것도,
아컴 주민들이 불탄 들에 대해서 얘기하고 싶어하지 않는 것도 당연
하다고 생각했다. 밤까지 있을 기분이 들지 않아서 나는 날이 저물
기 전에 서둘러 숙소로 돌아왔다. 그리고 다음 날은 사표를 내기 위
해 보스턴으로 돌아갔다. 그 어둠침침하고 혼돈스런 오래된 숲과 비
탈을 찾아가거나, 벽돌과 돌이 어지럽게 나뒹구는 마당 한켠에 검은
입을 벌리고 있는 우물이라든지 잿빛밖에 보이지 않는 불탄 들을 돌
아다니는 짓을 이제는 도저히 할 수 없게 되었기 때문이었다. 이제

머지않아 저수지가 만들어지면 태고로부터 전해온 모든 비밀은 깊은 물밑으로 영원히 가라앉게 되리라. 그렇지만 그때가 되어도 밤에 찾아갈 생각은 못할 것이다. 적어도 불길한 별들이 떠 있는 한은. 또한 어떤 감언이설로 날 꾀어도 새로 흘러갈 아컴의 물을 마시지 않을 것이다.

아미는 모든 일이 운석에서 비롯되었다고 했다. 마녀 재판 이후 그때까지는 말도 안 되는 전설 같은 건 전혀 없었다. 게다가 마녀 재판 당시에도 미스카트닉 강에 있는 작은 섬의 반 정도 되는 서쪽의 그 삼림이, 인디언보다 오래된 기묘한 돌제단에서 악마가 재판을 한다고 해서 두려움의 대상이 된 적은 없었다. 기괴한 나날이 있기까지 그 숲은 악마의 장소도 아니었고 어슴푸레한 그늘도 그렇게 두렵게 느껴지지 않았다.

불탄 들이 될 토지에 서 있던 네이헴 가드너의 아담하고 하얀 집은, 비옥한 뜰에 과수원으로 둘러 싸여 있었다. 그런데 밤이 될 즈음에 하늘에서 커다란 돌이 네이헴 가드너의 집 우물가에 떨어졌고 머잖아 아컴 주민들도 모두 알게 되었다.

네이헴은 떨어진 돌을 보고하기 위해 시내로 가다가 잠깐 아미 피어스의 집에 들렀다. 그때 아미는 40세, 기묘한 일을 확실히 뇌리에 기억하고 있었다. 미지의 우주에서 온 돌을 조사하기 위해 다음 날 아침 일찍 찾아 온 미스카트닉 대학의 3명의 교수들을 아미는 아내와 함께 현장으로 안내했지만, 교수들은 네이헴이 말한 커다란 돌이 보이지 않아 어리둥절했다. 네이헴은 돌이 줄어든 것이 틀림없다고 하면서 앞뜰에 있던 두레박으로 물을 푸는 우물 가까운 곳에 갈라져서 붕긋하게 올라온 갈색 흙과 까맣게 타버린 풀을 가리켰는데, 교수들은 돌이 줄어들거나 하지는 않는다고 잘라 말했다. 운석은 아직도 열이 남아 있었는데, 네이헴의 말로는 밤에는 벌겋게 비쳤다고 했다.

교수들은 지질학자들이 사용하는 망치로 두드려 보고 운석이 지나치게 무르다고 생각했다. 사실 그 운석은 가소성(可塑性)이 있다고 해도 좋을 정도로 물렀다. 그리고 교수들은 대학으로 가지고 돌아가서 검사하기 위한 표본을 채취하기 위해, 돌을 깼다기보다는 잘랐다. 아주 작게 만들어도 식지 않아서 가드너의 집 양동이를 빌려서 날랐다. 교수들은 도중에 아미의 집에 들러서 잠시 쉬었는데, 아미의 아내가 양동이 안에서 돌이 타면서 작아진다고 하자 잠시 생각했지만, 결국 원래부터 크지 않았고 의외로 작게 자른 모양이라고 판단했다.

다음 날——그 모든 일은 1882년 6월에 일어났다——교수들은 몹시 흥분해서 다시 현장으로 향했다. 그리고 아미의 집 근처를 지나갈 때, 운석에서 채취한 표본의 기묘한 성질과 유리 비커에 넣은 표본이 완전히 없어진 것을 아미에게 애기했다. 비커도 표본과 같이 사라졌기 때문에 교수들은 이상한 돌이 규소와 친화력을 가지고 있었다고 말했다. 잘 갖추어진 실험실에서 믿을 수 없는 운석의 성질이 드러난 것이다.

숯으로 가열해도 아무 변화가 없었고, 가스도 빨아들이지 않았으며, 붕사구에 의한 성분분석에도 전혀 반응이 없었고, 산수소 취관(酸水素 吹管)에 의한 3,000도의 고열을 포함해서 어떤 열에도 자극을 받지 않았다. 철판 위에서는 대단한 탄성을 보였고, 어둠에서는 그 빛이 현저하게 나타났다. 그리고 절대로 식지 않았기 때문에 대학 전체가 완전히 흥분의 도가니에 빠졌고, 분광기 앞에서 가열하면 일반적인 스펙트럼과는 전혀 다른 이상한 색깔띠가 나타나서 난처해진 과학자들은 처음 보는 이 새로운 원소와 괴기한 광학적 특성을 놓고 수군수군 열심히 토론을 하였다.

운석 표본은 뜨거웠기 때문에, 적당하다고 생각되는 모든 시약을 사용해서 도가니에서 분석했다. 물로는 어떤 방법으로든 처리가 되지 않았다. 염산도 마찬가지였다. 질산으로도 왕수(王水)로도 흠집 하나 나지 않는 뜨거운 표본에서는 모든 약품들이 소리를 내며 증발 될 뿐이었다. 아미는 그러한 용어들을 기억해내느라 고생이 많았는 데, 내가 일반적인 화학용액을 죽 읊다보면 몇 가지가 맞아 떨어지 곤 했다. 암모니아와 가성소다, 알코올과 에테르, 악취가 나는 2황 산탄소와 같은 용제들을 열 가지도 넘게 사용해 봤지만, 시간이 지 나면서 중량은 분명히 일정하게 줄어들면서 약간 식기는 했어도 표 본을 담근 용제에는 아무런 변화가 없었다.

그러나 금속임에는 의심의 여지가 없었는데, 왜냐하면 우선 자기 (磁氣)를 띠고 있었고, 산성 용제에 담근 후에는 극히 미량이긴 하 지만 위드만스타텐치(値)가 운석에 철분이 있음을 나타냈다. 드디 어 표본이 상당히 식자 유리 비커 안에서 분석을 할 수 있게 됐다. 그래서 분석할 자료들을 모두 비커 안에 보관해 두었는데, 다음 날 아침에 보니 표본도 비커도 흔적도 없이 사라져 버리고 비커가 놓여 있던 나무로 만든 선반에는 탄 자국만 남아 있었다고 한다.

교수들은 지나가다 들러서 아미에게 이런 얘기를 했고, 아미도 함 께 어제처럼 운석을 보러 갔는데 부인은 동행하지 않았다. 현장에 가 본즉 확실히 운석은 작아져 있었고, 냉정한 과학자들도 자신의 눈으로 본 사실을 의심할 수는 없었다. 우물 근처에서 줄어들어 가 는 갈색 덩어리의 둘레에는 움푹 파인 커다란 구멍만 있을 뿐, 어제 는 지름이 7피트 정도 됐던 운석이 지금은 5피트로 줄어 있었다. 교 수들은 여전히 뜨거운 표면을 조심스럽게 조사하면서, 망치와 끌로 어제보다 큰 표본을 채취했다. 이번에는 많이 잘라냈기 때문에 무척 작아진 운석을 자세히 관찰해보았더니, 운석의 가운데가 다른 부분 과는 다르다는 것을 알았다.

교수들은 가운데 묻혀 있는 커다란 구체(球體)의 일부를 발견했 다. 실험실에서 본 기묘한 스펙트럼과 닮은 그 색깔은 거의 묘사하기가 불가능해서 색이라고 부르는 것 자체가 하나의 비유에 지나지 않았다. 표면은 광택이 있지만 두드려보면 텅빈 소리가 나서 의외로 물러 보였다. 한 교수가 세게 두드리자 구체는 작은 소리를 내면서 파열했다. 속에서 무엇이 나온 것도 아닌데 구체 자체가 파열하면서 동시에 흔적도 없이 사라져 버렸던 것이다. 운석의 내부에는 약 3인치 정도의 공과 같은 구멍이 남았고, 교수들은 운석의 외부를 칼로 깎으면 또 똑같은 현상이 일어나지 않을까 생각했다.

그 추측은 헛된 것이었다. 운석에 구멍을 뚫어서 새로운 구체를 발견하려는 시도는 헛되이 끝나고, 교수들은 다시 표본을 채취해 돌아 갔다. 그러나 이 표본도 먼저 같이 실험실에서 당황하게 만들뿐이었다. 가소성이 있다고 해도 좋았고, 열, 자성, 약간의 빛이 있으며, 강한 산을 사용하면 약간 식고, 알 수 없는 스펙트럼을 가지고 있으며, 대기 중에서 작아지면서 규소화합물과 반응해서 서로 붕괴해 버린다. 단지 이것뿐, 교수들은 실험이 끝나도 여전히 그 돌이 어떤 돌인지 전혀 알지 못했다. 그리하여 이 돌은 지구의 돌이 아니라 우주의 것이며, 따라서 이 지구의 법칙과는 아무런 관계가 없다는 결론을 내렸다.

그날 밤 우레와 함께 비가 내렸다. 다음 날 가드너의 집으로 출발한 교수들은 매우 실망하지 않을 수 없었다. 자성을 띠고 있는 운석은 전기적인 어떤 특이한 성질을 가지고 있었던 모양이었다. 이상할 정도로 집요하게 '번개를 끌어 당겼다'고 네이헴은 설명했다.

네이헴은 한 시간에 여섯 번이나 앞뜰 구멍에 벼락이 떨어지는 것을 보았는데, 벼락이 그치자 오래된 우물 옆에는 무너진 흙으로 반쯤 파묻힌 톱니 모양의 구멍밖에 남아 있지 않았다고 말했다. 파보았지만 아무런 성과도 없이 과학자들은 운석이 완전히 소멸해 버린 것만 확인했을 뿐이었다. 새로운 표본을 채취하려는 시도는 이렇게 해서 실패로 끝났다. 교수들은 실험실로 되돌아 와서 납 상자에 보관해둔 표본 조각을 주의 깊게 조사하는 이외에는 어찌할 도리가 없었다.

그 조각은 1주일 동안 실험실에 있었지만 가치 있는 발견은 무엇하나 이루어지지 않았다. 운석 조각이 형체도 없이 사라져 버리자, 교수들은 헤아릴 길 없는 깊은 우주의 심연에 존재하는 신비한 흔적이자 물질과 에너지와 실체가 전혀 다른 외계로부터 찾아온 사자(使者)를 꿈이 아닌 진짜 자기들 눈으로 보았는지 어떤지 이젠 자신이 없어져 버렸다.

당연한 일이지만 아컴의 신문들은 대학의 협력을 얻어 열심히 사건을 보도했고, 네이헴 가드너와 그 가족에게 취재 기자들이 몰려들었다. 보스턴의 한 일간지도 기자를 파견했기 때문에 네이헴은 즉시 지방의 유명인이 됐다. 네이헴은 당시 50대의 인상이 좋은 마른 남자로, 골짜기의 쾌적한 농가에서 아내와 세 아들과 같이 살고 있었다. 네이헴과 아미는 부부동반으로 서로 자주 방문했다. 아미는 지금도 네이헴을 자랑스러워한다. 아마 자기 땅이 세상 사람들의 관심의 대상이 되는 걸 보고 네이헴이 약간 우쭐해져서 몇 주일 동안 줄곧 운석 이야기만 했던 모양이다.

그 해 7월과 8월은 더위가 심했는데, 네이헴은 자프만 강 너머에 있는 10에이커의 목초지에서 풀을 말리기에 여념이 없어서 어두운 오솔길엔 늘 기진맥진한 짐마차가 깊은 바퀴자국을 남기고 있었다. 네이헴은 여느때보다 더 피곤함을 느끼고, 슬슬 나이가 들어간다는 것을 깨달았다.

드디어 곡식이 익고 수확의 계절이 돌아왔다. 배와 사과는 천천히 익어갔고 보기드문 풍작이라고 네이헴은 확신했다. 깜짝 놀랄만큼 과일도 크게 자라서 아름다운 색깔과 광택을 자랑했고, 수도 굉장히 많아서 수확을 대비한 저장 그릇까지 추가로 주문해야 했다.

그런데 정작 수확하려고 하자 네이헴은 커다란 실망을 맛보게 되었다. 크고 아름답고 윤기나는 탐스런 모든 과일들이 하나도 먹을 수 있는 것이 아니었기 때문이다. 싱싱하고 달콤한 사과와 배 속에는 구역질나는 쓴맛이 있어서 조금 씹기만 해도 오래도록 입안에 불쾌감이 남았다. 멜론과 토마토도 마찬가지여서 네이헴은 모든 수확물을 버렸다는 기막힌 사실을 이해하게 되었다. 그리고 그는 곧 이리저리 원인을 따져본 결과 운석이 토양을 오염시켰다고 확신하게 되었고, 다른 작물들은 대개 길가의 높은 지대에 있었음을 신께 감사했다.

여느 해보다 이른 겨울은 굉장한 한파를 동반했다. 아미는 최근 들어 네이헴과 그다지 만난 적도 없고, 어쩌다 얼굴을 마주해도 늘 걱정이 가득했음을 깨달았다. 네이헴의 가족들도 말수가 적어졌고 교회나 사교 모임에도 별로 얼굴을 내밀지 않았다. 사람을 피하는 듯한 이런 우울한 그늘에는 이렇다할 이유가 없었는데, 이따금 가족 중 누군가가 몸이 안좋거나 막연한 불안감때문이기도 했다. 네이헴은 눈 위에 남겨진 어지러운 발자국을 보노라면 마음이 착잡해진다고 구체적인 예를 들어 설명해 주었다. 겨울이면 쉽게 눈에 띄는 빨간 다람쥐나 흰토끼, 여우 따위의 발자국이지만 신중한 네이헴에게는 그런 발자국들이 어쩐지 이상하게 보인다고 했다. 어디가 어떻게 이상한지 딱 부러지게 설명할 수는 없지만 다람쥐나 토끼, 여우의 몸집과 습성으로 보아 도저히 불가능한 발자국이 찍혀 있다는 것이었다. 아미는 흥미도 없이 그 얘기에 귀를 기울였지만, 어느 날 밤 클라크스 코나스에서 썰매를 타고 돌아오는 도중 네이헴의 집을 지나가고 있었을 때는 사정이 돌변했다. 달이 떠 있는 밤길을 토끼 한 마리가 가로지르고 있었는데, 토끼가 뛰는 거리가 엄청나서 아미도 아미의 말도 동요했다. 사실 말이 놀라서 고삐를 꼭 잡고 세우지 않았으면 도망쳐버렸을 것이다. 그 후 아미는 네이헴의 말을 귀담아 듣게 되었는데, 네이헴의 개들이 매일 아침 깜짝 깜짝 놀라면서 불안해하는 것도 꺼림칙했다. 개들은 이미 짖을 힘조차 없어 보였다.

2월에 메도우힐에서 마멋(marmot, 마르모트, 다람쥣과로 아시아, 유럽 북부, 북아메리카에 서식)을 잡으러 온 마그레거의 아이들이, 가드너의 집에서 얼마 멀지 않은 곳에서 대단히 기묘한 마멋을 붙잡았다. 말로는 설명하기 힘들게 체형이 미묘하게 달랐고 마멋에게서 볼 수 없는 표정이 있었다. 소년들은 속으로 덜컥 겁이 나서 즉시 던져 버렸기 때문에 주변 사람들 사이에 괴기한 애기만 전해졌다. 그런데 네이헴의 집 근처에 가면 말들이 이상하게 겁을 낸다는 것이 알려지면서 소문이 퍼졌고 점차 전설의 토대가 형성되었다.

사람들은 입을 모아 네이헴의 집 주위에서는 다른 곳보다 눈이 빨리 녹는다고 단언했고, 3월 초에는 겁에 질린 농부들이 클라크스 코너스에 있는 포터의 잡화점에서 이런저런 의견을 주고받았다. 스티븐 라이스가 아침에 가드너의 농장을 지나가다가 길 반대쪽에 있는 숲 옆의 진흙에 물파초가 나 있는 것을 발견한 것이다. 지금까지 본 적도 없는 크기였고 말로는 표현할 수 없는 이상한 빛깔을 하고 있었다. 모양은 괴물같았고, 듣도보도 못한 희한한 냄새에 말이 울었다. 그날 오후 몇 사람이 이 이상한 꽃을 보러 가서, 절대 이런 식물은 여기서 자랄 수 없다고 모두 의아해 했다.

작년 가을의 과일 애기가 나오고, 드디어 네이헴의 토지가 오염됐다는 소문이 났다. 물론 원인은 운석 때문이라고 보았고, 몇몇 농부가 대학 교수들이 운석에 대하여 이상한 소리를 하던 걸 떠올리고는 이 일도 보고하러 갔다.

어느 날 대학교수들이 네이헴을 방문했지만 당치도 않은 애기와 소문이 맞지 않았기 때문에 조심스레 추측하는 게 다었다. 확실히 묘한 식물이지만 물파초라는 것은 더하고 덜할 뿐이지 모두 모양과 색이 다르다. 아마 운석의 어떤 광물질이 흙으로 들어 갔겠지만 대개는 곧 물로 씻겨 내려간다. 그리고 발자국이나 말이 겁을 낸 것은 운석이 떨어져서 생긴 허무맹랑한 유언비어에 지나지 않는다.

　과학자들은 이렇게 추측했지만, 본래 미신이 많은 농민들이 함부로 이야기하고 멋대로 믿어서 생긴 소문은 어쩔 수 없다고 보았다. 이런 기묘한 날들이 계속되면서 교수들은 점차 농민들을 무시하게 되었고 현장도 찾지 않았다. 단지 1년 반쯤 지나서 경찰이 병속에 든 2개의 재를 분석해달라고 의뢰했을 때, 그들 가운데 한 사람은 그 기이한 물파초의 색깔이 대학실험실에서 스펙트럼 분석으로 보았던 운석의 특이한 빛깔 중 하나일 뿐 아니라 운석 속에 파묻힌 것처럼 보였던 구멍이 있던 무른 구체의 색깔과 무척 닮았다는 점을 떠올렸다. 병에 든 재를 분석했을 때도 기묘한 색깔띠가 나타났으나 나중에는 특성이 사라져버렸다.

　네이헴의 농장 주변에서는 나무들도 일찍 싹을 틔웠고, 밤이 되면 바람을 타고 기분나쁘게 흐느적댔다. 네이헴의 차남으로 그즈음 15살이었던 타데우스는 바람이 불지 않아도 나무가 저절로 흔들린다고 자신 있게 주장했지만, 소문조차 이를 받아들여주지 않았다. 하지만 수상쩍은 기미가 엿보이는 것 만큼은 틀림없었다. 가드너의 식구들은 하나같이 귀를 쫑긋 세우는 습관이 붙어버렸는데 사실 무슨 소릴 들으려고 의식적으로 그러는 것도 아니었다. 그 습관은 오히려 무의식 중일 때가 차라리 심하게 나타났다. 엎친데 덮친 격으로, 그런 날이 갈수록 늘어나면서 마침내 '네이헴의 식구들은 어떻게 된 것이 아니냐'고 모두들 미심쩍어했다. 네이헴의 농장에 철이른 꽃다지가 피었을 때도 역시 이상한 빛깔을 하고 있었다. 물파초와는 전혀 닮지 않았지만 같은 종류의 색이 분명한데다 지금까지 아무도 보지 못한 것이었다. 네이헴은 꽃을 몇 송이 아컴으로 가지고 가서 〈가제트〉지의 편집장에게 보였지만, 위엄 있는 편집장은 농부들의 막연한 공포를 약간 바보취급 하면서 웃기는 이야기처럼 가볍게 다루었다.

4월이 되면서 농부들은 마치 미치광이처럼 변해 갔고, 네이헴 농장을 지나는 길은 점점 발길이 뜸해지더니 마침내 사람 그림자 하나 찾아볼 수 없게 되었다. 식물 탓이었다. 과일나무 모두 이상한 꽃을 피우고, 정원이나 인접한 목초지에도 곳곳에 식물학자들만 모여들게 하는 이상한 꽃들이 만발하는 것이었다.

풀과 잎의 녹색을 제외하고는 정상적인 색은 찾아 볼 수가 없고, 병이 든 듯한 다채로운 식물의 변종이 생겨나서 특이한 색채를 나타내고 있었다.

아미와 가드너의 가족들은 대부분의 색이 어딘지 낯익은 듯하다며, 운석 속에 있던 무른 구체의 색이 그러했다고 판단했다. 네이헴은 10에이커의 목초지와 높은 지대의 농지를 갈고 씨를 뿌렸는데, 집 둘레의 토지에는 손을 대지 않았다. 무엇을 해도 소용이 없다는 것을 알고 있었기 때문에 여름에 괴이한 식물이 크게 자라서 토양의 독소를 없애주었으면 좋겠다고 빌 뿐이었다. 이제는 어떤 일이 일어나든 마음의 준비가 되어 있어서, 누군가 자기에게 뭔가 물어보길 기다리는 것처럼 느긋해졌다. 이웃 사람들이 자기 집에 오기를 꺼린다는 것을 알고 네이헴도 울화가 치밀었지만 아내는 더욱 예민하게 반응했다. 아이들이야 매일 학교에 가니 크게 걱정하지 않아도 될 거라고 믿었는데 소문을 겁내는 건 매한가지였다. 특히 감수성이 예민한 타데우스가 제일 고민했다.

5월이 되자 곤충이 몰려 와서 네이헴의 농장은 악몽과 같은 날개소리와 기어다니는 소리에 휩싸였다. 곤충의 태반은 겉모습이나 움직임이 보통 것과는 달랐고 밤중의 습성도 이전과 전혀 다른 모습이었다. 가드너의 가족들은 밤마다 감시를 하게 되었고, ——적당히 이쪽 저쪽으로 눈을 돌리는 것이지만——무엇을 발견하려는 것인지 그들도 모르고 있었다.

타데우스가 나무에 대해서 한 말이 옳았다고 누군가가 생각하게 된 것은 바로 그 무렵이었다. 달이 뜨는 하늘을 배경으로 단풍나무의 가지를 바라보고 있던 네이헴의 아내가 두 번째로 목격한 것인데, 분명히 가지가 흔들리고 있는데 바람은 불지 않았다. 그렇지만 나무에서 나오는 액체의 탓으로 돌렸다. 이제 모든 것이 기괴하게 자라고 있어서 그렇게 생각할 수밖에 없었던 것이다. 그러나 다음 발견을 한 것은 가드너의 가족이 아니었다.

네이헴의 가족들은 자주 보는 거라 대수롭잖게 여겼지만, 어느날 밤 마차를 타고 네이헴의 농장을 지나가던 보스턴의 한 겁많은 판매원은 깜짝 놀라 울타리 너머로 훔쳐보았다. 그 판매원이 아컴에서 한 얘기는 〈가제트〉지에 짧게 실렸고, 네이헴을 포함한 농부들이 사태를 처음으로 안 것은 그 기사를 보고 나서였다.

기사에 의하면, 어두운 밤이고 마차의 불빛은 약했지만 네이헴의 것이 틀림없는 골짜기의 농장 주변은 어둠이 그다지 심하지 않았다. 뿌옇기는 했지만 그래도 확실한 빛이 모든 식물, 즉 풀에도 잎에도 비추고 있는 것 같았고, 한 번은 헛간 근처의 뜰에서 도깨비불이 공중을 날았다고 했다.

아직까지 풀은 오염되지 않은 것 같아 소들은 집 근처에서 자유롭게 풀을 뜯고 있었는데, 5월 말이 되자 젖이 심하게 붓기 시작했다. 그래서 네이헴이 소를 높은 지대로 옮겨 놓자 다시 문제가 없어졌다. 그 후 얼마 가지 않아서 풀과 잎의 변화도 눈에 띄게 확실해졌다. 풀과 잎이 회색으로 변하고, 묘하게 물러졌다. 네이헴의 집을 방문하는 사람도 아미밖에 없었고, 그마저도 점차 발길이 뜸해졌다. 학교가 여름방학이 되자 가드너의 가족들은 세상 사람들로부터 완전히 고립되어, 시내에 일이 있을 때는 무리하게 아미의 힘을 빌리는 상황이 돼버렸다. 가드너의 가족들은 육체적으로나 정신적으로 묘하게 약해져 있는 듯싶었고, 네이헴의 아내가 미쳤다는 소문이 나도 놀라는 사람이 아무도 없었다.

　운석이 떨어진 지 1년째 되는 6월에, 불쌍한 네이헴의 아내는 허공에서 표현할 수 없는 기묘한 것을 보고 비명을 질렀다. 알아듣지 못할 소리를 할 때는 구체적인 명사를 말하지 못하고 동사와 대명사만 떠들어댔다. 무언가가 움직이다 모양을 바꾸고, 소리도 아닌 어떤 음향이 울려서 귀를 자극한다는 식이었다. 무엇이 떨어져 나갔다……무엇이 빨려 들어갔다……붙어서는 안 되는 것이 붙어 있다……누가 떼어 주지 않으면……밤에 가만히 있는 것은 아무것도 없다……벽도 창문도 움직이고 있다, 고 네이헴의 아내는 말했다.
　네이헴은 아내를 정신병원에 입원시키지 않았고, 남에게 해를 끼치지 않는 한 자유로이 집 안에서 돌아다니게 했다. 아내의 얼굴이 변했을 때도 지켜만 보았다. 그러나 아이들이 겁을 내게 되고, 타데우스가 엄마의 모습을 보고 기절하고 나서는 아내를 지붕 밑 방에 가두었다. 7월이 되자 아내는 더이상 입을 열지 않았고, 기어다니기 시작했다. 7월이 채 다 가기도 전에 네이헴은 아내가 어둠 속에서 희미하게 빛나고 있을 것이라는 미친 상상을 하게 되었다. 어쩌면 지금쯤은 근처에 있는 식물들처럼 훤하게 빛나고 있을지도…….
　이 일이 일어나기 조금 전의 얘기지만 한번은 말들이 도망을 쳤다. 어느 날 밤 무엇에 놀랐는지 말들은 잠에서 깨어 마구간에서 소리를 지르며 심하게 발길질을 했다. 도저히 진정할 기미가 없어서 네이헴은 마구간의 문을 열고 말을 내놓자, 겁에 질린 사슴처럼 한 마리도 남지 않고 달아나 버렸다. 네 마리의 말을 모두 찾는 데만 1주일이 걸렸고, 간신히 찾았을 때는 이미 쓸모가 없어져 있었다. 말들이 미쳐버린 것이다. 그래서 건초를 만들기 위해 아미에게 말을 한 필 빌려 왔는데, 그 말도 마구간으로 들어가려고 하지 않았다. 뒷걸음질 치고, 우뚝 서서 움직이지도 않고, 낮은 소리로 울기만 해서, 네이헴은 뜰로 끌고 나갈 수밖에 없었다. 건초를 2층으로 집어 던지기 위해서는 아이들과 같이 마차를 밀지 않으면 안 되었다.

그러는 동안에도 식물은 회색으로 변하고 물러졌다. 이상한 색을 하고 있던 꽃들도 지금은 회색으로 변하고, 과일도 회색으로 바뀌더니 맛도 없어졌다. 네이헴의 큰아들인 지나스가 모든 것을 베어버렸다. 곤충들도 이상하게 부어오르다가 죽었고, 집을 떠나 숲으로 갔던 벌들도 죽어 버렸다.

9월이 되자 식물이 모두 말라 부서져서 회색 재가 되었고, 독소가 땅에서 없어지기 전에 나무들이 먼저 죽어버리는 게 아닐까 네이헴은 걱정했다. 그 무렵에는 아내가 무섭게 절규하기 시작하여 네이헴과 아이들은 정신적으로 끊임없이 긴장하고 있었다. 그리고 우물물을 먹지 못하게 된 것을 처음으로 안 것은, 오랜만에 찾아 온 아미였다. 악취가 나는 것도 아니고 소금기가 있는 것도 아닌데 물맛이 이상해서 아미는 토질이 회복될 때까지 높은 지대에 새로 우물을 파는 편이 좋겠다고 조언을 했다. 그러나 네이헴은 그 말을 무시했다.

이미 그 무렵에는 이상한 일과 불쾌한 일이 빈번히 일어났기 때문에 신경이 완전히 마비된 상태였다. 네이헴과 아이들은 계속해서 오염된 물을 사용하였고, 소홀한 식사를 하면서 하루하루 단조로운 잡일을 하면서 지냈다. 생활의 재미를 잃고 자신에게 맡겨진 운명을 향해 걸어가고 있는 것 같았다.

9월에 타데우스가 우물에 물을 뜨러 갔다가 미치고 말았다. 물통을 가지고 갔는데 돌아올 때는 맨손으로 비명을 지르면서 두 손을 휘두르고 있었다. '우물 바닥에서 움직이는 빛'이라면서 영문모를 소리를 웅얼댔다. 이제 가족 중에 두 사람이 미쳐버렸다. 그러나 네이헴은 의연했다. 1주일 동안 타데우스를 제멋대로 돌아다니게 놔두었더니 넘어지기도 하고 다치기도 해서, 드디어 아내의 맞은편 방에다 가두었다. 갇혀 있는 두 사람이 양쪽에서 처참한 비명을 질러대서 어린 마윈은 견딜 수가 없는 모양이었다. 그 소리를 들을 때마다 마윈은 불길한 상상에 잠기더니, 놀이 상대인 형이 갇히고 나서는 더욱 정서가 불안해졌다.

거의 같은 시기에 가축이 죽어가기 시작했다. 닭과 칠면조 같은 가축이 잿빛으로 변하면서 곧장 죽어버렸고, 퍼석퍼석한 고기에서는 악취가 났다. 연달아서 돼지도 비정상적으로 살이 쪘는데, 갑자기 꺼림칙한 모습으로 변해버렸고, 물론 고기도 먹을 수 없었다. 네이헴은 어찌해볼 도리가 없었다. 마을의 의사는 와주지도 않았고, 아컴에서 온 수의사는 당황하는 모습이 역력했다. 그 돼지도 잿빛으로 변하면서 살이 문드러지고, 눈과 코도 이상하게 변하더니 그대로 죽어버렸다. 오염된 풀을 먹은 것도 아니어서 전혀 이유를 알 수가 없었다. 드디어 젖소에게도 화가 미쳤다. 특정 부분이나 온몸에 기분 나쁜 주름이 지다가 오그라들면서 썩어가는 게 공통된 증세였다. 마지막 단계가 되면——결과는 항상 죽음이었지만——돼지와 같이 회색으로 변했고 조직이 문드러졌다. 이런 일은 모두 자물쇠를 잠근 우리 안에서 일어났기 때문에 독소가 원인이라는 생각은 할 수가 없었다. 흙 속에 있는 바이러스에 의해 침범당한 것도 아니고, 딱딱한 바닥을 뚫을 동물이 있을 리도 만무했다. 극히 자연스러운 질병임에 틀림없었다. 그러나 무슨 병이냐고 하면 누구 하나 짐작하는 사람이 없었다. 드디어 수확기가 됐을 때 네이헴의 농장에 살아남은 동물은 한 마리도 없었다. 가축들은 죽고 개들은 도망쳐 버렸다. 3마리나 되던 개는 어느 날 밤 한꺼번에 없어져 버렸고, 그 뒤에는 짖는 소리 하나 들리지 않았다. 다섯 마리나 있던 고양이도 얼마 안 가 모습을 감추었지만 이미 쥐도 없었고, 고양이를 귀여워하던 사람은 네이헴의 아내였기 때문에 없어져도 무관심했다.

10월 19일, 네이헴이 무서운 소식을 가지고 아미의 집으로 비틀거리며 찾아 왔다. 죽음이 지붕 밑 방에 있던 타데우스를 엄습했는데 차마 말로 표현하기 힘든 방법으로 죽은 것이다. 네이헴은 농장

뒤쪽에 울타리로 둘러싸인 곳에 무덤을 만들고 아들을 묻었다. 밖에서 누군가가 지붕 밑 방에 들어 왔을 리가 없었다. 작은 창에 끼워져 있는 창살이나 닫혀 있는 문에는 손을 댄 흔적이 없었기 때문이다. 아미는 아내와 같이 슬픔에 잠겨 우는 친구를 위로했지만, 몸이 떨리는 것을 막을 수가 없었다.

가드너의 가족들이 손을 대는 모든 것에 전율스런 공포가 따라 붙는 것 같았고, 그 한 사람이 지금 이 집에 있다는 자체만으로도 알 수 없는 영역에서 무엇을 몰고 오는 듯한 징조가 나타나는 것 같았다. 아미는 전혀 마음이 내키지 않았지만 그래도 네이헴을 집까지 바래다 주고, 반미치광이가 되어 울고 있는 마원을 달랬다. 지나스를 달랠 필요는 없었다. 지나스는 최근 허공만 쳐다보며 아버지가 시키는 일 외에는 아무것도 하지 않았다. 아미는 그런 지나스를 고맙게 생각했다. 마침 마원의 비명에 응답을 하면서 지붕 밑 방에서 가냘픈 소리가 나서 아미가 의아스러운 얼굴을 하자, 네이헴은 아내가 쇠약해져서 그렇다고 말했다. 밤이 다가오자 아미는 간신히 가드너의 집을 떠났다.

아무리 우정으로 맺어져 있다고는 하지만 식물이 희미한 빛을 내고, 바람이 불지 않는데도 나무들이 흔들리는 장소에는 도저히 있을 수가 없었다. 상상력이 풍부하지 않았던 것이 아미에게는 다행한 일이었다. 사태야 어떻든, 아미의 정신은 그다지 흔들리지 않았다.

그렇지만, 만약 아미가 자신을 둘러싸고 있는 이상한 현상을 자신에게 결부시켜 본다거나 깊이 생각하는 능력이 있었다면 완전히 정신이 돌았을지도 모르는 일이다. 황혼에 집으로 발걸음을 재촉하는 아미의 귓전에는 여자와 신경질적인 아이의 비명이 무섭게 울렸다.

3일 후, 네이헴이 아침 일찍 아미의 집 부엌으로 뛰어 들어와, 아미가 없는데도 말을 더듬으면서 절망적인 얘기를 해서 아미의 아내는 떨면서 귀를 기울였다. 이번에는 마원이었다. 마원이 없어진 것이다. 밤늦게 우물로 등불과 물통을 들고 물을 뜨러 간 채 돌아오지 않는다는 것이다. 마윈은 요즈음 정신이 나가서 자기가 무엇을 하고 있는지 거의 모르는 상태였다. 무엇을 보든 비명을 질렀다. 그때도 뜰에서 미친 듯한 비명이 들려서 네이헴이 문으로 달려갔는데, 벌써 마윈의 모습은 사라진 뒤였다. 마윈이 가지고 간 등불도 없고, 마윈의 모습도 그림자도 보이지 않았다. 그때는 등과 나무통이 없어졌다고 생각했는데, 날이 밝아서 숲과 들을 한 바퀴 돌면서 찾아 본 네이헴은 지친 걸음으로 집으로 돌아오다가 우물 근처에서 아주 작고 기묘한 것을 보았다. 눌려서 찌부러지고, 약간 녹은 쇳덩어리인데, 등이 틀림없었다. 구부러진 손잡이와 그 옆에 비꼬인 쇠의 테는 양쪽 모두 조금씩 녹아 있었다. 우물가에 있던 것은 그것뿐이었다. 네이헴은 아무 생각도 나지 않았고 아미의 아내는 방심상태였으며, 집에 돌아와서 얘기를 들은 아미는 도무지 짐작도 가지 않았다. 지금은 모두 가드너의 가족을 피하고 있기 때문에 이웃에 알리더라도 소용이 없었다. 아컴 사람들에게 알리는 것도 웃음거리밖에 되지 않으므로 의미가 없었다. 타데우스가 죽고, 이번에는 마윈이 없어진 것이다.

뭔가가 살짝 숨어들어와 보고 듣고 있는 것만 같았다. 어쨌든 같은 운명이 되리라고 생각한 네이헴은, 자신이 먼저 없어지면 아내와 지나스를 보살펴 달라고 아미에게 부탁했다. 모든 것이 어떤 종류의 천벌임에 틀림없었는데, 그가 늘 하느님의 길에서 벗어나지 않았다는 믿음을 가지고 있는 만큼 도대체 무슨 천벌인지 도저히 짐작할 수가 없었다.

2주 이상 네이헴의 모습이 보이지 않자 아미는 걱정이 되어 공포를 무릅쓰고 가드너의 집을 방문했다. 커다란 굴뚝에서는 연기 한 점 없어서 아미는 한순간 최악의 사태를 상상했다. 농장 전체의 모양에 놀랄 뿐이었다. 지면에는 풀과 잎이 회색으로 변해 시들고, 오래된 벽과 바람막이에서는 시들어 부러진 덩굴이 늘어져 있으며, 잎이 완전히 떨어진 거대한 나무들은 11월의 회색 하늘을 향해 악의를 품은 듯이 가지를 뻗고 있었다. 아미는 그 악의가 가지의 기울어진 모습이 미묘한 변화를 일으키고 있는 데서 비롯된다고 생각하지 않을 수 없었다. 그러나 네이헴은 아직 살아 있었다. 몸이 약해져서 천장이 낮은 부엌의 침대의자에 누워 있었는데 아직 의식은 있어 지나스에게 간단한 지시를 할 정도는 되었다. 부엌은 손이 얼 정도로 추웠고, 아미가 보기에도 몸을 떨고 있는 네이헴은 쉰 목소리로 장작을 가지고 오라고 지나스에게 지시했다. 정말 당장 필요한 것은 장작이었다. 커다란 난로에는 불도 장작도 없고, 연통에서 불어 내려오는 바람이 그을음을 날리고 있었다. 잠시 후에 네이헴이 장작을 피워서 따뜻해졌느냐고 물었기 때문에 아미도 그에게 무슨 일이 일어났다는 것을 이해할 수가 있었다. 두 사람의 끊을 수 없는 유대가 끊길 만큼 불운하게 된 그의 정신상태를 부정할 수가 없었다.

아미는 신중하게 물어 보았지만, 그곳에 없는 지나스에 대해서 상세한 것은 아무것도 모르고 있었다.

"우물 안⋯⋯우물 안에 있어."

바보 같은 아버지는 그렇게 말할 뿐이다.

드디어 아미의 머리에 네이헴의 미친 아내 생각이 떠올랐고, 아미는 질문의 방향을 바꾸었다.

"너비? 너비라면 여기 있잖아."

가련한 네이헴이 깜짝 놀란듯이 그렇게 말하자, 아미는 자신이 찾아야 한다는 것을 깨달았다. 그래서 헛소리를 하는 남자를 침대의자에 남겨 두고, 문 옆의 못에 걸려 있던 열쇠 꾸러미를 가지고 지붕 밑으로 통하는 계단을 올라갔다.

좁은 지붕 밑에는 악취가 고여 있었고 소리라곤 전혀 들리지 않았다. 눈에 보이는 네 개의 문 중 한 곳에만 자물쇠가 걸려 있어서 아미는 들고 있던 열쇠 가운데 하나로 문을 열었다.

안은 캄캄했다. 나무로 만든 조잡한 창살이 작은 창을 반이나 가리고 있었기 때문이었다. 심한 악취를 참을 수가 없어서, 안으로 들어가보려고 했지만 견디지 못하고 다른 방에 가서 새로운 공기를 마셔야만 했다. 그리고 다시 안으로 들어가니 안쪽 구석에 거무스름한 것이 보였고, 더 들어가서 눈을 드는 순간 아미의 입에서는 비명이 터져나왔다. 아미는 비명을 지르면서도 한순간 창문의 그림자가 아닐까 생각했는데, 다음 순간 굉장히 기분 나쁜 증기의 흐름이 몸을 스치는 듯한 느낌이 들었다. 눈앞에서 기괴한 빛이 춤을 추고 있었다. 마치 미스카트닉 대학 교수가 운석을 해머로 깨뜨렸을 때 안에 들어있던 구체의 빛과, 봄에 피어났던 기분 나쁜 식물을 떠올렸던 것이리라. 그렇지만 더 정확하게 표현하자면 타데우스나 가축들처럼 기막힌 운명에 사로잡힌, 저 눈앞에 보이는 가엾은 괴물같은 모습을 생각했던 게 틀림없었다. 그런데 참으로 끔찍한 사실은, 그것이 썩어문드러지고 있으면서도 아주 희미하게 분명히 움직이고 있다는 것이었다.

아미는 이 이야기의 자세한 전말을 전혀 들려주지 않았을 뿐 아니라 구석에서 가냘프게 움직이던 그것을 두 번 다시 입에 담는 일도 없었다. 세상에는 입 밖에 내서는 안 되는 일이 있게 마련이며, 인정에 이끌려 한 일이 법률의 가혹한 처벌을 받게 되는 일 또한 있는 법이니까.

어찌되었건 다락방에서 꿈틀대던 그것을 그냥 버려둔 것 같지는 않다고 짐작할 뿐이다. 살아 있는 것을 외면한다는 것은 죽어서도 고통받을 사악한 처사이기 때문이었을 것이다. 신경이 무디지 않았으면 기절을 하든가 미쳐버렸겠지만 아미는 멀쩡한 모습으로 낮은 출입문을 빠져나와 저주스런 비밀을 가두고 자물쇠를 채웠다.

이번에는 네이헴이었다. 식사와 시중을 들거나 돌봐줄 수 있는 곳으로 옮기지 않으면 안 되었다.

아미가 계단을 내려오려는데 밑에서 무슨 두드리는 소리가 들렸다. 불현듯 비명소리도 끊어진 것 같아 신경을 곤두세우는데, 끔찍한 다락방에서 자기를 스쳐가던 끈적끈적하고 차가운 증기가 다시금 떠올랐다. 그러자 자기가 다락방에 들어가 비명을 질러 어떤 알 수 없는 것을 불러들인 것은 아닐까 걱정되었다. 막연한 공포를 느끼고 발을 멈추었는데, 소리는 아직도 아래층에서 들리고 있었다. 의심할 것도 없이 무엇인가 무거운 것을 끌고 가는 듯한 소리와, 악마적인 어떤 부정한 것이 무엇을 빨고 있는 듯한 아주 꺼림칙한 소리였다. 머릿속에서 열에 들뜬 듯한 연상이 일어나면서, 다락방에서 본 것에 대해 터무니없는 생각을 하게 되었다. 어째서 그런 기분 나쁜 악몽의 세계를 불쑥 떠올렸을까! 아미는 어찌할 바를 모르고 그저 몸만 부들부들 떨면서 자기를 둘러싼 어두운 계단에 장승처럼 서 있었다. 지금까지 본 것들이 뇌리에 붙어서 떠나지 않았다. 소리, 무엇이 다가오는 듯한 두려움, 어둠, 좁고 가파른 계단——도대체 어찌된 일이지? 눈에 보이는 모든 재목들이 어렴풋하기는 하지만 틀림없이 빛나는 걸 아미는 보았다. 계단, 가로목, 그대로 드러난 기둥 할 것 없이 모조리.

그러자 밖에 매어 놓은 아미의 말이 미친 듯이 소리를 지르더니 도망치는 소리가 났다. 말과 마차의 소리는 곧 들리지 않게 되었고, 겁이 난 한 남자만 계단에 남아서 말이 무엇에 겁을 먹었는가 생각하고 있었다. 그러나 아직 끝난 게 아니었다. 밖에서 다른 소리도 들렸다. 액체, 물이 튀는 듯한 소리? 우물에서 난 소리가 틀림없다! 아미는 말을 매놓지 않고 우물곁에 세워 두었으니까, 마차가 우물에 부딪혀서 돌을 떨어뜨린 게 분명했다. 여하튼 그러는 동안에도 낡아빠진 재목은 인처럼 푸르스름한 빛을 내고 있었다. 이 집이 지어진 것이 언제쯤이던가? 1670년 이전에 거의 지어졌고, 박공

지붕은 1730년까지는 완성되었다.

아래층 바닥을 약하게 긁던 소리가 지금은 확실해졌다. 어떤 필요에 의해 다락방에서 집어들었던 무거운 막대기가 여전히 손에 쥐어져 있는 걸 깨달은 아미는, 막대기를 단단히 움켜쥐고 용기를 내어 계단을 내려가 대담하게 부엌으로 향했다. 그러나 아미가 찾으려고 한 것은 이미 거기에 없었으므로 부엌까지 갈 필요도 없었다. 그쪽에서 아미를 만나러 온 것이다. 틀림없이 아직 살아 있었다. 그러나 기고 있는 것인지 무슨 외부의 힘에 끌리고 있는 것인지, 아미는 판단할 수가 없었다. 당장 죽을 것 같았다. 모두가 고작 이 반시간 동안에 일어난 일이지만, 쇠약, 변색, 부패는 이미 상당히 진행되고 있었다. 무서울 정도로 흐물흐물해져서 건조된 조각이 너덜너덜 떨어졌다. 아미는 처참하게 일그러진 얼굴 같지도 않은 얼굴을 차마 만지지 못하고 바라만 보고 있었다.

"무슨 일이야, 네이헴? 도대체 무슨 일이 일어났어?"

아미가 그렇게 속삭이자 부어 오른 입술의 갈라진 곳에서 이런 대답이 새나왔다.

"괜찮아…… 아무것도 아니야…… 색깔이 불타면서…… 차갑고 습기가 있는데 타오르는 거야…… 우물 안에 있었어…… 나는 봤어…… 연기 같은 것을…… 봄꽃과 같았어…… 우물이 밤이면 빛났지…… 타데우스와 마원과 지나스는…… 모두 살아 있어…… … 생명이라면 무엇이든 빨아들이지…… 그 돌 속에서…… 그 운석에 들어가 여기까지 왔던 게 틀림없어…… 모든 것을 오염시키고…… 도대체 무슨 짓을 하려는 거야…… 대학교수들이 깨뜨린 둥근 그것…… 똑같은 색이었어…… 꽃 같은 것과 똑같은 색이야…… 가득 있었을 게야…… 씨…… 그래 씨였어!…… 그것이 자라서…… 이번 주에 처음 보았어…… 지나스에게 달라붙었어…… 지나스는 크고 튼튼한 아이였으니까…… 머리를 당했어, 그리고…… 타오르게 하는 거야…… 우물물에서 말이야……
자네가 말한 그대로였어…… 사악한 물이야…… 지나스는 우물
에서 돌아오지 않을 거야…… 도망칠 수가 없어…… 끌려 들어
가서…… 다가오는 것을 알아도 어떻게 할 수가 없어…… 지나
스가 당하고 나서 몇 번 본 적이 있어…… 너비는 어디 있나?
아미…… 이제 생각할 수도 없어…… 너비에게 음식을 준 지 얼
마나 됐는지도 모르겠어…… 우리가 제대로 해주지 못해서 너비
는 당했을 거야…… 저 색이야…… 너비의 얼굴은 밤이 되면 이
따금 저 색이 되지…… 그리고 태워서 빨아들여…… 저것은 여
기와는 완전히 다른 곳에서 온 것이야…… 한 교수가 그렇게 말
했지…… 그대로야…… 보게나 아미, 그것이 하는 짓은 이런 것
뿐만이 아니야…… 생명도 빨아들이고 있어……."
그러나 그것뿐이었다. 그나마 애기를 할 수 있던 입모양이 완전히
무너져내려서 그 이상은 말할 수가 없었다. 아미는 빨간 체크 무늬
의 테이블 보를 덮어주고 뒷문으로 해서 밖으로 나왔다. 비탈을 올
라 10에이커의 목초지로 가서, 비틀거리면서 북쪽 길을 지나고 숲
을 지나 집으로 돌아갔다. 말이 도망친 우물가로는 갈 수가 없었다.
네이헴의 집에 있을 때 창으로 우물의 가장자리 돌이 멀쩡한 것을
보았다. 갑자기 움직인 마차는 아무것도 떨어뜨리지 않았던 것이다.
그렇다면 그 물소리는 다른 것이 낸 소리임에 틀림없다. 불쌍한 네
이헴을 처분한 뒤 우물에 들어간 것이다.
아미가 집에 돌아와 보니 말과 마차는 마구간에 돌아와 있었고,
아내가 걱정스러운 얼굴을 하고 있었다. 아미는 아무 말도 하지 않
고 아내를 안심시킨 뒤, 바로 아컴으로 나가서 가드너의 가족 모두
없어진 것을 경찰에 알렸다. 자세한 얘기는 하지 않고, 네이헴과 너
비, 그리고 타데우스도 죽었을 게 분명한데 가축들처럼 그 까닭은
모르겠다고 신고했다. 마윈과 지나스의 행방도 모르겠다고 했다. 아

미는 경찰로부터 많은 질문을 받았고, 결국 검시관, 감찰의, 병에 걸린 동물을 진찰했던 수의사와 3명의 경찰관을 가드너의 집으로 안내하지 않으면 안 되었다. 처음부터 하고 싶어서 한 일도 아니었지만, 오후가 훨씬 지나가자 저주받은 장소에 밤이 다가오는 것이 견딜 수 없이 두려웠는데 그나마 다른 사람들이 함께 있다는 걸로 억지로 위안을 삼았다.

6명은 가벼운 마차로 아미의 뒤를 쫓아, 4시경에 역병에 휩쓸린 농가에 도착했다. 오싹하는 광경에 익숙한 경관들도, 다락방과 빨간 체크 무늬의 테이블보 밑을 보았을 때는 한 사람도 냉정을 유지하지 못했다. 황량한 잿빛 농장도 끔찍한 풍경이었는데 두 구의 문드러진 시체 또한 상상하기 힘들었다. 아무도 오랫동안 들여다 볼 수가 없었고, 감찰의조차 거의 본 적이 없는 상황이었다. 물론 일부분을 잘라서 분석할 수는 있기 때문에 감찰의는 표본 채취에 몰두했다. 이렇게 채취한 두 개의 병에 담긴 재는 마지막으로 대학 실험실로 가지고 가게 되었는데 거기서 아주 당혹스런 일이 발생했다. 분광기로 분석한 결과 두 표본은 알 수 없는 스펙트럼을 나타냈고, 이 색깔띠의 대부분은 지난해에 보았던 이상한 운석과 똑같은 것이었다. 그렇지만 이 특징적인 스펙트럼은 한달 안에 사라져 버렸고, 그 이후에는 오로지 알카리호스파타제와 탄산염만 재에서 검출되었다.

그때 경관들이 현장에서 무엇인가를 저지를 작정이라는 것을 알았더라면 아미도 우물에 대한 얘기를 하지 않았을 것이다. 벌써 일몰이 다가오고 아미는 빨리 돌아가고 싶어서 안절부절못했다. 그러나 경관이 우물곁의 돌담을 불안한 듯이 자꾸 쳐다보는 것을 이상히 여기고 물었을 때, 네이헴이 거기에 있는 것을 무서워했다고 대답했다. 너무 무서워해서 감히 마원과 지나스를 찾기 위해 우물을 뒤지는 일까지는 생각하지 못했다고 말하자 바로 우물을 조사하게 되었고, 아미는 악취가 나는 물통으로 물이 가득 가득 퍼 올려지는 동안 떨면서 기다리지 않을 수 없었다.

경관들은 물 냄새를 맡아보고는 얼굴을 찡그렸고, 작업이 끝날 무렵에는 맹렬한 악취 때문에 코를 막았다. 물이 얼마 차 있지 않아서 생각보다 시간은 오래 걸리지 않았다. 우물 바닥에서 발견한 것을 정확히 기록할 필요는 없을 것이다. 완전한 것은 아니더라도 마원과 지나스의 시체가 있었고, 대부분이 백골로 변해 있었다. 거의 같은 상태의 작은 사슴과 커다란 개의 시체도 있었고, 작은 동물의 뼈도 많이 있었다. 바닥에 있던 끈적대는 물질은 굉장히 구멍이 많고 거품에 덮여 있었는데, 긴 장대를 들고 내려가 쿡쿡 쑤셔봐도 구멍은 안 나고 진흙 속으로 가라앉아 버렸다.

어느덧 황혼이 짙어져 집에서 등불을 가지고 왔다. 드디어 우물에서는 더 이상 나올 것이 없다는 것을 알고 집안으로 들어가서 낡은 거실에서 얘기가 시작됐지만, 그러는 동안에도 희미한 반달이 문밖의 황량한 잿빛 풍경에 약한 빛을 던지고 있었다. 경관들은 이 모든 사건을 앞에 두고 어찌할 바를 몰랐다. 이상한 식물, 가축과 인간을 해친 질병, 악취가 나는 우물 속에서 시체로 발견된 마원과 지나스를 연결시킬 설득력 있는 공통점을 찾을 수 없었기 때문이었다. 경관들도 틀림없이 이 마을의 소문을 들었지만 자연 법칙에 어긋나는 일이 일어났다는 걸 도저히 믿을 수가 없었다. 어쨌든 운석이 토지를 오염시킨 것 같은데, 이 토지에서 자라난 것을 먹지 않은 사람이나 동물이 병에 걸린다면 별문제였다. 물은 어떨까? 가능성이 컸다. 물을 분석하는 것이 현명한 방법인지도 몰랐다. 그러나 어떻게 두 사람씩이나 미쳐서 우물로 뛰어 들었을까? 두 사람 모두 똑같은 일을 저지른 것이다. 게다가 사체는 몸이 회색으로 변한 채 문드러져 죽어 있었다. 어째서 모든 것이 잿빛으로 변하고 흐물흐물해지는 것일까?

우물의 빛을 처음으로 알아낸 것은 창가에 앉아 뜰을 바라보고 있던 검시관이었다. 이미 완전히 밤이 깊어서 저주받은 토지 전체가 변덕스러운 달빛보다 약간 밝고 희미하게 비치고 있는 것 같았지만 이 새로운 빛은 확실히 부드러운 탐조등 빛처럼 검은 구멍에서 발생했고, 새로 고인 우물물에 비치고 있었다. 아주 기묘한 빛을 띠고 있어서 전원이 창가로 몰려왔을 때, 아미 혼자 망연자실해 있었다. 이 기분 나쁜 색이 낯설지 않았기 때문이었다. 아미는 전에도 그 빛을 본 적이 있고, 그것이 의미할 수도 있을 그 어떤 것에 불안을 느꼈다. 1년 전 여름에 운석에 들어 있던 무른 구체에서, 그리고 봄에 봤던 기이한 식물에서, 그날 오전에 차마 말할 수 없는 일이 일어났던 그 무서운 다락방에서 창살이 박힌 작은 창에 한순간 보였던 것과 같은 색이었다.

그때는 한순간 번쩍하더니 차고 묵직한 불쾌한 증기가 몸을 스치고 지나갔다. 그리고 그 뒤에, 가련한 네이헴이 그 빛을 한 무엇인가의 습격을 받았던 것이다. 네이헴은 마지막 순간에 그렇게 말했다——구체와 식물의 색깔이 닮았다고. 그 뒤 그것은 뜰로 도망가서 우물로 뛰어든 것이다. 그리고 지금 우물이 흉악스러운 그 빛을 밤 공기 속으로 내비치고 있는 것이다.

그 긴장된 순간에도 아미가 본질적으로는 과학적인 면을 생각하고 있었던 것은 정신이 맑았기 때문이었다. 하늘을 향해 열려 있는 창문을 배경으로 햇빛 속에서 본 증기와, 검고 황량한 토지를 배경으로 인광을 내뿜는 밤안개처럼 보이는 분출물에서 완전히 똑같은 인상을 받은 것을 아미는 이상하게 여겼던 것이다. 정상이 아닌, 자연에 위반되는 일이기 때문에 아미로서도 가혹한 운명에 휩쓸린 친구의 무서운 마지막 말을 떠올리지 않을 수가 없었다.

"저것은 여기와는 완전히 다른 곳에서 온 것이야…… 한 교수가 그렇게 말했지……." 네이헴은 이렇게 말했다.

세 필의 말은 모두 길가 나무에 매어놓았었는데 심하게 울부짖으며 흙을 걷어차고 있었다. 마부가 진정 시키려고 밖으로 나가려고 하자 아미가 떨리는 손을 마부의 어깨에 얹었다.

"밖으로 나가면 안 돼." 아미가 낮게 속삭였다.

"말은 우리보다 더 잘 알고 있어. 네이헴은 우물 속에 생명을 빨아들이는 것이 있다고 했어. 작년 6월에 떨어진 운석 안에 있었던 것과 같은 구체에서 자랐다고 했어. 생기를 빨아들이고, 몸을 불태우지만, 지금 비치고 있는 것과 같은 색을 한 구름같은 것이니까 거의 볼 수도 없고 정체도 모른다고 했네. 네이헴의 말에 따르면 살아 있는 것이라면 무엇이든 먹고 자란다는 거야. 지난주에도 봤다고 그랬어. 작년에 대학의 교수님들이 운석에 대해 말했듯이 먼 하늘에서 온 것이 틀림없어. 놈의 모습이나 하는 짓이 하느님의 세계의 것이 아니야. 다른 세상에서 온 것이야."

경관들이 애매한 태도를 취하고 있자 우물 속의 빛은 점점 강해졌고, 매어놓은 말들은 미친 듯이 흙을 걷어차고 있었다. 끔찍한 순간이었다. 낡고 저주받은 농가는 순식간에 공포에 휩싸였다. 누더기조각으로 변해버린 괴물 같은 4구의 시체——둘은 집에서, 둘은 우물에서 찾아 모아 놓았다——는 뒷뜰 헛간에 있었고, 점착물이 들어 있던 앞뜰 우물 바닥에서 불결한 느낌을 주는 알 수 없는 빛깔이 번뜩였다. 다락방에서 빛나는 증기와 몸을 스치고도 상처 하나 입지 않았음을 아미는 까마득히 잊고, 무조건 마부를 못나가게 막았다. 어쨌거나 잘한 일이었을 것이다. 밤이면 번뜩이는 저놈의 정체를 아무도 모르니까. 게다가 멀리서 날아온 모독적인 것이 지금까지는 정신력이 강한 인간은 건드릴 수 없었지만 마지막 순간에는 어떻게 나올지 짐작조차 할 수 없으니까. 여하튼 지금은 힘을 길러 특별한 목적을 이루려는 조짐을 보이고 있으니까 반쯤 구름 속에 가려진 달빛 아래 머지않아 그 모습을 드러내리라고 추측했다.

그때 창밖을 바라보던 경관 하나가 짧은 신음소리를 내질렀다. 모두들 그 경관을 한번 바라본 뒤 곧 그의 시선을 따라갔다. 뚫어져라 바라보는 모든 사람들에게 더이상 말은 필요 없었다. 소문은 진실이었다. 기괴한 나날들이 지금 아컴에서 전혀 언급되지 않는 것도 이들의 비밀스런 약속때문이었다. 그때 바람이 없었던 것을 알아 둘 필요가 있다. 얼마 지나지 않아 바람이 불었지만, 그때는 틀림없이 산들바람도 불지 않았다. 잿빛으로 변해서 죽어 가던 담쟁이 덩굴의 말라빠진 줄기도, 마차의 지붕의 장식도 전혀 움직이지 않았다. 그런데 긴장된 고요함 속에서 뜰에 서 있는 모든 나무들의 가지는 움직이고 있었다. 간격을 두고 기분 나쁘게, 달빛을 받고 있는 구름을 향해 미친 듯한 경련을 되풀이하면서 꿈틀거리고 있는 것이었다.

몇 초 동안 모두 숨을 죽이고 있었다. 드디어 검은 구름이 달을 가리고, 꿈틀대는 가지가 순식간에 보이지 않게 되었다. 그때, 모든 사람들이 똑같이 비명을 질렀다. 모두의 입에서 겁에 질린 쉰 비명 소리가 새어나왔다. 공포는 나뭇가지처럼 꺼질 줄 몰랐다. 완전한 어둠이 지배했던 짧은 한순간에도 나무의 우듬지에서는 희미한 빛들이 수도 없이 번뜩였는데, 마치 세인트 엘모의 불 (뇌우나 폭풍이 칠 때 피뢰침 같은 데서 나타나는 반전현상) 과 성령강림절에 사도들에게 내린 불꽃과 같이, 모든 나무 가지 끝이 빛나고 있었다. 이 세상 것과는 전혀 다른 빛이 무리를 지어 비치고, 시체를 자양분으로 하는 개똥벌레의 무리가 저주받은 습지 위에서 지옥과 같은 사라방드(3박자의 느릿느릿한 춤곡)를 추고 있는 것과 같았다.

그 색은 이제 아미도 확실히 식별할 수가 있어서 무섭게 느껴졌다. 말로 표현하기 힘든 침입자와 완전히 똑같은 빛이었다. 그러는 동안에도 우물에서 나오는 인광은 점점 밝아지고, 움츠러드는 남자들 마음에 맑은 정신으로는 상상도 할 수 없는 무서운 운명과 이상한 것이 다가오고 있다는 느낌을 가져다 주었다. 이제는 비치고 있는 것이 아니라 튀면서 흩어졌다. 그리고 일정한 형태가 없는 기묘한 색의 흐름은 우물을 떠나 바로 공중으로 올라가는 것 같았다.

수의사는 몸을 떨면서 현관으로 다가와서 미리 준비해둔 무거운 빗장을 질렀다. 아미도 똑같이 몸을 떨면서 나무들의 빛이 강해지는 것을 알리려 해도 목소리가 나오지 않아, 옷을 당기면서 손가락으로 가리키지 않으면 안 되었다. 말들의 울음소리와 행동도 더 거칠어졌지만 밖으로 나가 말을 진정시키려는 사람은 아무도 없었다.

나무의 빛들이 시시각각으로 강해지는 한편, 흔들리는 가지도 점점 수직으로 일어서는 듯했다. 지금은 우물의 재목도 훤히 비치고 있고, 잠시 후 한 경관이 서쪽 돌벽 근처의 움막과 벌집상자를 말없이 손가락으로 가리켰다. 그것들도 빛나기 시작했으나 마차는 아직 아무 영향도 받지 않은 것 같았다. 그것도 잠시, 길에서 거친 소동이 일어나면서 말발굽 소리가 났다. 아미가 잘 보이도록 램프의 불을 끄자 미친 말들이 매놓았던 나무를 꺾어 버리고 마차를 끌고 달려가는 것이었다.

이때 너무 놀란 나머지 몇 사람의 입이 떨어지면서 놀라서 어쩔줄 모르는 속삭임이 들려왔다.

"이 근처의 모든 유기체에 퍼지고 있는 거야."

감찰의가 그렇게 중얼거렸다. 아무도 대답하는 사람이 없었다. 그런데 우물에 내려갔던 남자가 막대기로 바닥을 찔러보았을 때 무언가 끝에 닿았는데 그것이 자극받은 것이 아닐까 하는 말을 내비쳤다. 그러면서 "오싹했어요"라고 덧붙였다.

"바닥은 없이 그저 끈적끈적한 거품만 일고 있었으니까. 그 밑에 무언가 숨어 있는 듯한 느낌이 들었어."

아직 남아 있던 아미의 말이 길에서 몹시 울부짖고 있었는데도, 조금 전에 했던 생각을 떨리는 목소리로 조심스레 털어놓는 아미의 귀에는 거의 들리지 않았다.

"저 돌에서 나온 거요, 저기서 커졌어요. 살아 있는 것은 모조리 붙잡아서……마음과 몸을 양분으로 해서 크고 있는 거야. 타데우스도 마윈도 지나스도 너비도 당했어요……마지막이 네이햄이었죠. 모두 저 물을 마셨기 때문에……그래서 당한 거예요. 여기와는 전혀 다른 먼 세계에서 온 것인데……지금 돌아가려고 해요."

그때 형언할 수 없는 색을 한 빛기둥이 갑자기 번쩍 비쳤고, 목격자들은 뒤에 저마다 달리 묘사했다. 이루 표현할 수 없는 이상한 모양으로 변해갔고, 매여 있던 아미의 말은 사람이 들어 보지도 못한 무서운 소리를 냈다. 천장이 낮은 거실에 앉아 있던 사람들은 전원이 귀를 막았고, 아미는 무서운 나머지 창에서 얼굴을 돌렸다. 말로는 표현할 수 없는 끔찍한 순간이었다. 아미가 다시 창으로 내다봤을 때, 불쌍한 말은 달빛 아래 부러진 마차 옆에 쓰러져 꼼짝도 하지 않고 있다. 그것이 말의 최후로 다음날 묻어주었다. 그러나 탄식을 하고 있을 때가 아니었다. 거의 같은 시간에, 한 경관이 지금 모두가 있는 방에 공포가 있다는 것을 말없이 일깨워 주었다. 램프의 불이 꺼져 있는 지금, 방 전체에 희미한 인광이 스며들고 있는 것을 뚜렷이 느낄 수 있었기 때문이다. 폭 넓은 판자를 붙인 바닥과 카펫의 가장자리가 빛나고, 작은 유리가 끼워진 창틀에서 빛이 흔들거리고 있었다. 구석의 기둥을 오르내리면서 선반과 난로 바닥, 문과 가구를 침범하고 있었다. 시시각각으로 빛은 강해졌고, 즉시 이 집에서 떠나지 않으면 안 된다는 것을 깨달았다.

아미가 안내하는 대로 부엌 뒷문으로 나와 비탈길을 오르고, 들을 빠져나가 10에이커가 되는 목초지로 갔다. 모두들 꿈의 세계에 있는 것처럼 비틀대며 걸었고, 상당히 떨어진 높은 지대로 올라 가기까지 누구 하나 뒤돌아보는 사람이 없었다. 모두가 이 오솔길을 고맙게 생각했다. 네이햄의 집 앞 길이나 우물곁을 지나고 싶은 생각은 절대 없었기 때문이었다. 채프만 강의 통나무 다리를 건널 즈음 마침 달이 검은 구름 뒤에 숨어, 다리를 건너서 넓은 들로 나가려면 손으로 더듬어야 했다.

골짜기 밑에 있는 가드너의 집을 뒤돌아보았을 때, 멀리서 무서운 광경이 눈에 들어 왔다. 농장 전체가 소름끼치는 미지의 빛에 휘감겨 있었다. 가지는 모두 하늘을 향하고, 사악한 불꽃은 가지 끝에서 기분 나쁘게 흔들리면서 집의 기둥과 헛간을 위협하고 있었다. 퓨세리가 그린 환상의 경치처럼 주변 일대를 지배하는 것은 어지러운 인광이었고, 우물에서 발생하는 수수께끼 같은 독소를 지닌 다른 세상의 무지개였다. 식별할 수 없는 우주적인 색채를 띠고 끓어오르고, 파도치고, 길어지거나 넓어지면서 명멸하고, 뒤틀리며, 기분 나쁜 거품을 일으켰다.

마침내 어느 한순간, 그 요란하던 빛은 로켓이나 운석처럼 하늘을 향해 똑바로 날아오르더니 지켜보던 사람들이 비명을 지를 틈도 주지 않고 구름 사이로 구멍만 남긴 채 흔적없이 사라져 버렸다. 잊을 수 없는 광경이었다. 미지의 색은 은하 속에 녹아 들어 간 주변에서 한번 밝게 빛을 내고는 백조자리의 데네브(백조자리의 1등성) 쪽으로 사라져 가는 것을 아미는 멍하니 지켜보았다. 그러나 골짜기에서 무엇인가 부서지는 소리가 나서 아미는 곧 시선을 대지로 되돌렸다. 정말 부서진 것이 있었다. 일행의 대부분이 증언한 것처럼 나무가 부서지고 갈라졌을 뿐 폭발은 하지 않았다.

그러나 결과는 마찬가지여서 운명을 다한 그 농장에서는 심상치 않은 불꽃과 물질이 어지럽게 튀어올라 지켜보던 몇몇 사람들의 눈을 현혹시켰고, 이 우주에 있어서는 안 될 조각들이 사라져버린 병적인 것을 쫓아 증기를 뚫고 올라가더니 다음 순간에는 같은 모양으로 사라져 버렸다. 아무도 돌아가 볼 용기가 나지 않는 골짜기 아래에는 지금 어둠만 깔려 있고, 주변을 휩쓸고 지나가는 바람은 마치 우주에서 불어오는 암담하고 차가운 입김과 같았다. 바람은 우주적인 광란 속에서 으르렁거리며 들판과 휘어진 가지를 엄습했기 때문에, 벌벌 떨고 있는 일행은 네이헴의 농장을 보기 위해 달이 뜨길 기다려도 헛일이라는 것을 곧 알게 됐다.

7명의 남자들은 너무 무서워서 부들부들 떨기만 할뿐 아무런 가설도 세우지 못한 채 북쪽 길을 지나 무거운 발걸음을 아컴으로 향했다. 아미가 가장 심한 상태로, 이대로 곧장 시내로 가지말고 자기 집까지 데려다줬으면 좋겠다고 말했을 정도였다. 바람이 불어 치는 검은 숲 속을 지나 혼자 집으로 돌아갈 엄두가 나지 않았던 것이다. 그것은 다른 사람이 체험하지 못한 것을 혼자서 겪었기 때문이었다. 그 공포에 질려서 아미는 그 후에도 오랫동안 그 일에 대해 말을 하지 못했다.

바람이 몰아치는 그 언덕에서 모두 굳은 얼굴로 길만 바라보았을 때도 아미는 아주 잠깐 뒤돌아보며 비운을 당한 친구를 극히 최근까지 지켜보았던, 그림자에 싸인 황량한 골짜기를 보았다. 바로 그때, 그 황폐한 먼 곳에서 무엇인가 힘없이 신음하면서, 형태가 없는 거대한 공포가 뛰쳐나왔던 우물 속으로, 가라앉는 것이 보였다. 그저 보통 색에 지나지 않았다. 그러나 이 지상과 우주의 빛은 아니었다. 아미는 그것이 무슨 빛인지 짐작이 갔고 그 힘없는 최후의 잔재가 아직 우물에 남아 있다는 것을 알고는 마음이 진정되지 않았다.

아미는 두 번 다시 그 공포의 현장에는 다가가려 하지 않았다. 공포가 일어난 지 어느덧 40년의 세월이 지났지만 아직도 가본 적이 없고, 언젠가 새로운 저수지가 생겨 물에 잠겨버리면 기쁘게 생각할 것이다. 나도 다행스럽게 생각한다. 왜냐하면 내가 우물을 지나갈 때, 그 둘레의 햇빛이 어쩐지 꺼림칙하게 바뀌었기 때문이다. 저수지의 수위가 항상 높기를 바란다. 물론 그렇더라도 나는 그 물을 마시지는 않을 것이다. 앞으로도 내가 아컴을 찾는 일은 없을 것이다. 아미와 같이 현장에 갔던 사람 가운데 3명이 햇빛 아래서 폐허를 보기 위해 다음 날 다시 찾아갔지만, 폐허라고 부를 만한 것은 없었다고 했다. 굴뚝에서 떨어져 나온 벽돌, 허물어진 지하실의 돌, 여기 저기에 흩어져 있는 광물과 금속들만 그 소름끼치는 우물 가장자리에 남아 있을 뿐이었다. 아미의 말과 마차를 제외하고는 전에 있던 것은 모조리 없어졌다. 거친 잿빛 땅이 5에이커 정도 기분 나쁘게 남아 있는데 더 이상 아무것도 자라지 않는다. 오늘에 이르기까지 숲과 들은 산에라도 침식당한 모양으로 커다란 얼룩이 땅에 남아 있어서, 고장의 소문을 듣고 현장을 한번 가본 극소수의 사람이 '불탄 들'이라는 이름을 붙였다.

기묘한 소문이 마을을 떠돌았다. 만일 아컴의 주민이나 대학의 교수들이 못쓰게 된 우물이나 바람에도 날리지 않는 재에 흥미를 보였더라면 소문은 더욱 기괴한 것이 되었을지도 모를 일이다. 식물학자들은 불탄 들의 가장자리에 있는 위축된 식물도 조사해야 한다고 나는 생각한다. 그러면, 1년에 1인치씩 더 퍼져나가고 있다는 이 고장의 마름병을 해명할 수 있을지도 모르기 때문이다. 봄이면 그곳의 풀들은 이상한 색깔을 띠고 겨울에는 야생동물들이 눈 위에 이해할 수 없는 발자국을 남긴다는 소문도 떠돈다. 불탄 들에는 눈이 별로 쌓이지 않는 모양이다. 말들——자동차 시대에도 아직 사용되고 있는 약간의 말들은 침묵의 골짜기에 가면 걸핏하면 자지러진다. 또한 사냥꾼들도 재로 덮인 장소 근처에서는 개를 의지하지 않는다.

특히 정신에 미치는 영향이 심했다. 네이헴이 불행한 일을 당하고 나서 머리가 이상해진 사람이 수없이 많고, 그런 사람은 항상 불탄 들에서 떨어질 수가 없었다. 이윽고 의지가 강한 사람은 모두 다른 곳으로 이사 가 버리고, 타곳 사람들만 이전의 면모가 완전히 사라진 농장에 살려고 했다. 그러나 그대로 살지 못하고, 소리죽여 속삭이는, 터무니없는 기괴한 요술이야기가 그런 자들에게 도대체 어떤 생각을 하게 했을까 하고 이따금 의문을 느끼게 할 정도였다. 정착하려 했던 자들이 꾸는 꿈은 그 불길한 토지치고도 너무 무서운 것이었다고 한다. 틀림없이 그 암담한 지역의 분위기 자체가 소름끼치는 상상을 불러일으켰다고 해도 지나친 추측은 아니리라.

어쩌다 지나가는 여행자들도 깊은 골짜기에서는 이질감을 느끼지 않는 이가 없고, 화가라면 울창한 숲을 그리면서도 신비감이 몸과 마음을 압박해 어느새 몸서리를 치게 된다. 나 역시도 아미에게 이야기를 듣기 전에 딱 한번 그곳을 돌아다니면서 받았던 느낌에는 굉장히 흥미를 갖고 있다. 해가 지기 직전이었는데 너무도 티없는 맑은 하늘이 한순간 소름끼치게 두려워져서 구름이라도 몰려들었으면 하고 마음 한켠에서 바랐던 기억이다.

부디 내 의견을 분명히 하라고는 말하지 않았으면 한다. 나는 모른다. 내가 할 수 있는 말은 이것 뿐이다. 물어볼 사람이 아미밖에 없었다. 아컴 사람들은 기괴한 나날에 대해 하나같이 입을 다물고 있었고, 운석과 이상한 빛을 내던 구체를 목격한 3명의 교수들은 이미 이 세상 사람들이 아니었다. 모든 것이 여기에 달려 있지만, 구체는 더 있다. 하나는 스스로 자라서 달아났음에 분명하고, 미처 달아나지 못한 것이 하나 더 있을 것이다. 틀림없이 그것은 우물 속에 들어있다——나는 저주스런 우물의 가장자리를 봤을 때 어쩐지 햇빛이 예사롭지 않았음을 기억하고 있다. 농부들은 마름병이 1년에 1인치씩 퍼지고 있다고 하니 지금도 무서운 성장을 한다고 할까, 양분을 빨아들이고 있을 것이다. 그러나 그곳에 어떤 악마가 부화를 하고 있든지간에 무엇인가 가로막고 있는 것이 있음에 틀림없다. 그렇지 않으면 벌써 널리 퍼졌을 것이기 때문이다.

하늘을 붙들려고 하는 나무들의 뿌리에라도 얽혀버린 것일까?

최근에 들은 아컴의 소문으로는 밤이면 이상한 빛을 내면서 흔들리는 나무를 둘러싼 이야기가 있다. 정체가 무엇인지는 신만이 아실 뿐이다. 아미가 묘사했던 것이 물리적으로 생각할 때는 가스라는 생각이 들지만, 그것은 우리들이 알고 있는 우주의 법칙을 따르지 않

았다. 천문학자가 계측한, 또는 너무 광대해서 도저히 계측할 수 없
는 그런 차원의 우주의 숨결이 아니라 단순히 우주에서 날아온 빛깔
에 지나지 않았던 것이다. 우리들이 알고 있는 자연을 초월하는, 미
처 형성되지 않은 무한한 영역에서 건너온 심부름꾼, 겁에 질린 우
리들의 눈앞에 우주를 초월하는 깊은 암묵의 세계를 펼쳐보이면서
우리들의 뇌리에 강렬한 충격을 주어 의식을 마비시키는 그런 영역
에서 건너온 사자였던 것이다.

일부러 아미가 거짓말을 했을 리도 만무하고, 마을 사람들이 일러
주었듯이 그의 말이 정신병자의 헛소리라고도 나는 생각하지 않는
다. 그 운석과 함께 끔찍한 공포가 언덕과 골짜기로 찾아들었고, 얼
마만한 크기인지는 모르겠지만 지금도 그곳에 머물러 있을 것이다.
물이 그곳을 덮어버린다면 나는 안도의 숨을 쉬리라. 그때까지는 아
미에게 별일 없기를 기도해야지. 아미는 너무 많은 것들을 보아 버
렸고, 그 영향이 서서히 진행되고 있다. 왜 아미는 다른 곳으로 이
사갈 생각을 못하는가? 어째서 죽기 직전에 남긴 네이헴의 말을 그
리도 똑똑히 기억하는가? "도망칠 수 있을 것 같아? …… 끌어당
겨서…… 가까이 다가오는 것을 뻔히 알면서도 바라볼 수밖에 없다
구……."

생각하면 너무 꺼림칙한 말이 아닌가! 아미는 선량한 노인일 뿐
이다. 그렇지만 저수지 공사가 시작될 무렵 주임기사에게 편지를 보
내, 아미의 눈에 빛을 비추어 보도록 해야겠다. 나는 도저히 생각하
고 싶지 않다. 그 아미가, 집요하게 나의 꿈을 괴롭히는 일그러지고
흐물흐물한 잿빛 괴물로 변해버린 모습따위!

졸음의 벽 너머

　꿈, 또는 꿈이 속하는 애매모호한 세계에서 이따금 당치도 않는 것으로 변신하는 의미에 대하여 인류의 대부분은 생각해본 일이 있을까 나는 종종 궁금해진다. 왜냐하면, 우리들의 꿈이 대개 깨어있을 때 했던 경험을 어렴풋이 반영한다든지 아니면 전적으로 반영한 것에 지나지 않는다 하더라도——프로이드는 반면에 유아기의 상징을 꿈의 근거로 들지만——거기에는 상식으로는 해석할 수 없는 비현실적이고 현실과는 차원이 다른 계(界)의 성격을 띠는 것도 엄연히 존재할 뿐 아니라, 물리적인 삶과 다를 바 없이 중요한 정신적 영역은 보통 뛰어넘을 수 없는 벽으로 차단되어 있음에도, 어쩌면 자세히 들여다 볼 수도 있을 것 같은 설레임과 두려움을 느끼게 하기 때문이다. 내 경험에서 말하면 사람이 속세에서 의식을 잃고 있을 때는 우리들이 알고 있는 인생과는 영 딴판인, 눈을 뜨면 아주 희미한 기억밖에 남지 않는 또다른 정신적인 인생을 떠돈다는 사실에는 정말이지 의문의 여지가 없다. 아슴푸레하고 토막토막 잘린 단편적인 기억에서 우리들은 많은 것을 추측할 수는 있어도 증명해보라고 하면 거의 불가능에 가까움을 알 수 있다. 꿈속의 인생에서는, 세상에서 흔히 보던 일정한 형태의 물질이나 생명력이 반드시 일정하지는 않는 것 같다. 우리가 알고 있는 시간과 공간도 마찬가지이다. 이따금 나는 생각한다. 비물질적인 인생이야말로 참된 우리의 삶이고, 물과 육지로 이루어진 구체 위에 있는 우리들 허무한 존재는 사실 부수적인 존재이거나 그저 허상에 지나지 않을 뿐이라고.

젊은이다운 이런 사색에 가득찬 몽상에서 문득 현실 세계를 직시하게 된 것은, 내가 인턴으로 근무하고 있던 주립정신병원에 영원히 잊지 못할 어떤 증세를 보이던 환자가 입원했기 때문이었다. 1900년 끝무렵에서 그 이듬해로 이어지는 겨울의 어느 오후였다. 그 환자의 이름은 조 슬레이터 또는 슬레더라고 기록되어 있었고, 캣츠킬 산맥 부근에 사는 주민들에게서 찾아볼 수 있는 전형적인 얼굴을 하고 있었다.

조상은 식민지 시대의 소박한 농민이었으나 사람이 거의 오가는 일이 없는 산악지대에서 300년 가까이 고립되어 있었던 터라, 다행히 인구가 조밀한 지역에 정착하게 된 종족과는 달리 야만적으로 퇴화해버린 가련한 일족의 후예였다. 그야말로 남부의 타락한 '백인 거지'와 다를 바 없이 이 기묘한 인간들 사이에서는 법과 도덕따윈 존재하지도 않았고, 전반적인 정신상태 또한 미국 토착민을 통틀어도 최하위였을 것이다.

4명의 경관이 철통같은 경비를 펼치면서 데려온 더할 수 없이 위험한 인물이라는 조 슬레이터를 처음 지켜보았을 때, 나는 위험하다고 느낄만한 아무런 징후도 발견하지 못했다.

다소 키가 크고 체격은 좋았지만 졸음이 오는 듯한 연푸른 색의 물기어린 작은 눈과 제멋대로 자라 있는 누런 수염, 맥없이 늘어진 두꺼운 아랫입술들은 악한 구석이라고는 손톱만큼도 찾아보기 어려운 멍청한 백치같은 얼굴을 하고 있었다. 가족사항이라든지 어떤 기

록같은 게 없어서 나이도 확실치 않았지만, 머리가 벗겨올라간 점이
나 치아상태로 판단하여 외과주임은 그를 40살 정도의 남자라고 기
록하였다.

슬레이터의 증상에 대해서는 진찰기록부와 재판소의 기록이 다였
다. 이 사내는 총과 올가미로 짐승이나 잡는 변변찮은 사람이었는데
일족들도 이상한 눈으로 바라봤다고 했다. 늘 보통 사람과는 비교도
안 될 만큼 오래 자고 나서는, 상상력이 없는 일족의 마음에 공포심
을 불러일으키는 기분 나쁜 말투로 걸핏하면 아무도 모르는 이상한
얘기를 했다고 한다. 산악 지역에서 쓰는 심한 사투리밖에 몰라서
말씨가 그렇다는 게 아니라, 이야기하는 목소리나 말투가 묘하게 거
칠고 사나워서 듣고 있으면 저절로 마음이 불안해졌다. 슬레이터도
겁에 질려 어쩔줄 몰라하는 듯했는데, 일어나서 1시간쯤 지나면 자
기가 했던 모든 말——적어도 말하지 않고는 견딜 수 없었던 그 이
야기——들은 새까맣게 잊어버리고 산악지대에 사는 다른 이들처럼
느릿느릿 둔하게 그리 즐겁지도 않은 일상생활로 되돌아가는 것이
었다.

나이를 먹으면서 슬레이터의 이상한 아침은 점점 격렬해지고 횟
수도 늘었던 모양이다. 결국 주립병원으로 끌려오기 한 달 전쯤에는
피비린내 나는 참극이 벌어졌고, 경찰에 체포되었다. 어느 날 정오
가 가까워졌을 때, 위스키를 실컷 마시고 전날 4시 무렵부터 잠에
취해 있던 그 건달이 별안간 벌떡 일어나서 이 세상에서 들어 보지
도 못한 무서운 소리를 질렀기 때문에 근처에 살던 몇 사람이 깜짝
놀라서 움막——형편없는 가족과 같이 슬레이터가 살고 있던 더러
운 움막으로 찾아 왔다. 슬레이터는 눈 속으로 뛰쳐 나오자 두 손을
쳐들고 허공을 펄쩍펄쩍 뛰어올랐다. 그러면서 '지붕과 벽과 마루가
반짝반짝 빛나고, 괴상한 음악이 멀리서 크게 들려 오는 넓고 큰 움
막'으로 가겠다는 결의를 소리질렀다. 중키의 남자 두 사람이 말리

려고 하자 슬레이터는 미치광이와 같은 힘과 기세로 저항하며, '번쩍번쩍 빛나고 몸을 떨면서 웃는 놈'을 찾아내서 죽이고 싶다고 고함을 질러댔다. 결국 막으려는 한 사람을 갑자기 때려서 잠시 기절시킨 뒤, 살기가 등등해지고 악마와 같은 황홀한 상태가 돼서 또 한 남자에게 달려들어 '하늘 높이 날아서 방해하는 놈은 누구든지 죽여버리겠다'고 무시무시한 목소리로 난리를 피웠다.

벌써 그때쯤에는 가족과 이웃 사람들도 당황해서 도망쳐 버렸고, 용감한 자들이 찾아 왔을 때는 한 시간 전만 해도 틀림없이 인간이었던 슬레이터의 모습은 온데간데 없고 갈갈이 찢어진 옷만 남아 있었다. 모여든 사내들은 아무도 슬레이터를 뒤쫓을 생각은 하지 않고 그저 얼어죽기만을 기다렸는데, 며칠이 지난 아침에 먼 계곡에서 절규하는 슬레이터의 목소리를 듣고는 아직도 살아있다는 것을 알고 어떻게든 처치해야겠다고 마음을 굳혔다. 드디어 무장한 수색대가 결성되었다. 그런데 어쩌다 이를 목격한 기마 경관의 추궁에 수색대는 사실대로 털어놓았고, 본래 목적이 어떻든 간에 보안관의 대열 속에 흡수된 이들 수색대는 무조건 명령을 따라야만 했다.

사흘 째되는 날 슬레이터가 나무 밑에서 의식을 잃고 있는 것이 발견되었고, 가장 가까운 구치소로 데리고 가서 의식이 돌아오자마자 즉시 알바니에서 온 정신과 의사에게 진찰을 받게 했다. 그랬더니 실로 단순한 얘기를 했다. 슬레이터의 말에 의하면 술을 실컷 마신 후 해가 질 무렵 골아 떨어졌는데, 잠에서 깨서 보니 자기 움막 앞에서 두손이 피투성이가 된 채 서 있었고, 이웃의 피터 슬레이더가 찢겨진 시체로 발 밑에 뒹굴고 있었다고 한다. 슬레이터는 부들부들 떨면서 자기가 한 짓임에 틀림없는 범행 현장에서 어떻게든 멀어지려고 숲으로 도망쳤다고 했다. 그 후의 일은 아무것도 기억하지 못하는지 정신과 의사가 아무리 교묘히 질문을 해도 아무것도 밝혀낼 수 없었다.

그날 밤 슬레이터는 조용히 잠을 잤고, 다음 날 아침 잠이 깨었을 때도 이상한 징조는 전혀 보이지 않았다. 표정만 달라져 있을 뿐이었다. 환자를 진찰하고 있던 버나드 의사는, 그의 창백한 파란 눈에서는 어떤 특이한 조짐이 내비치고, 다물리지 않았던 입술은 마치 지적인 결의라도 한 것처럼 약간 오무라든 사실들을 알아차렸다고 여겼었다. 그러나 질문을 하자 슬레이터는 평상시와 같은 멍한 표정으로 어제 떠든 얘기를 되풀이할 뿐이었다.

3일 째 아침에 처음으로 정신적인 발작이 일어났다. 약간 잠을 설친 슬레이터가 몹시 흥분해 있어서 4명이나 덤벼들어서야 간신히 구속의(拘束衣)를 입힐 수 있었다. 정신과 의사는 주의 깊게 슬레이터의 말에 귀를 기울였다. 슬레이터의 가족이나 이웃이 떠들어대는 저마다 다르고 모순된 황당한 이야기가 상당히 암시적이기는 했지만 더 없이 흥미로웠기 때문이었다. 슬레이터는 15분 전에도 산간지방의 사투리로 녹색 건축물과 우주의 바다, 이상한 음악과 검은 산과 골짜기에 대하여 헛소리를 했다. 그러나 헛소리의 대부분은 자기를 내던지고 조롱했다는 어떤 수수께끼 같은 빛의 실체에 대한 이야기였다.

거대하고 애매모호한 그 인격은 아무래도 슬레이터에게 말도 안 되는 짓을 저질렀는지, 슬레이터의 유일한 소망은 그것을 죽여 원한을 푸는 것이었다. 슬레이터의 얘기로는, 그 존재에 가까이 가기 위해서는 끝없는 심연을 건너뛴 뒤 날아올라서 모든 방해물을 제거해야 한다고 했다. 대충 이런 이야기를 하던 슬레이터의 눈에서 광기의 불꽃이 사라지고, 마주한 사람들을 보고 잠시 놀라는가 싶더니 왜 자기 몸을 꽁꽁 묶어두었냐고 되물었다. 버나드 의사는 구속의의 가죽끈을 풀어 주었으나 밤이 되자 환자 자신을 위해서이니까 스스로 가죽끈을 채우도록 설득했다. 그 무렵에는 슬레이터도 이따금 자신이 이상한 이야기를 하는 것은 알고 있었지만 왜 그러는지 자기도 몰랐다.

1주일 동안 두 번이나 다시 발작이 일어났지만 의사는 거의 아무 것도 알아내지 못했다. 그러다 겨우 슬레이터가 꾸는 꿈의 근원에 대하여 의견을 주고받게 되었다. 슬레이터는 읽지도 쓰지도 못할 뿐 더러 전설이나 옛날 이야기도 들어보지 못한 것 같은데 꿈에서 그런 휘황찬란한 이미지를 본다는 게 참으로 이해할 수 없었기 때문이었 다. 이미 알고 있는 신화나 이야기를 바탕으로 하지 않았다는 것은, 이 가련한 미치광이가 가장 단순한 방법으로 밖에 표현할 수 없다는 사실만 보아도 명백했다.

스스로 도저히 이해할 수도, 해석할 수도 없는 일들을 이야기했 다. 실제로 체험했다고 주장하면서, 보통의 대화나 일관된 대화에서 배웠을 리가 없는 말들을 떠들었다. 얼마 지나지 않아 정신과 의사 는 이상한 꿈이 문제의 근본 토대라는 것을 인정했다. 이 근본적으 로 열등한 남자는 잠에서 깨어나도 한동안 생생한 꿈에 정신을 지배 당하는 게 분명하다고 했다. 정식 절차에 따라 슬레이터는 살인죄로 기소되었고 정신이상자로 무죄를 선고받은 뒤, 내가 한낱 인턴으로 있던 병원에 옮겨졌던 것이다.

이미 말한 대로 나는 꿈의 인생에 대해 부단한 사색을 하고 있기 때문에 쉽게 짐작하시겠지만, 슬레이터의 증세를 확인하자마자 나는 열성적으로 이 환자를 연구하기 시작했다. 나는 관심을 가지고 있는 것을 숨기지 않았고, 질문을 할 때도 부드럽게 대했기 때문에 슬레 이터는 나에게 친근함 같은 것을 느꼈던 모양이다. 발작을 일으키는 동안은 나를 알아차리지 못했는데 그럴 때면 나는 매우 긴장해서 슬 레이터가 말하는 혼돈스러운 우주적인 장면에 귀를 기울였다. 그러 나 슬레이터도 마음이 진정될 때는 내가 누구라는 것을 알았다. 그 럴 때면 쇠창살이 박힌 창가에 앉아 짚단이나 버들가지로 광주리를 짜기도 하면서, 이젠 두번 다시 산에서 자유를 누리는 기쁨은 없으리라는 것을 이해했다. 가족은 한번도 면회오지 않았다. 아마 열악한 산악 주민들의 방식대로 슬레이터를 대신할 임시적인 가장을 구하고 있었을 것이다.

예상조차 할 수 없었던 조 슬레이터의 엄청난 망상에 나는 큰 충격을 받으면서 점차 압도되어가고 있었다. 지적인 면에서나 언어 능력으로 볼 때 슬레이터는 사실 가련할 정도로 모자란 게 사실이었지만, 그 호화찬란하고 황당한 꿈 이야기는 심한 사투리로 거칠기 짝이 없는 속된 말로 표현되기는 했어도, 뛰어난 두뇌, 아니 비할 데 없이 탁월한 두뇌의 소유자가 아니면 도저히 생각해 낼 수 없는 것이었다. 타락한 캣츠킬의 우둔한 상상력이 단지 꿈을 꾸었다고 해서 천재가 번뜩이는 영감을 이야기하듯 과연 그런 정경을 창조해낼 수 있을지 나는 몇번이고 자문했다. 도대체 산간 오지의 아둔하기 짝이 없는 슬레이터 같은 자의 일시적이고 격렬한 정신착란 속에서, 어떻게 그런 범상치않은 빛나는 재기와 폭넓은 지식이 필요한 찬란한 영역에 대한 묘사가 그토록 쏟아져 나올 수 있단 말인가! 그래서 나는, 내 앞에서 비굴한 태도를 취하는 가련한 남자에게는 나의 이해를 초월한 어떤 혼란한 핵이 있다고 생각하게 되었다. 나보다 경험은 많지만 상상력이 뒤떨어지는 동료 의사나 과학자들은 도저히 이해할 수 없는 그 무언가가 있다고.

그러나 슬레이터로부터 어떤 구체적인 사실은 하나도 알아내지 못했다. 내가 조사해서 정리하고 종합한 것에 따르면 슬레이터는, 인간들이 알지 못하는 끝없는 영역 속의 눈부시고 놀라운 계곡과 초원, 정원, 도시, 빛의 궁전 들과 같은 거의 물질적인 꿈의 세계에서 또다른 인생을 헤매고 있는 것이었다. 그곳에서는 그는 농부도, 타락한 인간도 아닐뿐더러 오히려 자랑스런 당당한 위엄을 지니고 살아가고 있었는데, 어떤 끔찍한 것만이 슬레이터의 앞길을 방해하는 유일한 적이었다. 그런데 이 적으로 말하자면 눈에는 보이지만 잡히지 않는 듯했고, 슬레이터가 늘 '그것'이라고만 표현한 걸로 보아 아무래도 인간은 아닌 듯했다. '그것'이 슬레이터에게 도저히 표현할 수 없는 끔찍하고 몹쓸 짓을 했기에 이 미치광이(일단 미쳤다는 전제 하에)는 원한을 풀고자 한다는 것이었다.

슬레이터와 그 빛나는 적은 대등한 관계에서 만난 것이 분명하다고 나는 판단했다. 슬레이터가 암시하는, 그들이 서로를 다루는 방식을 통해 추측하건데, 꿈속에서는 슬레이터 또한 적과 마찬가지로 같은 종족의 빛나는 '것'이었던 모양이다. 하늘을 날고, 방해하는 것들을 모조리 죽여버린다고 몇번이나 말한 슬레이터의 이야기로도 이 느낌은 분명했다. 그렇지만 이 모든 이야기를 내용과는 전혀 어울리지 않는 심한 사투리로 읊조렸기 때문에, 만약 참으로 꿈의 세계가 있다면 사고의 전달 수단은 결코 말이 아닐 거라는 결론이 나왔다. 우둔한 사내가 더듬대면서 단조로운 언어로 표현하기가 도저히 불가능한 일을, 이 열등한 육체에 깃든 꿈속의 영혼이 필사적으로 전하고 있다는 논리가 과연 성립될 수 있을까? 나는 나이 많은 의사들에게는 이런 일들을 보고하지 않았다. 중년이 되면 의심만 많아지고 게다가 이 병원의 원장은 최근들어 인자한 아버지라도 되는 양, 내가 너무 무리한다고 걱정했다. 몸도 그렇지만 정신도 좀 쉬는 게 좋겠다고.

나는 오랫동안 인간의 사고가 기본적으로는 원자와 분자의 운동으로 이루어져 있고, 열과 빛과 전기처럼 에테르 파를 방사하는 에너지로 바뀔 수 있다고 생각해 왔다. 이러한 생각을 하게 되면서 텔레파시라든지 이와 비슷한 수단을 통해 정신적인 의사소통의 가능성에 대해 깊이 파고들게 되었고, 대학시절에는 아직 라디오가 개발되지 않았던 시대에 무전기 비슷한 볼품없는 장치를 개발하기도 했다. 이 장치를 학교 친구들에게 사용해 보기도 했지만 별 소득이 없었기에, 다른 것들과 함께 앞으로 쓰일 데가 있겠지 하고 넣어두었더랬다. 그랬던 것을 지금은 조 슬레이터의 꿈속 인생을 살펴보는데 사용하고 싶어 몸이 근질근질해져서, 그 장치를 찾아내어 작동이 되도록 며칠이나 걸려서 수리까지 했다. 드디어 수리가 끝나서 완전히 작동하는 것을 확인하자 나는 이 장치를 시험할 기회를 놓치지 않았다. 슬레이터가 심한 발작을 일으킬 때마다 송신기를 그의 이마에 붙이고 내 이마에는 수신기를 대서 지적 에너지라 불리는 모든 파장을 끌어모아 미묘한 조정을 계속했다. '사고' 곧 '인상'이 만약 잘 전달된다면, 내 뇌리에 어떤 정신적 반응이 일어나게 될지는 거의 예측할 수 없었지만 여하튼 무엇이든 찾아내어 알 수 있게 되리라는 확신을 갖고 있었다. 이리하여 아무도 모르는 나의 비밀실험은 계속되었다.

1901년 2월 21일 마침내 그 일이 일어났다. 그때를 되돌아보면 너무도 비현실적이라는 것도 충분히 느끼고 있고, 펜튼 의사가 모두 흥분한 내 상상력 탓이라고 한 것도 이따금 당연하게 생각될 정도다. 내가 그 이야기를 했을 때 사실 펜튼 의사는 굉장한 호의와 인내심으로 귀기울여 주었지만, 모든 애기를 끝내자 진정제를 주면서 반년간의 휴가절차를 밟아주었기에 결국 나는 다음 주에는 그 병원을 나와야 했다.

그 운명의 밤, 나는 너무 흥분해서 마음을 가라앉힐 수가 없었다. 세심한 주의를 기울였음에도 조 슬레이터가 거의 다 죽어갈 지경이었기 때문이었다. 어쩌면 산에서 누리던 자유를 잃은 탓일 수도 있고, 약간 이상한 기미를 보이던 육체에 뇌의 혼란이 너무 강한 자극을 준 탓일 수도 있겠지만 어쨌든 이 타락한 육체에서는 생명의 불꽃이 불안하게 흔들리고 있었다. 죽음이 가까워지면서 조용히 잠에 빠져들더니 밤이 깊어갈수록 불안한 뒤척임이 시작되었다. 슬레이터는 언제나 구속의를 입고 자게 되어 있었으나 나는 그 규정을 따르지 않았다. 죽기 전에 다시 한번 정신착란을 일으켜 깬다 해도 너무

몸이 약해져 있어서 위험한 일은 없을 것 같았기 때문이다. 그 와중에도 나는 슬레이터와 내 이마에 우주적인 '라디오'의 단말을 붙이고 얼마 남지 않은 시간 동안 부디 처음이자 마지막이기도 한 어떤 메시지가 전달되기를 간절히 기원했다. 우리들이 있었던 개인 병실에는 간호사가 한 명 딸려 있었지만 그리 머리가 좋은 편이 아니라서 왜 그런 장치를 붙이는지 알지도 못했고, 또 알려고도 하지 않았다. 시간이 흐르면서 잠자는 슬레이터의 머리가 힘없이 늘어졌는데 나는 그를 깨우려고 하지 않았다. 다 죽어가는 사내의 고른 숨소리를 들으면서 나도 모르게 꼬박꼬박 졸기 시작한 게 틀림없었다. 그런 나를 깨운 것은 아름답고 특이한 선율이었다. 화음, 진동, 모든 것이 조화롭고 황홀한 음악이 발길 닿는 곳마다 정열적으로 울려퍼지는 가운데, 기쁨에 들뜬 내 눈앞에 홀연히 궁극적인 미를 실현한 상상도 못할 놀라운 경관이 펼쳐졌다. 공중에 떠 있는 내 주위에서 넘실대는 불꽃의 벽과 기둥과 처마의 눈부신 빛이 장엄하기 그지없는 이 숭고함! 아니 잠시도 가만 있지 못하는 내 눈길이 닿는 곳마다 펼쳐져 있는, 숭고라는 말이 오히려 부족하게 느껴지는 이 찬란한 정경!

그 사이로 언뜻언뜻 비치는 것은 우아하기 이를 데 없는 골짜기와 깊은 산과 손짓하는 돌집과 광대한 평원으로, 환희에 찬 나의 눈에는 물질과 함께 영혼도 겸비하고 있는 듯이 보였지만 정확히는 잘 모를 어떤 천상의 빛나는 실체만으로 만들어진 듯한 모든 부속물이 아름다운 경치 곳곳에 자리잡고 있었다. 이 놀라운 광경을 바라보면서 나는 다름 아닌 내 뇌가 이토록 매력적인 변화의 열쇠를 쥐고 있음을 깨달았다. 내 눈앞에 펼쳐진 모든 경치들은 멈출 줄 모르는 내 정신이 한번은 보고 싶다고 죽 생각하던 것이었기 때문이다. 모든 광경, 모든 소리가 너무도 친근해서 이 더할 나위 없이 행복한 세상 한가운데서 내가 결코 이방인으로 느껴지지 않았다. 영겁의 오랜 먼 옛날부터 유구한 미래에 이르기까지 내가 살았던 익숙한 공간처럼 다가왔다. 이윽고 내 빛의 형제인 눈부신 오러(aura)가 내게 다가와 침묵 속에서 완전한 사고의 교환을 위한 혼과 혼의 대화가 이루어졌다. 승리가 바로 눈앞으로 다가오기 직전이었다. 이 친구는 마침내 비열하기 짝이 없는 일시적인 속박에서 풀려나와, 저주스런 압제자를 뒤쫓아 세상의 끝인 에테르 계(界)까지 따라갈 준비를 하면서 우주를 뒤흔들지도 모를 엄청난 복수를 꾀하고 있었다. 이때 우리들은 잠시 떠돌고 있었는데, 그동안 어떤 힘이 내게 지구──가고 싶다고 생각조차 해본 적이 없는 장소──를 떠올리게 하려는 듯, 우리들 주위가 조금씩 희미하게 흐려지는 것을 깨달았다. 내 가까이에 있는 실체도 그 변화를 느끼는 것 같았다. 서둘러 이야기를 마무리 짓고는 자리를 떠나 다른 것들보다 약간 느린 속도로 내 앞에서 사라지려고 했다. 그럼에도 사고의 교환은 계속 되었고, 나는 빛나는 것과 나 자신이 다시금 유대를 회복하리라는 것은 알았지만, 내 형제인 빛에게는 이것이 마지막 순간이었다. 비참한 행성에서의 껍데기는 거의 사라져가고 있어서 1시간도 지나기 전에 내 빛의 형제는 자유를 얻었고, 압제자를 좇아 은하를 넘어 무한의 끝까지 별들을 뒤로 하고 쏜살같이 달려 나갔다.

　뚜렷한 충격과 함께 희미해져 가던 빛의 정경을 잃어버린 나는 다소 멋적은 기분으로 화들짝 눈을 떴는데, 침대에 누워 있던 죽음을 눈앞에 둔 남자가 약간 몸을 움직이고 있는 것이 보였다. 조 슬레이터는 사실 눈도 조금씩 뜨고 있었는데 아마 이것이 마지막이 될 것 같았다. 찬찬히 살펴보니 창백한 그의 뺨에 전에는 보지 못한 혈색과 함께 윤기가 흘렀다. 입술도 여느 때와는 달라, 마치 슬레이터보다도 더 강인한 성격에 의해 조절되는 것처럼 굳게 닫혀 있었다. 얼굴 전체에 경직이 일어나면서 눈을 감은 채 쉴새없이 머리를 흔들었다.

간호사는 깨울 생각도 않고, 나는 꿈꾸는 자가 전하려할지도 모르는 최후의 사고를 알아낼 생각으로 '텔레파시 라디오'의 헤드밴드로 위치를 바로잡았다. 바로 그 순간 슬레이터가 내쪽으로 고개를 돌리고는 눈을 번쩍 떠서, 나는 깜짝 놀라 넋을 놓고 그저 뻔히 바라보기만 했다. 타락한 캣츠킬의 조 슬레이터였던 남자가, 어쩐지 색깔이 짙어진 듯이 여겨지는 물기어린 푸른 눈을 크게 뜨고 나를 그윽히 바라보고 있었다. 광기도, 퇴폐의 흔적도 찾아볼 수 없는 눈길이었다. 나는 내가 바라보고 있는 이 얼굴 뒤에 활동적인 높은 차원의 정신이 가려져 있음을 뼈저리게 실감했다.

이때부터 나의 뇌는, 외부에서 착실하게 작용해오는 영향력을 의식하게 되었다. 나는 정신을 집중하여 사고가 깊어지도록 눈을 감았는데 그 보답은 지나칠 정도였다. 오랫동안 열망하던 정신적 사고전달이 마침내 가능해졌음을 똑똑히 알게 된 것이다. 외부에서 전해오는 온갖 사고들은 나의 정신 속에서 재빨리 형태를 잡았고, 일체 말이 개입되지 않음에도 개념이나 표현의 습관적인 연상작용이 대단했기 때문에 보통 영어로 받아들이고 있는 듯한 착각마저 일으켰다.

조 슬레이터는 죽었다.

졸음의 벽 너머에서 영혼도 얼어붙는 것 같은 매체의 목소리가 들려왔다. 나는 묘한 공포에 사로잡혀 혹시 슬레이터가 괴로워하고 있지나 않나 하고 눈을 떴지만, 푸른 눈은 여전히 온화하게 빛나고 얼굴에도 지성이 깃들어 있었다.

죽는 편이 낫다. 우주적인 실체의 활발한 지성을 받아들이기에는 어울리지 않은 자였기에. 이 남자의 몸 전체가 영묘한 삶과 행성의 삶 사이에 필요한 조정을 견디지 못했던 것이다. 동물적인 요소가 너무도 강하고 반대로 인간적인 요소가 너무 적었다. 그렇지만 이자의 결함때문에 그대는 나를 찾아낼 수 있다. 우주의 영혼과 행성의 영혼은 보통은 서로 만날 리가 없는 것이므로. 이 자는 그대의 지구 세월로 쳐서 42년간 나에게 시달렸고, 날마다 감옥에서 보낸 것과 다를 바 없었다.

꿈없는 그대의 자유로운 잠속에서 만날 수 있는 실체, 그것이 바로 나다. 나야말로 그대의 빛의 형제이고, 우린 함께 눈부신 골짜기를 떠다녔지. 깨어 있을 때의 지구에는 그대의 참된 자아를 일러주는 게 내게 허락되지 않지만, 우리들은 모두 오랜 세월에 걸쳐 광대한 우주를 헤매는 떠돌이이다. 내년쯤이면 나는 그대가 고대라고 부르는 이집트나, 혹은 3,000년 뒤의 탄 찬이라는 무정한 제국에 살고 있을지도 모른다. 그대와 나는 붉은 아르크투루스를 둘러싼 세계를 떠돌면서 목성의 다섯 번 째의 달을 자랑스럽게 기어다니는 곤충학자의 몸 속에 거주하고 있었다. 지구의 자아는 삶과 그 범위에 관해서 너무도 지식이 모자랐다. 자아가 편안하기 위해서는 그래야 한다고는 하지만 참으로 무지하도다!

압제자에 대해서 나는 아무 할 말이 없다. 지구에 있는 너희들은 압제자인 줄도 모르면서 아득히 먼 존재를 느끼고 있을 것이다. 아무것도 모르면서 깜박이는 저 별들에게 천진하게스리 '알골'이니 '악마의 별'이니 하는 이름을 붙이고 있지 않은가? 내가 육체라는 거추장스러운 물건에 제약을 받으면서도 유구한 세월동안 허무한 분투를 되풀이하고 있는 것은 압제자를 찾아 무너뜨리기 위함이다. 오늘 밤 나는 오로지 복수로만 똘똘 뭉친 네메시스가 되어 찾아갈 것이다. 악마의 별 바로 옆에서 나를 찾아볼 수 있으리니.

조 슬레이터의 몸이 차갑게 식기 시작하면서 경직이 일어나, 내가 원하던 진동을 쓸데없는 뇌파가 방해하려 하니까 더 이상 긴 이야기는 할 수 없다. 그대는 이 행성에서 나의 유일한 벗이었다. 침대에 누워 있는 이 지긋지긋한 놈 속에서 나를 느끼고 찾아준 유일한 영혼이었다. 또다시 만날 날이 있겠지. 아마도 오리온 성좌의 빛나는 안개가 드리운 세 번째 별이라든가, 선사시대의 황량한 아시아의 고원에서든가, 기억에 남지 않을 오늘밤 꿈속에서든가, 태양계가 소멸해가는 아득한 미래의 다른 실체로.

이때 사고 주파가 갑작스레 끊어지면서 꿈꾸는 자——죽은 자라고나 해야할까——의 눈이 뿌옇게 흐려졌다. 나는 거의 망연자실한 상태로 침대에 다가가 슬레이터의 맥을 짚어 보았지만 차갑게 식어 경직이 일어난 손에는 아무런 반응이 없었다. 누르스름한 볼은 또다시 창백해져갔고, 두터운 입술은 뻐끔하니 벌어져 조 슬레이터의 충치투성이의 보기싫은 이빨을 남김없이 드러냈다. 나는 부르르 몸서리를 한번 친 뒤 흉측한 그 얼굴을 모포로 덮고 간호사를 깨웠다. 그런 뒤 병실을 나와 아무 말 없이 내 방으로 돌아갔다. 얼마 안 있어 엄청나게 졸음이 쏟아졌는데 무슨 꿈을 꾸었는지는 기억할 수 없다.

클라이막스? 그런 게 없다고 불평할지도 모르지만, 순전히 과학적인 이야기에 그렇게 효과적인 것이 있을 리 만무하지 않은가. 나는 그저 독자들이 자유롭게 해석할 수 있도록 사실이라고 생각되는 것만 적은 것에 지나지 않는다. 이미 밝힌 것처럼 내가 모시던 펜튼 의사는 나의 모든 이야기에서 현실성을 부정하고 있다. 그는 내가 노이로제에 걸려 있다고 딱 잘라 이야기하면서 장기간 휴가를 얻어야 한다며 고맙게도 유급휴가를 얻도록 해주었다. 또한 의사의 명예를 걸고, 조 슬레이터는 저급한 망상증 환자였을 뿐 아니라 그의 황당한 망상들은 가장 타락한 사회에까지 퍼져 있는 예로부터 전해오는 소박한 민화에서 유래된 것임이 분명하다고 잘라 말했다. 펜튼 의사는 그렇게 얘기했지만, 나는 슬레이터가 죽던 날 밤 하늘에서 보았던 것을 도저히 잊을 수가 없다. 내가 편견을 가진 목격자가 되지 않도록 다른 사람에 의해 기록된 증언을 마지막으로 덧붙이고자 한다.

아마 이것이 독자가 기대하는 클라이맥스가 될 것이다. 저명한 천문학의 권위, 갸렛 P. 사비스 교수의 기사에서 한 마디도 틀리지 않게 페르세이라는 새로운 별에 대한 기록을 인용한다.

1901년 2월 22일, 에든버러의 앤더슨 박사에 의해 알골에서 얼마 떨어지지 않은 곳에서 근사한 새 별이 발견됐다. 지금까지 그 지점에서는 별이 보인 적이 없다. 새로운 이 별은 24시간 안에 카펠라의 빛을 가릴 만큼 밝아졌다. 그러나 1, 2주 동안에 빛이 약해졌고, 몇 개월이 지나자 육안으로는 거의 찾아볼 수 없게 되었다.

고(故) 아서 자민과 그 집안에 대하여

1

　인생이란 끔찍한 것이어서 우리들이 알고 있는 인생 뒤에는 이따금 천 배나 더 무서운 사악한 진실의 그림자가 얼핏 얼굴을 내밀 때가 있다. 이미 충격적인 사실 앞에서 제대로 몸도 가누지 못하고 있는 과학은 아마도 최종적으로는 인간을 절멸시키게 되리라. 여하튼 인간이 고립된 종족이라는 가정 아래서지만. 미처 과학이 추측조차 하지 못하고 있는 그 공포가 자유로이 돌아다니게 된다면 인간의 두뇌는 아마 도저히 견뎌내지 못할 것이다. 만약 우리들이 인간의 본성을 알고 있다면 아서 자민 경이 했던 것과 똑같이 할 수밖에 없으리라. 아서 자민 경은 온몸에 기름을 붓고 옷에 불을 붙였다. 타버린 그의 유골을 항아리에 주워담는 자도 없었고, 어떤 인물인지 알려주는 기념비를 세운 자도 없었다. 어떤 서류와, 상자에 넣어둔 물건이 사후에 발견되면서, 사람들은 모두 잊혀지길 원했던 것이다. 아서 자민을 알고 있던 일부 사람들은 그가 이 세상에 있었던 사실조차 인정하지 않으려고 한다.

아서 자민은 아프리카에서 상자에 넣어 보내온 물건을 본 뒤, 황무지로 나가서 분신자살을 했다.

아서 자민이 스스로 목숨을 끊은 것은 그의 특이한 용모탓이 아니라 상자에 들어 있던 물건 때문이었다. 아서 자민의 독특한 모습을 닮았다면 대개의 사람은 살려는 의욕을 잃었겠지만, 시인이자 학자인 그는 자신의 용모에 별로 신경을 쓰지 않았다. 증조부인 준남작 로버트 자민 경이 저명한 인류학자였기 때문에 어려서부터 쉽게 학문과 친해졌는데, 아서의 5대조인 웨이드 자민 경은 콩고 일대를 탐험했던 초기 멤버 가운데 한 사람으로 콩고의 부족, 동물, 옛날부터 내려오는 풍습에 대해 자세한 기록을 남겼다.

사실 웨이드 경은 거의 광적인 지식욕을 가지고 있어서 선사시대 콩고 백인들의 생태를 담은 〈아프리카 각지의 고찰〉이 발표되었을 무렵에는 기인이라는 별명이 따라다녔다. 무서움을 모르는 이 탐험가는 1765년 헌팅턴 정신병원에 수용됐다.

자민 집안의 모든 사람들에게는 광기가 있어서 세상 사람들은 그들의 수가 얼마 되지 않음을 그나마 다행으로 생각했을 정도였다. 집안에서는 분가한 이도 없어 아서가 자민 집안의 마지막 적자였다. 만약 그렇지 않았더라면, 그 물건이 도착했을 때 아서가 한 행동의 의미를 아무도 몰랐을 것이다. 자민 집안의 사람치고 정상적인 용모를 한 사람은 아무도 없는 듯 했다. 어쩐지 보통과는 다른 예사롭지 않은 용모였는데 특히 아서가 심했다. 그렇지만 자민 저택에 있는 오래된 가족의 초상화를 보면 웨이드 경 이전의 사람들이 단정한 얼굴 모습을 하고 있으므로, 광기는 웨이드 경에게서 비롯된 것이 분명했다. 아프리카에 대한 경의 괴상한 얘기는 극히 얼마 되지 않는 친구를 기쁘게 하는 동시에 떨게 했다. 그 광기는, 보통 사람이라면 수집하거나 보관하지도 않는 기념품이나 표본, 그리고 아내를 동양의 풍속처럼 이상하게 격리시키고 있던 일만 보아도 잘 알 수 있었다. 웨이드 경의 아내는 포르투갈 상인의 딸로 아프리카에서 만났다고 하는데, 영국식 생활 풍습이 아주 질색이었던 모양이다. 경이 가장 오래 머물렀던 2번째 아프리카 여행에서 돌아오면서 그곳에서 낳은 어린 아들과 함께 이 아내를 데리고 왔는데, 마지막으로 떠난 세 번째 여행에 남편을 따라나섰다가 그대로 돌아오지 못할 사람이 되고 말았다. 웨이드 경의 아내를 자세히 본 사람은 하인들 중에서도 없었다. 성질이 굉장히 거칠었기 때문이다. 아주 짧은 시일 동안 자민 저택에 머물러 있을 때에도 건물 맨 끝에 있는 구석방에만 있었고, 남편의 보살핌만 받았다고 했다. 사실 웨이드 경의 관심 또한 각별했다.

아내가 아프리카로 돌아갔을 때에도 기니아에서 온 흉물스러운 흑인 여자 외에는 어린 아들에게 가까이 가지 못하게 했을 뿐 아니라, 부인이 죽고 혼자 귀국한 후에는 제손으로 아들을 돌보았다.

그러나 이런 일들이야 대개 웨이드 경이 차를 함께 마시면서 얘기해줘서 안 것 뿐이고, 친구들이 그가 미쳤다고 생각한 이유는 다른 데 있었다.

18세기와 같은 이성의 시대에, 더욱이 학식도 있는 자가 콩고의 달빛 아래서 보았던 이상하고 신기한 광경——즉, 다 허물어져 덩굴만 뒤얽혀 있는 잊혀진 도시의 거대한 벽과 기둥, 지하의 보물창고나 이루 다 헤아리기조차 힘든 납골당의 끝없는 어둠으로 이어지는 쥐죽은 듯이 고요하고 습기찬 돌계단 등——에 대하여 그렇게 조심성없이 대놓고 얘기한다는 것은 현명한 처사가 아니었다.

게다가 그런 장소에 숨어 있을지도 모를 생물과 정글과 오래된 도시의 사생아에 대하여 불경스러울 정도로 떠들어대는 것도 이해할 수 없었다.

플리니우스(Plinius. 고대 로마의 박물학자 겸 관리. 전 37권으로 된 그의 저서 《박물지》는 일종의 백과사전인데 고급한 지적 고전으로 알려져 있다)라 한들 제눈을 의심하지 않고는 적을 수 없을 듯한 믿을 수 없는 생물——벽과 기둥, 아치형 천장과 기묘한 조각이 가득한 죽음에 직면한 도시에 득시글댄다는 거대한 유인원에서 파생된 듯한 기이한 그 생물의 얘기는 아무리 이해하려해도 제정신이 아닌 것 같았다.

그렇지만 마지막 여행에서 돌아온 웨이드 경은, '나이트 헤드' 정자에서 연달아 세 잔을 비우면서 소름이 끼칠 정도로 흥분해서, 정글에서 찾아낸 것과 자기만 알고 있는 어떤 부족의 폐허화된 유적지에서 보낸 시간에 대하여 정신없이 자랑을 늘어놓았다.

결국에는 그 생물에 대하여 열이 나서 떠들어댔고 그것이 원인이 되어 정신병원에 들어가게 되었다. 그때는 이미 웨이드 경의 정신상태가 정상이 아니어서, 헌팅턴에서 쇠창살이 박힌 방에 갇히게 되었는데도 크게 괴로워하는 기색도 없었다고 했다. 사실 웨이드 경은 아들이 커가면서 점점 집에 있길 꺼리게 되었는데 심지어는 두려워하는 모습까지 보이곤 했다. 그래서 내내 '나이트 헤드' 정자에만 머물러 있었는데, 병원에 수용되어 오히려 보호를 받은 듯이 뜻모를 감사의 말을 중얼거렸다고 한다. 웨이드 경은 3년 후에 세상을 떠났다.

웨이드 자민의 아들 필립은 매우 색다른 인물이었다. 몸집은 아버지를 많이 닮았지만, 용모와 행동이 이상했기 때문에 사람들이 멀리했다. 몇몇 사람들이 두려워했던 광기는 물려받지 않았지만 머리가 나쁘고, 짧은 시간 동안 심한 발작을 자주 일으켰다. 체구는 작은 편이지만 힘이 대단히 강하고, 민첩성도 믿을 수 없을 정도였다. 아버지의 작위를 물려받고 12년 후에 집시의 피가 섞인 사냥터지기의 딸과 결혼했는데, 아들이 태어나기 전에 일개 졸병으로 해군에 입대까지 하자 어울리지 않는 결혼에 대해 아연실색하고 있던 사람들은 이로써 완전히 정이 떨어져버렸다. 아프리카와 전쟁이 끝난 후 필립은 아프리카와 무역을 하는 상인 밑에서 선원으로 일을 시작했고, 높은 데를 잘 오르고 힘이 좋아서 꽤 평판이 좋았다고 하는데 배가 콩고 해변에 정박하던 밤에 모습을 감추어 버렸다고 한다.

필립 자민 경의 아들에게 명망 높은 가문의 운명적인 이상야릇한 변화가 생겼다. 몸이 조금 이상하기는 했지만 키도 크고 얼굴 생김새도 단정하여 동양적인 신비한 우아함을 느끼게 하는 로버트 자민은 학자겸 조사가로 인생을 시작했다. 미친 조부가 아프리카에서 가져온 방대한 수집품을 처음으로 계통적으로 연구했고, 민속학 분야에서도 좋은 연구와 성과로 가문의 이름을 높였던 것도 바로 이 로버트였다.

1815년에 로버트 경은 브라이토름의 7대 자작 딸과 결혼하여 차례로 3명의 아이를 낳았는데, 첫애와 마지막에 난 아이는 심신이 모두 기형이라는 이유로 사람들 앞에 모습을 드러낸 적이 없었다. 이러한 불운에 가슴이 찢어질 것 같았던 로버트는 일에서 위안을 찾았고, 아프리카의 오지를 두 번에 걸쳐서 장기간 원정했다.

필립 자민의 무뚝뚝한 성격과 브라이토름 집안의 거만한 성격을 닮아 호감이 가지 않는 차남 네빌이 1849년 천한 댄서와 사랑의 도피를 했는데, 이듬해 귀국한 로버트는 이것을 용서했다. 네빌은 홀아비가 돼서 어린 자식인 알프렛과 같이 자민 저택으로 돌아 왔는데, 이 알프렛이 아서 자민 경의 아버지이다.

친구들은 이 일련의 불행이 로버트 자민 경을 미치게 한 것이라고 하는데, 비극을 일으킨 것은 단순히 아프리카의 민화때문일 수도 있다. 노령에 달한 학자 로버트는, 조부와 자신이 조사한 지역에 가까운 옹가 부족의 전설을 수집해서 기괴한 혼혈생물이 산다는 잊혀진 도시에 대한 웨이드 경의 엉뚱한 애기에 어떠한 설명을 붙일 수 있지 않을까 하는 기대를 하고 있었다. 조상이 남긴 기묘한 서류에는 어떤 일관성이 있어서 미친 사람의 상상력이 원주민의 신화에 자극받았을지도 모른다는 가능성을 어렴풋이 시사하고 있었다.

1852년 10월 19일, 탐험가 사무엘 시튼이 옹가에서 수집한 자료를 가지고 자민 저택을 방문하였다. 그는 하얀 신의 지배를 받는 하얀 유인원들이 사는 잿빛 도시에 얽힌 전설은, 민속학자들이 연구해

볼 가치가 있다고 말했다. 아마도 시튼은 더 자세한 얘기를 많이 했겠지만 갑자기 무서운 비극이 꼬리를 물고 일어나서 그 내용까지는 알 수 없다. 로버트 자민 경이 서재에서 나갔을 때는 탐험가의 처참한 시체가 바닥에 쓰러져 있었고, 사람들 앞에 모습을 드러내지 않던 두 아이와 사랑에 빠져 집을 나갔다 온 아이까지 체포되기 전에 남김없이 처치해 버렸다. 노인의 미친 살인 계획에는 아무래도 2살 난 어린 손자까지 들어 있었던 모양이지만 네빌 자민은 마지막 순간까지 아들을 지켰다. 체포된 로버트 경은 굳게 입을 다물고 자살 시도만 되풀이하다 감금된 지 2년 만에 뇌일혈로 사망했다.

알프렛 자민 경은 네 번째 생일을 맞이하기 전에 준남작이 됐지만 그 성향이 작위에 어울리지는 않았다. 20세에 뮤직홀의 연예인에 가담하고, 35세에 아내와 아이를 버리고 곡마단을 따라 아프리카를 여행하면서 돌아 다녔다. 그 가운데서도 압권은 생각만해도 토할 것만 같은 꺼림칙한 그의 행동이었다. 서커스에서 구경거리로 선 보이는 동물 가운데 색깔이 밝은 큰 숫고릴라가 있었는데 연기력이 있어 관객들의 인기도 좋았다. 그런데 어찌된 셈인지 알프렛 자민이 이 고릴라에게 반해서 우리를 사이에 두고 오래도록 서로 바라보는 적이 많았다고 한다. 결국 알프렛은 이 고릴라의 조련사를 자청해서 허락을 받았고, 훌륭한 성과를 올려서 관객과 동료들을 놀라게 했다. 어느 날 시카고에서 고릴라와 알프렛이 잘 고안된 복싱 시합을 연습하고 있을 때 고릴라가 보통 때보다 세게 때려서 조련사의 몸과 위엄을 손상시켰는데, 그 뒤 무슨 일이 있었는지 '지상 최대의 쇼'의 단원들은 얘기하려 들지 않았다. 알프렛 자민 경은 도저히 사람의 소리라고는 할 수 없는 찢어질듯한 비명을 지르면서 함께 싸우기에는 흉측하게 생긴 상대를 두손으로 잡아 바닥에 내꽂는가 하면, 털이 수북한 목을 물어뜯으며 달려들었다. 아무도 예상치 못한 어처구니없는 행동이었다. 느닷없이 허를 찔린 고릴라는 잠시 주춤했지만 곧 정신을 차렸고, 정식 조련사가 어떻게 해 보려고 했을 때는 이미 준남작의 몸은 알아 볼 수도 없게 되어 버렸다.

2

아서 자민은 알프렛 자민 경과 혈통이 확실하지 않은 뮤직홀의 가수 사이에서 난 아들이었다. 남편에게 버림받은 여인은 아이를 자민 저택으로 데리고 갔는데, 거기에서 사는 것을 반대하는 사람은 아무도 없었다. 어머니는 귀족의 위엄에 대해서는 평소 느낀 바가 있어서 돈이 허락하는 한 아들에게 최고의 교육을 시키려고 했다. 그러나 자민의 자산도 이제는 바닥이 드러나 저택도 수리를 못하고 황폐해지기만 했는데, 어린 아서는 이 오래된 저택과 물건을 좋아했다.

아서는 자민가의 다른 사람들과는 달랐다. 시인이며 몽상가였기 때문이다. 사람들 앞에 나오지 않았던 웨이드 자민 경의 포르투갈인 아내에 대해 알고 있는 친척 중에는 라틴계의 피가 섞여 있는 것이 틀림이 없다고 하는 사람도 있었지만, 대개의 사람들은 미에 대한 아서의 예민한 감수성을 비웃으면서 뮤직홀 출신인 어머니를 닮은 것 뿐이라고 함께 깎아내렸다. 용모가 형편없기는 했지만 아서 자민의 시인다운 섬세함은 놀랄 만한 것이었다. 자민 집안의 사람들은 대개 묘하게 불쾌한 용모를 하고 있었지만 특히 아서에게는 더 뚜렷했다.

어떤 얼굴이었느냐고 물어보아도 대답하기 곤란하지만, 여하튼 표정이나 이목구비의 조화, 팔의 길이에서 처음 만나는 사람들은 대개 속이 울렁거렸다.

그 용모를 보상해 주는 것이 아서 자민의 정신과 성격이었다. 재능이 뛰어나고 학식이 풍부한 아서 자민은 옥스퍼드에서 수석의 영예에 빛났고, 지적인 분야에서 가문의 명예를 회복하는 데, 상당히 훌륭하다고는 하지만 한편 독특하기도 한, 웨이드 경의 그 수집품을 이용해서 조상들이 해온 아프리카 민속학 연구를 이어받으려고 했다. 미친 탐험가가 고집스럽게 확신했던 선사시대의 문명과, 그가 남긴 자료에 나타나 있는 베일에 싸인 정글 도시에 대하여 풍부한 상상력으로 갖가지 이야기를 만들어 보았다. 또한 정글의 혼혈종족이라는 말로 표현하기 어려운 존재에 대해서, 공포와 매력이 뒤섞인 독특한 감정을 품게 되면서 그러한 기이한 현상이 있을 수 있는 근거에 대해 고찰을 하였고, 웨이드 경과 사무엘 시튼이 옹가에서 채집한 자료 속에서 광명을 발견해 내려고 했다.

1911년 어머니가 세상을 떠난 뒤, 아서 자민 경은 조사를 철저한 규모로 확대하려고 했다. 필요한 자금을 얻기 위해 땅의 일부를 팔아 탐험장비를 갖추자 콩고를 향해 출발했다. 벨기에 당국을 통해 가이드를 수소문해 놓고, 1년 정도 옹가와 가리리에서 지냈는데 뜻하지 않은 좋은 성과를 올릴 수 있었다. 무와누라는 가리리의 늙은 족장이었는데, 기억력이 뛰어날 뿐만 아니라 훌륭한 지성과 오래된 전설에 대한 강한 흥미를 가지고 있었다. 이 노인이 아서 자민이 알고 있던 모든 얘기를 확인해 준 뒤에 자신이 알고 있던 석조도시와 하얀 유인원에 대한 얘기까지 해 주었다.

무와누는, 잿빛 도시와 혼혈 생물은 상당히 오랜 옛날에 호전적인 누방족과의 싸움에서 져서 이제는 존재하지 않는다고 했다. 그 부족은 많은 건물을 파괴하고 생물을 전멸시킨 뒤 정복의 목적이었던 여신을 모셔갔다. 본래 이상한 생물이 숭배하던 여신이었다. 콩고의 전설에 의하면 예전에 그 이상한 생물을 지배하던 여왕의 모습을 본떴다고 하는데, 그 생물이란 바로 흰 원인류를 말한다. 그 흰 유인원에 대해서는 무와누도 전혀 아는 바가 없었으나 폐허가 된 그 도시를 설립한 종족들이 아니겠느냐고 추측했다. 아서 자민으로서는 아직 추측이고 뭐고 할 단계도 못 되었지만, 궁금증을 풀고자 열심히 파고들다보니 그 여신에 대해 생생한 전설을 알게 되었다.

유인원의 여왕은 서쪽에서 온 위대한 하얀 신의 아내가 됐다고 한다. 오랫동안 두 사람은 도시를 지배했는데 아들이 태어나자 세 사람은 함께 도시를 떠나버렸다. 그 후 신과 여왕은 돌아 왔지만, 여왕이 죽자 하얀 신은 여왕을 미라로 만들어서 돌로 만든 거대한 묘에 안치시켰다. 마침내 하얀 신마저 떠나버렸다. 이러한 전설에는 세 가지 예언이 함께 따라다니는 모양이었다. 그 가운데 하나는 부족들이 무슨 신을 믿건 이 여신이 최고로 숭배될 것이라는 예언인데 이것도 이미 이루어졌다고 했다. 그러나 나머지 두 예언은 아무런 조짐도 없었다. 그래서 누방족이 여신을 모셔간 것이었다. 그리하여 나머지 두 예언도 실현되게 되어서 하얀 신은 돌아와 여신의 발치에서 잠들었고, 세 번째 전설은 성장한 아들에 대한 것으로 그 아들은 자기의 출생에 얽힌 내력을 몰랐다고 한다. 이 황당한 전설이 생겨난 배경이 무엇이었건 간에, 상상력이 풍부한 원주민들이 대부분의 이야기를 지어낸 것이리라.

웨이드 경이 기록한 정글 도시가 실제로 존재했느냐 하는 문제에 대해서는 아서 자민은 더 이상 의심도 하지 않았고, 1912년 초에 도시의 폐허를 발견했을 때도 거의 놀라지 않았다. 그 규모는 과장된 것이겠지만, 주변에 군데군데 흩어져 있는 돌은 흑인 원주민의 마을이 아니었다는 것을 말해주고 있었다. 유감스럽게도 조각은 하나도 발견되지 않았고 장비에도 한계가 있어서 웨이드 경이 말한 지하동굴로 통한다고 생각되는 통로도 장애물을 제거할 수가 없었다.

흰 유인원과 여신에 대해 근처 원주민 족장과 얘기를 해봤지만 무와누가 말한 이상은 알아낼 수가 없었다. 콩고의 통상을 담당하고 있는 벨기에인 벨하렌 씨는, 미라가 된 여신에 대해서는 어렴풋하게 들은 적이 있어서 소재를 알고 있을 뿐만 아니라 손에 넣을 수도 있다고 말했다. 한때 세력이 강했던 누방족도 지금은 벨기에의 알베르 왕에게 충성을 맹세하고 있으니, 한두 마디만 하면 그들이 약탈한 불길한 여신도 갖다바칠 거라고 했다. 그리하여 귀국길에 오른 아서 자민은, 이제 몇 개월만 지나면 웨이드 선조의 기록 중에서도 가장 엉뚱하고 기상천외한 내용을 증명하게 될 민속학상 둘도 없는 유물을 가질지도 모른다는 가능성에 가슴이 부풀어 있었다. 아마 자민 저택 근처에 사는 농민들도 '나이트 헤드' 정자에서 웨이드 경의 애기를 들은 조상으로부터 전해 들어서 그 이상한 얘기를 알고 있었을 것이다.

아서 자민은 벨하렌 씨로부터 짐이 오기를 고대하면서 미친 조상이 남긴 문서를 다시 한 번 찬찬히 살펴보았다. 그러던 중 자기가 웨이드 경을 많이 닮았다는 생각을 하게 되었고, 그리하여 경이 아프리카 탐험에서 가져온 물건 말고도 영국에서 보낸 경의 사생활을 짐작할 만한 것들을 찾기 시작했다.

방에서 나오지 않았다는 수수께끼 같은 부인에 대한 이야기는 헤아릴 수 없이 많았지만, 정작 실제로 자민 저택에서 살았다는 구체적인 증거가 될만한 물품은 하나도 없었다. 어떤 사정이 있어서 한 발짝도 밖으로 나오지 않았을까 의문을 품었던 아서 자민은, 웨이트 경의 광기가 원인이 되었다고 판단했다.

먼 조상에 해당하는 그 여성은 아프리카에서 무역을 하고 있던 포르투갈인의 딸이었다고 한다. 아마 어둠에 싸여 있던 대륙에 대한 얄팍한 지식과 자기 체험만으로 아프리카 내륙에 대한 웨이드 경의 이야기를 우스개소리로 취급했던 모양이고, 경은 이 사실을 도저히 용서할 수 없었을 것이다. 그래서 자기 말을 증명하기 위하여 웨이드 경은 억지로 그녀를 데려갔고, 아프리카에서 죽은 것도 그 때문이 틀림없었다. 아서 아민은 이런 상상에 시간 가는 줄 몰랐다. 수수께끼가 많은 두 조상이 사라진 지도 어언 1세기 반이 지났건만 그들의 고집스런 하찮은 대결을 생각하니 저절로 웃음이 나왔다.

1913년 6월, 벨하렌 씨로부터 여신을 찾았다는 편지가 왔다. 이 벨기에인은, 너무 이상하게 생겨서 보통 사람들은 알아볼 수 없을 거라고 딱 잘라 말했다. 인간인지 원숭이인지는 과학자밖에 결정할 수 없을 것이며 그나마도 불완전한 상태여서 상당히 곤란할 거라고 적혀 있었다. 무엇보다 세월의 흐름과 콩고의 풍토는, 허술한 방식으로 처리가 돼 있는 미라에게는 가혹한 것이었다. 목에는 문장(紋章)이 새겨진 속이 비어 있는 로켓이 걸려 있는데, 아마 누방족에게 습격을 당한 불운한 여행객이 가지고 있던 것을 부적으로 여신의 목에 걸었던 것이리라. 미라의 얼굴 윤곽에 대해 벨하렌 씨는 제멋대로 이상한 비교를 했다. 좀 더 정확히 말하면 이 편지를 받을 사람과 닮은 것이 너무 기묘하다고 우스개처럼 말했지만 그도 과학적인 흥미가 강해서 그다지 많은 말은 하지 않았다. 여신은 한 달 정도면 도착할 것이라고 편지에 적혀 있었다.

상자로 포장된 것이 자민 저택에 도착한 것은 1913년 8월 3일 오후로, 로버트 경과 아서 경이 아프리카에서 가지고 돌아온 물품들이 진열돼 있는 넓은 방에 즉시 운반되었다. 그 다음에 일어난 일은 하인들의 애기와 나중에 조사한 물건과 문서에서 추측할 수밖에 없다. 가지가지 증언 중에서 솜스 집사가 애기한 것이 가장 이치에 맞았다. 이 신뢰할 수 있는 사람의 말에 따르면, 아서 자민 경은 상자를 열기 전에 모두 방에서 내 보냈는데, 곧 쇠망치와 끌 소리가 난 것으로 봐서 상자를 여는 작업을 바로 시작한 모양이었다. 그리고 잠시 동안 아무 소리도 나지 않았다. 정확한 시간은 솜스도 몰랐지만, 약 15분 후에 아서 자민 경의 목소리가 틀림없는 그 무서운 비명이 울려 퍼졌다. 곧이어 아서 자민 경이 방에서 뛰쳐 나왔고, 무슨 흉악한 적에게라도 쫓기는 듯이 몹시 흥분을 해서 저택현관으로 달려갔다. 그때의 표정은 도저히 말로 표현할 수 없다. 그리고 현관에 다가갔을 때, 무엇이 생각났는지 갑자기 발길을 돌려서 지하실로 통하는 계단으로 뛰어 내려갔다. 하인들은 어안이 벙벙해서 계단만 지켜보고 있었는데 주인은 다시 돌아 오지 않았다. 다만 지하실에서 기름 냄새만 올라왔을 뿐이었다. 지하실에서 안뜰로 통하는 문 근처에서 소리가 난 후, 소년 마부가 아서 자민 경의 모습을 보았다고 했다. 머리에서 발끝까지 기름이 흐르고, 기름 냄새를 풍기면서 자민 저택을 둘러싼 검은 황무지 속으로 사람 눈을 피해 모습을 감추어 버리더니 이윽고 말할 수 없는 무서운 일이 일어났고 전원이 아서 자민 경의 최후를 목격했다. 황무지에서 불이 일어나서 불꽃이 넘실대고, 불에 타는 인간의 불꽃이 하늘로 올라갔다.

자민의 혈통은 이제 존재하지 않는다.

아서 자민 경의 검게 탄 유해를 수습하지도 않고 장사도 지내지 않은 이유는, 그 뒤에 발견된 것, 특히 상자 안에 있던 것 때문이었다. 여신은 쭈그러지고 벌레가 먹어서 보기에도 불길했지만, 종류를 알 수 없는 하얀 유인원임에 틀림이 없었고, 기록에 남아 있는 그 어떤 유인원보다도 털이 적었다. 더 말할 것도 없이, 믿지 못할 정도로 인간에 가까운 종류였다. 자세하게 적어 봐야 불쾌할 뿐이겠지만 뚜렷한 두 가지 특징만은 여기에 기록해 두어야할 것 같다. 웨이드 자민 경의 아프리카 탐험의 자료와, 하얀 신과, 유인원의 여왕이 관계된 콩고의 전설에 불길하게 부합되는 것이기 때문이다.

문제의 두 가지 특징은 다음과 같은 것이었다. 미라의 목에 있던 금 로켓에 새겨진 문장은 자민 집안의 문장이었고, 쭈그러진 미라의 얼굴에 관해서 벨하렌 씨가 장난 삼아 닮았다고 한마디 한 것은, 다름아닌 감수성이 강한 아서 자민 경, 그 먼 조상인 웨이드 자민 경, 그리고 그 미지의 아내에게도 해당되는 놀랍도록 끔찍한 진실이었던 것이다. 왕립 인류학회는 미라를 소각하고 로켓을 우물속에 던져 버림으로써 사건을 일단락지었지만, 아예 아서 자민 경의 존재 자체를 부정하는 사람도 있다.

냉기 (冷氣)

　어째서 내가 냉기를 무서워하는지, 설명하라고 하는가？ 냉방이 잘 된 방에 들어갈 때 보통 이상으로 몸을 떨거나, 온화한 가을 날씨 속에서 해질 무렵의 냉기가 스며들 때 구역질이 나거나 불쾌감을 느끼는 것처럼 보이는 것은 어째서냐고？ 냉기에 대한 나의 반응이 세상 사람들의 악취에 대한 일반적인 태도와 똑같다고 하는 사람이 있는데, 나도 크게 부정할 생각은 없다. 그럼 지금부터 내가 겪은 가장 무서운 사건을 이야기해볼 테니, 그럼에도 나의 이 기이한 버릇을 탓할 것인지 하는 판단은 당신들에게 맡기겠다.

　공포가 늘 어둠이나 적막 속, 또는 인적이 드문 외진 곳에만 있을 거라고 믿는 것은 잘못된 생각이다. 내가 그 사실을 깨닫게 된 것은 눈부시게 빛이 쏟아지던 대낮에, 사람들이 복작대던 대도시 한복판의 흔히 볼 수 있는 초라한 하숙집에서였다. 그때 내곁에는 평범한 하숙집 아주머니와 건장한 두 남자도 함께 있었다.

　1923년 봄, 나는 뉴욕에서 달리 뾰족한 수도 없고 해서, 지루하고 재미도 없는데다 별로 돈도 되지 않는 잡지 일을 하고 있었다.

일정한 수입이 있는 것도 아니기 때문에 싼 하숙집을 돌아다니면서 크게 보기 싫지 않고 그럭저럭 지낼 수 있는 가구가 딸린 아주 싼 방이 없나 찾아보던 길이었다. 얼마 안 가 어느 하숙집이든 마음에 꼭 드는 곳은 없다는 것을 깨닫게 되어 대충 적당한 선에서 타협을 하려고 생각하던 참에, 마침 서쪽 14번가에서 그중 조금 나아보이는 한 건물을 발견했다.

그것은 갈색 대리석으로 된 4층 짜리 아파트로 1840년 후반에 세워진 듯했다. 목재와 대리석은 때와 얼룩으로 우중충했으나 아직 옛 흔적이 남아 있어서, 처음 이 건물을 지을 때는 돈을 아끼지 않고 호화롭게 장식하고 공을 들였음을 알 수 있었다. 방들은 하나같이 큼지막하니 천장도 높았고, 제 눈을 의심하고 싶어지는 벽지에 터무니없이 화려한 석회로 장식된 처마 끝에 마음마저 우울해지는 곰팡이 냄새와 무슨 식당을 연상시키는 희미한 음식 냄새가 떠돌았다. 그렇지만 바닥은 깨끗하고 깔개들도 괜찮을 것 같았고, 수도꼭지를 틀어보니 더운 물 대신 찬물이 나오거나 또는 아예 안 나오는 일은 없을성싶어 겨울 동면하는 셈치면 제대로 된 직장을 구할 때까지는 그럭저럭 지낼만하다고 판단했다. 이 하숙집 주인은 에레로라고 하는 스페인 여자였다. 수염이라도 나 있을 것처럼 지저분하긴 해도 쓰잘데없는 수다로 나를 귀찮게 하지도 않았고, 3층 끝방에서 내가 밤늦도록 불을 켜고 있어도 잔소리는 하지 않았다. 다른 하숙인들은 거의 빈민들과 다를 바 없는 스페인인들로 다들 얌전하고 조용해서 참으로 다행이었다. 아래에서 들려오는 노면전차 소리가 유일한 고민거리라고 할 정도로 고요한 하숙집이었다.

내가 그곳으로 옮긴 지 3주쯤 지났을 무렵 기묘한 첫 사건이 일어났다. 밤 8시경, 바닥에 무엇이 뚝, 뚝 떨어지는 소리가 들리더니 갑자기 자극적인 암모니아 냄새가 퍼졌다. 살펴보니, 천장이 젖어 있고 거기서 뚝뚝 떨어져서 거리에 면한 한쪽 귀퉁이가 흠뻑 젖어 있었다. 무엇보다 진원지를 막는 것이 급선무라고 생각한 나는 서둘러 계단을 내려가 주인 아주머니에게 이 사실을 알렸고, 그녀도 그래야겠다고 했다.

"무뇨스 선생일 거예요."

앞장 서서 계단을 뛰어 올라가면서 마담이 큰 소리로 말했다.

"약품을 엎지른 모양이에요. 선생은 병이 심해서 혼자서 치료를 하고 있어요. 더 심해진다고 하면서도 남의 도움도 안 받구요. 기이한 병이어서 하루종일 이상한 냄새가 나는 탕속에 들어가 있는데, 흥분을 하거나 따뜻하게 해서는 안 된다더군요. 혼자서 다 알아서 하세요. 작은 방에는 병이랑 기계가 가득한데도 의사 노릇은 안 하시죠. 바르셀로나에 계신 제 아버지가 선생의 소문을 들은 적이 있다고 했는데 옛날에는 유명한 의사셨나봐요. 며칠 전에는 부상당한 용접공의 팔도 고쳐주신걸요. 게다가 선생님은 절대로 외출하지 않아요. 옥상에 올라가는 게 고작인데, 제 아들 에스테반이 식사며 세탁물에 약품을 날라주지요. 에휴, 말이 나와서 말인데 선생이 냉방에 사용하시는 염화암모늄은 정말이지……."

에레로 부인은 4층으로 올라가고 나는 내 방으로 돌아왔다. 암모니아가 떨어지는 것을 멈추었고, 바닥을 닦고 환기를 위해 창을 열고 있으려니 머리 위에서 하숙집 아주머니의 무거운 발소리가 들려왔다. 지금까지 무뇨스 박사의 방에서는 가솔린으로 작동하는 듯한 기계 소리 외에는 아무 소리도 들리지 않았다. 발걸음도 가볍고 조용했기 때문이었다. 나는 한 순간, 그는 어떤 불행을 걸머지고 있는 것일까, 외부로부터 도움을 단호하게 거절하는 것은 그저 괴팍한 성질 탓이 아닐까 하는 생각을 했다. 흔한 의견이기는 하지만, 이 세상에 태어난 인간은 훌륭하면 할수록 더욱더 비애를 느끼게 하기 때문이다.

어느 날 오후 방에서 무엇을 쓰고 있을 때 갑작스런 심장 발작이 일어나지 않았다면, 나는 무뇨스 박사를 만나지 못했을 것이다. 이런 발작의 위험성은 의사에게 자주 주의를 받았기에 꾸물거리고 있을 수가 없었다. 위층 사람이 부상을 한 용접공을 치료했다던 하숙집 주인의 말을 떠올리고는 나는 발을 끌면서 위층으로 올라가서 간신히 문을 노크했다. 그러자 오른쪽에서 기묘한 목소리가 훌륭한 영어로 이름과 용건을 물었다. 묻는 대로 대답을 하자, 내가 서 있는 옆문이 열렸다.

세차게 다가오는 냉기가 나를 감쌌다. 6월 말의 더운 날이었지만 나는 떨면서 방안으로 들어갔다. 이렇게 초라하고 불결한 소굴에서 호화롭게 장식된 고상한 방을 보고 나는 깜짝 놀랐다. 낮에는 소파로 사용하는 접는 침대, 마호가니 가구, 사치스러운 벽걸이, 옛날의 유화, 귀한 책이 꽂혀 있는 책장……. 이 모든 것이 이 방이 하숙집 침실이 아니고 신분이 높은 인물의 서재라는 것을 말해 주고 있었다. 에레로 부인이 말했던 병과 기계로 가득 차 있는 작은 방이라는 것이 내 방 바로 위에 있는 박사의 실험실이었다. 무뇨스 박사가 주로 있는 곳은 그 옆에 있는 넓은 방이었는데, 편리한 작은 방과 널찍한 욕실이 있기 때문이었다. 또한 조리대와 편의시설은 눈에 뜨이지 않는 곳에 있었다. 무뇨스 박사는 태생이 좋고 교양과 분별이 있는 인물이었다.

키는 작았지만 균형 잡힌 체격을 하고 있었고, 흠잡을 데 없이 완벽한 맞춤옷을 흐트러짐 없이 입고 있었다. 의연하지만 거만해보이지도 않았고, 좋은 집안 피를 물려받은 듯한 얼굴에 짧은 잿빛 수염, 형형한 검은 눈에는 고풍스러운 코안경이 걸려 있었다. 전체적으로 켈트족 특징이 두드러진 생김새였는데 코는 무어족처럼 매부리코였다. 또한 넓은 이마 위에서는 깔끔하게 손질된 숱많은 머리카락이 가르마와 함께 우아하게 흐르고 있었다. 훌륭한 지성과 태생과 자라온 환경이 하나에서 열까지 뚜렷이 엿보였다. 그런데 냉기가 이는 가운데 무뇨스 박사를 처음 보았을 때 나는 용모에서가 아닌 다른 점에서 어떤 혐오감을 느꼈다. 굳이 말해야 한다면 검푸른 얼굴빛과 어쩐지 차가운 느낌이 원인일 수도 있는데, 박사가 환자여서 그렇다고 하면 사실 대답할 말도 없다. 어쩐지 이질감을 느낀 것은 냉기탓인지도 모르겠다. 무더운 날에 차가운 공기란 이상한 느낌을 주는 것이고, 정상이 아닌 것은 늘 혐오와 불신과 공포를 불러일으키기 마련이니까.

그러나 그 혐오감도 숭배하고 존경하는 마음 속으로 곧 묻혀버렸다. 혈색도 없고 얼음처럼 차고 떨리는 손을 가진 이상한 의사가 순식간에 탁월한 기량을 발휘했기 때문이다. 박사는 한눈에 나를 진찰하고 유명한 의사의 교묘한 기술로 치료해 주었다. 조치를 하는 동안 나를 안심시키기 위해 얘기를 해 주었는데, 억양이 고르고 텅 빈 느낌을 주는 그의 목소리에는 전혀 특징이 없었다. 무뇨스 박사는 인생 최대의 적을 죽음으로 보고 극복할 수 있는 방법을 찾느라 기괴한 실험만 계속했기 때문에 재산도 친구도 모두 잃었다고 이야기했다. 박사에게는 어딘지 모르게 광신적인 박애주의자라는 느낌이 났는데, 나에게 청진기를 대고 실험실에서 약을 가져다 배합을 하는 동안에도 계속 떠들어댔다. 이 꾀죄죄한 환경에서는 좀처럼 만나기 힘든 출신이 좋은 사람을 만나고 보니 지나간 꿈같은 시절의 기억이 파도처럼 밀려와서 갑자기 말이 많아진 것이리라. 기묘한 목소리이기는 했지만 내게도 위안은 되었다. 쉴새없이 박사가 떠드는 동안 과연 숨을 쉬고 있는지 어떤지조차 느낄 수 없을 정도였다.

박사는 자신의 이론과 실험에 대해 얘기를 하여 나에게 발작에 대해 생각하지 않도록 해주었다. 나의 약한 심장에 대해 교묘하게 위로해 준 얘기는 지금도 뚜렷이 기억하고 있다. 박사의 얘기는, 만약 타고난 건강을 지키고 싶다면 건강인자의 특질을 연구하여 과학적으로 증강시키면 된다. 그러면 가령 육체적으로 심한 손상을 입고 특정 기관을 몽땅 잘라낸다 하더라도 원래 의지나 의식은 장기의 생명보다 강인하기 때문에 신경활동을 계속 유지할 수도 있다는 주장이었다.

그러면서 반은 농담처럼 심장 따위 없어도 살아가는 방법, 더 정확히 얘기하자면 어떤 의식을 존재시키는 방법을 몇 가지 가르쳐 주겠다고 했다.

무뇨스 박사는 늘 방안 온도를 낮게 유지해야할 뿐 아니라 굉장히 엄격한 식사관리도 필요한 어려운 병을 앓고 있었다. 실내 온도가 눈에 띄게 올라가서 장시간 계속되면 치명적인 모양인지 암모니아 냉각기로 늘 화씨 55~56°를 유지하는데, 내가 방에서 자주 들었던 기계소리도 가솔린 엔진으로 작동되는 냉방장치에 딸린 펌프소리였다.

놀랄 만큼 짧은 시간에 발작이 멈춘 나는, 속이 차가워지는 방을 떠날 즈음엔 이미 이 풍부한 재능을 가진 은자의 제자나 귀의자 비슷한 것이 되어 있었다. 그 후 나는 외투를 입고 자주 찾아가 박사의 신비한 연구와 등골이 오싹해지는 그 결과를 경청하기도 하고, 책장에 꽂혀 있는 오랜 세월이 경과된 고서와 희귀한 서적을 손에 들고 몸을 떨기도 했다. 덧붙이자면, 박사의 교묘한 치료 덕분에 오랫 동안 앓아왔던 심장병도 거의 완치가 됐다. 박사는 중세의 마술도 소홀히 하지 않는 모양으로, 마술의 신비스러운 처방에는 다른 데서는 절대로 얻을 수 없는 정신적인 자극물이 포함돼 있어서 맥박이 사라져도 신경조직에 현저한 효과를 미친다고 믿고 있었다.

박사가 지금처럼 변한 것은 18년 전에 큰 병을 앓고 나서부터라고 했는데, 당시 박사를 돌보며 초기 실험에도 동참했던 발렌시아의 늙은 트레스 박사의 얘기에는 나도 감동했다. 이 덕망 있는 늙은 개업의는 동료를 구하자마자 그때까지 과감히 투쟁을 계속해온 불길한 적에게 곧 굴복해버렸다고 한다. 아마 심신의 과로가 너무 컸던

모양이다. 무뇨스 박사도 자세히는 얘기해 주지 않았지만 그 치료법
이라는 것이 상당한 연배의 보수적인 의사라면 강하게 저항할 만한
도구와 조치가 필요한 극히 이상한 것인 모양이었다.

그렇게 몇 주일이 지나갔다. 에레로 부인이 지나가는 말처럼 걱정
했듯이, 나도 유감스럽지만 새 친구의 육체가 느리긴 해도 분명히
쇠약해져감을 인정해야만 했다. 검푸른 얼굴은 더욱 어두워졌고 목
소리는 불분명해지면서 근육은 꿈틀거렸고, 정신도 의지도 쾌활함도
적극성도 모두 잃어버렸다. 표정과 말투에서도 빈정대는 듯한 불쾌
한 기분이 느껴졌는데, 박사는 이 슬픈 변화를 전혀 알지 못하는 듯
했고, 나는 처음 만났을 때 느낀 이유없는 그 혐오감이 되살아나는
걸 느꼈다.

놀랄만큼 변덕이 심해진 박사는 이국의 향신료와 이집트의 향을
사모으기 시작했고 방은 왕자의 골짜기에 있는 파라오의 지하 매장
소를 연상케 하는 냄새로 뒤덮이게 됐다.

또한 냉방을 더 많이 요구하게 되어 나와 함께 암모니아 배관을
확대하기도 하고, 냉방장치와 펌프를 개량하기도 하기도 하면서 실
내 온도를 화씨 40~34°, 나중에는 28°까지 내렸다. 물론 물이 얼거
나 약품이 변하지 않도록 욕실과 실험실의 온도는 그렇게까지 하지
않았다. 옆방에 사는 사람이 문틈에서 스며드는 냉기의 고통을 호소
했기 때문에 내가 손을 써서 두꺼운 천으로 벽걸이를 쳐서 고통을
덜어 주었다. 날마다 조금씩 쌓이는 공포, 더욱이 유례를 볼 수 없
는 병적인 공포에 박사는 시달리고 있는 것 같았다. 끊임없이 죽음
을 입에 담으면서도 무심코 매장이나 장례에 대한 말이 나오면 공허
하게 웃고 말았다.

모든 것이 이런 상태였기 때문에 박사는 나를 당혹하게 만드는 기
분 나쁜 친구가 되고 말았다. 그러나 나는 치료를 받은 것에 대한
감사하는 마음에서 은인을 내버려둘 수가 없어, 박사의 방에 들어가

기 위해 산 두꺼운 알스타 외투로 몸을 감싸고 매일 방을 청소하기도 하고 신변의 시중도 들었다. 또 물건을 사는 것도 맡았는데, 박사가 약품업자나 제약회사에 주문하는 몇 가지 약품은 나를 당혹하게 만들었다.

날이 갈수록 박사의 방을 둘러싼 공포의 분위기는 더 심해졌다. 앞에서도 말했듯이 하숙집 전체에서도 곰팡이 냄새가 났지만 박사의 방은 더욱더 심했다. 향신료와 향냄새, 박사가 수도 없이 목욕하는 자극적인 약품 냄새에도 불구하고 진하게 느껴지는 그 냄새는 아무래도 박사의 병과 관련이 있어 보였고, 그것이 어떤 병인지 상상할 때마다 나는 부르르 몸서리를 쳤다.

하숙집 아주머니는 박사만 보면 십자를 그었고 마침내 제 아들에게 심부름시키는 것까지 못하게 하더니 모든 일을 내게 떠넘겼다. 다른 의사에게 진찰을 한번 받는 게 어떻겠느냐고 나도 제안해봤지만 심하게 화만 냈다. 박사는 격렬한 감정이 육체에 미칠 영향을 끔찍하게 두려워했지만 의지와 정신력이 약해지기는커녕 더욱더 강해져서, 진정하고 의자에 좀 앉아있으라는 내 말 따위 들은 척도 안했다. 처음에는 기운이 빠지는 것 같더니 이윽고 열렬한 결의가 되살아나서, 마치 불구대천의 원수로 보는 죽음에게 발목을 잡혔으면서도 용감히 대항하고 있는 듯했다. 그때까지는 먹는 시늉이라도 했는데 이제 박사는 그것마저 그만 두었다. 완전한 파멸을 막고 있는 것은 오로지 정신력뿐인 상황이었다.

다행히 박사는 긴 편지를 여러 통 쓰는 습관이 생겨서 정성껏 봉함을 했고, 자기가 죽으면 봉투에 쓰여 있는 인물에게 보내달라고 나에게 부탁했다. 태반은 동인도의 사람에게 보내는 것이었지만, 프랑스인 의사에게 보내는 것도 있었다. 그렇지만 박사가 죽었을 때, 나는 이런 편지를 보내지도 않았고 개봉도 하지 않은 채 모두 태워버렸다. 점점 박사의 용모와 목소리가 더없이 끔찍하게 변해가면서 나는 곁에 있기가 죽기보다 괴로워졌다. 9월의 어느 날, 탁상 램프를 수리하러 온 남자가 박사의 모습을 보고 간질발작을 일으켰다. 박사는 모습을 가리고 간질을 효과적으로 치료해주었다. 그 남자는 전쟁에서 여러 가지 몹쓸 것을 봤지만 이처럼 무서운 것은 처음이라고 했다.

10월 중순 무렵, 실로 어처구니없으면서도 끔찍한 사건이 일어났다. 어느 날 밤 11시 쯤에 냉방장치의 펌프가 고장나서, 수리를 하지 않으면 냉각장치가 앞으로 3시간이면 정지하게 되는 사태에 이르렀다. 무뇨스 박사는 바닥을 두들기면서 나를 불렀고, 박사가 생기없는 목소리로 저주의 말을 내뱉고 있는 동안 나는 필사적으로 고장난 펌프를 고치기 시작했다. 그러나 기술이 모자란 탓인지 나의 노력은 헛되이 끝나버렸다. 그래서 심야 영업을 하는 근처 수리공장에서 직공을 불렀더니 새로운 피스톤이 필요한데 아침까지는 손을 쓸 수 없다는 대답이었다. 빈사상태로 세상에서 버림받은 박사의 노기와 공포는 머리끝까지 치솟아, 얼마 안 남은 체력마저 없어질 판이었다. 그리고 박사는 발작이 일어나 손을 두 눈에 갖다대고는 욕실로 뛰어들어갔다. 잠시 후 온 얼굴에 붕대로 감고 더듬더듬 기어 나왔는데, 그 후 나는 박사의 눈을 본 적이 없다. 방의 냉기는 완연히 느낄 정도로 약해졌다. 아침 5시 무렵, 밤새도록 영업하는 약국과 카페에서 얼음을 좀 구해달라고 말하고 박사는 욕실로 들어가 버렸다. 생각만큼 얼음을 얻지 못하고 낙담하고 돌아 와서 닫혀 있는 욕실 문 앞에 얼음을 놓자, 안에서는 연신 물이 튀는 소리와 함께 '더, 더 많이' 하고 외치는 쉰 목소리가 들려왔다. 이윽고 따뜻한 새벽이 찾아오고, 가게가 하나 둘 문을 열었다. 나는 하숙집 아들에게 내가 펌프의 피스톤을 구해 오는 동안 얼음을 사다 주든지, 아니면 내가 얼음을 사 올테니까 피스톤을 사다주었으면 좋겠다고 부탁했다. 그러나 어머니에게 무슨 소릴 들었는지 도통 말을 듣지 않았다.

　나는 결국 8번 가의 모퉁이에서 만난 초라한 부랑자에게 가게와 하숙집을 가르쳐 주고 운반해 달라고 돈을 준 뒤, 펌프의 피스톤을 발견하고 그것을 장치할 직공을 찾으러 다녔다. 할일이 너무 많아서 밥도 못 먹고 숨가쁘게 돌아다니면서 전화를 하거나 정신없이 가게와 가게 사이를 뛰어다니고, 지하철과 노면전차로 여기저기 돌아다니면서 알아봤지만 그때마다 번번히 헛수고였음을 알고 무정한 시간만 허비했다는 생각에 박사와 다를 바 없이 맹렬하게 분노했다.

　정오 가까이 되어서야 저지대 변두리에서 그런 가게를 발견했고, 1시 반경에 필요한 물건과 튼튼한 체격의 영리해 보이는 직공을 두 사람 데리고 하숙으로 돌아갔다. 나는 힘닿는 데까지 노력했기에 아무쪼록 시간 안에 갈 수 있기만 바랐다.

　그러나 이미 무서운 일이 일어난 뒤였다. 하숙은 혼란에 빠져, 겁에 질린 비명과 낮은 목소리로 기도하는 소리까지 들렸다. 주변은 등골이 서늘해지는 끔찍한 분위기가 감돌았고, 하숙집 사람들은 무뇨스 박사의 꼭 닫힌 문틈으로 새어나오는 냄새를 맡고는 묵주를 굴리면서 저마다 한마디씩 했다. 아무래도 내가 고용한 부랑자가 두 번째 얼음을 나른 직후에 눈을 뒤집고 비명을 지르며 달아난 모양이었다. 쓸데없는 호기심이 일으킨 결과일 것이다. 물론 부랑자는 문을 잠글 여유조차 없었지만, 지금은 안으로 자물쇠가 꼭 잠겨져 있었다. 방에서는 물이 뚝뚝 떨어지는 소리 말고는 아무 소리도 들리지 않았다.

　나는 에레로 부인과 직공과 간단한 애기를 한 후, 정신이 달아날 만큼 무서웠지만 문을 부수면 어떻겠느냐고 물어 보았다. 그러나 에레로 부인은 철사 같은 것을 써서 밖에서 문을 열라고 했다. 그 전에 우리는 그 층의 모든 방문과 창도 열어제쳤다. 그리고 손수건으로 코를 막고, 한낮이 지난 따뜻한 햇빛이 비치는 저주받은 남향 방으로 겁을 내면서 들어갔다.

문이 열린 욕실에서 넓은 방까지, 그리고 또다시 글을 쓰던 책상까지, 미끈미끈한 검은 것이 흔적을 남기고 있었는데 책상 옆에서 덩어리져 있었다. 책상에는 소름이 쫙 끼치는 종이가 한 장 놓여 있었다. 눈이 안보이는 사람처럼 들쑥날쑥한 연필 글씨로 쓴 글이었다. 게다가 급히 쓴 마지막 말을 손톱으로라도 긁은 것처럼 꺼림칙한 오물이 묻어 있었다. 검고 미끌미끌한 그 흔적은 소파침대에까지 이어져 있었고, 그곳에서 딱 멈췄다.

침대에 누워 있는 것에 대하여 나는 여기서 도저히 밝힐 수 없을 뿐더러, 그럴 생각조차 없다. 그러나 나는 오물이 묻은 종이를 불태우기 전에 무엇이 쓰여 있는지 읽어 내려갔다. 에레로 부인과 두 직공이 이 지옥과 같은 장소에서 미친 듯이 뛰쳐나가 근처 파출소에서 종잡을 수 없는 애기를 떠들고 있는 동안, 내가 겁에 질려 읽은 것은……. 밝은 햇살 속, 왕래가 많은 14번 가에서 시끄러운 차 소리를 들으며 되돌아보면 그 종이에 적혀 있는 구역질나는 말은 거의 다 믿을 수 없다는 생각도 들지만, 그때는 솔직히 말해서 모든 것을 믿었다. 지금도 믿느냐고 묻는다면 솔직히 말해서 나는 아무 말도 할 수가 없다. 깊이 생각하지 않는 편이 좋은 일도 있는 법이다. 내가 지금 할 수 있는 말은 암모니아 냄새가 제일 싫고, 이상한 냉기를 느끼면 정신이 아득해지는 것 같다는 것뿐이다.

그 불쾌한 종이에는 이렇게 휘갈겨져 있었다.

이제 끝이다. 더이상 얼음도 없다. 한 남자가 들여다보다 도망가버렸다. 시시각각 따뜻해져서 조직을 더 유지할 수가 없다. 자네도 알고 있을 것이다. 기관이 활동을 정지한 뒤에 육체, 의지, 신경에 대해서 내가 했던 말을. 이것은 훌륭한 이론이지만 무한히 계속될 수는 없었다. 예견할 수 없는 열등한 상태로 착실히 진행

되고 있다. 트레스 박사는 이 사실을 알고 충격을 받아서 죽어버
렸다.

　자신이 하지 않으면 안 되는 일을 견딜 수가 없었던 것이다. 나
의 재능을 아꼈고, 나를 살리기 위해 나를 어둡고 기묘한 장소로
들여보내지 않으면 안 되었다. 그러나 기관이 다시 활동을 시작하
는 일은 절대로 있을 수가 없다. 나처럼 인공보존법을 쓰지 않으
면 안 된다. 이제는 알았겠지만, 나는 이미 18년 전에 죽었던 사
람이다.

저 멀리서

  생각만 해도 무서운 것은 나의 둘도 없는 친구, 크로포드 팅거스트에게 일어난 변화이다. 지금으로부터 한 2개월 반쯤 전에, 팅거스트가 형이하학일 수도 있고 형이상학일 수도 있는 어떤 목표를 위해 현재 진행중인 조사에 대하여 나에게 이야기했던 그날 이후 나는 지금껏 그를 만나지 못했다. 그때 공포에 질려 부들부들 떨면서도 나는 그에게 충고를 했고, 팅거스트는 화가 머리끝까지 나서 나를 자기집 연구실에서 내쫓아버렸다. 그제서야 나는 팅거스트가 다락방에다 연구실을 차려놓고 하인들을 얼씬도 못하게 한 뒤, 식음을 전폐하다시피하면서 전기를 이용하는 그 저주받을 기계와 함께 처박혀 있었다는 걸 알게 되었다. 고작 10주만에 인간이 그토록 추하게 변해 버릴 수 있다는 것은 꿈에도 상상못했다. 건장한 남자가 갑자기 말라비틀어진 모습을 보게 되는 것도 그리 유쾌한 일이 아닌데, 늘어진 피부가 황색이나 회색처럼 변하고, 눈이 쑥 들어가면서 눈주위가 검어진데다 기분 나쁘게 번뜩이며, 이마에는 혈관이 붉거지면서 깊은 주름이 늘고, 손이 덜덜 떨리거나 경련이 이는 것을 지켜봐야 하는 것도 못할 짓이었다. 게다가 한술 더 떠서, 속이 메슥거릴만치 불결하고 단정치 못한 차림새를 하고 있는데다, 숱많은 검은머리는 뿌리가 새하얗고, 예전에는 깨끗이 면도했던 턱수염도 하얗게 변한 채 제멋대로 자라 있다면, 변화들치고는 아주 제대로 된 쇼킹한 변화라고 해야겠다. 그런데 한 차례 절연관계가 계속된 다음 하여간 의미가 통하는 편지를 받고 내가 다시 찾아갔을 때, 튕거스트는 내가 말한 딱 그런 사람으로 돌변해 있었던 것이다. 더 정직하게 표현한다면, 버네봐란트 거리에서 안으로 들어간 낡고 쓸쓸한 집에서 떨리는 손으로 촛불을 들고 어떤 눈에 보이지 않는 것을 겁내기라도 하는 것처럼 어깨 너머로 슬그머니 뒤돌아보는 그의 모습은 마치 유령 같았다.

튕거스트가 과학과 철학을 연구했다는 자체가 처음부터 잘못이었다. 이 두 학문은 의지가 굳고 냉정한 연구가에게 맡겨두었어야 했다. 그 이유는, 두 학문 모두가 감정과 행동으로 살아가는 자에게는 더없이 비극적인, 양자택일의 선택을 강요하기 때문이다. 그러니까 탐구에 실패했을 경우에는 절망을, 성공했을 경우에는 말로 표현할 수도 없는 공포를 가져다줄 거라는 말이다. 얼마 전까지만 해도 튕거스트는 실의와 고독과 우울로 괴로워하고 있었는데, 나는 그때 어쩐지 불길한 두려움을 느끼면서 그가 이제 막 성공을 눈앞에 두고 있는 것을 알았다. 10주 전 자기가 발견한 것에 대한 자신의 느낌이 어떠한 지 신이 나서 떠드는 튕거스트에게 진심으로 경고했었다. 그러자 튕거스트는 얼굴을 붉히며 흥분해서, 예의 그 굉장히 작은 부분까지 신경쓰는 버릇대로 세세한 부분에 걸쳐 부자연스러운 높은 목소리로 떠들기 시작했다.

"우리들이 도대체 무엇을 알아?" 튕거스트가 말했다.

"우리를 둘러싼 세계와 우주에 대해서 말이야. 우리들이 어떤 인상을 받아들이는 수단이란 건 턱없이 한정되어 있는 데다 사물에 대한 우리들의 개념은 상상도 할 수 없도록 좁아터졌는데. 우리들은 보이는 것 밖에 볼 수 없고, 보고 있다고 한들 모든 것을 명확히 알지 못해. 약해빠진 다섯 개의 감각으로 광활하고 오묘한 우주를 이해하는 척 하고 있지만, 우리보다 강하고 넓고 다른 범위의 감각을 지닌 어떤 생물은 같은 사물을 완전히 다른 각도에서 볼 뿐 아니라, 바로 눈앞에 있으면서도 우리의 감각으로서는 도저히 찾아낼 수 없는 물질이나 에너지, 생명의 세계 전체를 직접 눈으로 보면서 연구할 수도 있지. 그런 닿을 수 없는 신비한 세계가 바로 근처에 있을 거라고 늘 생각해왔고, 마침내 나는 그 장벽을 깨뜨릴 방법을 찾아냈다고 생각하네. 농담이 아니야. 지금부터 24시간 안에 테이블 근처에 있는 저 기계가, 우리 안에 퇴화했거나 흔적기관으로서 남아 있는, 아직 존재조차도 알려지지 않은 어떤 감각기관에 적용하게 될 특별한 파장을 만들어낼걸세. 인간이 한번도 보지 못한 미지의 수많은 경관, 또한 우리들이 생물이라고 부르고 있는 모든 것을 통틀어서 미지인 몇몇 경관을 그 파장이 보여줄 것이네. 개가 왜 어둠 속에서 짖는지, 고양이는 왜 한밤이 지날 무렵 귀를 쫑긋 세우는지 이제 알 수 있을 걸세. 시간, 공간, 차원을 한데 겹치면, 몸을 꿈쩍도 하지 않고도 창조의 밑바닥을 들여다볼 수 있는 거라네."

팅커스트가 이런 이야기를 할 때 나는 그만 두라고 말렸다. 그의 성격을 잘 알고 있었기에 재미있기는커녕 무서워졌던 것인데, 흥분해서 이성을 잃은 팅거스트는 나를 쫓아냈을 뿐이다. 그랬던 것이, 흥분한 기색은 여전해도 이야기를 하고 싶다는 욕구가 분노를 뛰어넘을 정도가 되었기에 꼭 한번 들려주었으면 하는 편지를 보낸 것인데, 팅거스트의 필적임을 알아차리기까지는 한참 시간이 걸렸다. 그리하여 갑자기 떨고 있는 요괴처럼 변해버린 친구의 집으로 찾아갔지만 모든 어둠 속에는 공포가 숨어 있는 듯한 인상을 받았다. 10주

전에 했던 그의 말이며 신념이 촛불이 비치지 않는 어둠 속에 구현
되어 있는 듯하여, 이미 아무런 감정도 느껴지지 않는 이 집 주인의
텅 빈 목소리에 속이 울렁거렸다. 하인들이라도 있길 바랐는데 3일
전에 모두 내보냈다는 말을 듣자 도저히 마음을 진정시킬 수가 없었
다. 그 그레고리같은 친구까지 나에게 한마디 상의도 없이 주인을
떠난 것이 믿어지지 않았다. 머리끝까지 화가난 튕거스트가 나를 쫓
아내고나서 지금껏 그의 이모저모를 전해준 것도 그레고리였기 때
문이다.

그러나 얼마 안 가 나의 불안은 깊어가는 호기심과 매혹에 빨려들
고 말았다. 크로포드 튕거스트가 내게 무엇을 원하고 있는지는 짐작
하기 어려웠지만 어쨌든 내게 말하고 싶은 비밀이 있거나 어떤 발견
을 한 게 틀림없어 보였다. 도저히 상상도 할 수 없는 것을 탐구하
려는 튕거스트의 예사롭지 않은 계획에 나는 예전에 항의한 적이 있
었지만 아무래도 어느 정도 성공을 거둔 것 같았다. 그 승리의 대가
는 어쩐지 두려운 것인 듯했지만 튕거스트의 그 기분만은 대충 짐작
할 수 있었다. 초췌해진 사내가 떨리는 손으로 촛불을 들고 흔들리
는 불빛 속에 나아갔고, 그 뒤를 따라 내가 어둡고 적막한 집안을
걸어갔다. 전기가 나간 것 같은데 그럴 이유가 있다고 했다.

"너무해…… 도저히 무리야." 튕거스트는 계속 그렇게 중얼거렸
다. 나는 예사롭지 않다는 느낌이 들었다. 튕거스트가 그렇게 혼잣
말이나 중얼대는 남자가 아니었기 때문이다. 다락방 연구실에 들어
서면서, 병든 제비꽃 색깔로 기분나쁘게 빛나고 있는 그 저주받을
전기장치의 기계를 나는 찬찬히 관찰했다. 강력한 화학전지와 연결
되어 있었지만 전기는 흐르는 것 같지 않았다. 기계가 실험단계에
있었을 때 작동 중인 경우에는 소리를 냈던 것을 알고 있었기 때문
이다. 튕거스트는 내 물음에 답하길, 이 기계의 영원한 빛은 내가
이해할 수 있는 의미의 전기에 의한 것이 아니라고 중얼거렸다.

내 오른쪽에 있는 기계 근처에 앉아 있던 틩거스트는 둥근 유리알이 굉장히 많이 있는 그 밑에 손을 넣어 스위치를 켰다. 귀에 익은 소리가 들려오더니 이윽고 웅얼거리는 소리로 변했고, 마침내 희미한 울림만 남게 되면서 곧 사라질 것처럼 느껴졌다. 한편 빛은 더욱 강렬해졌다가 서서히 약해졌는데, 이 세상에서 볼 수 없는 특이한 색깔이라고나 할까 하여간 내가 알지도 못하고 표현할 수도 없는 온갖 색이 뒤섞인 연한 빛깔을 하고 있었다. 나를 계속 지켜보던 틩거스트도 놀란 내 표정을 보았으리라.

"이게 뭔지 알겠어?" 속삭이듯 나직히 물었다.

"이게 바로 자외선이야."

내가 눈이 휘둥그레지자 그는 소리없이 입속으로 웃었다.

"자외선은 눈에 보이지 않는다고 생각했겠지? 사실 맞는 말이야. 그러나 자네는 지금 자외선뿐 아니라 눈에 보이지 않는 다른 많은 것들도 볼 수 있다네. 잘 듣게나. 이 기계에서 나오는 파장은 우리 안에 잠들어 있는 무수한 감각들을 눈뜨게 해주지. 독립된 전자 상태에서 유기체인 인간에 이르기까지 유구한 세월 동안 진화해 오면서 우리들이 이어받은 모든 감각들을 일깨우는 것이지. 나는 참된 모습을 보았다네. 그걸 자네에게도 보여줄 생각이야. 어떤 것인지 짐작할 수 있겠나? 자, 보게나!"

틩거스트는 내 바로 맞은편에 앉아 촛불을 불어끄고, 무섭도록 내 눈을 빤히 들여다 보았다.

"자네가 가진 감각기관이 잠들어 있는 기관과 밀접하게 관계하고 있을테니, 우선 귀부터 많은 인상을 받게 되겠지. 그리고 그밖의 다른 기관들도 많은 것을 느끼게 될거야. 자넨 송과선(松果腺)에 대해 들은 적이 있잖은가? 천박한 내분비학자나, 프로이드 파의 잘 나가는 치나 바보들을 보면 난 웃음을 참지 못하겠네. 송과선은 감각기관 가운데서도 가장 뛰어난 기관이라네. 마침내 내가 그 사실을 알아낸 거야. 쉽게 얘기하면 시각과 비슷한 것이어서 뇌에다 영상을 전한다고 할 수 있지. 정상적인 경우는 이렇게 하여 수많은 인상을 느끼게 되는 거라네…… 물론 저 멀리서 보내오는 인상이 되겠지만 말일세.”

보통은 보이지 않는 광선이 어렴풋이 비치고 있는, 남쪽 벽이 비스듬히 기운 넓은 다락방을 나는 천천히 둘러보았다. 멀리 떨어진 구석자리는 어둠에 감싸여 있어서인지 방 전체가 애매하고 불분명하게 보였고, 상상력을 끊임없이 변환하는 상징과 환상으로 이끄는 모호한 비현실성을 띠고 있었다.

튕거스트가 말을 멈추었을 때는, 까마득한 옛날에 사라져버린 오래된 신들의 광대한 신전에 내가 있는 듯한 착각이 들었다. 축축한 돌바닥에서 나의 시야를 벗어나 까마득히 펼쳐진 구름 낀 하늘에 이르기까지, 거무스름한 돌기둥들이 빽빽히 늘어서 있는 어쩐지 몽롱한 느낌이 드는 건물 안에 있는 것 같았다.

그 정경은 한동안 너무도 생생했는데, 점차 더 무서운 개념으로 옮겨갔다.

아무것도 보이지 않고 아무것도 들리지 않는 무한한 우주의 절대 고독 속으로…….

오로지 공허만 있을 뿐 다른 것은 아무것도 존재하지 않았다. 나는 어린애처럼 그 공포를 견디지 못하고 하마터면 프로비덴스 동부에서 습격당한 밤 이후 어두워지면 늘 지니고 다니는 리볼버권총을 바지 뒷주머니에서 꺼내들 뻔했다.

그러던 중에 아득히 먼, 영역의 가장 끄트머리에서 낮은 소리가 들려왔다. 더없이 가늘고 미묘한 진동을 동반한 음악임에 분명했는데, 기괴함을 뛰어넘는 그 충격으로 말하면 온몸이 감미로운 고통으로 시달리는 듯했다. 뿌연 유리를 손톱으로 긁는 듯한 느낌이었다. 동시에 차가운 바람같은 것이 세력이 강해져서 아득히 먼 곳에서부터 불어오는 듯도 했다. 마른 침을 삼키며 기다리고 있으니 소리와 바람이 함께 거세지는 것을 알 수 있었다. 그 효과는, 거대한 기차가 다가오는 선로 위에 묶여 있는 것과 같은 기묘한 생각이 들게 했다.

내가 튕거스트에게 말을 걸자 그런 인상은 모두 뜻밖에 없어져 버렸다. 내가 보고 있는 것은 한 남자와 빛나는 기계와 희미하게 어두운 방뿐이었다. 튕거스트는 내가 무의식중에 꺼내 들고 있던 권총을 보고 혐오스러운 웃음을 띠고 있었지만, 나는 그 표정에서 그도 나와 같은 것을 보고 듣고 있었음을 확신했다. 내가 경험한 것을 작은 소리로 말하자, 그는 가능하면 조용히 얌전하게 있으라고 말했다.

"움직이면 안 돼." 그가 경고했다.

"이 광선을 통하여 우리는 볼 수도 있지만 또한 보여지기도 하니까. 하인들이 나갔다고 했는데 지금부터 그 이유를 가르쳐 주지. 머리가 나쁜 그 가정부 탓이야. 미리 명령해 두었는데도 그 여자가 1층에 불을 켜는 바람에 전선이 공진(共振)을 잡아버린 것이야.

굉장히 끔찍했던 모양이야. 다른 방향에서 소리도 났고 모습도 분명 보였는데, 이곳까지 비명소리가 들려왔고 그후 집안에는 옷만 몇 벌 남아 있었으니 모골이 송연해지는 얘기지. 업다이크 부인의 옷이 현관 홀 스위치 근처에 있어서 사태를 파악할 수 있었다네. 모두 당했지. 그러나 몸을 움직이지 않으면 안전하다네. 우리들로서는 도저히 상대도 안 되는 무서운 세계를 상대하고 있다는 걸 부디 명심해주길 바라네. 꼼짝말고 있어야 한다는걸……."

뜻밖의 사실과 뜻하지 않은 명령으로 나는 충격을 받아 마비가 일어난 듯한 상태가 되었고, 공포에 압도당하면서도 튕거스트가 '저 멀리'라고 부르는 것에서 다가오는 인상에 다시금 마음을 열었다. 나는 그때 소리와 움직임의 소용돌이 속에 있었고, 눈앞에는 혼란한 정경이 있었다.

어렴풋한 방의 윤곽이 보였는데, 갑자기 허공에서 모양도 없고 소용돌이치는 구름같은 것이 내 오른쪽 머리 위에서 단단한 지붕을 뚫고 들어오는 것 같았다. 이윽고 나는 또다시 신전처럼 생긴 그 건물을 보았는데, 이번에는 햇빛이 가득한 하늘까지 기둥이 닿아 있었고, 그곳에서 좀전에 보았던 그 구름같은 것을 따라 눈부신 광선이 새어나오고 있었다. 그후 정경은 그야말로 변화무쌍한 것이 되어 모든 광경과 소리와 무엇인지 알 수 없는 감각, 즉 인상들이 혼란스럽게 뒤섞인 가운데 내 몸이 녹아 없어져버리지는 않을까, 최소한 형태가 사라져버리는 것은 아닐까 불안해졌다. 그 뚜렷한 섬광만은 분명히 기억하고 있다. 도저히 잊을 수 없을 것이다. 나는 한순간 선회하는 눈부신 구체로 가득 찬 이상한 밤하늘의 일부를 본 듯한 생각이 들었다. 그러나 그것이 사라지자 몇 개나 되는 찬란한 태양이 일정한 모습을 지닌 별자리와 은하를 만들고 있는 것을 보았다. 그 모습은 팅거스트의 얼굴을 찌그러뜨린 것이었다. 또 한 번은 살아 있는 거대한 것이 내 곁을 지났고, 때로는 틀림없이 실체가 있는 내 몸을 빠져 나가서 걷기도 하고 표류하기도 하는 느낌이 들었으며, 마치 진짜로 보고 있는 것처럼, 팅거스트가 나보다 더 익숙한 눈으로 똑똑히 보이는 듯이, 그러한 생물들을 진지하게 바라보는 것처럼 느껴졌다. 그러면서 그가 송과선에 대해 했던 말을 떠올렸고 그토록 심상치 않은 눈길로 팅거스트는 도대체 무엇을 보고 있을까 궁금해졌다.

갑자기 나는 확대된 어떤 광경에 마음을 빼앗겼다. 빛과 그림자가 어지럽게 뒤섞인 위로 희미하기는 하지만 어쩐지 눈에 익은 모습이 있었다. 심상치 않은 것이, 마치 극장에서 무늬가 있는 커튼 위로 영화가 덧비치듯이 극히 평범한 지상의 정경과 겹쳐졌기 때문이었다. 나는 다락방의 연구실, 기계, 팅거스트의 보기 흉한 모습을 마주보고 있었으나, 낯익은 것에 점유 당하지 않은 모든 공간이 남김 없이 채워져 있었다. 살아 있건 아니건 그건 별도로 치더라도 이루 형언할 수 없는 형태의 것이 가슴이 울렁거리는 혼란한 상태 속에 어지럽게 널려 있고, 식별할 수 있는 사물 바로 옆에는 이 세상 것이 아닌 미지의 실체를 가진 세계가 남김없이 펼쳐져 있었다. 알고 있는 모든 것이 미지의 세상 속으로 빨려들어가 버렸든지, 혹은 그 반대 같았다. 살아 있는 것 중에서 가장 앞에 있는 것은 거무스레한 젤리와 같은 괴물로, 기계의 움직임에 맞추어서 흐물흐물 흐늘거리고 있었다. 그러한 것들이 진절머리가 나도록 많았고, 게다가 서로 겹쳐져 있는 끔찍한 모습이었다. 그러니까 반은 유동적이어서, 우리들이 실체가 있다고 생각하는 것에도 파고들 수 있었던 것이다. 잠시도 가만 있지 못하고 어떤 사악한 목적을 향해 쉴새없이 떠돌아다니는 듯했다. 이따금 서로 물어뜯는 일도 있어서 공격하는 쪽은 단숨에 먹이에 덤벼들어 순식간에 먹어치워 버렸다. 나는 몸서리를 치면서, 그 불행한 하인들을 누가 없애버렸는지 짐작이 갔다. 그러나 괴물같은 존재들을 의식에서 물리칠 수가 없어서 우리들 주위에 펼쳐진 그 세계의 또 다른 새 특징을 살펴보느라 정신이 없었다. 그런 나를 보고 튕거스트는 이렇게 말했다.

"보이는가? 보이겠지. 늘 자네 주위에서 떠돌고 뛰어다니던 것들이 이제는 똑똑히 보이겠지. 인간이 순수한 대기라든지 푸른 하늘이라고 부르는 것을 만들어내고 있는 저 생물들이 보일테지? 내가 바로 그 장벽을 깨는 데 성공한 거야! 살아 있는 인간이 지금껏 한번도 본 적이 없는 것을 자네에게 지금 보여주고 있단 말일세!"

나는 무서운 혼돈 속에서 튕거스트의 비명을 들었고, 바로 눈앞에 사납게 돌출한 그의 거친 얼굴을 보았다. 튕거스트의 눈은 불꽃이 일렁거리는 구멍처럼 보였고 나를 잡아먹을 듯이 노려보는 그 눈에

서 나는 마침내 압도적인 증오를 알아차렸다. 기계는 심한 소리를
내고 있었다.

"이렇게 몸부림치는 것들이 하인들을 죽였다고 생각하고 있겠
지? 바보같으니……. 이 놈들은 해롭지 않아. 그러나 하인들은
죽었다고 말하고 싶겠지? 자네는 나를 막으려고 했지, 격려해 주
기를 바라는 나를. 격려는커녕 찬물을 끼얹는 소리만 늘어놓았지.
자넨 우주의 진리를 두려워했던 것이야. 이 겁쟁이! 그러나 이제
는 도망칠 수 없어. 무엇이 하인들을 처치했다고 생각하나? 무엇
이 하인들을 비명지르게 했다고 생각하나? 아직도 모르겠나?
곧 알게 될 거야. 나를 봐. 내 말을 들어. 자네는 시간과 크기라
는 것이 정말 있다고 생각하나? 형체나 물질 같은 것이 정말 있
다고 생각하는가? 말해주지. 나는 자네 같은 머리로는 생각할 수
없는 데까지 깊이 탐색했지. 머나먼 곳에 있는 무한한 끝을 보고,
모든 별의 악마를 불러들였지. 세계에서 세계로 옮겨 다니면서 죽
음과 광기를 흩뿌리는 그림자의 존재를 내가 이용하고 있는 거야.
……우주는 이제 내 것이야! 듣고 있나? 놈들이 이제 나를 쫓
고 있어. 뭐든지 먹어치우고, 녹여 버리는 놈들이. 하지만 나는
놈들을 피하는 방법을 알고 있어. 놈들이 하인들을 잡아 간 것과
같이 이번에 잡아가는 것은 자네야! 몸을 움직이고 있군. 움직이
면 위험하다고 말했을 텐데. 지금까지는 가만히 있으라는 말을 해
서 자네를 구해주었어. 많은 것을 보여 주고, 내 얘기에 귀를 기
울이게 하기 위해서. 움직였으면 벌써 놈들에게 붙잡혀 갔겠지.
걱정할 것은 없어. 놈들도 해는 끼치지 않아. 하인들에게도 해를
끼치지는 않았어. 가련한 하인들이 고함을 친 것은 놈들의 모습
때문이야. 나의 애완 동물들이 그리 귀여운 편이 못되거든. 그렇
지만 미적 기준이 완전히 다른 곳에서 왔으니까 어쩌면 당연하지
않겠어. 분해에 고통은 없어. 확실해. 그러나 나는 자네에게 놈들

을 보여주고 싶어. 나는 거의 하마터면 볼 뻔했지만, 눈에 띄는 것을 피하는 방법을 알고 있어. 흥미가 있는가? 자네가 과학자가 아닌 것쯤은 전부터 알고 있었지. 떨고 있나? 내가 발견한 궁극의 것을 보는 게 무서워서 떤단 말이지. 그러면 움직이면 어떻겠는가? 피곤해? 걱정할 것 없어, 놈들이 오고 있으니까. 자, 봐! 보라구! 자네 왼쪽 어깨에 있지 않은가……."

그 다음은 기록할 일도 별로 없고, 신문기사를 본 사람이라면 이미 잘 알고 있을 것이다. 경관이 튕거스트의 집에서 일어 난 총성을 들었고, 집안에서 우리를 발견했다. 튕거스트는 죽고 나는 의식을 잃고 있었다. 내가 권총을 쥐고 있었기 때문에 체포됐지만 튕거스트의 사인이 뇌일혈이고, 내가 권총으로 쏜 것은 손댈 수 없이 부서져 바닥에 떨어진 그 해로운 기계라는 것을 밝혀졌기 때문에 3시간 후에 석방되었다. 나는 내가 본 것을 거의 말하지 않았다. 검시관이 의심할까 두려웠기 때문이다. 그러나 내 이야기를 들은 의사는 원한을 품은 미친 살인자가 내게 최면술을 건 게 틀림없다고 말했다.

할 수만 있다면 의사의 말을 믿고 싶다. 어쩔 수 없이 생각하게 되는 내 주변과 머리 위의 대기와 하늘을 머릿속에서 떨쳐버릴 수만 있다면 안절부절못하는 내 신경도 편안해질 터이니. 혼자서는 더이상 편안하고 기분좋은 느낌을 가질 수 없게 되어버렸고, 피곤해지면 쫓기고 있다는 느낌이 때때로 등골을 서늘하게 한다. 의사의 말을 믿지 못하는 것은 아주 단순한 이유때문이다. 경관들은 하인들도 튕거스트가 살해했을 거라고 추정했지만 끝내 시체는 발견되지 않았기에.

신전
유카탄 반도 연안에서 발견된 수기

1917년 8월 20일, 알트베르크 에렌슈타인 백작이며 독일 제국 해군소령이자 잠수함 U-29의 함장이기도 한 나 칼 하인리히는, 정확한 위치는 알 수 없지만, 대략 북위 20도 서경 35도 지점에서 우리 군함이 대양의 바닥에 빠져 좌초된 대서양 한가운데서, 이 수기를 병에 넣어 투기한다. 그 까닭은 심상치 않은 어떤 사실을 세상에 알리고 싶은 것밖에 없다. 살아남아서 직접 전하는 건 십중팔구 불가능할 것이다. 나를 둘러싸고 있는 상황은 기이하고도 위협적인 것으로, U-29는 이미 전투력을 잃고 절망적인 무능 상태에 빠져 있을 뿐만 아니라, 독일인 특유의 굳센 나의 의지마저 비참할 정도로 손상되어 있기 때문이다.

6월 18일 오후 킬을 향해 나아가고 있던 U61에 무선으로 보고한 바와 같이, 우리 군함은 뉴욕에서 리버풀로 가던 영국 화물선 빅토리아 호를 북위 45도 16분 서경 28도 34분 해역에서 격침한 뒤, 해군 본부에 제출하기 위한 기록 영화의 멋진 장면을 찍기 위해 그 배의 승무원들이 보트를 타고 탈출하는 것을 내버려 두었다. 빅토리아

호는 정말 그림으로 그린 듯이, 배꼬리를 높이 치켜들고 뱃머리부터 먼저 수직으로 바다 속에 가라앉았다. 우리 군함의 카메라가 그 광경을 놓치지 않고 담아두었지만, 나는 그토록 멋진 필름을 베를린에 전하지 못하는 것이 못내 애석하다. 촬영 뒤, 우리는 구명 보트들에 총격을 가하여 침몰시키고 잠수했다.

해질 녘 물 위로 떠올랐을 때 갑판 위에서 한 선원의 사체를 발견했는데, 묘한 옷차림을 한 채 난간을 꽉 붙들고 있었다. 이탈리아인이나 그리스인처럼 보이는 이 가엾은 청년은 머리가 약간 검고 얼굴 생김새가 매우 잘 생겼는데, 빅토리아 호의 선원이 틀림없었다. 자기들이 타고 있던 배를 인정사정없이 격파한 우리 잠수함에 스스로 피난을 요청했던 모양이다——빌어먹을 영국놈들이 자꾸 우리 조국을 부추겨서 일어난 이 전쟁의 부당한 새 희생자라고 밖에 달리 할 말이 없다. 우리 배의 수병들은 기념품이 될 만한 것이 없나 하고 사체의 옷을 뒤져, 윗옷 주머니에서 월계관을 쓴 젊은 사람의 두부를 본뜬 지극히 기이한 상아 세공품을 찾아냈다. 동료 장교인 클렌체 대위는 이 상아세공이 상당히 오래 된 것으로 미술적인 가치가 크다고 하면서 수병한테서 빼앗았다. 어떻게 일개 선원이 이런 것을 소유하게 되었는지, 클렌체 대위도 나도 짐작할 수 없었다.

사체를 배 밖으로 던질 때, 우리 군함의 수병들을 극도로 동요시키는 두 가지 사건이 일어났다. 사체의 눈은 감겨져 있었는데, 사체를 난간으로 끌고 갔을 때 죽은 사람이 두눈을 번쩍 뜨고는, 자기를 들어올리려고 몸을 구부리고 있는 슈미트와 침머를 조롱하듯이 멀뚱히 바라보았다고 하는 환각을, 많은 수병들이 느꼈던 모양이다. 나이도 지긋한데다 알자스 지방 출신의 미신 많은 돼지도 아니어서 조금은 분별심이 있는 갑판장 뮐러는 이 환각에 완전히 이성을 잃어버린 듯 바다에 던진 사체를 계속 바라보더니, 사체가 물 속에 조금 가라앉는가 싶더니 팔다리로 헤엄을 치면서 빠른 속도로 물살을 가르며 남쪽으로 사라졌다고 단언했다. 클렌체와 나는 이런 자들의 무지한 소치가 못마땅하여 수병들, 그 중에서도 특히 뮐러를 심하게 질책했다.

이튿날, 몇몇 수병들이 임무를 기피하는 등 상당히 골치 아픈 사태로 발전하기 시작했다. 오랜 항해에 신경이 예민해져서 악몽에 시달린 탓인지 몇 명은 완전히 넋을 잃은 모습이었는데, 나는 꾀병이 아니라는 확신을 얻은 뒤에야 임무에서 제외해주었다. 바다가 약간 거칠어졌기 때문에 파도가 심하지 않은 깊은 곳에 잠수하기로 했다. 바다 밑은 비교적 물살이 조용했지만, 해도(海圖)에서는 찾아볼 수 없는 약간 당혹스러운 남쪽으로 향하는 조류가 있었다. 환자의 신음소리가 약간 신경에 거슬렸지만 다른 수병들의 사기를 떨어뜨릴 정도는 아니어서 단호한 처치를 취하지 않고 내버려 두었다. 우리의 계획은 그자리에서 기다리다가, 뉴욕의 첩보원한테서 정보가 들어와 있는 정기선 다키아 호의 항행을 저지하는 것이었다.

이른 저녁녘에 바다 위로 떠올라 보니 바다가 전만큼 거칠지 않은 것을 알 수 있었다. 북쪽 수평선에서 전함의 연기가 보였지만 확보된 거리와 잠수 능력 덕택에 우리 배는 안전했다. 그보다 심각한 고민거리는 갑판장 뮐러의 헛소리였는데, 어두워질수록 더 심해져서 거의 광란 상태가 되어 있었다. 뮐러는 더 이상 두고 볼 수 없을 정도로 심각한 상태에 빠져 뭔지 모를 환각 같은 것을 보고는 여러 구의 사체가 떠다니는 것을 현창을 통해 보았다느니, 사체가 뚫어지게 자기를 응시하더라느니, 물에 불었지만 우리 독일군의 빛나는 전과 속에 죽어간 자들이 틀림없다느니 하는 터무니없는 헛소리를 해대는 것이었다. 심지어는 우리가 발견하여 바다 속에 던진 젊은이가, 죽은 자들의 지도자였다는 말까지 했다. 그것은 왠지 소름 끼치는 이상하기 짝이 없는 소리였기 때문에 뮐러에게 수갑을 채우고 가혹할 정도로 채찍질을 가했다. 수병들은 이 징벌을 못마땅해 하는 것 같았지만 무슨 일이 있어도 군기가 흐트러져서는 안 되었다. 따라서 수병 침머를 대표로 수병들이 이상한 상아 세공품을 바다 속에 던져야 한다고 요구해온 것도 기각했다.

6월 20일, 전날부터 상태가 안 좋았던 수병 봄과 슈미트가 마침내 광란 상태에 이르고 말았다. 독일인의 생명은 귀중한 것이어서 우리 군함에 배속된 장교 중에 의사가 포함되어 있지 않은 것은 못내 애석했지만, 이 두 사람이 쉴 새 없이 끔찍한 저주의 말을 쏟아내며 군기를 마구 어지럽혔기 때문에 단호한 조치를 취하지 않을 수 없었다. 수병들은 그것을 불만스럽게 여겼지만, 뮐러를 얌전하게 만드는 데는 효과가 있었던 모양인지 더 이상은 문제를 일으키지 않았다. 밤이 가까워질 무렵에 풀어주니 입을 굳게 다물고 자기 임무로 돌아갔다.

다음 주에는 모두들 신경이 극도로 예민해진 가운데 다키아 호를 기다렸다. 뮐러와 침머가 실종되어 함내에는 긴장감이 떠돌았다. 그 두 사람은 공포에 사로잡힌 나머지 자살을 기도한 것이 틀림없겠지만, 바다에 몸을 던지는 현장을 직접 목격한 자는 아무도 없었다. 침묵을 지킨다고는 해도 여전히 수병들에게 나쁜 영향을 미치고 있었기 때문에, 나는 뮐러가 사라진 것을 오히려 다행으로 생각했다. 지금은 누구나 마음속으로 공포를 품고 있는 듯 모두들 말이 없었다. 몸이 좋지 않은 자가 다수 있었지만 소동을 일으키지는 않았다. 클렌체 대위는 긴장 속에서 신경을 소모하느라 극히 사소한 일에도 예민해져서 U-29에 몰려드는 돌고래가 점점 늘고 있다거나, 해도에 없는 남쪽으로 향하는 조류가 더욱 거세지고 있다고 말하기도 했다.

얼마 뒤 다키아 호를 시야에서 완전히 놓쳤다는 것이 밝혀졌다. 이러한 실패는 흔히 있는 일이어서, 이런 때는 빌헬름스하펜 항으로 귀항하는 것이 정당하기 때문에 실망하기보다는 오히려 속이 후련했다. 6월 28일 정오에 침로를 북동쪽으로 바꾼 뒤, 이상하게 몰려드는 돌고래를 상대로 약간 어이없는 실랑이는 있었지만 곧 전진할 수 있었다.

　새벽 2시에 기관실에서 발생한 폭발은 경악 그자체였다. 기계의 결함과 담당자의 실수가 있었던 것도 아닌데, 갑자기 엄청난 충격과 함께 배가 옆으로 심하게 흔들렸던 것이다. 기관실로 급히 뛰어간 클렌체 대위는, 장치의 대부분과 연료 탱크가 산산이 부서진데다 기관사 라베와 슈나이더가 즉사한 것을 알았다. 이로써 우리 군함은 갑자기 그자리에서 꼼짝달싹 못하는 신세가 되고 말았다. 공기 재생 장치는 손상되지 않았고, 압축 공기와 축전지가 작동해 주는 한 배의 부상 및 잠수와 해치를 개폐하는 장치는 사용할 수 있지만 배를 추진시킬 수는 없었다. 구명 보트로 구조를 요청했다가는 우리 위대한 독일 제국에 부당한 적대감을 품고 있는 적의 손에 두 눈 뻔히 뜨고 몸을 내미는 것과 마찬가지였고, 배의 무선 장치는 빅토리아 호를 격침한 뒤 고장나버려서 다른 U보트와의 연락은 취할 수 없는 상황이었다.

　폭발사고가 있었던 날로부터 7월 2일까지 배는 쉬지 않고 남쪽으로 흘러갔고, 아무런 대책도 없는 가운데 지나가는 배도 만날 수가 없었다. 돌고래는 여전히 U-29에 몰려들고 있었는데, 지금까지 이동한 거리를 생각하면 약간 놀라운 현상이었다. 7월 2일 아침, 미국 국기가 펄럭이고 있는 전함을 발견하자, 우리 배의 수병들은 항복을 기대하며 갑자기 술렁거리기 시작했다. 이 비게르만적인 행위를 특히 노골적으로 보여준 트라우베라는 수병은 결국 클렌체 대위에게 사살되고 말았다. 그제야 수병들은 잠시 수그러들었고 우리는 발각되는 일 없이 무사히 잠수할 수 있었다.

　이튿날 오후, 남쪽에서 어마어마한 바닷새 떼가 나타나더니 바다가 불길하게 신음하기 시작했다. 해치를 닫고 상황을 지켜본 결과 잠수하지 않으면 점점 거칠어지는 파도에 휩쓸려버릴 것으로 판단되었다. 공기압과 전력이 갈수록 줄어들고 있어서, 부족한 동력원을 불필요하게 소모하는 건 무슨 일이 있어도 피하고 싶었지만, 이 경우에는 선택의 여지가 없었다. 그렇지만 깊이 들어가지는 않고, 몇 시간 뒤에 바다가 잠잠해지면 다시 떠오르기로 했다. 그러나 나중에 새로운 문제가 발생했다. 온갖 노력을 기울였는데도 배가 작동하지 않는 것이었다. 바다 속의 유폐에 더욱 겁을 먹은 일부 수병들이 클렌체 대위가 가지고 있는 상아 세공품에 대해 다시 들먹였지만 권총을 보여주자 입을 다물었다. 쓸데없는 말은 용납하지 않으면서, 가엾은 수병들에게는 기계 장치 수리를 맡겨 가능한 한 바쁘게 일하도록 했다.

클렌체와 나는 교대로 잠을 자고 있었는데, 수병들이 폭동을 일으킨 것은 내가 자고 있던 7월 4일 새벽 5시 무렵의 일이었다. 군함에 남아 있던 6명의 어리석은 수병들이 명운이 다했음을 알아차리고, 전전날 양키의 전함에 항복하지 않았던 것에 갑자기 광란의 분노를 폭발시켜 이성을 잃고 욕설을 퍼부으며 기물을 파괴한 것이다. 야수처럼 성난 고함을 지르면서 장치와 비품을 닥치는 대로 때려 부수고, 죽은 상태에서 자신들을 노려보다 헤엄쳐 사라진 검은 머리의 젊은이와 상아 세공품의 저주라고 울부짖었다. 클렌체 대위는 망연자실하여 아무짝에도 도움이 될 것 같지 않았는데, 유약하고 남자답지 못한 라인란트인이고 보니 하는 수 없는 일이었다. 내가 필요하다고 판단하여 6명 전원을 사살한 뒤 생존자가 없는 것을 확인했다.

이중 해치를 통해 사체를 바다에 버리고 나자, U-29에 남아 있는 사람은 클렌체 대위와 나 둘뿐이었다. 클렌체는 신경이 극도로 흥분되어 술을 들이붓듯이 마셨다. 둘이서 결정한 사항은, 그 돼지 같은 수병들의 광란의 폭거도 피해 간 풍부한 식량과 산소를 사용하여 가능한 한 오래 버틴다는 것이었다. 나침반, 수심계 같은 정교한 기구는 파손되었기 때문에 이제부터는 시계, 캘린더, 그리고 현창과 사령탑에서 내다보이는 물체를 통해 이동률을 짐작하여 현재위치를 추정하는 수밖에 없었다. 다행히 축전지는 함내 조명과 탐조등 양쪽에 사용한다 해도 아직 상당히 오래 버틸 수 있었다. 탐조등으로 빈번하게 배 주위를 비쳐보았지만, 보이는 건 떠밀려가는 배와 나란히 헤엄치고 있는 돌고래들뿐이었다. 나는 이 돌고래 떼에 과학적인 흥미를 느끼기 시작했다. 학명이 델피누스 델피스인 보통의 돌고래는 고래목의 포유동물이므로 공기 없이는 살 수 없을 텐데, 두 시간 내내 지켜본 한 녀석은 줄곧 잠수한 상태를 유지하고 있었기 때문이다.

시간이 지남에 따라 클렌체와 나는, 배가 여전히 남쪽으로 흘러가면서 더욱 깊이 가라앉고 있는 것으로 추정했다. 둘은 물속에서 새로운 동물과 식물이 보이면, 내가 심심할 때 읽으려고 가지고 있던 책을 뒤져 보았다. 그러나 클렌처의 과학지식이 너무 뒤떨어져 있다는 사실을 절감하지 않을 수 없었다. 클렌체의 정신은 프로이센인의 것이 아니어서 백해 무익한 공리공론에 빠지기 쉬운 경향이 있었다. 클렌체는 죽음이 다가오고 있다는 사실에 묘하게 영향을 받아, 이 모든 것이 독일 국가를 위한 기상 높은 행위였다는 것도 잊고 우리가 바다 속에 매장한 수많은 남자들, 여자들 그리고 아이들에게 대해 자책감을 느끼며 기도를 올리는 일이 자주 있었다. 나중에는 뚜렷하게 정신의 균형을 잃고 그 상아세공을 오랫동안 집어삼킬 듯이 노려보거나, 바다 속에 묻혀 사라진 것에 대해 당치도 않은 애기를 지어내기 시작했다. 나는 이따금 심리학적인 실험을 위해 클렌체가 헛소리를 하도록 유도한 뒤, 끝없이 계속되는 시의 인용과 침몰된 배들 애기에 귀를 기울였다. 독일인이 이렇게 비참한 상태에 빠진 건 차마 눈뜨고 볼 수가 없었던 나는 무척이나 연민을 느꼈지만, 클렌체는 죽음을 함께 할만한 좋은 상대는 아니었다. 나 자신은 어땠나 하면, 조국이 나의 전공(戰功)을 높이 찬양하여 아들들이 나를 본받기 위한 교육을 받을 것을 믿어 의심치 않으며 높은 긍지와 깨끗한 태도를 유지하고 있었다.

8월 9일에 바다 밑바닥까지 내려왔음을 알고 탐조등의 강력한 광선을 비춰보았다. 바다 바닥은 완만한 기복이 있는 넓은 평원이었는데 대부분이 해초로 뒤덮여 있었고, 작은 연체동물의 뼈들이 흩어져 있었다. 곳곳에 기이한 해초들이 뒤엉켜 있고 굴등(굴등과에 속하는 절지동물의 하나)이 달라붙어 있는 끈적끈적한 물체가 있었는데, 클렌체는 바다의 공동묘지에 잠들어 있는 침몰선이 틀림없다고 단언했다. 그런데 딱 한 가지 물체, 즉 끝이 뾰족한 딱딱해 보이는 물체는 클렌체조차 고개를 갸우뚱거리게 했다. 그것은 길이가 약 4피트 정도로 바닥에서 돌출해 있었는데, 굵기는 2피트 정도에 옆은 납작하고 매끄러운 윗면이 상당한 둔각으로 접하고 있었다. 내가 바위가 노출된 거라고 말하자, 클렌체는 표면에 조각이 새겨져 있는 것 같다고 대답했다. 한참 지나자 클렌체가 몸을 떨기 시작하더니 공포에 사로잡힌 듯 그 광경에서 얼굴을 돌렸는데, 해수면에서 아득히 떨어진 대양의 심연이 광대하고 어두울 뿐만 아니라 고풍스러운 신비감에 싸여 있어서 자신이 압도당했다는 느낌 말고는, 구체적인 것은 아무 말도 하지 못했다. 클렌체의 정신은 피폐해져 있었지만, 끊임없이 독일인의 정신을 잃지 않고 있던 나는 이내 두 가지 사실을 깨달았다. 하나는 U-29가 심해의 수압에도 거뜬하게 버티고 있다는 것, 또 한 가지는 많은 박물학자들에 의해 고도한 생명체의 존재가 불가능하다고 알려진 심해에서도 돌고래들이 여전히 배 주위를 헤엄치고 있다는 사실이었다. 어쩌면 깊이를 과대하게 측량했을 가능성도 있지만, 설령 그렇다 해도 우리 군함이 이러한 현상을 이상하게 여길 만한 깊이에 있는 건 틀림없었기 때문이다. 남쪽으로 떠밀려가는 속도는, 해저의 물체로 짐작컨대 지금만큼 깊지 않은 곳에서 추측한 것과 그다지 다르지 않았다.

　가엾은 클렌체가 완전히 미쳐버린 건 8월 12일 오후 3시 15분의 일이었다. 클렌체는 그때까지 사령탑에서 탐조등을 조작하고 있다가 내가 책을 읽고 있는 도서실로 갑자기 뛰어 들어왔는데, 그 얼굴에는 심상치 않은 기색이 역력히 드러나 있었다. 클렌체가 한 말을 그대로, 그가 강조한 단어에 방점을 찍어 기록해 보면 다음과 같다. "그가 부르고 있습니다. 그가 부르고 있어요. 나는 똑똑히 들었어요, 가야 합니다." 클렌체는 이렇게 말하면서 테이블에 놓여 있던 상아 세공품을 집어 호주머니에 넣고, 내 팔을 붙잡고는 갑판으로 통하는 승강구로 끌고 가려고 했다. 나는 바보 같은 클렌체 자식이 해치를 열고 나와 함께 물 속으로 뛰어들 생각이라는 것을 알았지만, 나를 저승길의 길동무로 삼으려는 자살광의 기행에 동행할 수는 없는 노릇이었다. 버티고 서서 달래보았지만 갈수록 난폭해지기만 했다. 그는 급기야 이렇게 말했다. "이젠, 이리 오라니까! 주저하고 머뭇거린들 다 소용없는 짓이야. 반항하다 죽음을 선고받기보다는 잘못을 뉘우치고 용서받는게 낫잖아?" 나도 달래려는 생각을 바꿔, 너는 미쳤다, 불쌍한 미치광이라고 말해주었다. 그러나 클렌체는 그 말에도 동요하지 않고 이렇게 외쳤다. "내가 미쳤다면, 그건 차라리 은혜로운 일이라고 할 수 있지. 무신경한 나머지 무서운 마지막 순간까지 온전한 정신으로 버틸 수 있는 자에게 신의 자비가 있을 것 같애? 자, 이리와, 그가 아직 자비를 베풀고 있을 때, 당신도 미쳐버리라니까!"

　이렇게 소리를 지르는 사이에 어느 정도 마음이 가라앉았는지 그 뒤에는 상당히 진정되어, 같이 가지 않겠다면 자기라도 가게 해달라고 애원했다. 선택할 수 있는 길은 명백했다. 클렌체는 독일인이기는 해도 라인란트의 평민에 지나지 않았고, 이제는 내부에 위험을 품고 있는 미치광이가 되어버린 것이다. 자살 요구를 받아들이면, 나는 이제 동료는커녕 위협이 되고 있는 이 남자한테서 즉각 해방될 수 있었다. 나는 나가기 전에 상아 세공품을 넘기라고 말했지만, 이 요구에 클렌체가 불길한 웃음을 지었기 때문에 더 이상 말하지 않았다. 내가 만에 하나 구출될 경우 독일에 있는 가족에게 전할 유품과 머리카락을 남길 생각이 없느냐고 물어보았지만, 또다시 묘한 웃음만 흘릴 뿐이었다. 클렌체가 사다리를 올라가자, 나는 레버 앞에 서서 적당한 간격을 두고 클렌체를 죽음으로 보내는 장치를 작동시켰다. 클렌체가 이제 함내에 없다는 것을 안 뒤, 마지막으로 그의 모습을 보려고 탐조등의 빛을 주위에 비춰보았다. 이론적으로 추정할 수 있는 것처럼 클렌체가 수압에 의해 몸이 찌그러지는지, 아니면 그 심상치 않은 돌고래처럼 아무런 영향도 받지 않을 것인지, 그것을 확인하고 싶었던 것이다. 그러나 돌고래들이 사령탑 주위에 시커멓게 밀집해 있어서, 동료의 마지막 모습을 지켜보는 것도 불가능했다.

그날 저녁, 그 상아 세공품이 마음에 달라붙어 떨어지지 않아 가엾은 클렌체가 사라질 때 호주머니에서 슬쩍 빼내지 않은 것을 뒤늦게 후회했다. 월계관을 머리에 쓴 아름다운 젊은이의 얼굴이 도저히 잊혀지지 않았던 것인데, 그렇다고 내가 타고난 예술가라는 말은 아니다. 그저 말상대가 없어진 것이 아쉬웠을 뿐이다. 클렌체는 지성면에서 나와 대등한 상대는 아니었지만 그래도 아무도 없는 것보다는 나았기 때문이었다. 그날 밤은 잠을 이루지 못하면서 도대체 언제 마지막 순간이 찾아올지 생각하느라 괴로웠다. 확실히 구조될 가망은 거의 없었다.

이튿날 나는 사령탑에 올라 평소처럼 탐조등으로 조사를 시작했다. 북쪽에 보이는 광경은 바다 바닥을 본 이래 지난 나흘 동안 아무 것도 변하지 않았지만, U-29가 떠밀려가는 속도가 전만큼 빠르지는 않다고 느껴졌다. 탐조등을 남쪽으로 돌리니 앞쪽의 바닥이 현저한 급경사로 푹 꺼져 있고, 기묘하게 규칙적인 형태의 돌덩어리가 한 장소에서 어떤 일정한 패턴을 이루고 있는 것처럼 늘어서 있는 광경이 눈에 들어왔다. 우리 군함이 그 깊은 심연에 금방 빠질 우려가 있는 상태는 아니었기 때문에 즉각 탐조등의 각도를 조절하여 아래쪽을 비추어 보았다. 급한 각도의 변화 때문에 선이 끊어져서 아까운 시간을 수리에 허비한 뒤, 다시 빛이 쏟아지자 눈 아래 펼쳐진 바다 속 골짜기가 드러났다.

나는 어떠한 감정에도 지배되지 않는 사람이기는 하지만, 전깃불 속에 드러난 광경을 목격했을 때의 놀라움은 예사로운 것이 아니었다. 그렇지만 프로이센 최고의 문화 교육을 받은 나는 지질학과 전승을 통해 바다와 대륙의 대전환을 익히 알고 있었기 때문에, 이러한 광경을 마냥 신기하게는 생각하지 않았다. 내가 목격한 것은 세심한 배려로 펼쳐져 있는 황폐해진 장대한 건축물인데 건축 양식은 분명하지 않았고, 여러 가지 변화를 겪기는 했지만 모든 건축물이 장려하기 짝이 없었다. 대부분 대리석인 듯 탐조등의 빛을 받고 하얗게 빛났는데 전체적으로 좁은 골짜기 바닥에 위치한 광대한 도시의 광경이었고, 깎아지른 골짜기들 위에는 따로 떨어져 있는 우뚝 솟은 신전과 빼곡히 들어찬 산장들이 눈에 들어왔다. 지붕은 무너지고 기둥은 부러졌지만, 무엇에 의해서도 사라지지 않는 까마득한 태고의 광채가 아직도 주위에 감돌고 있었다.

이제까지 오로지 신화로만 여겼던 아틀란티스를 마침내 눈앞에 보고 있는 지금, 나는 진정으로 이 폐허의 조사가 가능하기를 바랐다. 이 골짜기 바닥에는 옛날에 강이 흐르고 있었던 게 틀림없는 것 같았다. 자세히 바라보는 동안 돌과 대리석으로 세운 다리와 방파제, 그 위에 우거진 초목으로 뒤덮여 필시 아름다웠을 언덕과 흙제방이 눈에 들어왔기 때문이다. 극도로 흥분한 나는, 가엾은 클렌체와 그리 다를 바 없이 이성을 잃고 감정에 사로잡힌 나머지 남쪽으로 흐르는 조류가 마침내 잠잠해지고, 비행기가 지상의 도시에 착륙하듯이 U-29가 수몰한 도시 위에 천천히 내려앉는 것도 한동안 깨닫지 못하고 있었다. 심상치 않은 돌고래 떼가 자취를 감춘 것도 한참 뒤에야 알았다.

약 2시간 만에 우리 군함은 골짜기의 암벽과 가까운, 포석이 깔린 광장에서 정지했다. 한쪽으로는 광장에서 옛날의 강둑까지 이어진 비탈면에 있는 도시의 전경이 바라보였고, 매우 근접한 반대쪽에는 정면에 호화로운 장식이 있고 보존상태도 완벽한 거대한 건축물이 우뚝 솟아 있었는데, 단단한 바위를 파내어 지은 신전이 틀림없었다. 이 거대한 건축물이 어떤 기술에 의해 만들어졌는지는 상상에 맡기는 수밖에 없다. 끝없이 이어지는 내부를 가리기 위한 것이 틀림없는, 어마어마하게 커다란 정면에는 창문이 수없이 달려 있었다. 쩍 하니 입을 벌리고 있는 중앙의 거대한 문으로 올라가는 계단이 위쪽으로 까마득하게 이어져 있고, 주위에는 고대로마의 바쿠스 축제를 연상시키는 조각이 절묘한 부조로 새겨져 있었다. 그 모든 것을 압도하고 있는 것은 거대한 기둥과 작은 벽들로, 모두 필설로 다할 수 없는 아름다운 조각으로 장식되어 있었는데, 이상화된 전원풍경과 찬연한 신을 찬양하기 위해 이색적인 의식용구를 손에 든 사제와 여사제의 행렬을 나타낸 것 같았다. 참으로 훌륭하고 완벽한 그 예술성은 주로 헬레니즘 사조의 영향을 받고 있었지만 그것만으로는 설명할 수 없는 묘하게 특이한 데가 있었다. 너무도 고색창연하여 등골이 서늘했고, 그리스 예술의 직접적인 조상이라기보다는 훨씬 동떨어진 시대의 조상인 것 같았다. 이 장대한 인공물의 모든 세세한 부분이 우리 별의 대지 언덕에 있는 자연적인 암반을 파내어 만들어진 것인지 믿겨지지 않았다. 이 구조물은 분명히 골짜기의 암벽의 일부이기는 하지만 그 내부가 얼마나 광대한지는 짐작도 할 수 없었다. 어쩌면 단독 또는 여러 개의 동굴을 토대로 내부를 넓혀가기초를 다진 게 틀림없었다. 세월과 수목도 이 장려한 대신전의 태고의 위풍을 부식시키지는 못한 듯——부식되는 게 당연하지만——
—수천 년의 세월이 지난 지금도 여전히 대양의 심연 속에서 끝없
는 어둠과 정적을 지키며 오점 하나 없는 신성 불가침의 자태로 우
뚝 솟아 있다.

　나는 시간이 흐르는 것도 잊고 건축물과 아치, 조상과 다리를 거
느린 가라앉은 도시를, 그리고 아름다움과 신비를 품은 거대한 신전
을 계속 응시했다. 죽음이 다가오고 있다는 것을 알고 있고 나의 호
기심도 바닥이 나고 있다는 것을 알고 있으면서도, 탐조등의 빛을
일대에 비추면서 탐구에 몰두했다. 탐조등의 광선으로 대부분의 세
부는 볼 수 있었지만 바위를 파내어 만든 신전의 벌어진 문틈 사이
로 내부까지는 들여다볼 수 없었는데, 곧 전력을 아끼지 않으면 안
된다는 생각에 탐조등을 껐다. 지금은 탐조등의 빛의 세기가 몇 주
일 동안 표류를 계속했을 때에 비해 눈에 띄게 약해져 있었다. 언젠
가는 탐조등의 빛도 사라질 거라는 사실 때문에 격심해졌는지, 심해
의 비밀을 파헤쳐 보고 싶은 열망은 더욱 커질 뿐이었다. 독일인인
내가, 유구한 태고에 잊혀진 도시의 거리를 최초로 걷는 자가 되어
야 하는 것이다 !

　나는 금속을 이어붙인 심해용 잠수복을 꺼내 점검한 뒤, 휴대용
라이트와 공기 재생장치가 정상적으로 작동하는지 확인했다. 이중
해치를 어떻게든 혼자서 조작하는 것에는 문제가 있었으나, 나의 과
학적인 능력이라면 모든 장애를 극복하고 살아 있는 몸으로 죽음의
도시를 걸어다니게 될 것을 믿어 의심치 않았다.

　8월 16일에 나는 U-29에서 나가, 태고의 강을 향해 진흙으로 뒤
덮인 황폐한 거리를 힘겹게 나아갔다. 해골이나 인간의 유해같은 것
들은 아무 것도 보이지 않았지만, 나는 조각 작품에서 화폐에 이르
기까지 대량의 고고학적 유물을 긁어모았다. 지금으로선, 혈거인이
유럽을 헤매 다니고, 나일 강이 인간의 눈에 띄는 일 없이 바다로

흘러가던 그런 시대에 전성기를 이뤘던 문화에 오로지 외경심을 느꼈다는 말밖에는 할 수가 없다. 만약 이 수기가 발견된다면, 이것을 안내서로 삼아 내가 암시밖에 할 수 없는 신비를 세상 사람들이 밝혀주어야 할 것이다. 휴대용 라이트의 빛이 희미해지자, 나는 바위를 파내어 지은 신전의 조사는 다음날로 미루기로 하고 배로 돌아갔다.

이튿날인 17일, 신전의 수수께끼를 풀고 싶은 충동이 여전히 지속되는 가운데, 크게 낙담하지 않을 수 없는 일이 일어났다. 휴대용 라이트를 충전하는 데 필요한 기재가, 7월에 일어난 돼지들의 폭동 때 어이 없이 파괴되어 있었기 때문이다. 화가 머리끝까지 치밀었지만, 독일인다운 나의 분별력은, 뭐라 표현할 수 없는 바다 괴물의 소굴이나 내가 결코 빠져나갈 수 없을 만큼 통로가 복잡하게 얽힌 미로가 있을지도 모르는, 칠흙같이 깜깜한 신전의 내부를 모험하는 것을 허락하지 않았다. 그래서 약해져가는 U-29의 탐조등을 켜고 그 불빛으로 신전의 계단을 올라가 외부에 새겨져 있는 조각을 조사하는 데 만족하지 않을 수 없었다. 위를 향해 뻗어가는 빛이 출입문 사이로 비쳐들어 뭔가 볼 수 있지 않을까 하고 안을 들여다보기는 했지만, 덧없는 행위였다. 천장도 볼 수 없었고, 막대기로 바닥이 제대로 되어 있는 것을 확인한 뒤 한두 걸음 들어가 보았지만 감히 그 이상은 나아가지 못했다. 더욱이, 나는 태어나서 처음으로 공포의 감정을 느꼈던 것이다. 신전에 서서히 끌려들어감에 따라 이 바다 속의 심연에서 정체를 알 수 없는 공포가 고조되는 것을 느꼈기 때문에, 가엾은 클렌체의 기분이 어떠했는지 어느 정도 이해가 되기 시작했다. 나는 잠수함으로 돌아가 불을 끄고 어둠 속에 앉아 생각에 잠겼다. 전력은 이제 위급한 사태에 대비하여 절약하지 않으면 안 되었다.

18일 토요일은 완전한 어둠 속에서 지내며 내 독일인의 의지를 꺾으려 하는 온갖 잡념과 기억에 시달렸다. 혐오스러우리만치 먼 과거의 이 불길한 자취를 보기도 전에 미쳐서 죽어버린 클렌체는 나에게 함께 가자고 권유했다. 그렇다면 여태껏 그 어떤 인간이 꿈속에서 본 것보다 더 무섭고 상상도 할 수 없는 마지막 순간을 향해, 나를 가차 없이 끌어당기는 것에 속수무책이 되도록, 운명의 여신이 나에게 이성을 유지시킨 것일까? 분명히 나의 신경은 큰 충격을 받았고, 이런 약자의 망상은 한시바삐 떨쳐버리지 않으면 안 된다.

토요일 밤에는 잠을 이룰 수 없어 앞일은 생각지도 않고 불을 켜고 말았다. 전력이 공기나 식량보다 먼저 떨어진다는 사실에 오로지 화가 날 뿐이었다. 나는 안락사에 대한 생각을 곱씹으며 자동 권총을 새삼스럽게 바라보았다. 새벽녘 가까이에 불을 켠 채 잠들어버렸는지, 어제 오후에 눈을 떠보니 함내가 어둠에 싸여 있어서 배터리가 떨어진 것을 알았다. 몇 개의 성냥을 연달아 그으면서, 조금 남아 있던 양초를 아끼지 않고 이미 다 써버린 것을 얼마나 후회했는지 모른다.

위험을 무릅쓰고 허비한 마지막 성냥이 사라진 뒤에는 암흑 속에서 숨을 죽이며 앉아 있었다. 피할 수 없는 종말을 생각할수록 나의 마음은 지나간 일들 위로 내달렸고, 그때까지 의식 위로 올라오는 일이 없었던 어떤 인상——나보다 약하고 미신이 깊은 자라면 두려움에 떨었을 인상으로 바뀌어갔다. 바위 신전에 새겨진 조각 속에서 빛나고 있던 신의 얼굴은, 물에 빠진 선원이 바다에서 가져왔고 불쌍한 클렌체가 다시 바닷속으로 가져갔던 그 상아세공의 조각과 똑같았던 것이다.

나는 이 우연의 일치에 약간 망연자실하긴 했지만 무서움에 사로잡히진 않았다. 기묘하고 혼란스러운 일을 성급하게 해명하기 위해, 원시적이고 손쉬운 방법으로 초자연의 힘에 의지하는 것은 무지한 자들이 하는 짓이다. 이 우연의 일치는 확실히 불가사의한 것이기는 하지만, 건전한 이성의 소유자인 나는, 논리적인 연관성이 없는 사상을 결부시키거나, 빅토리아 호의 격침에서 지금의 궁지에 이르는 파멸적인 사건들을, 어떤 괴이한 방법으로도 관련지을 수는 없었다. 게다가 몸을 쉬게 할 필요를 느꼈기 때문에 진정제를 복용하고 우선 잠을 푹 자두기로 했다. 신경이 예민해져 있는 상태가 꿈에 반영되었는지, 물에 빠진 자들의 비명 소리가 들려오고, 배의 현창에 와 부딪치는 자들의 얼굴들이 보이는 것 같았다. 그리고 그 죽은 자들의 얼굴 사이에는 상아 세공을 지니고 있던 젊은이의 살아서 비웃는 얼굴이 떠 있었다.

오늘 눈을 뜬 뒤의 일을 기록하는 일에는, 신중을 기하지 않으면 안되는데, 그 까닭은 내가 혼란에 빠져 있고, 많은 환각들이 필연적으로 진실과 뒤섞여 있기 때문이다. 심리학적으로 나의 사례는 가장 흥미로운 것일 터인데 유능한 독일의 권위자에 의한 과학적인 관찰을 받을 수 없는 것이 못내 유감스럽다. 눈을 뜬 뒤 맨 먼저 느낀 것은, 바위의 신전을 찾아가고 싶다는 억제할 수 없는 욕망이었고, 그 욕망은 매순간 점점 강해졌지만, 나는 무의식적으로 그 욕망이 강해지는 것에 저항할 것을 찾았고, 이것은 그 욕망을 억누르는 방향으로 작용하는 어떤 공포의 감정을 통해 추구되었다. 다음에는 배터리가 떨어진 어둠 속에 빛이 있다는 인상을 받았고, 신전을 향해 열려 있는 현창을 통해 물 속에서 일종의 인광 같은 광채가 보이는 것처럼 느껴졌다. 그리하여 호기심이 증폭되고 만 것은, 심해의 생명체 중에 이렇게 발광할 수 있는 것은 없다는 것을 알고 있었기 때문이다. 그러나 그것을 조사하기 전에 세 번째 인상을 받았는데, 그 불합리함 때문에 나는 자신의 감각기관이 받아들이는 모든 객관성을 의심하기 시작했다. 그 인상이란 환청이었는데, 뭔가 거칠기는 하지만 아름다운 영창이나 찬가의 합창과도 비슷한 리드미컬하고 선율을 가진 소리가, 절대 소리를 통과시킬 리 없는 U-29의 선체

밖에서 들려오는 듯한 느낌이었다. 나는 내 정신과 신경에 이상이 초래된 것을 확신하고, 성냥을 몇 개 그어 효력이 강한 브롬화나트륨 용액을 찾아 듬뿍 마셨다. 그러자 환청을 물리칠 수 있을 정도로 기분이 진정된 것 같은 느낌이 들었다. 그러나 인광은 사라지지 않았고, 현창에 다가가서 발광원을 조사하고 싶은 어린아이 같은 충동을 억제하는 건 여간 힘든 일이 아니었다. 그것은 두려울 정도로 현실적인 느낌이어서, 지금 놓여 있는 위치에서 본 적이 한 번도 없는 빈 브롬화나트륨 컵 뿐만 아니라, 그 인광 덕택에 나는 곧 내 주위에 있는 낯익은 사물들을 구별할 수 있게 되었다. 이 최근의 상황 때문에 나는 신중히 생각에 잠긴 채, 방을 가로질러 가서 컵을 만져 보았다. 잔은 내가 보았다고 생각한 그 장소에 놓여 있었다. 그때 비로소 나는, 빛이 현실이거나 아니면 뿌리칠 수 없을 만큼 집요한 일관성 있는 환각의 일부가 틀림없다는 것을 알고, 모든 저항을 포기하고 발광원을 찾기 위해 사령탑에 올라갔다. 어쩌면 현실 속에서는 다른 U보트가 나를 구조해주지 않을까 하는 헛된 희망을 품으면서.

다음에 기록하는 것들을 그 어떤 것도 객관적인 진실로 받아들일 수 없다고 해도 어쩔 수 없는 일이다. 그 뒤의 사건이 자연법칙을 초월하고 있기 때문인데, 그것들은 틀림없이 피폐한 정신의 비현실적인 산물이자 주관적인 생각에 지나지 않기 때문이다. 사령탑에 올라가 보고, 바다가 예상했던 것만큼 밝지는 않다는 것을 알았다. 주위에 인광을 발하는 동물이나 식물은 없었고, 강을 향해 내려가는 비탈면에 위치한 도시는 어둠에 싸여 보이지 않았다. 눈에 보이는 것은 극적인 것도, 기괴한 것도, 무서운 것도 아니었지만, 나의 의식에 대한 마지막 신뢰까지도 완전히 거부하는 형태의 것이었다. 왜냐면, 중턱의 암반을 파내어 만든 바다 속 신전의 창문들과 출입문이, 안쪽 깊은 제단에서 커다란 불꽃이 타오르고 있는 것처럼, 흔들리는 빛으로 생생하게 빛나고 있었기 때문이다.

  그 뒤의 일은 혼돈에 싸여 있다. 불길하게 빛나는 출입문과 창문을 응시하는 동안, 나는 상상도 할 수 없는 것을 보게 되었다. 너무나 기이해서 상세하게 기록할 수조차 없다. 신전 속에 온갖 것——정지하고 있거나 움직이고 있는 모든 것이 보인다는 생각과 함께, 잠에서 깼을 때 맨 먼저 들었던 비현실적인 영창이 또다시 내게 들려오는 것 같은 느낌이 들었다. 그리고 뇌리에 떠오른 생각과 공포는, 내 눈앞에 있는 신전의 작은 벽과 기둥에 온통 새겨져 있는 그 상아 세공품과 바다에서 나타난 그 젊은이에게로 수렴되고 있었다. 나는 가엾은 클렌체를 떠올리며, 상아 세공을 바다 속으로 가지고 간 클렌체의 망해는 지금쯤 어디에서 쉬고 있을까 하고 생각했다. 클렌체는 어떤 사실을 경고했지만 나는 귀를 기울이지 않았다. 하지만 클렌체는 허약한 라인란트인이며, 프로이센인이라면 거뜬하게 견딜 수 있는 고뇌에 직면하여 미쳐버린 것이다.

  그 뒤의 일은 지극히 단순하다. 신전을 찾아 안에 들어가고 싶은 충동은 이제 아무리 해도 부정할 수 없는, 불가해하고 피할 수도 없는 지령이 되었다. 우리 독일인 특유의 의지도 더 이상 나의 행동을 제지하지는 못하였고, 이제부터 나의 의지의 힘이 흔들리는 것은 극히 사소한 일에 한정될 것이다. 머리에 아무 것도 뒤집어쓰지 않고 장구도 갖추지 않고 바다 속으로 뛰어들게한 그러한 광기가 클렌체를 죽음으로 몰아갔지만, 나는 양식 있는 프로이센 인으로서 마지막 순간까지 약간이나마 남아 있는 의지의 힘을 짜내볼 작정이다. 가지 않으면 안 된다는 걸 안 순간, 나는 잠수복과 헬멧, 공기 재생장치를 언제라도 사용할 수 있도록 준비하고, 언젠가 세상 사람들 손에 가닿기를 바라며 서둘러 이 수기를 쓰기 시작한 것이다. 수기는 병에 담아, U-29를 영영 떠날 때 해저에서 띄우기로 한다.

　나는 미쳐버린 클렌체의 예언을 들었지만 공포 앞에 뒷걸음질치지는 않을 것이다. 목격한 것이 진실일 리가 없고, 내 이 광기의 의지도 공기가 바닥났을 때, 기껏해야 나를 질식의 순간으로 데려가는 것에 지나지 않다는 걸 알고 있다. 신전 내부의 빛은 순전한 환각이며, 나는 어두운 망각의 심연에서, 독일인에게만 가능한 평화로운 죽음을 맞이할 것이다. 이것을 기록하고 내가 듣고 있는 이 악마 같은 웃음소리도, 허약한 내 두뇌 속에서 들려오는 것에 지나지 않는다. 그러니 신중하게 잠수복을 입고 대담하게 계단을 올라가 그 원초의 신전, 측량할 길 없는 깊이에서 무량한 세월을 견뎌온 그 침묵의 신비 한가운데로 나는 발을 들여놓을 것이다.

하얀 범선

　나는 배즐 엘턴이라 하며, 부친과 조부의 뒤를 이어 노스 포인트의 등대지기를 하고 있다. 회색 등대가 세워진 곳은 해안에서 멀리 떨어진 미끌미끌한 암초 위로, 바닷물이 드나들 때마다 바위는 사라졌다 나타났다한다. 한 세기에 걸쳐 칠대양을 당당히 누비던 바크형 범선이 이 등대 곁을 지나갔다. 할아버지 적에는 항해하는 배가 꽤 많았으나 아버지가 맡았던 시기부터 그 수가 점점 줄어들어 지금은 때때로 이 지구의 마지막 인간이 되기라도 한 것 같은 혹독한 고독감을 느낄 정도이다.

　옛날에는 흰 돛을 단 커다란 범선이 아득히 먼 해안——따뜻한 태양이 빛나고, 달콤한 향기가 이국의 정원과 화려한 신전에 감도는 동방의 먼 해안에서 이곳으로 왔었다. 나이든 선장들이 곧잘 할아버지를 찾아와서 이런 이야기를 했고, 할아버지는 다시 아버지에게 전했고, 그리고 아버지는 샛바람이 기분 나쁘게 울부짖는 긴 가을밤에 내게 말해 주셨다. 아직 어려서 신기하고 이상한 것들로 세상이 가득 차 있던 시절, 나는 이런 이야기들과 다른 수많은 이야기들을 책에서 두루 섭렵했다.

그러나 노인의 지혜나 책이 주는 지식보다도 훨씬 멋진 것은 바다를 둘러싼 비밀과 전해 내려오는 이야기들이었다. 파랑, 초록, 회색, 하양, 검정으로 색깔도 달라지고, 부드럽고 온화한가 하면 크고 작은 파도를 일으키기도 하는 바다는 결코 침묵으로만 일관하는 곳은 아니었다. 나는 하루종일 바다를 바라보고, 바다에 귀를 기울였기 때문에 잘 알고 있다. 처음에 바다는 평온한 바닷가나 가까운 항구의 평범하고 사소한 이야기들을 해주었을 뿐이지만, 세월을 거듭하면서 한층 색다른, 시간과 공간을 훨씬 뛰어넘는 멀고 먼 이상한 세계의 일들을 말해주게 되었다. 때로는 해질녘에 수평선의 회색 안개가 갈라지면서 저 너머의 광경을 보여주는가 하면, 깊은 밤 잔잔한 바다가 푸른빛으로 투명하게 빛나면서 심해의 모습을 슬쩍 내비칠 때도 있다. 이렇게 바라본 것들이 지금의 모습이기도 하고 과거와 미래의 모습이기도 한 것은, 바다가 산맥보다 훨씬 오래된 '시간'의 꿈과 기억을 품고 있기 때문임은 말할 것도 없다.

보름달이 하늘 높이 걸렸을 때, 남쪽에서 하얀 범선이 왔다. 소리도 내지 않고 미끄러지듯 그렇게. 바다가 거칠든 잔잔하든, 바람이 쫓아오든 맞바람이 불든 돛을 가득 펼치고 이상하리만큼 기다랗게 늘어선 노를 리드미컬하게 저어서 언제나 소리도 없이 미끄러지듯 부드럽게 다가왔다. 어느 날 밤 나는 그 배의 갑판에서 수염을 기르고 길고 헐렁한 옷을 걸친 사람을 만났는데, 그는 아름다운 미지의 해안을 향해 배를 띄우지 않겠느냐며 나를 유혹했다. 그 뒤에도 나는 몇 번이나 보름달 아래서 그 사람을 만났다. 그때마다 그는 언제나 나를 부추겼다.

달이 한층 밝게 빛나던 밤, 나는 마침내 유혹에 응해 바다 위에 떠 있는 달빛 쏟아지던 다리를 건너 하얀 범선에 올라탔다. 지금까지 나를 부르던 그 사나이가 이상하게도 내가 잘 아는 듣기좋은 말

로 나를 환영해 주었고, 사공들의 낮고 조용한 노랫소리가 피어오르
는 가운데 배는 바다 위를 미끄러져 아름다운 둥근 달빛에 금빛으로
물든 신비로운 남쪽 나라로 향했다.

날이 새어 주위가 온통 장밋빛으로 빛날 때 내가 본 저 멀리 초록
으로 빛나는 해안은 청명하고 아름다웠으며, 지금까지 전혀 본 적이
없는 곳이었다. 바다 끝에 당당하게 솟아 있는 대지에는 신록의 여
린 잎을 자랑하는 나무들이 줄서 있었고, 여기저기에는 색다른 신전
의 기둥과 흰 지붕들이 빛나고 있었다. 초록빛 해안으로 접어들자
수염을 기른 사내는 이 땅, 즉 자르 나라에 관해 말해주었는데, 인
간에게 찾아왔다가 사라지고 잊혀진 아름다운 꿈과 생각들은 모조
리 이곳에 머물러 있다는 것이었다. 또다시 시선을 대지로 옮겨갔을
때 실제로 사내의 말은 거짓이 아니라는 걸 알았고, 눈앞에 펼쳐진
경치 속에는 내가 전에 안개 속을 헤치고 수평선 저 너머에서 본 것
들과, 푸르스름한 깊은 바다에서 본 것들이 가득 했다. 내가 아는
그 어떤 것보다 훨씬 아름다운 형태나 환상이 있는가 하면, 세상에
알려진 적 없이 가난하게 세상을 떠난 젊은 시인들의 꿈도 있었다.
그러나 자르 초원에 발을 들여놓으면 두 번 다시 고향 바닷가로 돌
아갈 수 없다는 말을 들었기 때문에 우리는 내리지 않았다.

하얀 돛단배가 신전이 서 있는 자르 땅에서 소리도 없이 멀어졌을
때, 먼 수평선 위로 커다란 도시의 첨탑이 보였는데 수염을 기른 사
내는 내게 이렇게 말했다.

"저것이 샐러리온이라 불리는 천(千)가지 경이의 도시인데, 인간
이 헛되이 추구하는 모든 신비가 저곳에 있지."

그래서 나는 지척에 다다른 그 도시로 또다시 눈을 돌렸고, 내가
아는 도시나 꿈에서 본 적이 있는 그 어떤 도시보다도 훨씬 장대하
다는 것을 알았다. 신전의 첨탑은 끝이 보이지 않을 정도로 하늘 높
이 솟아 있었고, 지평선 저 멀리에는 위풍당당한 회색 성벽 너머로

몇 안 되는 지붕이 보였는데, 이상하고 꺼림칙하면서도 호사스런 띠장식과 매력적인 조각으로 꾸며져 있는 것을 알았다. 매혹적이면서도 한편으로는 불쾌감을 일으키는 이 도시에 들어가고 싶어 견딜 수가 없던 나는 수염을 기른 사내에게 거대한 조각문 어캐리엘 옆에 있는 돌로 된 부두에 내려달라고 부탁했다. 그러나 사내는 나의 바람을 부드럽게 거절하면서 이렇게 말했다.

"천 가지 얼굴의 경이로운 도시 샐러리온에는 수많은 사람들이 들어갔지만 돌아온 사람은 단 한 명도 없소. 저 도시에 사는 것은 이미 인간이 아닌 사람들과 요물들뿐이며, 길거리가 하얀 것은 도시를 지배하는 요괴 라티를 본 자들의 뼈가 매장되지 않고 흩어져 있기 때문이라오."

그리하여 하얀 범선은 샐러리온 성벽을 뒤로 하고 항해를 계속해 남쪽을 향해 날아가는 새의 뒤를 쫓기를 몇 날 며칠 계속했다. 새의 빛나는 날개옷은 새가 나는 하늘의 색을 잘 나타내고 있었다.

이윽고 우리 앞에는 있을 수 있는 모든 색의 꽃이 흐드러지게 피어 있는 아름다운 해안이 나타났고, 육지에는 눈길 닿는 곳마다 신록의 나무들과 빛나는 집들이 한낮의 태양빛을 쬐고 있었다. 멀리 보이는 집에서는 아름답게 화음을 이룬 노래가 울려퍼졌고, 희미한 웃음소리가 더해지면서 흥취를 더했다. 설레는 기분에 휩싸인 나는 사공들을 재촉했다. 수염을 기른 사내는 아무 말도 하지 않고 배가 백합이 가득 핀 해안으로 다가서는 동안 나를 쳐다보기만 할 뿐이었다.

갑자기 꽃이 가득 피어 있는 초원과 초록 숲에서 바람이 불어와 어떤 냄새를 실어왔기 때문에 나는 몸을 떨고 말았다. 바람은 한층 거세어졌고, 주위의 대기는 전염병으로 뒤덮인 마을과 파헤쳐진 묘지의 전율할 악취로 가득 찼다. 하얀 범선이 꺼림칙한 해안에서 황급히 떠났을 때 수염을 기른 사내가 이윽고 입을 열어 이렇게 말했다.

"여기는 환락의 땅 줄라다."

이리하여 하얀 범선은 또다시 하늘의 새를 좇아 부드러운 미풍이 쓰다듬듯 위로하는 따뜻한 축복의 바다를 건너갔다. 항해가 계속되는 며칠 낮 며칠 밤 동안 보름달이 뜨는 밤에는 사공들의 낮고 조용한 노랫소리에 귀를 기울였다. 그러나 그 노랫소리는 머나먼 고향에서 배를 띄우던 그 옛날의 밤 노래는 아니었다. 찬란한 호(弧)를 그리며 상공에서 만나는 수정의 쌍둥이곶의 보호를 받는 소나 니일 항구에 무심코 닻을 던진 것은 달빛에 이끌린 때문이었다. 이곳은 환영(幻影)의 땅이며, 우리는 달빛이 만들어낸 황금 다리를 건너 초록 나무들로 뒤덮인 기슭으로 상륙했다.

소나 니일에는 시간도 공간도 고통도 죽음도 존재하지 않으며, 여기서 나는 영겁으로 생각되는 시간을 보냈다. 숲과 목초지는 초록으로 둘러싸였고, 꽃은 색깔도 선명하고 향기로우며, 시냇물은 푸르고 신선한 소리를 냈고, 샘물은 차고 맑았다. 신전과 성과 마을은 당당하고 호사스러운, 그곳이 바로 소나 니일이었다. 아름다움이 극치에 이른 경관 저편에는 한층 아름다운 경치가 펼쳐져 있어서 이 땅의 아름다움은 끝이 없었다. 전원 지대와 화려한 마을의 한가운데를 행복한 사람들이 자유롭게 다녔고, 이 사람들은 모두가 다 우아함과 지순한 행복의 축복을 받고 있었다. 영겁으로만 여겨지는 시간을 나는 그 땅에 살았으며, 고풍스럽고 우아한 탑이 파릇파릇한 관목 숲 사이로 들여다보이는 정원과, 흰 보도 양쪽으로 섬세한 꽃들이 피어 있는 화원을 행복하게 거닐었다. 완만한 언덕을 오르면 그 꼭대기에서는 황홀하리만큼 사랑스러운 경관을 바라볼 수가 있었다. 초록 골짜기 사이로 뾰족한 지붕이 빼곡한 마을과 저 멀리 지평선에 빛나는 거대한 금빛 둥근 지붕, 달빛 아래 빛나는 바다와 수정의 곶, 그리고 하얀 범선이 닻을 던지는 조용한 항구……

인간의 기억에서 사라진 타르프 해(年)의 어느날 밤, 앞서가던 새의 모습이 보름달을 등에 지고 윤곽을 그리는 것을 보자, 내 가슴은 갑자기 들뜨고 설레기 시작했다. 곧 수염을 기른 사내에게 나의 새롭고 뜨거운 희망을 알리고, 과거 인간이 본 적은 없지만 누구나가 서쪽의 현무암 기둥 너머에 있다고 생각하는, 머나먼 카투리아를 향해 출범하기를 원했다. 그곳은 희망의 땅이며, 우리가 아는 모든 것의 완벽한 이상이 빛나고 있음을 알렸다. 그러나 수염을 기른 사내는 이렇게 말했다.

"카투리아가 존재한다고는 하지만 위험한 바다라는 사실도 명심하시오. 소나 니일에는 고통도 죽음도 없지만, 서쪽 현무암 저편에 무엇이 있는지 그 누가 알 수 있겠소?"

그래서 다음 번 보름달이 뜨는 밤에 나는 하얀 범선을 탔고, 수염을 기른 사내는 씁쓸해하면서도 행복한 항구를 뒤로 하고 지금까지 배가 건넌 적이 없는 바다를 향해 갔다.

새가 하늘을 날면서 이번에도 서쪽 현무암 기둥으로 인도해 주었지만, 보름달이 떴는데도 사공들은 낮고 조용한 노래를 부르지 않았다. 나는 종종 아직껏 본 적 없는 카투리아의 신기한 숲과 궁전을 뇌리에 떠올리면서 그 어떤 새로운 환희가 기다리고 있을지 생각하곤 했다. 그리고 이런 얘기를 내 자신에게 하기도 했다.

"카투리아는 신들이 있는 곳이며, 수많은 황금 도시가 존재하는 곳이다. 침향과 백단(白檀)의 숲, 게다가 캐모린의 향기로운 숲마저 있어 나무들 사이를 쾌활한 새들이 달콤한 노래를 지저귀며 날아다니지. 꽃이 흐드러지게 핀 푸른 산에는 연분홍빛 대리석으로 지은 신전이 있으며, 조각과 채색을 가한 물건들로 가득하고, 정원 한가운데에는 차가운 물을 뿜어내는 분수가 있으며, 바위굴에서 시작된 나르그 강의 향기로운 물이 졸졸 소리를 내며 흐른다. 그리고 카투리아 마을은 황금의 벽으로 둘러싸여 있으며, 길에 깔려 있는 것도 황금이다. 이런 마을의 정원에는 신기한 난과, 바닥을 산호와 호박으로 깔아놓은 연못이 있다. 밤에는 거북등껍질로 만들어진 화려한 삼색 등이 길거리와 정원을 비추고, 노래하는 사람과 류트 연주자의 잔잔한 음률이 울려 퍼진다. 그리고 카투리아 마을의 집들은 모두 궁전처럼 화려하고 성스러운 나르그 강이 흐르는 운하 위에 세워져 있다. 집들은 대리석과 무늬있는 돌로 지어졌으며, 눈부신 황금으로 지붕이 덮여 있어, 행복으로 가득 찬 신들이 멀리 높은 곳에서 내려다볼 때 태양빛을 반사시켜 마을의 광채를 더욱 빛나게 한다. 그 중에서도 아름다운 것은 위대한 왕 도리에브의 궁전이며, 왕은 반신(半神)이라는 자가 있는가 하면, 신 그 자체라는 사람도 있다. 도리에브의 궁전은 높으며, 성벽에 솟아 있는 작은 탑은 셀 수 없이 많다. 드넓은 광장에는 많은 사람들이 모여 있으며, 여기에는 여러 시대의 기념품들이 진열되어 있다. 그리고 홍옥과 칠보로 된 높은 기둥이 황금지붕을 받치고, 신들과 영웅들의 조각상이 서 있기 때문에 높은 곳에서 바라보면, 올림포스 산도 이렇지는 않을 것으로 생각될 정도지. 그리고 궁전 바닥은 유리로 되어 있고, 그 아래를 교묘하게 빛나는 나르그 강물이 흐르며, 아름다운 카투리아 땅에서만 사는 화려한 물고기가 헤엄치고 있지."

카투리아에 대해 나는 이와 같은 것들을 내게 들려주었지만, 수염을 기른 사내는 언제나 소나 니일이 사람들에게 알려져 있는데 반해 카투리아를 직접 본 사람은 없다면서, 소나 니일의 행복한 기슭으로 되돌아가야만 한다고 계속 경고했다.

그렇게 새의 뒤를 따른 지 31일이 지나 우리는 마침내 서쪽 현무암 기둥을 보게 되었다. 안개에 둘러싸여 있어서 더이상은 아무것도 보이지 않았고, 돌기둥의 꼭대기조차 짐작할 수 없었다. 기둥은 하늘까지 닿는다는 사람도 있다. 수염을 기른 사내가 또다시 돌아가자고 애원했지만, 나는 받아들이지 않았다. 왜냐하면 현무암 기둥 저편 안개 속에서 노랫소리와 류트 연주자의 가락이 들려왔고, 그 가락은 소나 니일의 가장 감미로운 노랫소리보다도 듣기 좋았으며, 더없이 나를 찬미하고 저 멀리 보름달 아래서 항해를 하며 환영의 땅에 살았던 적이 있는 나를 극구 칭찬하는 것처럼 들렸기 때문이다. 그래서 그 가락이 들려오는 곳을 향해 하얀 범선은 서쪽 현무암 기둥 사이로 들어갔다. 그러나 가락이 끊어지고 안개가 걷혔을 때, 우리 눈앞에 펼쳐진 것은 카투리아가 아니라 물살이 빨라 맞서기 힘든 바다일 뿐이었고, 우리를 태운 바크형 범선은 별 도리 없이 미지의 목적지로 떠밀려갔다. 이윽고 우리는 아래로 떨어지는 세찬 물소리를 들었으며, 저 멀리 수평선에 세상의 모든 바다가 무(無)의 심연으로 밀려드는, 어마어마하게 커다란 폭포의 거대한 물안개를 보았다. 그러자, 수염을 기른 사내가 볼에 눈물을 흘리면서 말했다.

"우리는 아름다운 소나 니일을 내팽겨쳤지. 이제 소나 니일은 두 번 다시 보지 못하리라. 신들은 인간보다 위대하여 승리를 거둔 것이오."

나는 닥쳐올 격돌을 앞에 두고 눈을 감고는, 격류 위에서 비웃는 것처럼 푸른 날개를 퍼덕이는 하늘의 새를 보지 않으려 했다.

격돌 뒤에는 어둠이 찾아왔으며, 인간과 인간이 아닌 것들의 비명이 들려왔다. 동쪽에서 커다란 폭풍이 일어나 발 아래 떠오른 젖은 바위에 웅크리고 있는 나를 얼어붙게 했다. 그 사이에 다시 부딪치는 소리가 들려왔고, 눈을 뜬 나는 영겁의 태고를 뒤로 하고 등대를 바라보고 있음을 깨달았다. 눈 아래 어둠 속에는 잔인한 암초에 부딪친 거대한 배의 어슴푸레한 윤곽이 떠올라 있었으며, 잔해로부터 눈을 들었을 때 할아버지가 등대지기를 했던 이래 처음으로 등대의 불빛이 꺼졌음을 알았다.

날이 새기 직전 탑으로 들어가 보니, 벽에 걸린 달력은 내가 하얀 범선에 탔던 때 그대로였다. 날이 새자 탑을 내려와 암초로 떠밀려 온 것들을 찾아보았으나 발견된 것은 이것뿐이었다. 푸른 하늘빛을 띤 이름 모를 새의 시체와, 파도머리나 산의 눈보다도 하얗게 깨어진 둥근 기둥!

그리고 그 뒤로는 바다도 더 이상 그 비밀을 말해주지 않았으며, 그 후에도 보름달이 하늘 높이 빛나는 날들은 셀 수 없이 많았으나 하얀 범선이 남쪽에서 나타나는 일은 끝끝내 없었다.

악마개

　시련을 만난 내 귀에는 악몽 같은 날갯짓과 신음소리, 그리고 무슨 거대한 사냥개가 내는 듯한, 멀리서 희미하게 개 짖는 소리가 울려 퍼진다. 꿈은 아니다. 무섭기는 하지만 광기도 아니다. 이제 의심을 품을 여지도 없이 많은 일들이 일어났기 때문이다.

　세인트존이 갈기갈기 찢어진 시체로 변해버렸다. 나만이 그 이유를 알고 있다. 그걸 알고 있기 때문에, 나 자신도 그렇게 갈기갈기 찢기는 일이 없도록 머리에 총을 쏘아 자살하려는 것이다. 소름 끼치는 환상의 어둡고 끝이 없는 회랑을 검고 추악한 복수의 여신 네메시스가 스쳐지나가며 나를 자살하지 않을 수 없도록 만든다.

　신이시여, 우리 두 사람을 이리도 무서운 운명으로 이끈 어리석고도 병적인 행위를 용서하시옵소서. 속세의 평범함에 지쳐버린 끝에, 연애와 모험의 기쁨조차 금세 퇴색해버리는 속세에서, 세인트존과 나는 절망스러운 권태의 중단을 약속해주는 탐미주의와 주지주의 운동의 모든 것을 열심히 추구하고 있었다. 상징주의자의 수수께끼와 라파엘로 전파(前派)의 절정기의 황홀을 남김없이 우리들 것으로 만들었으나, 새로운 기분 속에서도 신선한 자극이 되는 신기함과 매력은 이내 바닥을 드러내고 말았다.

퇴폐주의자의 음산한 철학만이 우리를 구원해 주었지만, 이것 역시 깊이 통찰하고 우리가 가진 마성을 서서히 높여가지 않는 이상 아무 효과가 없다는 것을 알았다. 보들레르와 위스망스도 이내 그 전율이 다하고 말아, 결국 심상치 않은 현실의 체험과 모험이라는 더욱 직접적인 자극만 남기게 되었을 뿐이다. 바로 이 무서운 감정적인 욕구에 이끌린 우리는 끝내, 공포에 시달리고 있는 지금조차 치욕을 느끼며 두려움에 떨면서 기록하지 않을 수 없는 그 타기해야 할 행적, 인간의 행위 가운데 가장 발칙한 추행인 꺼림칙하고 불쾌한 무덤 도굴을 하기에 이른 것이다.

우리는 등골이 오싹한 원정을 수없이 되풀이했는데 그 상세한 내용을 다 밝힐 수는 없다. 우리가 하인도 두지 않고 단둘이 살고 있었던 커다란 석조 주택에 꾸민 이름도 없는 박물관을 장식하고 있는 전리품 가운데 최악의 것은, 그 일부조차 기록할 수 없다. 우리의 박물관은 기괴하기 짝이 없는 모독적인 장소로, 우리는 그곳에 정신이 병든 미술 애호가의 악마 같은 기호를 본받아 피폐한 감수성을 자극하는 공포와 퇴락의 소우주를 만들어냈다. 아득히 깊은 지하에 만든 비밀의 방이었다. 거기에는 현무암과 줄마노로 조각한 날개를 가진 거대한 마신이 있는데 잔인한 웃음을 머금고 있는 입에서는 녹색과 주황색의 빛을 발하고 있었고, 보이지 않는 송풍관은 묵직한 검은 벽걸이를 출렁이게 했다. 벽걸이에 새겨져 있는 납골당의 붉은 유령들은 손에 손을 잡고 흔들리면서 기이하고 환상적인 죽음의 무도회를 연출했던 것이다. 이 송풍관으로 우리들의 기분에 가장 잘 어울리는 향기나 냄새를 자유자재로 흘려보냈다. 이따금 조화(弔花)로 사용되는 파르스름한 백합의 향기가 되었다가, 왕의 유해가 안치된 동양의 신령스런 묘지에 감돌거라고 상상하는 최면성 방향도 되었으며, 생각만 해도 등골이 오싹한 도굴한 무덤에서 올라오는 무섭고도 혐오스러운 악취가 되기도 했다.

이 불길한 방의 벽에는 박제사의 기술로 완벽하게 속을 채우고 방부 처리하여 살아 있는 듯한 단정한 모습으로 다시 태어난 고대 미라의 관이, 세계에서 가장 오래 된 묘지에서 훔쳐온 비석과 교대로 늘어서 있다. 곳곳의 벽감에는 모든 형태의 두개골과 다양한 부패단계에 있는 머리가 놓여 있다. 유명한 귀족들의 썩어가는 대머리가 있는가 하면, 묻힌 지 얼마 안 된 어린아이들의 깨끗하게 빛나는 황금색 머리도 있다.

조상과 그림도 있지만 모두 극악한 주제를 다룬 것뿐으로, 일부는 세인트존과 내가 직접 만든 것이다. 인간의 피부를 무두질한 것으로 장정하고 자물쇠를 단 화첩에는, 고야가 그렸으면서도 자작으로 인정하지 않았다는 소문이 있는 무서명의, 뭐라 형언하기 어려운 그림도 들어 있었다. 구토를 자아내는 소리를 내는 현악기, 금관악기, 목관악기도 있었는데, 세인트존과 나는 이따금 표현할 길 없는 음울함과 마적인 처절함이 감도는 불협화음을 연주했다. 그리고 흑단으로 상감세공한 수많은 장식 선반에는 묘지에서 빼내온, 인간의 광기와 도착이 수집할 수 있는 것 가운데 가장 믿기 어렵고 상상하기도 힘든 여러 가지 약탈품이 진열되어 있었다. 특히 이 약탈품에 대해서는 더 이상 얘기할 수 없다. 다행히도 나는 자살을 결심하기 전에 모든 것을 파괴하는 용기를 가질 수 있었다.

우리가 도저히 입에 올릴 수 없는 보물을 수집한 그 약탈 여행은 예술적 관점에서 보면 모두 잊을 수 없는 사건이었다. 우리는 야비한 시체 도둑이 아니어서 분위기와 풍경, 환경, 날씨, 계절, 달빛 등 모든 조건이 갖춰지지 않으면 무덤을 파헤치지 않았다. 이러한 위안은 우리에게 가장 절묘한 형태의 미의식의 표현이었기 때문에, 우리는 사소한 것에도 타협을 허용하지 않는 엄격한 주의를 기울였다. 시간이 적당하지 않거나, 달그림자의 효과가 마음에 들지 않거나, 축축한 잔디땅을 서투르게 파헤치기만 해도, 대지가 조롱하는 듯한 불온한 비밀을 폭로한 뒤에 찾아오는 그 황홀한 쾌감은 거의 완전히 손상되고 만다. 신기한 정경과 감정을 자극하는 상황을 우리는 혈안이 되어 지치지도 않고 끝없이 원했다. 세인트존이 언제나 앞장섰으며, 무서우면서도 피하기 힘든 불운을 불러들이고 만 그 무시무시하고 저주받은 장소로 이끈 것도 바로 세인트존이었다.

도대체 어떤 나쁜 운명이 우리를 그 무서운 네덜란드 교회 묘지로 유인했던 것일까? 나는 어두운 소문과 전설 때문이라고 생각한다. 살아 있을 때 수없이 도굴을 되풀이하며 커다란 분묘에서 모든 마력을 훔쳐냈다고 하는 5세기 전에 매장된 한 남자에 얽힌 얘기다. 그 마지막 순간의 정경은 지금도 생생하게 떠올릴 수 있다. 창백한 가을달이 무덤 상공에 떠올라 길고 음산한 그림자를 던지고 있었다. 이상한 형태를 한 나무들은 음울하게 늘어진 가지로, 방치된 무성한 잡초와 무너져가는 비석을 어루만지고 있었다. 이상하리만치 커다란 박쥐 떼가 달빛을 받으며 날아다녔고, 온통 덩굴로 뒤덮인 고색창연한 교회는 거대한 유령의 손가락처럼 납색 하늘을 향해 우뚝 서 있었다. 멀리 떨어진 한구석에서는 푸른색으로 빛나는 곤충이 주목 숲 아래에서 도깨비불처럼 어지러이 날았다. 저 멀리 습지대와 바다를 건너온 밤바람은 곰팡이 냄새와 식물 냄새, 그리고 뭐라 형언하기 어려운 냄새를 희미하게 실어왔다. 최악의 것은, 눈으로 볼 수도 정체를 파헤칠 수도 없는 거대한 사냥개가 낮게 짖는 듯한 희미하고 굵은 소리였다. 그 울음소리를 들었을 때, 우리는 한 농부에 얽힌 이야기를 떠올리며 두려움에 떨었다. 우리가 찾고 있는 그 인물은 몇 세기나 전에, 정체를 알 수 없는 짐승의 발톱과 이빨에 의해 갈기갈기 찢긴 시체로 바로 이 장소에서 발견되었던 것이다.

도굴꾼이었던 그 남자의 무덤을 가래를 사용하여 어떻게 파헤쳤는지 잘 기억하고 있다. 무덤, 그것을 내려다보고 있는 창백한 달, 음산한 그림자, 이상한 형태를 한 나무들, 거대한 박쥐, 고색창연한 교회, 난무하는 도깨비불, 구토를 자아내는 악취, 흐느껴 우는 듯한 밤바람, 실재한다는 것을 확신하기도 어려운 어딘지 모를 방향에서 희미하게 들려오는 기괴한 개 짖는 소리……. 그런 것들이 자아내는 정경에 우리가 얼마나 흥분했는지도 잘 기억하고 있다.

우리는 곧 축축한 흙에서 단단한 무언가에 부딪친 것을 느꼈고, 땅속에 오래 묻혀 있는 동안 무기물이 달라붙어 썩어가는 장방형 관을 발견했다. 그 관은 대단히 튼튼하고 두꺼웠지만 오래된 것이어서 그럭저럭 비틀어 여는 데 성공한 우리는, 안에 들어 있는 것을 보고 쾌재를 불렀다.

5백년의 세월이 흘렀지만 놀라울 정도로 아직 많은 것이 남아 있었다. 물어 뜯는 생물의 턱에 의해 군데군데 부서져 있기는 했지만 백골은 놀랍도록 견고하게 원래의 형태를 유지하고 있어서, 우리는 완전한 하얀 두개골과 길고 튼튼한 이, 한때는 우리처럼 무덤에 대한 열정으로 빛나고 있었을 텅 빈 눈구멍을 만족스럽게 바라보았다. 관 속에는 이색적인 취향의 기묘한 부적도 있었는데, 아무래도 시체의 목에 걸려 있었던 것 같았다. 웅크리고 있는 날개를 가진 사냥개처럼 또는 반쯤 개를 닮은 얼굴을 한 스핑크스처럼 묘하게 양식화된 형상을 하고 있었는데 작은 녹색 비취를 고대 동양풍으로 정교하게 세공한 것이었다. 얼굴 표정은 극히 혐오스러운 느낌이었는데, 그것에서 느껴지는 것은 죽음과 야수성, 그리고 사악함이었다. 아랫자락에는 세인트존도 나도 알지 못하는 문자의 명문이 새겨져 있었다. 바닥에는 제작자의 도장인 듯, 기괴하고 무서운 해골이 조각되어 있었다.

우리는 이 부적을 본 순간 무슨 일이 있어도 손에 넣어야겠다고 생각했다. 몇 세기 전의 무덤에서 약탈할 만한 것은 이 보물 말고는 아무것도 없다는 것을 알았다. 우리는 그 형상이 아무리 처음 보는 것이라 해도 손에 넣고 싶었을 테지만, 자세히 들여다보니 반드시 낯설다고만은 할 수 없었다. 정신이 건전하고 균형이 잡힌 독자들이 알고 있는 모든 미술과 문예와는 크게 동떨어진 것이기는 했지만 우리에게는 그것이 미치광이 아랍인, 압둘 알하자드의 금단의 책 《네크로노미콘》에서 암시된 것임을 알았다. 중앙아시아의 접근불가능한 렝지역에 존재하는, 시체를 먹는 종파의 무서운 영혼의 상징이었던 것이다. 옛날의 아랍인 귀신론자가 묘사한 소름 끼치는 용모와 흡사한 모습이었다. 압둘 알하자드의 기록에 의하면, 그 용모와 모습은 죽은 자를 괴롭히며 뼈까지 빨아먹는 자들의 영혼을 뭔가 확실치 않은 초자연적인 모습으로 드러낸 것을 토대로 한 것이라 한다.

우리는 녹색의 비취를 집어들고, 눈구멍이 뻥 뚫려 있는 그 소유자의 하얗게 탈색된 얼굴을 마지막으로 한 번 쳐다본 뒤 무덤을 원래대로 덮었다. 훔쳐낸 부적은 세인트존의 호주머니로 들어갔고, 우리는 그 불길한 장소에서 재빨리 자취를 감추었는데, 도중에 마치 저주받은 부정한 자양물을 찾고 있는 것처럼 박쥐들이 떼를 지어 방금 파헤친 지면에 내려앉는 것을 본 것 같은 느낌이 들었다. 그러나 가을날의 어둡고 희미한 달빛 아래라 확실하게 단정할 수 있는 일은 아니었다.

이튿날, 네덜란드에서 배를 타고 고향으로 돌아갈 때 멀리서 거대한 사냥개가 짖는 듯한 희미한 소리가 등 뒤에서 들려온 것 같은 느낌이 들었다. 하지만 가을바람이 구슬프고 힘없이 흐느껴 울고 있었기 때문에 이것 역시 확실하게 단정할 수는 없었다.

영국으로 돌아간 뒤 1주일도 지나지 않아 기괴한 사건이 일어나기 시작했다. 우리는 은둔자처럼 살고 있었다. 친구도 없고 하인도 두지 않고, 인적도 드문 황무지에 있는 옛날 장원 영주의 저택의 방 몇 개를 사용하며 둘이 살고 있었기 때문에 방문자가 찾아오는 일은 거의 없었다.

그러나 지금은 밤만 되면 문 주위뿐만 아니라 위층 아래층의 모든 창문을 통해 끊임없이 속삭이는 듯한 소리가 들려와서 우리를 괴롭혔다. 아름다운 달빛이 쏟아지는 서재의 창문이 희미하고 커다란 어떤 몸에 가려져 어두워진 것처럼 느껴진 일도 있고, 그리 멀지 않은 곳에서 날갯짓하는 소리와 신음소리가 들려오는 듯한 느낌이 든 적도 있었다. 그때마다 조사해 보았지만 결국 아무것도 알아내지 못한 채, 우리는 이런 일들이 네덜란드 교회 묘지에서 들었던 그 멀리서 어렴풋이 짖는 듯한 소리가 아직도 귀에 울리고 있는 듯한 상상력 때문이라고 생각하게끔 되었다. 우리는 그 비취 부적을 우리의 박물관 벽감에 진열해놓고, 가끔 그 앞에서 묘하게 그윽한 향기를 내뿜는 양초에 불을 붙였다. 우리는 부적의 특성, 즉 죽은 자의 영혼과 부적이 상징하는 관계를 알고자 알하자드의 《네크로노미콘》을 열심히 읽었지만, 읽을수록 불안한 생각만 샘솟을 뿐이었다.

그리고 공포가 찾아왔다.

19——년 9월 24일 밤, 누가 내 방 문을 두드리는 소리가 들려왔다. 세인트존일 거라고 생각하고 들어오라고 했지만 거기에 대답하는 것은 날카로운 웃음소리뿐이었다. 복도에는 아무도 없었다. 자고 있던 세인트존을 깨우니 아무것도 모른다고 하며 나와 마찬가지로 불안해했다. 황무지 너머에서 들려오던 그 멀고 희미한 소리가 의심의 여지없이 무서운 현실이 된 것은 그날 밤의 일이었다.

나흘 뒤, 우리 두 사람이 비밀의 박물관에 있는데, 서재의 비밀계단으로 통하는 단 하나의 문에서 조심스럽게 긁는 듯한 소리가 낮게 들려왔다. 그것 때문에 우리의 불안은 둘로 갈라졌다. 미지의 것에 대한 두려움 외에도 불길한 수집품을 들킬지도 모른다는 불안을 항상 품고 있었기 때문이었다. 우리는 불을 모두 끄고 문으로 다가가 갑자기 열어젖혔다. 그 순간 기묘한 바람이 홱 불어 들어오는가 싶더니 동시에 아득히 먼 곳으로 물러가는 듯한 옷깃을 스치는 소리와 숨죽인 웃음, 그리고 명료한 목소리가 하나가 되어 들려왔다. 우리가 미쳐버렸는지 또는 꿈을 꾸고 있는지, 아니면 제정신인지, 우리는 아예 알려고 들지도 않았다. 육체에서 유리된 것이 틀림없는 그 목소리가 의심의 여지없이 네덜란드어로 말하고 있는 것을, 오싹하게 밀려드는 암담한 불안 속에서 깨달았을 뿐이다.

그 뒤 우리는 점점 더해가는 공포와 현혹 속에 나날을 보냈다. 이상한 흥분만 가득한 이런 생활 때문에 우리는 언젠가 둘 다 미쳐버리고 말 거라는 억측을 더해갔는데, 이따금 이 억측은 우리를 처절한 운명의 희생자로 만들어 더욱 짜릿한 쾌감을 느끼게 해주기도 했다. 지금은 이상한 영(靈)의 현시(顯示)가 헤아릴 수 없을 만큼 빈발하고 있었다. 우리들의 적막한 집은 겉으로 보기에도 추측할 수 없는 어떤 악의 있는 존재로 가득 차 있었고, 밤마다 악마처럼 짖는 소리가 바람이 몰아치는 황무지를 건너 들려왔을 뿐만 아니라 날이 갈수록 더 심해졌다. 10월 29일, 우리는 서재 창문 밑의 부드러운 지면에서 뭐라고 표현할 길 없는 일련의 발자국을 발견했다. 전에 없이 대거 출몰하기 시작한 거대한 박쥐 떼와 마찬가지로 더할 수 없이 불가해한 일이었다.

공포가 절정에 달한 것은 11월 18일의 일이었다. 음산한 철도역에 내려 집으로 오고 있던 세인트존이 어둠 속에서 뭔가 무서운 육식 짐승의 습격을 받아 온몸이 갈기갈기 찢겨버린 것이다. 세인트존의 비명소리가 집에까지 들려와 놀란 나는 공포의 현장으로 달려갔는데, 퍼덕이는 날개소리도 귀에 생생했고 떠오르는 달빛을 받아 윤곽을 그리고 있는 어렴풋한 검은 구름 같은 것을 볼 시간도 있었다.

내가 도착했을 때 친구는 죽음의 문턱에서 확실한 것은 아무 말도 못하고, 다만 기어드는 목소리로 이렇게 속삭였을 뿐이다. "부적…… 그 저주 받은 것이……."

그리고 세인트존은 숨을 거두었다. 갈기갈기 찢어진 움직이지 않는 고깃덩이가 되어.

나는 한밤중에 세인트존의 유해를 손질도 하지 않은 정원에 묻고, 그가 생전에 더할 수 없이 사랑했던 악마 숭배의 주문을 하나 읊어주었다. 극악한 마지막 대목을 입에 올렸을 때, 황무지 저편에서 거대한 사냥개가 짖는 듯한 소리가 다시 희미하게 들려왔다. 달은 있었지만, 나에게는 그것을 쳐다볼 용기조차 없었다. 그리고 어렴풋이 비치는 황무지에서 언덕에서 언덕으로 잽싸게 이동하는 커다란 검은 그림자를 보았을 때, 나는 눈을 감고 땅바닥에 그대로 폭 엎드렸다. 얼마 동안 그렇게 하고 있었는지 모른다. 나는 떨리는 몸을 일으켜 비틀거리며 집 안에 들어가, 고요하게 모셔진 녹색 비취 부적 앞에서 망칙한 절을 올렸다.

황무지에 있는 낡은 집에서 혼자 사는 것이 이제 무서워서 견딜 수가 없었다. 박물관의 모독적인 수집품을 불태우거나 땅에 묻어 처분한 나는, 이튿날 비취 부적만을 지닌 채 런던으로 갔다. 그러나 사흘째날 밤 다시 짖는 소리가 들려왔고, 1주일도 되지 않아 어둠이 찾아오면 어김없이 기묘한 시선을 느끼게 되었다. 어느 날 저녁 때 기분 전환을 위해 템스 강변을 산책하고 있는데, 수면에 비친 가로등 불빛을 지우는 거무스름한 물체가 눈에 들어왔다. 바람이 밤중보다 더욱 거칠게 몰아치고 있었고, 나는 세인트존에게 내려진 재앙이 곧 내 몸에도 닥칠 것을 알았다.

이튿날, 나는 녹색의 비취 부적을 주의 깊게 포장한 뒤 네덜란드행 배에 올랐다. 이것을 영원한 잠에 빠져 있는 원래 소유자에게 돌려준다고 해서 과연 어떤 혜택이 돌아올지는 지극히 의심스러웠지만, 뭔가 형식적인 행동을 취하지 않으면 안 될 것 같은 기분이 들었던 것이다. 그 사냥개의 정체, 그리고 사냥개가 나를 괴롭히는 이유는 아직도 해답을 찾을 수 없는 의문이지만, 짖는 소리를 처음 들었던 곳은 그 오래된 교회 묘지였고, 그 이후의 사건은 세인트존이 죽으면서 내게 속삭였던 말까지 포함하여 모두 부적의 약탈에 대한 저주와 관련되어 있었다. 그렇게 생각하고 있었기 때문에, 로테르담의 한 여관에서 이 유일한 구원 수단을 밤도둑에게 도둑맞은 것을 알았을 때 나는 절망의 나락으로 떨어지고 말았다.

그날 밤 짖는 소리는 전보다 더욱 커졌고, 아침이 되어 나는 신문에서 그 도시에서 첫손 꼽히는 무법지대에서 말도 안 되는 사건이 일어난 것을 알았다. 그 지역의 주민들은 공포에 떨고 있었다. 한 악명 높은 집에서 지금까지 유례가 없는 가장 잔인하고 피비린내 나는 학살사건이 일어난 것이다. 난장판이 된 도둑의 소굴에서, 실오라기 하나 흔적을 남기지 않은 알 수 없는 존재에 의해, 전원이 갈기갈기 찢겨 있었다. 그리고 집 주위에서는 거대한 사냥개가 짖는 듯한 굵고 낮은 울음소리가 밤새도록 희미하게 들려왔다고 했다.

이리하여 나는 마침내 그 끔찍하고 혐오스러운 교회 묘지를 다시 찾아가게 되었다. 파르스름한 겨울달이 불길한 그림자를 던지고 있고, 잎이 떨어진 나무들은 음울하게 가지를 늘어뜨려 시들고 서리 내린 잡초와 모서리가 닳은 비석을 만지고 있고, 덩굴이 뒤엉켜 있는 교회는 냉담한 하늘을 향해 조소하듯 우뚝 서 있고, 얼어붙은 습지와 겨울바다를 건너오는 밤바람은 미친 듯한 신음 소리를 내고 있었다. 사냥개가 짖는 듯한 소리가 아주 희미하게 들리더니, 전에 파헤친 무덤에 가까이 다가가자 완전히 사라져버렸다. 기묘하게 무덤 주위에서 춤추고 있던 박쥐떼는 다가가는 나에게 놀라 날아가 버렸다.

그 무덤 속에 평화롭게 누워 있는 백골에 대해 기도를 올리거나, 상식을 벗어난 애원과 사죄의 말을 하기 위해서라면 또 몰라도 어째서 그런 일까지 하게 되었는지는 나도 알 수 없다. 그러나 이유야 어찌되었건 나는 스스로의 절망감과, 외부에서 나를 지배하는 어떤 절망감에 휩싸여 반쯤 얼어붙은 흙을 정신없이 파헤치기 시작했다. 작업은 예상했던 것보다 훨씬 간단했지만 딱 한 번 기묘한 방해가 있었다. 여윈 독수리 한 마리가 차가운 하늘에서 내리꽂듯 내려와, 내가 가래로 때려죽일 때까지 무덤의 흙을 부리로 맹렬하게 쪼아댔던 것이다. 나는 간신히 썩어가는 장방형 상자를 파낸 뒤, 질소성의 축축한 흙으로 덮인 뚜껑을 열었다. 그것이 내가 이성을 가지고 한 마지막 행위였다.

몇 세기의 세월을 거친 관 속에서 잠에 취한 딱딱하고 거대한 박쥐라는 악몽의 종자들이 빼곡하게 뒤덮고 있는 가운데 누워 있는 것은, 친구와 내가 약탈한 백골이 틀림없었다. 그러나 그때 본 것과 같은 살이 완전히 떨어진 평화로운 뼈가 아니었다. 피가 말라붙은 이상한 살점과 머리카락이 남아 있고, 인광을 내뿜는 눈구멍이 마치 감각이 있는 것처럼 나를 노려보았으며, 피범벅이 된 날카로운 엄니가 들여다보이는 입은, 나에게 다가올 운명을 조롱하듯이 일그러져 있었다. 그 일그러진 입이 마치 거대한 사냥개가 조소하듯이 굵고 낮게 짖는 소리를 내고 있고, 피로 얼룩진 그 추악한 발톱이 운명을 결정짓는 잃어버린 비취 부적을 움켜잡고 있는 것을 보았을 때, 나는 오로지 백치처럼 비명을 지르면서 뒤도 돌아보지 않고 도망쳤다. 내 비명은 곧 미친 듯한 간헐적인 웃음소리로 변했다.

광기는 별들을 스치는 바람을 타고 옮겨 간다…… 발톱과 이빨은 수세기를 거쳐 온 시체 위에서 날카로워졌다…… 피를 뚝뚝 흘리는 죽음의 신은 지옥처럼 시끄러운 박쥐에 올라타고 땅속에 묻힌 악마의 신전, 암흑의 폐허에서 찾아온다…… 말라 죽은 괴물의 짖는 소리는 점점 높아져 가고, 저주받은 날개를 슬금슬금 퍼덕이며 점점 다가오고 있는 지금, 이름도 없고 도저히 이름을 붙일 수도 없는 이것들로부터 달아날 수 있는 나의 유일한 안식처인 망각의 세계를, 나는 이 권총으로 찾으련다.

악마들의 축제

다이몬 (daimôn, 그리스 사상에서 신과 인간의 중간
자로 개인의 운명을 이끄는 신령스러운 존재) 들은 존재하지 않는 것을 마치 사실인 양 인간들이 보도록 만든다.

—락턴티우스

나는 고향에서 멀리 떨어진 동방의 바다에 매료되어 있었다. 땅거미가 질 무렵 바위에 부딪치는 파도소리를 듣고, 맑은 하늘과 초저녁에 맨 먼저 떠오른 별들을 배경으로 구불구불한 버드나무가 뒤엉켜 있는 언덕 바로 저편에 바다가 펼쳐져 있는 것을 알았다. 조상들의 부름을 받고 고색창연한 그 도시로 가기 위해 나는 살짝 내려앉은 신설(新雪)을 밟으며 나무들 사이로 황소자리의 알데바란이 빛나는 곳을 향해 쓸쓸하게 이어진 오르막길을 계속 걸어갔다. 실제로 본 적은 없지만 꿈속에서는 수도 없이 보았던 오래된 도시였다.

오늘은 율의 날이었다. 사람들은 보통 크리스마스라고 부르지만, 나는 이날이 베들레헴이나 바빌론보다, 또한 멤피스나 인류보다도 더 오래된 축제임을 알고 있다. 이 율의 날에 나는 가까스로 바닷가의 오래된 도시에 도착했다. 이곳에 정착했던 우리 일족은 축제가 금지되어 있던 그 옛날에 축제를 올렸고, 원초의 비밀이 기억에서 사라지지 않도록 1세기에 한 번 축제를 열 것을 자손들에게 명령했다. 우리 일족은 오래된 가문으로, 3백 년 전 이 땅에 식민이 시작되었을 무렵에도 이미 오랜 역사를 자랑하고 있었다. 일족은 남쪽의 도도한 난초 화원에서 사람들의 눈을 피해 도래했고, 푸른 눈을 한 어부들의 언어를 배울 때까지 다른 말로 얘기했기 때문에 이방인이나 다름없었다. 지금은 여기저기 흩어져 있지만, 살아 있는 그 누구도 이해할 수 없는 신비에 싸인 의식을 함께 나누고 있다. 그날 밤, 전승이 이끄는 대로 오래된 바닷가 마을로 돌아온 사람은 나밖에 없었다. 전승을 기억하는 것은 가난하고 고독한 자에게만 한정된다.

잠시 뒤 언덕 너머로 황혼 속에 하얗게 펼쳐진 킹스포트가 보였다. 눈이 곱게 내린 킹스포트에서는 고풍스러운 풍향계와 첨탑, 마룻대, 통풍관, 암벽, 작은 다리, 버드나무, 묘지들이 눈에 들어왔다. 가파르게 이어진 구불구불한 좁은 길이 만들어내는 끝없는 미로가 있고, 중심부에는 눈이 아찔할 정도로 높은 언덕이 세월의 풍화를 면한 채 서 있었으며, 그 꼭대기에 교회가 우뚝 서 있다. 끝을 알 수 없는 미궁 같은 식민시대풍의 집들은, 아이들이 제멋대로 쌓은 나무로 된 성처럼, 상상할 수 없는 각도와 높이에서 서로 겹치거나 분산되어 있었다. 눈덮힌 새하얀 박공지붕과 맞배지붕 위에는, 회백색의 날개를 타고 고색이 내려앉고 있었다. 부채꼴 창문과 작은 유리창 하나하나가 유난히 청량한 저녁 어스름에 빛을 던지며 오리온을 비롯한 옛날 그대로의 별들 사이에 끼어 있다. 퇴락해가는 벼랑을 파도가 씻어주고 있었다. 아무것도 말해주지 않는 태고로부터 존재하는 바다. 우리 일족은 그 옛날 저 바다를 건너 이 땅에 도래했다.

언덕을 다 올라가니 길 옆에는 바람에 그대로 드러난 더 높은 꼭대기에 묘지가 있었는데, 검은 비석이 불길하게 눈 속에 서 있는 모습은 거대한 시체의 썩은 발톱을 연상시켰다. 발자국 하나 없는 길은 쓸쓸하기 짝이 없고, 이따금 교수대가 바람에 흔들리며 삐걱거리는 등골이 오싹한 소리가 희미하게 들리는 것 같았다. 우리 일족에 속하는 네 명이 1692년에 마술을 부렸다는 죄목으로 교수형에 처해졌지만 나는 그 교수형이 어디서 집행되었는지는 모르고 있었다.

나는 신음을 토하며 바닷가로 통하는 언덕길을 내려가면서, 황혼녘에 들려올 마을의 활기찬 술렁거림에 귀기울여 보았지만 아무 소리도 들리지 않았다. 이윽고 나는 계절을 떠올리고, 옛날부터 청교도인 마을 사람들이 내가 모르는 크리스마스 풍습을 가지고 있어서 말없이 난롯가에 앉아 기도에 전념하고 있는 거라고 생각했다. 그렇게 생각한 뒤로는 활기찬 술렁거림을 찾아 귀를 기울인다거나 행인을 찾아 눈을 두리번거리지도 않고, 빛이 새나오는 한적한 농가와 그림자가 모여드는 돌담을 바라보면서 계속 걸었다. 허름한 상점과 선술집 간판이 바닷바람에 흔들려 삐걱거리고, 포장되지 않은 텅 빈 거리에서는 늘어선 집들의 기둥이 있는 현관에 달린 괴상한 문고리가, 커튼이 쳐진 작은 창문에서 새어나오는 빛을 받아 반짝이고 있었다.

마을 지도를 대충 봐두었기 때문에 일족의 집이 어디쯤 있는지는 이미 알고 있었다. 마을의 전승이 오래도록 전해지고 있어서, 나에 대해 모두 다 알고 환영해줄 거라고 했다. 나는 걸음을 재촉하여 뒷골목을 지나 서클코트로 들어가서, 마을에서 유일하게 포장된 도로의 새하얀 눈을 밟으며 마켓하우스 뒤편에 그린레인이 시작되는 장소로 갔다. 오래 된 지도가 그래도 쓸모는 있어 길을 잃지는 않았다. 그런데 노면 전차가 달릴 거라는 말을 아컴에서 들었는데 선로가 보이지 않는 걸 보니 거짓말이 틀림없었다. 설령 선로가 있다 해도 눈 때문에 볼 수 없었다. 나는 도보 여행을 선택해서 다행으로 생각했다. 하얀 눈에 덮인 마을이 언덕에서 무척 아름답게 보였기 때문이다. 그리고 나는 지금 그린레인 왼쪽에서 일곱 번째 집, 1650년 이전에 지어진 뾰족지붕과 돌출된 2층이 있는 일족의 집을 노크하고 싶어서 견딜 수가 없었다.

그 집에 도착했을 때 집 안에는 불이 켜져 있어서 마름모꼴의 유리창으로 들여다보니, 아득한 옛날의 상태를 거의 그대로 간직하고 있는 듯했다. 2층이 잡초가 무성한 길로 튀어나온데다 맞은편 2층도 마찬가지여서 나는 마치 터널 속에 있는 것 같았고, 현관으로 통하는 낮은 돌계단은 시야에서 완전히 벗어나 있었다. 포장된 보도는 없지만 대부분의 집에는 현관의 높은 문을 향해 철난간이 설치된 이중계단이 이어져 있었다. 기묘한 풍경이었다. 나는 뉴잉글랜드에는 처음 오는 것이라서 어떤 모습일지 전혀 상상도 하지 못하고 있었다. 뉴잉글랜드의 이런 분위기가 재미있게 느껴졌는데, 눈에 발자국이 찍혀 있고, 거리에는 사람들이 다니고, 커튼을 치지 않은 창문이 몇 개 있었더라면 더욱 즐거웠을 것이다.

고풍스러운 철제 문고리를 울렸을 때 나는 반쯤 겁에 질려 떨고 있었다. 아마 내가 물려받고 있는 것에 대해 아무것도 모른다는 사실과 황혼녘의 적막감, 기묘한 관습을 가진 오래 된 도시를 감싸고 있는 기묘한 어떤 정적 때문이었겠지만, 어쩐지 두려움이 몸 안에 차오르는 것을 느꼈다. 이윽고 노크에 대한 응답이 있었을 때 나는 완전히 겁에 질리고 말았다. 발소리가 전혀 들리지 않았는데 문이 갑자기 열린 것이다. 하지만 언제까지나 두려움에 떨고 있을 수는 없었다. 가운을 걸치고 슬리퍼를 신은 문 앞에 서 있는 노인은 너무나도 온화한 얼굴을 하고 있어서 나는 속으로 가슴을 쓸어내렸다. 노인은 자신이 벙어리라는 것을 손짓으로 표현한 뒤, 가지고 있던 철필과 밀랍판으로 예스러운 환영의 말을 적어 넣었다.

노인의 안내로 내가 들어간 곳은 촛불이 켜진 천장이 낮은 방으로 묵직한 서까래가 드러나 있고, 17세기의 거무칙칙하고 견고한 가구가 아주 조금 있었다. 과거가 생생하게 눈앞에 드러나 있었고, 무엇하나 그 속성을 잃지 않고 있었다. 동굴처럼 깊은 벽난로와 물레가 있고, 헐렁한 실내복에 챙 있는 보닛을 쓴 허리가 굽은 노파가 등을 돌리고 앉아 축제일인데도 말없이 실을 잣고 있었다. 어딘지 모르게 방 전체가 습기 찬 느낌이 들었는 데도 난로에 불이 없는 것이 이상했다. 등받이가 높은 긴 나무의자가 커튼이 쳐진 왼쪽 창문을 향해 놓여 있는데, 누군가가 앉아 있는 듯한 느낌이 들었지만 확실한 건 아니었다. 눈에 보이는 모든 것이 꺼림칙해서 나도 모르게 조금 전에 느꼈던 공포가 다시 고개를 들었다. 공포는 전보다 더욱 커져 있었다. 노인의 온화한 얼굴을 보면 볼수록 그 온화함이 나를 오히려 더 불안하게 만들었다. 눈은 전혀 움직이지 않았고 피부는 마치 밀랍 같았는데, 결국에는 사람의 얼굴이 아니라 악마처럼 교활한 가면이라고 확신했을 정도였다. 하지만 장갑을 낀 기묘하게 흐물거리는 손이 밀랍판에 친절한 인사말을 적은 뒤 축제장소로 안내될 때까지 한동안 기다려야 했다.

노인은 의자와 테이블, 책더미를 가리킨 뒤 방에서 나갔다. 책을 읽으려고 의자에 앉은 나는, 방에 있는 책이 곰팡이가 핀 고서뿐이라는 것을 알았다. 모리스터의 분방한 《과학의 경이》, 1681년에 간행된 조셉 글랜빌의 무서운 《사티카이 교도의 승리》, 1595년에 리용에서 출판된 레메기우스의 소름 끼치는 《악마숭태》가 있었는데, 최악의 것은 미치광이 아랍인 압둘 알하자드의 결코 입에 올려서는 안 되는 《네크로노미콘》을 번역한, 오라우스 월미우스의 금단의 라틴어판이었다. 나는 이 책을 실제로 본 적은 없었지만, 사람들이 목소리를 죽여 속삭이는 무서운 말은 듣고 있었다. 이야기 상대도 없이 마냥 기다리고 있는 내 귀에는, 밤바람이 간판을 흔들고 있는 소리, 보닛을 쓴 노파가 말없이 실을 잣고 있는 물레소리가 들려오고 있었다. 이 방과 책과 이곳에 사는 사람들이 무섭게 느껴져 마음이 불안하였지만, 조상들의 오랜 전통에 따라 지금까지 보지 못했던 축제에 초대받은 것이니 뭔가 이색적인 것이 있는 것도 당연한 일, 어디 한 번 기다려 보자고 마음먹었다. 그래서 책을 읽기로 했는데, 곧 저주받은 《네크로노미콘》 속에서 찾아낸 한 내용에 온몸을 떨면서도 나도 모르게 빨려들고 말았다. 거기에는 온전한 정신과 건전한 의식을 가진 사람에게는 너무나도 무서운 어떤 생각과 전설이 적혀 있었다. 언제 열려 있었던 건지, 긴 의자 맞은편에 있는 창문 하나가 닫히는 소리를 들은 것 같은 느낌이 묘하게 마음에 걸렸다. 그 소리에 이어 물레 소리가 아닌 휘익휘익 하는 소리도 들렸다. 그렇지만 노파는 흐트러짐없이 실을 잣고 있었고, 고풍스러운 시계가 시간을 알리고 있었기 때문에 확실하게 들었던 것은 아니다. 이제 긴 의자에 누군가 앉아 있다는 느낌은 사라졌고, 나는 떨면서도 열심히 책을 읽어나갔는데, 그러는 사이 노인이 장화를 신고 헐렁하고 고풍스러운 옷을 입고 나타나 그 긴 의자에 앉는 것이었다. 물론 내가 있는 곳에서는 노인의 모습이 보이지 않았다. 계속 기다리던 나는, 손에 들고 있는 모독적인 책의 영향도 있어서 신경이 상당히 흥분되어 있었다. 시계가 11시를 쳤을 때 노인이 일어났다. 그는 한구석에 있는 조각이 새겨진 커다란 궤짝으로 미끄러지듯 걸어가서 두건이 달린 외투를 두 벌 꺼내 하나는 걸치고, 또 하나는 단조로운 작업을 끝낸 노파에게 주었다. 그리고 두 사람은 현관으로 걸어갔다. 노파는 다리를 절면서 비틀비틀 걸어갔고, 노인은 내가 읽고 있는 책을 빼앗은 뒤 움직임 하나 없는 얼굴인지 가면을 두건으로 감싸면서 따라오라는 시늉을 했다.

우리는 달 없는 어두운 밤거리로 나가 믿을 수 없도록 고색창연한 도시의 거미줄 같이 꼬불꼬불한 길을 나아갔다. 커튼이 쳐진 창문에서 새어나오는 빛이 하나둘 사라지면서 사람들이 모두 조용히 문에서 나와 거리 곳곳에서 도깨비 같은 행렬을 이루며 삐걱거리는 간판과 오래된 박공지붕, 짚을 이은 지붕, 그리고 마름모꼴 유리창을 지나가자, 이 두건 달린 외투를 입은 사람들의 무리를 시리우스(천랑성. 하늘에서 제일 밝은 큰개자리의 별. 서양에서는 개의 눈이라고도 한다)가 지켜보고 있었다. 행렬은 퇴락한 집들이 서로 무너지듯 포개져 있는 가파른 오솔길을 누비듯이 나아갔고, 광장과 교회 안뜰을 미끄러지듯이 지나갈 때는 흔들리는 등불이 술에 취한 것 같은 기분 나쁜 별자리를 만들어냈다.

　말없는 군중 속에서 나는 침묵을 지키고 있는 안내자를 따르고 있었다. 이상하게 말랑말랑한 팔꿈치로 찌르거나 기분 나쁠 정도로 부드러운 가슴과 배로 밀기는 했지만, 얼굴을 보여주는 일은 결코 없었고 말도 전혀 하지 않았다. 이 꺼림칙한 행렬이 뱀이 기어가듯 언덕을 올라가 꼬불꼬불한 오솔길이 한 자리에 모이는 꼭대기에 도착하자 이곳을 향해 모여드는 사람들의 행렬이 곳곳에서 보였다. 바로 도시의 중심부에 위치한, 거대한 백악의 교회가 서 있는 높은 언덕 꼭대기였다. 땅거미가 질 무렵 언덕에서 킹스포트를 바라보았을 때 보였던 교회로, 때마침 흐릿한 첨탑 꼭대기에서 알데바란이 빛나고 있어서 나도 모르게 오싹 몸을 떨었다.

　널찍한 교회 주위에는 유령 같은 비석들이 늘어선 묘지와 반쯤 포장된 광장이 있고, 눈은 거의 바람에 날려가 버리고 없었다. 그 뒤쪽에는 뾰족지붕과 박공이 돌출해 있는, 구역질이 날 정도로 오래된 집들이 다닥다닥 붙어 있었다. 무덤 위에서는 도깨비불이 춤을 추며 소름 끼치는 광경을 보여주었는데, 기묘하게도 그림자는 생기지 않았다. 묘지 너머 집이 없는 곳에는 언덕 아래 항구의 상공에서 반짝이는 별들이 보였지만, 도시는 어둠에 싸여 보이지 않았다. 모두를 따라가고 있는 것이리라, 꼬불꼬불한 오솔길에서 섬뜩하게 흔들리는 등불이 이따금 눈에 들어왔다. 군중은 말없이 교회 안으로 들어갔다. 나는, 그들이 시커먼 출입문 속으로 꾸역꾸역 들어가고 늦게 온 자들도 그 뒤를 따를 때까지 그자리에 서서 기다렸다. 노인이 내 소매를 잡아당겼지만 나는 가장 마지막에 들어가려고 마음먹고 있었다. 문턱을 넘어 사람들이 무리를 이루고 있는 어둠에 싸인 미지의 교회 안으로 들어가면서 다시 한 번 바깥 세계를 뒤돌아보니, 묘지의 인광이 언덕 위 포석에 파르스름한 빛을 던지고 있었다. 순간 나는 두려움에 몸을 떨었다. 눈은 거의 바람에 날려가 버리고 출입문 근처에만 얼룩처럼 남아 있었는데, 한 순간 뒤돌아 본 나의 혼란스러운 눈에는 그 눈 위에 군중의 발자국은커녕 내 발자국조차 없는 것처럼 보였다.

군중의 대부분이 이미 교회 안으로 들어가서 내부는 모든 등불이 들어왔는데도 여전히 희미했다. 군중은 침묵을 지킨 채 높은 좌석 사이로 흐르듯이 나아가 설교단 바로 앞에서 불길하게 입을 쩍 벌리고 있는 지하실의 뚜껑문으로 다가가 몸을 비틀며 지하실로 내려가고 있었다. 나도 말없이 그 뒤를 더듬어 사람들의 발길에 닳은 계단을 밟고 숨이 막힐 것 같은 어두운 교회 지하실로 내려갔다. 구불구불한 밤의 행렬의 꼬리가 왠지 오싹하게 느껴졌고, 그것이 몸부림치듯 퇴락한 지하납골당으로 들어가는 것을 보았을 때는 더욱 더 무서워졌다. 잠시 뒤 나는 납골당 바닥에 군중들이 조용히 들어가고 있는 개구부가 있는 것을 보았다. 우리는 돌을 거칠게 깎아 만든 불쾌한 계단을 내려갔다. 축축하고 독특한 냄새가 나는 좁은 나선형 계단은, 물이 뚝뚝 떨어지는 돌덩어리와 회반죽이 떨어져나간 단조로운 벽을 끝없이 돌아 언덕 밑 땅속으로 계속 이어지고 있었다. 침묵이 지배하는 소름 끼치는 하강이었다. 단단한 바위를 도려낸 것처럼, 일정한 간격으로 벽과 계단의 성질이 변화하는 것을 본 나는 오싹 몸을 떨었다. 나를 가장 괴롭힌 것은, 수많은 발들이 소리하나 내지 않고 되울림도 전혀 없다는 사실이었다. 영원히 계속될 것 같은 하강이 끝난 뒤, 암흑에 싸인 미지의 깊은 곳에서 어둠의 신비를 품은 이 수직굴과 이어진, 샛길 같은 굴들이 수없이 보였다. 헤아릴 수 없이 많은 그 굴들은 표현할 길 없는 위협을 품은 사악한 지하묘지를 연상시켰다. 코를 찌르는 썩은 냄새는 정말 끔찍할 정도였다. 나는 우뚝 솟아 있는 언덕을 다 내려가서, 거기서 다시 킹스포트의 대지 밑에 있는 것이 틀림없다는 것을 알고, 오래 된 도시의 지하에 마치 구더기처럼 사악이 가득 차 있는 게 아닌가 하는 생각이 들어 두려움에 온몸을 떨었다.

이윽고 창백한 빛이 음산하게 흔들리는가 싶더니 어둠 속에서 찰싹찰싹 밀려오는 물소리를 들었다. 나는 또다시 오싹 몸을 떨었다. 밤이 가져다주는 이 모든 것이 참으로 꺼림칙해서 조상들이 이 원초의 의식에 나를 불러내지 않았더라면 좋았을 걸 하는 생각이 들었다. 계단과 통로가 넓어질수록 다른 소리가 들려왔다. 연약한 플루트의 음색을 서투르게 흉내낸 듯한 가늘고 높은 소리였다. 그때 갑자기 내 눈앞에 지하세계의 끝없는 경관이 펼쳐졌다. 균류로 뒤덮인 광대한 낭떠러지가 불길한 녹색을 띤 타오르는 불기둥에 비쳤는데, 상상조차 할 수 없는 흉흉한 심연에서 영겁의 세월동안 대양의 어두운 골짜기를 흐르는 끈적끈적한 강물에 씻기고 있었다.

나는 망연자실한 채 간신히 숨을 몰아쉬면서 점착질의 물이 흐르는 사악한 암흑계(에레보스)에 늘어서 있는 거대한 독버섯과, 사악하게 일렁이는 높은 불꽃과, 외투를 입은 군중이 타오르는 불기둥 주위에서 반원을 그리고 있는 것을 보았다. 그것은 바로 인간보다 오래 되었고 인간보다 오래 살아남을 율의 의식, 동지(冬至)의 의식, 눈 저편의 봄을 약속하는 의식, 불꽃의 의식, 상록과 빛과 음악의 의식이었다. 그리고 지옥 같은 암굴 속에서 나는 보았다, 군중이 의식을 거행하는 것을. 군중은 흉흉한 불기둥에 예배를 올리고, 번쩍이는 빛 속에서는 녹색으로 빛나는 위황병(萎黃病)에 걸린 것같은 끈적끈적한 식물을 따서 물 속에 던져 넣었다. 나는 보았다. 빛과 멀리 떨어진 곳에서 형태가 확실하지 않은 것이 웅크린 채 음산하게 플루트와 비슷한 음색을 내고 있는 것을. 그것이 소리를 내고 있는 동안, 보이지 않는 악취를 풍기는 어둠 속에서 조심스럽게 팔락하는 구역질나는 소리가 들려온 듯 했다. 그러나 무엇보다도 나를 전율하게 한 것은 타오르는 불기둥이었다. 상상도 할 수 없는 깊이에서 화산작용처럼 솟아올라 정상적인 불꽃과는 달리 그림자도 만들지 않으면서, 추악하고 유해한 녹청(綠靑)을 초석에 입히고 있었다. 그 맹렬이 타오르는 것에는 따뜻함은 없고, 죽음과 부패의 차갑고 축축한 느낌만 있었다.

나를 이끈 노인이 몸을 비틀며 무서운 불꽃 바로 옆으로 나아가서, 반원을 그리며 서 있는 군중에게 얼굴을 돌리고 딱딱하고 의식적인 동작을 했다. 의식이 일정한 단계에 이를 때마다, 특히 노인이 가지고 온 혐오스러운 《네크로노미콘》을 머리 위에 쳐들 때마다 군중은 무릎을 꿇고 경의를 표했다. 나도 조상들의 기록에 의해 이 축제에 초대받은 이상, 똑같이 경의를 표하지 않을 수 없었다. 이윽고 노인이 어둠 속에서 간신히 보이는 플루트 연주자에게 신호를 보내자, 형태가 분명하지 않은 플루트 연주자는 가늘고 단조로운 음색을 다른 가락의 약간 큰 음색으로 바꿨다. 이 공포를 눈앞에 두고, 나는 이끼류로 뒤덮인 지면에 거의 무릎을 꿇고 이 세상, 아니 어떠한 세계의 것도 아닌, 별들 사이 뒤틀린 우주공간에만 존재하는 공포를 오싹오싹 느끼며 그자리에 못 박힌 듯 꼼짝 않고 있었다.

그 냉연한 불꽃의 썩어버린 광채 저편 상상도 할 수 없는 칠흑 같은 어둠 속에서, 그리고 끈적이는 큰 강물이 아무도 모르게 불길하게 흐르고 있는 이 지옥의 바닥 모를 심연에서, 건전한 눈으로는 자세히 볼 수 없는, 아니 건전한 두뇌로는 확실하게 기억할 수 없는 잘 길들여진 잡종 생물이 날개를 부드럽게 펄럭이며 무리를 지어 찾아왔다. 까마귀도 아니고 두더지도 아니며, 독수리도 아니고 개미도 아니며, 흡혈박쥐와도 다르고 썩어문드러진 인간과도 다르며, 나로서는 생각도 할 수 없는, 아니 생각해서는 안 되는 것들이었다. 그 생물의 무리가 얇은 막 같은 날개를 펄럭이며 물갈퀴가 있는 발로 걸어 축제에 동참한 군중에게 다가오자, 두건 달린 외투를 입은 사람들은 그 생물을 붙잡아 올라타고 하나 둘 어두운 강을 따라 나아가더니 샘이 독물을 뿜어 올리는 공포로 가득찬 굴과 지하도 속으로 들어갔다.

실을 잣고 있던 노파는 군중과 함께 가버리고 노인 한 사람만 남아 있었다. 모두와 마찬가지로 생물을 잡고 올라타라는 재촉을 받고도 내가 거부했기 때문이었다. 내가 비틀비틀 일어섰을 때 형태가 분명하지 않은 플루트 연주자는 자취를 감추고 없었고, 그 생물 두 마리가 꼼짝 않고 옆에 서 있는 것이 보였다. 내가 주저하고 있으니, 노인은 철필과 밀랍판을 꺼내 자기는 이 태고의 토지에서 율의 의식을 창시한 내 조상들의 진정한 대리인이라고 적었다. 내가 돌아오는 것은 숙명이며, 가장 신비한 비밀스런 의식은 이제부터 거행될 거라고 했다. 노인은 이런 내용을 지극히 예스러운 필체로 적은 뒤, 내가 여전히 주저하고 있자 헐렁한 외투에서 인장이 새겨진 반지와 회중시계를 꺼냈다. 둘 모두 우리 일족의 문장이 있어서 노인이 한 말을 증명하고 있었다. 그러나 그것은 참으로 무서운 증거였다. 나는 그 회중시계가 1698년 6대 전의 조상의 유해와 함께 매장되었음을 고문서를 통해 알고 있었다.

이윽고 노인은 두건을 벗어 얼굴에 우리 일족의 특징이 있는 것을 보여주었지만, 나는 그 얼굴이 저주받은 밀랍 가면에 지나지 않는다는 것을 확신하고 있었기 때문에 그저 온몸만 떨고 있었다. 날개를 펄럭이는 생물이 불안한 듯이 이끼를 긁었고, 노인도 안절부절못하는 것 같았다. 한 마리가 비틀비틀 걸음을 떼어 그자리에서 떠나려고 하자, 노인은 제지하려고 황급히 돌아섰다. 그 갑작스러운 동작에 의해 머리에서 밀랍 가면이 벗겨졌다. 그 순간 나는 돌계단을 뛰어서 내려왔지만 악몽의 어둠에 싸여 보이지 않는, 대양의 어느 골짜기를 향해 거품을 일으키며 흐르는 지하의 끈적이는 강물 속으로 몸을 던졌다. 미친 듯한 나의 절규가 이 역병에 걸린 심연에 숨어 있을지도 모르는 온갖 도깨비를 불러내기 전에, 공포에 찬 지하의 썩은 물 속으로 몸을 던진 것이다.

병원에서 들은 얘기에 의하면, 나는 새벽의 킹스포트 항구에서 우연히 떠내려온 배의 통나무에 매달려 거의 동사 직전에 발견되었다고 한다. 간밤에 언덕에서 방향을 잃고, 오렌지포인트 절벽에서 떨어졌을 거라고 했다. 눈 위에 남은 발자국을 보고 그렇게 판단했다고 한다. 모든 게 달라져 있었기 때문에 나는 아무 말도 할 수 없었다. 모든 것이 기묘했다. 널찍한 창문을 통해 집들이 보였지만 오래된 집은 다섯 채에 한 채의 비율밖에 되지 않았고, 아래에서는 거리를 달리는 노면 전차와 차소리도 들려왔다. 이곳이 킹스포트라는 말을 들으니 더이상 부정할 수가 없었다. 이 병원이 언덕의 오래된 교회 묘지 가까이 있다는 말을 듣고 광란상태에 빠진 나는, 세심한 간호를 받을 수 있는 아컴의 성마리아 병원으로 옮겨졌다. 나는 그 병원이 마음에 들었다. 의사들은 관대하여, 미스카트닉 대학 부속도서관에서 주의 깊게 보존되고 있는 알하자드의 그 발칙한 《네크로노미콘》을 빌릴 때 대학 당국에 압력을 넣어주기까지 했다. 의사들은 '극도의 정신불안'에 대해 여러 가지 얘기를 들려주며, 마음을 괴롭히는 망상은 모두 떨쳐버리는 것이 좋다고 한결같이 말했다.

나는 그 소름 끼치는 장을 읽고 온몸을 와들와들 떨었다. 지금 처음 읽는 내용이 아니었기 때문에 그 공포는 한층 더 컸다. 나는 내 눈으로 보았던 것이다. 발자국을 조사해보면 안다. 그리고 내가 그것을 본 장소는 잊어버리는 것이 최선이라는 걸 알고 있다. 깨어 있을 때 그 기억을 되살릴 수 있는 사람은 아무도 없지만, 도저히 인용할 마음이 내키지 않는 글귀 때문에 내 꿈은 공포로 가득 차 있다. 용기를 내어 그 일절을, 딱하기 짝이 없는 내 라틴어 실력이 허용하는 한 그 뜻을 새겨 여기 옮겨보겠다. 미치광이 아랍인은 이렇게 적고 있다.

가장 아래에 있는 동굴의 경이야말로 기괴하고 두려워서 감히 바라볼 수 없도다. 죽음의 사념은 새롭게 태어나 기괴한 살을 얼굴에 붙이고 땅을 저주하니 머리없는 영혼은 사악해지리라. 현명하신 이븐 스카카바오가 말씀하시길 요술사가 없는 분묘가 어찌 재앙을 면할 것이며, 모든 요술사들이 재로 변해버린 어둠의 마을이 어찌 무사하리오! 왜냐하면 옛이야기에 이르기를, 악마와 거래한 자의 영혼은 납골당의 망해처럼 서두르지 않고 유체를 파먹는 벌레를 살찌워 부패한 내부에서 끔찍한 생명이 태어나게 할 테니까. 그러면 썩은 살을 찾아 헤매는 우둔한 것들도 현명해져서, 대지를 괴롭히고 해치는 거대한 괴물이 되리라. 좁은 구멍만 있으면 충분한 대지에 커다란 굴을 은밀하게 파내어, 기어야 할 것들이 서서 걷는 것을 배웠구나!